최인훈

웃음소리

Published by MINUMSA

Laughter and other stories
Copyright © 1996 by Choi In-hun
All rights reserved.
Printed in Seoul, Korea.

For information address Minumsa Publishing Co.
506 Shinsa-dong, Gangnam-gu, 135-887.
www.minumsa.com

Third Edition, 2005

ISBN 89-374-2022-8(04810)

오늘의 작가총서 22

최인훈

웃음소리

민음사

차례

이 책에 쓰어진 이야기는 현실세계에 실제로 있었던 일이 아니라 작가가 순전히 상상에 의하여 꾸며낸 것임을 밝혀둔다. 따라서 독자 중에 혹시 누군가가 자신이 이 소설의 이야기와 유사한 어떤 사건에 직접 혹은 간접으로 연루되어 있다고 생각하고, 그리하여 어떤 특수한 심리적 현상을 경험하게 된다 할지라도 그것은 작가가 책임질 일이 못 된다. 근본적으로 하나의 문학작품을 읽는다는 행위는, 그리고 그 작품을 읽고 어떤 반응을 일으켜야 하느냐 하는 것은 전적으로 독자의 자유에 해당하는 문제이고, 따라서 독자는 자신의 자유에 따르는 책임을 다 해야 할 일이지 작가에게 그것을 전가해서는 안 될 일이다.

그런데 한 가지 명기해 둘 사실은 이 소설의 이야기가 1989년 서울에서 실제로 일어났을 수도 있는 일이거나 혹은 실제로 일어날 수도 있는 일이라는 것이다. 명석한 독자는 이 글에 묘사된 모든 것들이 비록 작가의 상상에 의해 이루어졌다고는 할지라도, 엄격히 사실에 의존하고 있음을 감지할 수도 있을 것이다.

웃음소리

정한 시간까지는 아직 사이가 있었지만 그녀는 곧바로 걸음을 옮겨 골목으로 꺾어지는 모퉁이를 돌았다.

'바 하바나'라고 쓴 간판이 익숙한 눈어림 속에 들어왔을 때, 그것은 마치 죽었다는 소문을 듣고 있던 사람을 거리에서 문득 만났을 때처럼 그녀를 서먹하게 했다.

그곳까지 걸어가는 사이가 무척 길게 느껴졌다. 수없이 오간 그 골목이 아주 낯설고, 맞받는 힘을 헤치고 들어가야 하는 뿌듯한 물체처럼 생각되는 것이었다.

문을 열고 홀 안에 들어섰을 때 그러한 느낌은 줄기는커녕 한층 심해졌다. 벽에 밀어붙여서 쌓아올린 의자들의 위쪽 것은 거꾸로 한 다리를 앙상하게 천장을 향하여 뻗치고 있고, 스크린이 두 겹으로 이 의자 더미를 성벽처럼 둘러치고 남은 빈자리는 전에는 기름이 잘 먹어 검고 육중하게 빛나던 마루답지 않게 희부옇고 을씨년스러웠다. 그녀의 눈길을 맞은 맨 처음 것은 이 빈 자리였고, 그 저편에 스크린으로 가려진 의자의 산을, 그리고 그 봉우리에 솟은 삐쭉삐쭉한 쇠붙이의 다리들을——이런 순서로 알아보았던 것이다. 그것은 그녀가 바로 한 달 전까지 거기서 웃고 마시고 얼굴과 몸의 겉을 취한 속에서도 알맞게 계산하면서 주었다 빼앗았다 하며 돈과 바꾸던 그곳이 아니었다. 다른 어떤 곳. 처음 와보는 어떤 곳. 아마 그녀가 영화에서 본 일이 있는 저 사막에 가서 허허한 모래의 공간과 하늘로 뻗친 앙상한 사보뎅의 다리와 가시를 보았다면 그녀의 가슴은 비슷한 아픔을 느꼈을지도 모른다.

그래서 도적놈처럼 죽여지는 걸음에 그때마다 못마땅해지면서, 홀의 끝에 있는 카운터까지 걸어가 널빤지에 핸드백을 소리내어 얹으면서, 그녀는 말하였다.

"누구, 있어요?"

진열대 아래 뚫린 부엌과 통하는 문 앞에는 먹고 난 가락국수 그릇이 놓여 있었다. 아직 물기가 가시지 않은 그릇이 그녀의 물음에 그만큼은 대꾸해 주었다. 그러나 저편에서 사람의 목소리는 대꾸해 오지 않았다. 그녀는 다시 불렀다. 그리고 한 손으로 백을 잡고 남은 손으로 주먹을 만들어, 기대고 선 카운터의 수직면을 조금 세게 두드렸다.

속에서 인기척이 났다. 그녀가 다시 무어라고 입을 떼려던 참에 샛문이 열리며 그 빠끔한 빈 칸에 이번에는 거짓말처럼 낯익은 풍경——순자의 그 통탕한 얼굴이 나타났다.

"어머, 언니."

그녀는 목을 꼬아, 찾아온 사람을 올려다보며 웃어보이고는 한 번 안으로 사라졌다가 그제야 문을 빠져나와 카운터 안에 들어섰다.

"너 아직 있었구나?"

"응."

순자는 이마에 흩어지는 머리카락을 밀어올리면서 또 한 번 웃었다. 부엌일을 거들고 있던 순자는 바가 닫히던 무렵에 화장이며 맵시가 부쩍 '언니'들을 닮아서 때가 빠지고 있었다. 그녀는 자기가 가끔 순자에게 쓰다 남은 매니큐어약이며 루주를 집어준 생각을 하였다.

"마담 안 오셨니?"

"아니."

"언제 들렀니?"

"그러니까……. 한 사오 일 전에 오셨던데, 쉬 다시 연다구……."

"그래?"

그렇다면 오늘 얘기는 지킬는지도 모른다고 그녀는 생각하였다. 마담은 그녀를 다시 두고 싶어 할 것은 분명하였고, 그러자면 밀린 돈을 다른 일 제쳐놓고라도 갚을 것이기 때문이었다. 그녀는 하나만 남은 의자 위에 올라앉으면서 카운터 안에 선 순자에게 다시 물었다.

"오늘 들르겠단 말 없든?"

"아아니."

아무튼 기다리기로 하자. 마음먹은 일을 하자면 그만한 돈은 꼭 있어야 했다. 그 돈으로 하려는 일이 지금 그녀에게는 그 돈과 꼭 맞먹는 그저 치러버려야 할 일로 생각되었다.

이것저것 더 묻지도 않고 속으로 무엇인가 생각하면서 멍해 있는 '언니'와 마주 서 있기가 심심했던지 순자가 가락국수 그릇을 집어들면서 곧 다녀올 테니 비우지 말아달라고 이르고 나간 다음에도, 그녀는 까딱도 않고 손으로 턱을 괴고 그 자리에 앉아 있었다.

두 겹으로 된 나들문은 그나마 유리가 아니었고, 위아래로 길쭉

한 창에는 두꺼운 커튼마저 가려져서 홀 안은 한결 어두웠다. 그녀가 앉아 있는 어두운 곳에서 보면 창문으로 들어오는 햇빛이 커튼에 배어서 밖은 마치 검은 안경을 쓴 남자의 동공처럼 보였다. 그녀의 망막에는 검은 안경을 쓴 어떤 해사한 눈자위가 퍼뜩 떠올랐으나 그녀 속에 있는 노여움이 거칠고 빠르게 그 그림자를 뭉개버렸다. 얼굴에 피가 오르는 느낌에 스스로 화를 내면서 그녀는 백을 열고 화장용 줄칼을 꺼내 손톱을 다듬기 시작하였다.

언제나처럼 그 작업은 마음을 가라앉혔다. 무료한 때, 또는 둘레가 시끄러울 때, 저쪽 말을 귀담아듣고 싶지 않을 때, 눈을 마주치기 싫을 때, 좋을 때, 또는 나쁠 때——어느 때건 손톱에 매달리는 버릇이 동료들에게는 잘 알려져 있어서 그들은 그녀의 말보다도 그녀가 손톱을 손질하는 품을 보고 대답을 들었다. 더 손댈 자리가 없어 보이는 손톱에서 그녀는 아주 작은, 그리고 희미한 흠을 찾아내서 조심스레 갈고 닦아갔다. 어둠 속에서 그 일은 더욱 시간이 걸리고 조심성을 필요로 하였다. 줄칼의 어림과, 어둠 속에서 반짝이는 손톱의 윤곽을 엇바꿔 다루면서 그녀는 작업을 이어나갔다.

같은 장삿집들이 늘어선 깊숙한 골목 안은 한시를 조금 지난 이 시간에 아주 조용하여서 그녀는 거의 아무 소리도 듣지 못하였다. 그녀는 가끔 고개를 들어 입구를 바라보고 또 구석의 의자의 산을 뒤돌아본다. 손톱을 만지고 있는 사이 그곳에 문이, 그곳에 의자의 산이 아직도 있어주고 있는가를 다짐하려는 것처럼 보였고 문에서 누가 나타나기를 기다린다고는 보이지 않았다. 왜냐하면 출입구로 갔던 눈길은 멈추지 않고 돌아가는 시곗바늘의 움직임처럼 의자의 산 쪽으로 미끄러져서는 다시 손톱으로 돌아오기 때문이다. 그녀의 동료들은 이 작업을 두려워했다. 신참자들은 말을 가름하는 이 동작 앞에서 '선배'를 느꼈고 경쟁자들은 짜증을, 그리고 마담은 이 홀의 '1번' 의 무게를 보았었다. 물론 그 '1번' 이 '1번' 답지 않은 '외도' 를 했을 때 마담은 장삿속만이라고는 할 수 없는 타이르는 말을 했었다. 그때도 정말에 몹시 가까운 말을 한다는 자기 느낌 때문에 '마담' 답지 않은 울림을 목소리에 풍기는 선배 앞에서 그녀는 천천히 줄칼을 꺼냈었다……. 순자는 이내 돌아오지 않는다. 시간이 되었는데 마담도 나타나지 않고. 순자 얘기대로라면 마담은 올테지. 오지 않으면 하고 생각해 보니 을씨년스러운 홀의 모습이 그녀의 마음속에서 마치 사람처럼 우뚝 마주선다. 만일 오지 않으면, 그녀 앞에 기다리고 있는 것은 그 풍경을 꼭 닮은 생활이다. 지금까지도 그랬으나 그때는 색칠한 불빛과 마지막 자리에 서 있다는 썩은 안정감이 있었는데, 지금은 동굴 속의 어둠. 하늘을 찌르는 사보뎅의 산. 그 속의 마지막 자리에서 한 발 더 내디디려고 허우적거리는 마음이 있다. 그녀는 손톱 다듬는 작업을 그치지 않으면서 이런 생각을 하고 있는데 그녀의 속에서 또 다른 한 사람의 그녀가 손톱에 신경을 쏟고 있는 그녀와는 달리 돌아앉아서 혼자 하는 푸념이고 그녀는 그것을 어렴풋이 느끼는 그런 식으로 오락가락하는 생각이다.

마담이 온 것은 약속에서 너끈히 한 시간은 지난 때였다. 순자의 말대로였다. 바는 곧 열게 된다고 마담은 말한다. 꾸밈새를 새로 할 생각인데 돈은 넉넉히 들여서 새로 차리는 맛을 낼 작정이라고도 한다. 마담의 얘기를 들으면서도 그녀는 마음이 안 놓인다. 빚 갚기를 미루기 위해서 허풍을 떠는 것인지 모른다고 생각하기 때문이다. 그렇지 않았다. 뜨악해서 제대로 맞장구도 치지 않는 그녀에게 마담은 핸드백에서 수표를 꺼내주면서 말했다.

"요즈음 바쁠 테지. 원 다른 애들하구야 다르지. 너야 이만 돈에야 궁색했겠니? 그래, 그 녀석 아직 붙잡지 못했니?"

마담은 약속대로 돈을 준다는 일이 안 될 일이기나 하는 것처럼 그녀의 변명을 대신해 주는 것이었다. 그것을 바가 열리면 다시 나올 것으로 믿고 있는 이쪽이 거북할까봐 어루만져 주는 것임이 분명하였다.

아직도 붙잡지 못했느냐는 물음에 그녀는 상처를 건드리운 고양이처럼 화가 났다. 그녀는 말없이 수표를 접어 핸드백에 받아넣으면서 이제 죽을 수 있게 되었다고 생각하다가, 문득 자기는 이 돈이 되지 않기를 바랐던 것이 아닐까 하고 생각하자 또 다시 화가 나는 것이었다.

P온천으로 가는 기차는 서울역에서 오후 네시에 있다. 이튿날 그녀는 이 기차를 탔다. 휴일이 아니어서 그런지 이등차 안은 듬성했다. 떠나기 조금 전에 뚱뚱한 중년 남자가 그녀 앞자리를 차지하고 앉았다. 혼자 있고 싶은 그녀에게는 귀찮은 일이었으나 대뜸 자리를 옮기기도 어려웠다. 그녀는 창밖에서 뒤로 달려가는 5월을 바라보면서 그것을 어제 그녀가 앉아 있었던 바의 풍경과 조금도 다른 것이 아닌 것처럼 보고 있었다.

확실하다. 왜냐하면 그것은 온전히 그녀 자신에게 달려 있었고, 그녀는 죽기로 마음먹었고 지금 자기 주검을 눕힐 자리로 빨리 달리고 있으니. 하숙집에서 죽기는 죽어도 싫었다. 죽음 다음에 안마당에 세든 집 식구들이 자기 방문 앞에서 떠들썩하게 들여다보고 할 것을 생각해서 그랬고, 약을 마시고 잠이 들기까지 그 좁은 방에서 천장을 쳐다보고 있어야 할 것을 생각하니 그것은 죽음보다 더 소름끼치는 일이었다. 가진 것을 팔았더니 밀린 집세와 구멍가게의 빚을 갚는 데 꼭 맞았다. 그래서 마담에게서 받은 돈은 그대로 남았다. 그녀는 P온천에는 전에 가본 적이 있다는 것과 가기가 가깝다는 까닭으로 그곳으로 자리를 골랐다. 모든 일은 끝나고 이제 열차 시간표처럼 꽉 짜여진 시간만이 잇달아 그녀를 기다리고 있는데도 모든 것은 여전히 거짓말만 같다. 그것이 그녀를 짜증나게 했다. 어느 누군가 그녀의 마지막 바람까지를 몰래 다스리고 있어서 그녀가 아무리 발버둥쳐 보았자 그것은 거짓말이라고 하는 것처럼. 자기만이 정할 수 있는 일에 다른 사람이 참견하고 자기는 그것과 싸워야만 한다는 느낌이, 그리고 그 일이 다름아닌 제 손으로 죽자는 일이라는 사실이 그녀에게는 짜증스러운 것이었다.

그러자 그녀는 그 짜증스러움이 밖으로부터도 그녀를 괴롭히고 있는 것을 느낀다. 그것을 맞은편 자리로부터 오고 있었다. 이맛전이 희부연 그 남자는 담배연기 사이로 그녀를 뜯어보고 있었다. 몸으로 알 수 있는 그 남자의 눈길은 뭣 하는 계집인지 안단 말이야 하는 투의 것으로 느껴지는 것이었다. 그녀는 움직일 수 없었다. 움직일 수 없다는 생각이 들자 그것은 무거운 고단함을 떠맡겼다. 그러자 그녀는 거의 날래다고 해야 할 움직임으로 핸드백을 열었다. 줄칼은 없었다. 그러자 그녀 앞에 요즈음 들어 처음으로 부피 있는 느낌이——아득하도록 깊은 구렁텅이가 빠끔히 아가리를 벌렸으나 곧 인색하게 다물어졌다.

마치 그녀를 위한 것처럼 차내 판매원이 다가왔다. 그녀는 사과를 사고 칼을 빌렸다. 그녀는 되도록 천천히 껍질을 벗겼다.

"멀리 가십니까?"

뚱뚱한 남자는 끝내 말을 걸어온다. 그녀는 손에 든 칼로 그 소리가 나는 쪽을 힘껏 푹 찌르고 싶은 흉포한 북받침을 겨우 참는다. 그녀는 아무 대답도 하지 않았다. 그녀의 눈길 어림의 그쪽에 싱글거리는 남자의 얼굴이 있다. 그녀는 토마토 껍질 벗기듯 얇게 천천히 사과를 벗겨간다. 칼끝을 그쪽으로 보내고 싶은 욕망에 지그시 버티듯이. 내가 하는 일이 얼굴에 나타나 있는 것일까 하고 그녀는 생각해 본다. 그 일이 어떻고저떻고가 아니라 의당 막 굴어도 좋으려니 하는 남자의 눈길에 그녀는 미움을 느낀다. 이 남자——이 처음 만난 뚱뚱한 남자를 죽이고 싶은 마음은 거짓말 같지 않았다. 만일 이 사나이를 데리고 간다면……. 자살계획에 어떤 어긋남을 가져올까? 술에 약을 타서 먹여놓고 나는 혼자 그 자리에 가서 죽을 수 있다. 정말 그렇게 하고 싶다. 되는 일이다 하고 생각한다. 자기의 죽음이 거짓말 같았던 꼭 그만큼 그 일을 조금도 심한 일이라고는 생각하지 않았다. 죽여버리자…… 아.

"아."

자기 것보다 먼저 나온 남자의 소리를 들으면서 그녀는 엄지손가락을 누르며 그 손에 잡고 있던 사과를 떨어뜨렸다. 누르고 있는 손가락 사이에서 피가 새어나온다.

그녀는 기다리고 있기나 했던 것처럼 말없이 일어나서 시렁에서 트렁크를 집어들고 찻간의 맨 끝자리로 가서 앉았다. 손수건으로 싸쥐고 있는 손가락 끝이 톡, 톡, 쏘는 아픔 속에 그녀는 의자 등에 머리를 기대고 처음으로 편안한 자세로 창밖을 바라보았다. 푸른빛으로 더럽혀진 사막이 자꾸 다가온다. 속에 사막을 품고 있는 여자도 욕망의 대상으로 삼을 수 있는 남이, 그 무정함이 그녀를 슬프게 했다.

P온천에 이르니 바야흐로 해질 무렵이다. 내주는 방은 마음에 들었다. 밥맛이 없었으므로 그녀는 방에 있기도 무료해서 거리를 돌아다니기로 한다.

여기저기 노점이 벌여진 사이로 사람들이 오가고 있다. 그녀에게는 그들 모두가 이 고장 사람들이 아닌 것처럼 보인다. 그들 가운데 자기 같은 마음으로 이 거리를 걷고 있는 사람은 없을 것이다.

모두가 즐거운 사람들로 보인다. 그러나 새삼스럽게 부러운 생각은 없다. 목적지에 온 지금 그녀의 마음은 더욱 비어 있다. 사보뎅마저 없어진 사막 같다. 그 가시마저. 그래서 더욱 거짓말 같다. 자기가 내일이면 죽는다는 일이.

골목길에 교회가 있다. 불이 켜진 창문이 길 쪽으로 나 있다. 걸음을 멈추고 안을 들여다본다. 양쪽 벽에 의자가 한 줄씩 놓이고 가운데는 비어 있다. 설교단 뒤편에 금누렁 예수상이 있는 것을 보고 그녀는 천주교회라는 것을 안다. 그 텅 빈 홀을 어디선가 본 듯싶은 생각에 사로잡힌다. 마침내 어제 들렀던 바의 그 치워놓은 휑한 마루를 자기가 생각하고 있었던 것을 안다. 자그마한 그 교회는 바의 홀보다 얼마 더 넓지 않다. 그녀는 예수를 바라보았다. 예수는 황금의 두 팔을 힘없이 올리고 고개를 숙이고 있다. 그 앞에 석고로 된 마리아가 석고의 아기를 안고 서 있다. 마리아는 유복자를 안은 홀어미같이 보인다. 세상의 어느 어미 아들하고도 같지 않은 그 식구들이 말없이 살고 있는 이 작은 집에서 그녀는 그들대로 문제를 안고 있는 한 집안을 본다. 문득 위로 치켜진 예수의 금누렁 팔이 점점 늘어지면서 소리내어 땅에 떨어질 것 같은 환각에 사로잡힌다. 그녀는 한 손으로 머리카락을 쓸어넘기며 오래 지켜서서 본다. 기다리고 있으면 그러한 일이 일어날 것을 알고 있는 사람처럼. 이어 그녀의 마음에 또 엉뚱한 생각이 고개를 든다. 저기 매달린 사내, 저 황금의 팔을 가진 사람이 그 팔을 들어 나를 부른다면 나는 죽는 것을 그만두어도 좋다고 그녀는 생각한 것이다. 그러자 그녀는 느끼는 것이었다. 죽기가 겁나서가 아니지. 만일 그런 일이 일어난다면 그건 그녀의 죽음에 맞먹는 일이라는 것을. 그만한 일이 일어난다면 자기의 죽음이 거짓말처럼 겉돌지 않고 죽음은 무거운 돌처럼 그녀의 발목에 매달릴 것을 그녀는 바랐던 것이다. 그녀는 저울의 이쪽 접시에 올라앉아 있다. 그리고 다른 쪽 접시에 그녀의 결심을—죽음의 결심을 얹었던 것이지만 그것은 비누방울처럼 가벼워서, 살아 있는 그녀의 몸과 맞먹어 주지 않았다. 그것이 그녀를 안 달나게 한다. 그녀는 예수가 황금의 팔로 그쪽 접시를 눌러주기를 바랐다. 그녀는 거의 비는 마음으로 예수를 바라본다. 그러나 예수는 고개를 들지 않는다. 마치 죄인처럼. 마리아도 움직이지 않는다. 그녀는 그래도 오래 서서 기다렸다. 그러나 아무 일도 일어나지 않았다. 그녀는 부끄러웠다. 그녀는 돌아섰다.

다음 날은 맑게 갠 날씨였다. 천천히 몸차림을 하고 한낮 가까이 여관을 나섰다. 이 집은 산 언저리에 시내를 앞에 두고 있었다. 그녀가 작정한 자리는 그 산속에 있다. 그 자리는 죽음을 마음먹은 참부터 그녀의 마음속에 있었다. 세 번 이곳에 올 적마다 산속에 있는 그 자리에서 많은 시간을 보냈었다. 죽자고 마음먹은 참에 졸린 사람이 침대로 걸어가듯 그녀의 마음은 그 자리로 걸어갔던 것이다. 산은 한참 달아오르는 훈김과 풀냄새로 싱싱하고도 취하게 하는 몸내음을 풍긴다. 그 자리로 가까이 가면서 그녀는 숨이 가빠진다. 산길의 비탈 때문만은 아니다. 그리고 그 자리에 가까워질수록 그녀는 반대편 접시에 그녀의 진실에 맞먹는 묵직한 저울추의 무게를 느끼는 것이다. 그것은 좋은 자리였다. 산에 가는 사람이면 어디선가 언젠가 한 번은 만나게 마련인 산모퉁이에 묘하게 숨은 아늑한 빈터. 산속에 있는 무덤이 흔히 그런 명당인 경우가 많지만 그보다 더 막히고 아늑하였다. 멀리서 그녀는 그곳을 알아보려고 살핀다. 수풀에 가려서 잘 보이지 않는다. 이제는 내리막길이다. 조심스레 발을 옮겨 디디면서 그녀는 비탈을 옆으로 가로질러 간다. 엉킨 나뭇잎 사이로 빈터가 나타난다. 그러자 그녀는 우뚝 섰다. 그리고 나무 사이로 보이는 그곳을 조금 몸을 굽히고 멍하니 바라보았다.

사람이 있다.

그녀는 좀 더 걸어나갔다. 그러나 거기가 한계였다. 나무숲은 거기서 끊어졌다가 그 빈터 가까이에서 다시 듬성듬성 비롯되고 있는 데다가, 그녀가 있는 자리에서 조금 나가면 작은 낭떠러지다. 그녀는 나무 뒤에 몸을 숨기고 좀 더 잘 보려고 애를 썼다. 그러나 빈터를 둘러서 있는 나뭇가지와 잎새가 흐늘흐늘 움직이는 탓으로 사람의 온몸을 볼 수는 없었다. 한 쌍이 잔디에 누워 있다. 여자는 남자의 팔을 베고 서로 얼굴을 바라보며 모로 누워 있다. 그녀는 풀썩 주저앉았다. 바로 풀이 우거진 발밑에 주저앉은 것이었으나 사실은 하나의 떨어짐이었다. 그녀의 마음이 타고 있던 저울에 저쪽 접시의 무게가 갑자기 옮겨지고, 그녀의 마음은 허망하게 내려갔다. 그녀는 다시는 그쪽을 보지 않았다. 치마에 다닥다닥 붙은 가시가 돋친 열매를 하나하나 옷의 올에서 뜯어내면서 줄곧 고개를 들지 않았다. 바람결에 여자의 짧은 웃음소리가 들린 듯했으나 그녀는 그래도 쳐다보지 않았다. 치마에 붙었던 열매가 다 없어지자 그녀는 손가락에 풀을 감아서 똑똑 따내기 시작했다. 햇빛으로 더워진 공기와 밸이 터진 풀과 흙의 독특한 냄새가 버무려져 진하게 퍼져 일어난다. 그 냄새는 떨어질 때의 멀미 같았다. 그녀는 속이 올라왔다. 얼마나 지났는지 아무튼 무척 오랜 시간을 그렇게 앉아 있었다는 지친 느낌을 안고 그녀는 일어섰다. 빈터의 남녀는 여전히 누워 있다. 또 한 번 여자의 짤막한 웃음소리가 들린 듯싶었다. 그녀는 웃음소리에 쫓기듯이 자리를 떠 여관으로 돌아왔다.

온 밤 그녀는 뒤숭숭한 꿈속을 헤맨다. 푸른 잔디 위에 두 남녀는 행복스럽게 웃으면서 누워 있다. 자세히 보니 여자는 어느새 그녀 자신이다. 그녀는 말한다. 당신 팔을 베고 이대로 죽고 싶어. 이보다 더 행복하게 죽을 순 없잖아? 남자가 말한다. 왜? 하늘이 저렇게 근사한데. 이 풀냄새 좀 맡아봐. 죽으면 다 그만이야. 그러나 여자는 응석을 부리는 것이다. 싫어이. 지금, 당신과 내가 꼭 붙잡고 있는 지금 이대로 영원해지고 싶어. 남자는 또 어느새 예수였다. 예수는 황금의 팔을 그녀의 머리 밑에 받친 채 하얀 이를 드러내고 쓸쓸하게 웃었다. 그 얼굴이 누군가를 닮았다고 꿈속의 그녀는 생각하였다. 예수는 햇빛이 반짝이는 나머지 한편의 금빛 팔로 그녀의 머리를 쓰다듬으면서 말했다. 나로 말미암지 않고는 죽을 수 없어. 어머, 하고 여자는 말했다. 그게 무슨 뜻? 너는 내 팔에서만 죽을 수 있다는 말이지. 그러니까 죽어요. 안 돼, 하고 예수는 말하면서 누운 채로 호주머니에서 검은 선글라스를 꺼내 썼다. 그러자 해사한 눈자위가 꼭 누구를 닮았다고 꿈속의 그녀는 생각하였다. 왜 안 돼? 하고 그녀는 베고 누운 금빛의 팔에 머리를 비빈다. 예수는 말하였다. 꼭 되는 사업인데 좀 돌려줘. 그녀는 비로소 그가 누구인가를 알았다. 다음 순간 그녀는 남자의 팔에서 미끄러지면서 아래로 떨어지고 있었다. 거기서 잠이 깼다. 아직 한밤중이었다.

이튿날 그녀는 전날과 같은 시간에 산으로 올라갔다. 전날보다 길이 가깝게 느껴져서 그녀는 되도록 천천히 올라갔다. 빈터를 바라보는 데까지 왔다. 그녀는 두려운 광경을 마주보듯 그쪽을 건너다봤다. 오늘도 두 남녀는 벌써 와 있다. 그리고 그녀는 여자가 베고 있는 남자의 팔이 햇빛 속에서 환한 금빛으로 빛나는 것을 보았다. 남자가 짙은 황색 셔츠를 입고 있었다. 어제 보았을 때도 그 옷이었는지는 생각나지 않았다. 여자가 몸을 뒤채는 것이 보이고 이어 암암한 웃음소리……

그녀는 곧 돌아서서 여관으로 돌아왔다. 마루 끝에 의자를 내다 놓고 부채질을 하면서 생각하였다. 이런 일은 전혀 꿈도 꾸지 않았기 때문에 간단한 결론을 내리는 데도 퍽 시간이 걸렸다. 그 터를 찾아낸 바에는 두 남녀는 이곳에 머무는 동안 날마다 빈터를 찾기가 쉬웠다. 그들은 며칠이나 있을 셈인가? 그것도 알 수 없다. 그들이 나타나지 않을 때까지 기다린다는 길이 있기는 하다. 그러나 설령 그녀가 갔을 때 그들이 빈터에 없다 하더라도 그것은 그들이 이곳을 떠났다거나 그날은 오지 않을 것이라는 말은 되지 못한다. 만일 그녀가 약을 먹고 잠이 들었을 때 그들이 온다면 일은 틀리게 되는 것이다. 그뿐이 아니다. 그들 두 사람만이 거기를 찾아내라는 법도 없다. 그렇게 생각하면 그곳을 쓴다는 일부터가 안 될 말이었다. 남은 길은 두 가지뿐이었다. 거기서 죽는 것을 그만두는 일. 그것을 어려웠다. 죽음을 결심한 참부터 마음에 둔 탓으로 이제 그녀에게는 죽음이자 그 터였다. 거기서 죽을 수 없으면 죽을 길이 없다는 생각에 그녀는 사로잡혀 있었다. 그렇게 되면 남은 길은 하나뿐이다. 밤사이에 거기서 약을 먹는 일이다. 비록 그 터라는 데서는 마찬가지였으나 밤에 거기서 죽음을 기다린다는 생각은 해본 적도 없으려니와, 그 터 그 자리의 맛도 바뀌는 일이었다. 그녀가 처음 그 터를 본 것도 낮이었고, 드러누워서 보는 하늘과 거기 떠 있는 여름 구름과 둘러선 나무들의 술렁댐이며 환한 공기가 그곳의 모습이었다. 밤의 그곳이 어떤 것인지 모르는 그녀로서는 밤에 거기를 쓴다는 것은 전혀 짐작할 수 없는 새 사실이었다.

자리에 든 다음에도 언제까지나 매듭도 짓지 못하고 잠도 이루지 못했다. 잠깐 눈을 붙였는가 하면 빈터의 다정한 한 쌍이 나타나고 그녀는 어느새 깨어 있곤 하였다. 그런데도 잠을 이루지 못하는 사람의 버릇대로 그녀는 눈을 붙이려는 헛된 안간힘을 썼다. 몇 방 건너 객들이 떠들던 소리도 멈추고 커다란 여관에서 자기만이 깨어 있는 것처럼 느껴졌다. 그녀는 끝내 무서운 소설의 무서운 대목을 마지못해 열어보는 어수룩한 독자처럼 그녀의 마음의 어떤 문을 열었다. 거기 그 풀밭에 그녀 자신과 검은 안경을 쓴 해사한 '그'가 정답게 누워 있었다. 그 광경은 그녀를 화나게 했다. 그 터가 바로 '그'와의 추억의 자리라는 것을 이제야 깨닫기나 한 것처럼 자기 행위의 뜻이 밝게 드러나는 것을 보면서 화가 나는 것이었다. 그리고 자기를 짓밟는 것이 그 공지를 멋대로 차지한 남녀의 속셈이었다고 생각하고 그들이 밉살스러웠다. '그'에게 순정을 주었다고 생각해 본 적이 없다. 그런 순정을 믿지 않는 데서 비롯한 사이였으므로. 오히려 '그'의 순정을 그녀가 다루고 있는 것이라고 생각하고 조금은 안됐다고 느끼는 그러한 사이였다. '그'가 돈을 돌려달라고 할 때도 그런 미안함을 조금 때우는 생각이 있었고 '그'에게 성의를 보인 것은 아니라고 그녀는 생각했었다. 설령 다른 남자가('미스터 강'이나 '한'이었더라도) 그런 다짐으로 말해 왔으면 그녀는 응했으리라고 생각해 온 것이다. 빈터에 정답게 누운 남녀를 보는 순간 그녀는 환각이라고 의심하였다. 자기와 '그'가 거기 누워 있었으므로. 그것을 기쁨의 환각이었고 그 환각과 죽음은 맞먹었다. 바로 다음 순간에 환각은 깨어지고 그녀는 허망하게 떨어졌다. 그 때 그녀는 그 떨어짐의 뜻을 알고 있었다. 다만 생각하고 싶지 않았을 뿐이었다. 지금은 모든 것이 환하였다. 그녀는 사랑했던 것이다. 몸을 판 돈을 선뜻 바치고 의심치 않을 만큼 순정(!)을 바쳤던 것이다. 순정. 그녀는 낄낄낄 웃었다. 연거푸 낄낄낄 웃었다. 그 천한 웃음소리가 자기의 목구멍이 아니고 방구석 어둠 속에 숨은 어떤 여자의 것인 것처럼 느끼면서 퍼뜩 잠에서 깨었다. 꿈속에서 웃고 있었던 것이다. 그런데 금방 생각은 달아나고 다만 누군가의 웃음소리를 들은 것 같았다. 저 빈터에서 바람결에 들리던 알릴락말락 한 여자의 짧은 웃음소리였다고 그녀는 생각하였다. 밤의 나머지 시간은 방금 꾼 꿈의 안팎을 돌이켜 생각해 내려는 씨양이질로

채워졌다. 텅 비어서 자꾸 몸이 솟구치는 저울대의 저편에 이번에
는 그 꿈을 놓으려고 무진 애를 쓴 것이다. 그러는 중에 그녀의 마
음은 다른 끝을 잡았다. 그녀는 빈터의 남녀가 자기 자신과 '그' 처
럼 언젠가 갈라지는 날을 그려봤다. 다정스럽게 팔을 베고 있던 그
여자가 자기처럼 혼자 그 빈터를 찾게 될 어느 날인가를 생각하였
다. 그러자 그녀는 거짓말처럼 마음이 잡혔다. 마치 온 밤 내 그 맺
음을 얻기 위해 애쓰다가 기어이 뜻을 이룬 것처럼 느끼면서 크게
마음이 놓였다. 그녀는 곧 깊은 잠이 들고 늦은 아침까지 한 번도
깨지 않았다.

　그녀가 눈을 뜬 것은 전날보다 두 시간이나 늦은 시각이었다. 머
리가 깨끗하고 고단한 기운도 없었다.

　그러는 사이에 점심때가 되어 그녀는 몇 술 뜨고 다시 산으로 올
라갔다. 아무튼 오늘까지만 더 가보자고 생각했던 것이다. 간밤 잠
들 때 얻은 심술궂은 희망이 아직도 그녀를 평안케 하고 있었다. 산
으로 올라가면서도 어제처럼 안타깝지 않았다. 오늘 또 자리를 차
지한 그들을 보게 되더라도 크게 실망할 것 같지 않았다. 그때는 그
때 가서 생각하지. 오히려 그녀는 오늘도 그들이 왔겠거니 하고 있
었다. 그녀는 마음속에서 황색의 셔츠를 입은 남자와 그 여자의 자
리에 자기와 '그' 를 놓고 있었기 때문이었다.

　전날처럼 벼랑에까지 와서 빈터를 바라보았을 때 그녀가 본 것
은 남녀가 누워 있던 언저리에 둘러서 있는 여남은 명 될 사람들의
모습이었다. 그녀는 순간 속이 올라왔다. 그리고 다음 순간에는 몸
을 움직여 그날 이후 처음으로 망보던 곳을 빠져나와 낭떠러지를
조심스레 더듬어 내려가서 사람들 쪽으로 다갔다.

　둘러선 사람들은 아무도 그녀를 돌아보지 않았다. 그녀가 그들
사이에 끼어들었을 때도 그녀를 거들떠보는 사람은 없었다.

남녀가 누웠던 자리에는 거적때기가 덮여 있고 두 사람의 머리와 팔과 다리의 남은 부피가 밖으로 나와 있었다. 여자의 머리를 받친 채 한낮이 가까운 환한 햇빛 속에서 황금색으로 빛나는 남자의 셔츠 소매에서 내민 팔이 검푸르게 썩어 있는 것을 그녀는 보았다.

옆에서 누군가 말했다.

"언제 죽었답니까?"

"저쪽 저 안경 쓴 형사가 그러는데 한 일주일 된 것 같다는군요."

그녀는 꿈결처럼 그 이야기를 들었다. 그때였다. 거적때기 밑에서 전날에 들은 그 웃음소리——젊은 여자의 짤막한 웃음소리가 흘러나왔다. 머리가 환해지고 다리에서 맥이 풀리면서 그녀는 풀밭에 쓰러졌다.

일주일을 더 묵고 그녀는 서울로 오는 기차를 탔다.

창가에 앉은 그녀는 가게에서 새로 산 줄칼로 골똘히 손톱을 다듬으면서 가끔 창밖을 내다본다.

올 때나 마찬가지로 창밖에서는 푸르게 더럽혀진 사막이 흘러가고 있었으나 그녀는 그 속의 한 풍경을 보고 있었다. 어느 사보뎅의 그늘 속에 한 쌍의 남녀가 가지런히 누워 있다. 남자는 그녀가 모르는 얼굴이다. 여자는 사보뎅에 가려서 얼굴이 보이지 않는다. 그러자 사보뎅의 가시의 저편에서 여자의 짤막한 웃음소리. 손톱 다듬는 손이 저절로 멈춰지고 그녀는 홀린 듯이 그 웃음소리에 귀를 기울인다. 아주 귀에 익고 사무치는 목소리였다. 암암하게 들려오는 소리. 그것은 바로 그녀 자신의 웃음소리였다.

국도의 끝

한낮이 기운 8월달 햇빛이 철길 위에서 지글지글 끓는다. 트인 지형이다. 철길은 아득한 데서 와서 아득한 곳으로 달려간다.

철길에 나란히 국도가 달리고 있다. 국도는 잘 포장되어 있는 나무랄 데 없는 길이다. 윤이 흐르는 기름진 골탄 바닥은 폭이 넓고, 고른 것이 철길보다 더 당당하다. 도로를 따라가면서 언저리에 모두 미군부대가 들어앉아 있는 것이다.

햇빛에 이글거릴 뿐 철길은 공허하다. 도로 역시 왕래가 뜸해진 그런 짬이다.

도로의 저쪽 끝에 차량이 한 대 나타난다. 차량은 평탄한 길을 미끄러지듯이 점점 가까이 달려온다. 민간 버스다. 버스에 탄 손님은 많지 않았다. 주말도 아니고 해서, 시간도 어중간해서 그럴 것이다. 손님은 모두 여섯이다. 누르무레한 노타이셔츠를 입고 유행이 지난 푸르죽죽한 더블양복 웃저고리를 의자의 팔걸이에 걸쳐놓은 쉰 살쯤 된, 미군 주둔지역의 뒷구멍 물건장사같이 보이는 남자. 똑같이 흰 모시 두루마기에 빛이 바랜 중절모를 쓴 시골 사람이 둘. 두 사람 다 모자테에 버스표를 꽂고 있다. 그리고 부스스한 머리에 여름셔츠를 입고 있는 시골청년이 둘. 맨 뒷자리에 얼굴이 하얀 청년이 대학생들이 쓰는 손가방을 무릎에 얹고 창으로 줄곧 철길을 내다보며 간다.

검문소에 이른다. 헌병이 기웃해 보고는 물러가고 경관이 올라온다. 더블양복을 입은 남자의 신분증을 본다.

"직업은?"

"장사야요."

"무슨 장삽니까?"

"뭐, 소소한 장사죠."

두루마기 한 쌍은 그대로 지나친다. 나란히 앉은 청년 두 사람에게 손을 내민다. 그들이 건넨 종이를 받아보면서 물었다.

"신체검사를 받고 오나?"

"네."

두 사람이 시큰둥하게 대답한다. 신분에 가장 자신이 있어 보인다. 맨 뒷자리에 앉은 청년에게로 온다. 증명서를 받아본다.

"학생이오?"

"네, 아니……."

그는 얼굴을 붉힌다.

"그건 학생 때 낸 겁니다."

"지금은?"

"교원입니다."

"무슨 일로 갑니까?"

"부임하는 길입니다."

"무슨 증명이……."

청년은 가방 속에서 종이를 내보인다.

"초등학교 교사군?"

"네."

청년은 조금 화난 투로 대답한다. 경관은 내려갔다. 손으로 가라는 신호를 한다. 운전사는 다정스레 손을 흔들어 보이고는 발차시켰다. 젊은 교사는 또 철로를 내다본다. 햇빛에 이글거리는 공허한 철로가 말없이 자꾸 따라온다.

다리 어귀에서 미군 수송차량대를 만난다. 앞장서 오는 지프차에서 비켜서라고 손짓을 한다. 이 길에서는 원님행차다. 운전사는 투덜거리면서 자기 차를 한쪽으로 비켜세운다. '폭발물 위험'이라고 붉은 글씨로 쓰고 자상스럽게 해골의 탈바가지까지 그려넣은 판때기를 저마다 붙인 트럭들이 잇달아 지나간다. 모두 가리개천을 덮었다. 반들반들하게 손질이 잘된 차체에 운전대에는 멀끔한 병사가 둘씩 타고 있다. 군모가 아니고 운동모자를 쓴 친구도 있다. 검둥이도 있다. 검둥이 병사가 이쪽을 보면서 주목을 불끈 쥐고 실없이 올러댄다. 그리고 흰 이빨을 씨익 드러낸다. 신체검사를 받고 오는 길이라는 청년들이 목을 움츠리며 킥 웃는다.

차량들은 노란 헤드라이트를 켜고 있다. 같은 모양의 같은 가리개에, 같은 '폭발물 위험'에, 같은 노란 헤드라이트에, 같은 빠르기로, 같은 병사들을 태우고 차량들은 한없이 지나간다. 언제 끝날 성싶지 않다. 길의 아득한 저쪽, 건널목이 보이는 산모퉁이에서 차량들은 꾸역꾸역 자꾸 밀려나오고 그것은 이곳까지 빽빽이 이어져 있다. 차량들의 전진은 무한궤도의 되풀이처럼 그저 자꾸 제 마디가 또 돌아오고 하는 착각을 일으킬 뿐 축이 나는 것 같지 않다. 행차를 비켜선 버스의 뒤에는 어느새 줄줄이 차가 밀려섰다. 이 대열은 모양이 갖가지다. 민간차량, 군용차량, 트럭, 지프, 스리쿼터 등등이다. 그러나 표정만은 한결같다. 조바심들이 나서 근질근질하는 역정을 누르면서 행차가 끝나기를 기다리고 있는 것이다.

차량대의 맨 끝 차가 지나갔다. 버스는 다시 달리기 시작했다. 교사는 다시 철길 쪽으로 눈을 돌린다. 뙤약볕에 이글거리는 철길은 그저 공허하다.

버스는 탄탄대로를 무료하게 달린다. 한참 가다가 버스 속의 사람들이 한꺼번에 몸을 내밀고 목을 빼며 차가 가고 있는 앞쪽을 살핀다. 길 한가운데로 울긋불긋한 행렬이 천천히 다가오면서 화려한 곡성(哭聲)이 들려온다. 버스는 또 아까처럼 길 옆으로 비켜섰다. 손님들은 모두 한쪽으로 몰려 창으로 목을 내밀고 구경한다.

깃발이 숱한, 구식 장례행렬인데, 소복 차림에 머리를 풀어헤친 것은 식대로지만, 상두꾼이 모두 여자뿐인데다가 영구를 멘 여자나 따라오는 여자들이 시골사람들이 아니다.

운전대 옆 비상구에 한쪽 발을 올려놓고, 팔꿈치를 핸들에 걸친 팔의 손바닥으로 턱을 괴고 심드렁하게 바라보고 있던 운전사가, 신기하지도 않다는 투로 풀이를 한다.

"양색시 장례예요. 조합원들이 메구 나가지요."

손님들은 고개를 끄덕인다. 깃발에는 저마다 다른 글귀인데 이런 것도 있다. '언니 잘 가요', '수잔 너만 가고 나는 남고'.

행렬은 당겼다 놓았다 하면서 굼벵이 걸음을 치고, 북망산천이하고 넋두리 한 꼭지가 끝나면 어이어이 하고 나왔던 영구가 또 주춤주춤 물러서고 몸부림치곤 한다. 언제 지날지 한정없을 것 같다.

행렬의 앞뒤에는 밀린 차량들이 주르르 늘어서서 구경꾼이 되고 있다. 서로 마주본, 방향을 달리한 차량들의 사이에 남겨진 공간에서 장례행렬이 노닥거리고 있는데, 행렬은 조금 이쪽으로 더 나와서 왼쪽으로 국도를 벗어나는 샛길로 빠질 모양이다. 그사이 차량들은 기다리고 있어야 한다. 장례행렬은 앞뒤로만 주춤주춤하는 것은 아니다. 좌우로도 비틀비틀하면서 도무지 한 번 내디뎠다가는 두세 걸음을 물러나곤 하는데 행렬이——앞으로 나가려는 행렬이 아니라 길 한가운데 자리를 잡고 광대놀음을 펼쳐놓은 형국이다. 햇빛은 창창하게 쏟아붓는데 남빛 비단 깃발이 번뜩번뜩 빛나면서 넘어졌다 곧게 섰다 한다. 행렬은 구경꾼들에게는 아랑곳없이 마냥 늑장을 부릴 모양이다. 아까보다 자리를 얼마 옮기지 않고 있는 것이다. 바람 한 점 없다. 덥다. 겨우 행렬을 스쳐지난다. 여자 하나가 넋두리를 하면서 버스의 볼기짝을 뒷손으로 찰싹 치고 간다. 버스는 움찔하고 다시 움직인다. 초등학교 교사는 한참 만에 뒤를 돌아보았다. 장례행렬은 철로와 도로가 마주친 건널목을 넘어가고 있다. 건너간 저편이 쑥 내려간 곳이어서 행렬은 사라졌다. 뒤에는 공허한 철로가 이글거리며 모습을 드러낸다.

얼마 안 가서 버스는 작은 마을에 닿았다. 이 국도의 연변에 가다가다 푸슬히 늘어선 텍사스 마을이다. 거리의 양편에는 '아리조나 상회', '릴리 자매 상점', '하니 캐츠', '핑크 하트', 이런 영문 간판이 붙은 가게들이 처마를 맞대고 늘어서 있다. 천막지로 지붕을 가린 바라크 구멍가게들인데 속에 펴놓은 물건들은 지루한 국도를 지루한 논과 밭, 야산과 그 기슭을 달리는 철로만 보며 오던 눈에는 당돌하도록 기름지다. 어느 가게에서 젊은 여자가 한 팔로 흑인 병사의 허리를 뒤로 끌어안고 다른 팔 주먹으로 그의 등을 때리고 있다. 병사는 두 손으로 뒤통수를 감싸고 맞고 있다. 미군 상대의 가게들이다. 그 가게들 뒤에 마찬가지로 바라크집들이 올망졸망 모여 있는 작은 거리다. 거리는 버스가 단숨에 달리면 끝날 길이밖에 안 된다. 여기서 손님 넷을 태우고 버스는 다시 떠난다.

버스 안이 환해지고 활기를 띤다. 한 사람은 여자인데, 분홍색 블라우스에 분홍 구두를 신은, 한눈에 이 거리에 사는 그런 여자인 것을 알아볼 수 있었다. 그녀는 외국제로 보이는 여행 트렁크를 가지고 올랐다. 나머지 셋은 군용 작업복을 입은 술취한 청년들이었다. 그들은 머리를 귀밑까지 기르고 그것을 기름으로 쫙 밀어붙이고 있다. 조금 있더니 그중 하나가 분홍색 블라우스를 향해서 말했다.

"간판 괜찮은데? 너 언제 왔어?"

사실이었다. 잘생긴 얼굴이었다. 여자의 귀에 걸린 은색 귀걸이가 떨리는 듯했으나 대꾸는 없었다.

"귓구녕에 말뚝을 박았나 온, 말이 말 같지 않아 엉?"

한패의 다른 청년이 얼른 받았다.

"말뚝이야 딴 데 박지."

손님들이 맥없이 흐드르르 웃었다. 운전사의 어깨도 움찔했다. 여자는 매섭게 청년들을 노려본다. 청년들과 같은 줄에 앉은 탓으로 젊은 교사는 여자의 눈길이 자기를 쏘는 것 같아서 고개를 돌렸다. 사실 그는 웃지 않은 단 한 사람이었는데.

"어? 봐? 엽전도 생각 있어?"

여자는 다시 고개를 홱 돌려 앞을 바라본다.

"야 꼴값 하지 말어. ××××야."

손님들은 또 맥없이 흐드르르 웃었다. 교사는 얼굴이 뻘게지면서 몸을 일으킬사 하며 무엇인가 입을 뗄 듯하다가 주저앉았다. 목을 꼬고 밖을 내다보고 있는 옆얼굴이 아름답다고 그는 생각하였다. 그리고 입매가 참하다고 생각하였다. 청년들은 쉴 새 없이 음란한 상소리를 지껄여댔다. 그때마다 더블양복은 허어, 하고 웃었다. 흰 모시두루마기들은 소리는 없이 벌죽벌죽했다. 신검필 청년들은 킬킬킬 웃었다. 교사는 붉으락푸르락하면서 그때마다 여자를 훔쳐 봤다. 여자는 여전히 목을 꼰 채 이쪽을 보지 않기 때문에 교사는 자기가 웃는 사람들의 무리에 들어 있지 않다는 것을 알릴 길이 없다. 버스는 지루한 길을 지루하게 달리고 취한들의 음담은 그칠 줄 모른다. 한참 조용한가 했더니 한 사람이 또 무어라고 했다. 손님들은 또 흐드르르 맥없이 웃었다.

여자는 발딱 일어섰다.

"내려줘요!"

운전사가 돌아본다. 다시 앞을 보면서, 느릿하게 대꾸한다.

"한길인데……."

앞뒤로 국도만 창창한 허허벌판이다.

"괜찮아요, 내려줘요!"

운전사는 입을 비죽하더니 발동은 끄지 않고 부릉부릉 건 채로 에라, 하고 차를 세웠다. 여자는 트렁크를 들고 문간으로 다가선다.

"어? 내려?"

"길에서 ××팔아?"

"이따 갈게. ×× 씻고 기다리라구."

취한들은 끝까지 음담이다. 여자는 못 들은 체 승강구를 내리더니 끝단에서 홱 돌아섰다. 쟁하는 목소리가 날아왔다.

"개 같은 새끼들아! 너희들 다!"

쏘아붙이고 그녀가 훌쩍 뛰어내린 것과 차가 달리기 시작한 것과는, 아마 나중 것이 조금 먼저였다.

개들을 실은 버스는, 어쩔까 망설이기나 하는 듯이 주춤주춤 하다가 그대로 달린다. 실려가면서 창문에 앞발을 걸고 뒤에 대고 짖어대는 개들과 나머지 개들을 싣고, 개가 모는 버스는 불알 채인 개처럼 국도를 달려갔다. 멀리 사라졌다.

왕래가 없는 허허한 국도에 조그만 분홍색 인형 같은, 그녀만 남는다. 버스가 사라진 쪽을 그녀는 멍하니 바라본다. 한참 만에 그녀는 오던 쪽으로 돌아선다. 그쪽에서 하얀 국도와 이글거리는 철로——두 가닥 허허한 길이 저만치서 건널목을 이루고 마주쳤다가 다시 갈라져 아득히 뻗어 있다. 그 건널목 저쪽 어귀에, SALEM 담배의 거대한 모형이 빌딩처럼 우뚝 솟아 있다. 높은 받침대 위에, 약간 삐딱하게 얹혀진 녹색의 거대한 담뱃갑 위쪽지에서, 연통만 한 담배 한 개비가 삼 분의 일만큼 나와서 포신(砲身)처럼 하늘을 겨누고 있다. 그녀는 멍하니 그 하얀 포신을 바라본다. 농지거리를 하는 미군병사들을 실은 트럭이 몇 대 지나가고 버스는 안 온다. 그녀의 얼굴은 초조해 보이지 않는다. 여전히 거대한 SALEM을 바라보면서, 무슨 생각에 골똘히 잠겨 있다. 반 시간쯤, 뙤약볕 속에 그렇게 서 있었다. 마침내 그녀는 트렁크를 집어든다. 그러고는 방금 자기가 타고 온 방향——SALEM 쪽으로 걸어간다. 고개를 숙이고 생각에 잠겨 타박타박 걸어간다. 이윽고 SALEM이 도로에 드리운 그늘 속에 들어섰을 때, 그녀는 등 뒤에서 오는 차량의 엔진 소리를 듣는다. 그녀는 돌아본다. 버스다. 그녀는 그늘 속에 트렁크를 내려놓는다. 버스가 그녀 앞에 멎는다. 그녀는 트렁크를 들고 버스에 오른다. 문이 닫히고 버스는 다시 달린다. 멀리 사라져간다. 햇볕에 이글거리는 기름진 도로 속에 녹아들어가 버렸다.

　들판에는 이제 홀로 되어 그저 기름지게 허허한 도로와 이글거리는 허허한 철로——두 줄기의 말없는 여행자만 남는다. 그들은 묵묵히 서로의 아득한 길을 간다. 거대한 녹색의 SALEM이, 멀어져 가는 그들을 묵묵히 보고 있다.

　도시의 변두리, 교외의 초입에 있는, 철로와 국도가 마주치는 건널목 이쪽에서 소년은 기다리고 있다. 땅거미가 지는 8월의 저녁

속에서. 해가 중천에 있을 때부터——그의 집보다 두 배쯤 큰 '비타·엠'의 양철간판의 그늘 속에서. 많은 버스가 지나갔다. 그가 기다리는 사람은 오지 않았다.

국도는 차츰 어두워오고, 철로는 뉘엿거리는 햇빛 속에서 소년의 마지막 희망처럼 둔탁한 금색으로 빛나고 있다. 엔진 소리가 들려온다. 소년은 한 발 나선다. 이윽고 헤드라이트를 켠 버스가 건널목 저편에 나타난다. 넘어온다. 그대로 지나간다. 소년은 다시 쪼그리고 앉는다. 이제 철로는 빛나지 않는다.

으르렁으르렁거리며 열차가 달려온다. 소년은 일어나서 조금 물러선다. 까닭없이 화를 내면서 기관차가 지나가고, 그 뒤를 객차가 따라온다. 십자(+)의 표를 옆구리에 그려 붙였다. 불 밝힌 환한 창에, 코쟁이 남자들과 하얀 옷을 입은 코쟁이 여자들의 얼굴이 비친다. 하얀 모자를 쓴 여자가 유리창에 얼굴을 대고 밖의 어둠을——소년을 응시하며 지나간다. 객차 다음에는, 밑판만 있고 지붕과 벽이 없는 차량이 매달려 지나간다. 그 위에 지친 듯이 포신이 무겁게 들이쳐진 커다란 대포가 부상병처럼 뻗어서 실려간다. 봉우리처럼 웅크린 소년의 집보다 조금 더 커 보이는, 캐터필러 없는 탱크가 실려간다. 바퀴가 빠지고 머리가 부서진 지 엠 시가 주저앉아서 엎혀간다. 말없는, 상하고 지친 여행자들이다. 한없이 긴 기차다. 한결같이 부서진 트럭과 탱크와 대포가 한없이 지나간다. 소년은 무서워진다. 이 기차가 한없이 막고 있으면 버스는 건널목을 넘지 못할 테니까. 저쪽에, 지금이라도 그가 기다리는 사람을 태운 버스가 와서 기다리고 있는 것만 같다. 언제가 되더라도 그들이 지나갈 때까지 기다리기도 마음먹고, 소년은 쪼그리고 앉는다. 아득한, 오랜 시간을 소년은 꾸준히 참았다. 기차에 실린 여행자들이 겨우 다 지나갔다. 벌떡 일어서며 소년은 건너다보았다. 없다——길이 없다. 철로도 없다.

철로와 도로도 밤을 타고 가버린 것이다.

남은 것은 소년의 동공 속으로 먹물처럼 넘어들어가는 어둠과, 그 어둠 속에 깊이 침몰해 가는 소년의 마음뿐이다. 누나는 왜 안 올까?

귀성(歸省)

그들은 자리에 앉은 다음 조금 어리둥절해서 방 안을 휘둘러보았다. 주인의 장사야 어찌 되든 찻집이란 그래 줬으면 싶은 만큼보다도 훨씬 지나치리만큼 아늑하였다. 지나치리만큼이랄 수밖에 없는 것은 그들이 손님의 모두였기 때문이다. 자리로 보아서 이렇게 비었으리라고는 바라지 않은 터였으므로 더욱 기이하였다. 어쩌다 늦은 시각에 변두리 다방에서 이런 풍경 속으로 들어가게 되는 수가 있지만 시내 한가운데서 이런 시간에, 오후 다섯시라는 한참일 시간에 이런 데가 있다는 것은 확실히 어리둥절할 만한 일이었다. 이런 일이 그처럼 언짢은 사건의 전조라고 생각한다는 것은 아무에게도 바랄 수 없는 일이었다. 그래서 그가 한 말도 그런 뜻은 없었던 것이다. 사람들은 자신이 있을 때 흔히 그러는 수가 있지 않은가.

"이건 너무 안성맞춤인데. 무슨 불길한 징조인지 몰라."

말이 거듭되지만 그가 이렇게 말했을 때 그것은 전혀 반대의 뜻이던 것이다. 그들 사이가 잘나가고 있다는 것. 서로가 서로를 아끼고 있으며 세상이 무엇인지 아직 잘 모르지만 비겁하게는 살지 않겠다는 것. 더구나 서로 사이에는 비겁하다고 나무람받을 일을 하지 말면서 지내자는 것. 오늘 귀성하는 그를 바래다주기 위해서 꼬박 하루를 같이 보내기로 하고 아침 일찍이 만나서 남산을 샅샅이 한 바퀴 돌고 조금 다리가 아프지만 그가 타야 할 기차시각까지 아직도 많은 시간이 남은 것을 어떻게 치를까를 생각하면 아주 즐겁다는 것. 한마디로 그들에게는 아기자기한 잠시 동안의 떨어짐을 더욱 그럴듯하게 마련하는 일을 빼고는 서운한 일은 아무것도 없다는 뜻이었던 것이다. 그녀는 귓불을 잡아당기면서 조금 웃었다. 그것이 그녀의 버릇이었다. 그러고는 카운터 쪽을 바라보았다. 두 사람의 레지가 마주보고 멍하지 서 있었다.

"아무래도 수상한데. 이럴 수야 있나."

이것도 물론 분위기가 근사하다는 즐거움의 나타냄이었다. 전세를 내기나 한 것처럼 손님은 그들 둘뿐이며 레지들도 그들의 고용주에게는 불충실함으로써 그들 연인 두 사람에게는 안달스럽지 않은 어느 소도시의 신통치 않은 찻집의 신통한 분위기를 마련하는 데 이바지하고 있다는, 행복에 들뜬 사람들이 자기들 느낌에만 겨운 마음의 나타냄이었다. 그녀는 또 귓불을 만지면서 웃었다. 확실히 괜찮아 하고 그는 생각하였다. 점잖으면서 상냥한 여자라는 그의 바람의 현실적 등가물이 그의 눈앞에서 귓불을 만지고 있는 것이었다. 수정같이 맑다고 그는 생각하였다. 아무것도 뒤에 감춘 것이 없는 그런 웃음이었다. 비겁하지 않은 게임을 마음놓고 할 수 있는 그렇기 때문에 지고 이김에 매임 없이 깨끗할 수 있는 뒷맛을 누릴 수 있는 그런 따위의 사람만이 보여줄 수 있는 그런 웃음이었다. 그것은 사실이라면 매우 알뜰히 지켜야 하고 황송스럽다는 마음으로 쏟아지지 않도록 조심하여야 할 복임에 틀림없었다. 아무리 주판을 튀기고 굴려봐야 남녀가 사귀는 것은 뺑뺑이돌리기보다 조금밖에는 더 행운을 바랄 수 없는 것이 이 도시에서의 근사한 상대와 만나는 확률이라고 그는 생각한다. 그때 그녀가 말했다.

"불긴한 제안 하나 할까요?"

이번에는 그가 웃었다.

"무서운 걸루."

이것은 그가 한 말이었다. 또 되풀이되지만 이것은 행복한 걸루, 그것도 아기자기하게 행복한 걸루, 하는 뜻이었다.

"물론."

하고 그녀가 말했다.

아직도 레지들은 마주본 채 그들이 틀어놓은 음악의 효과를 새기기나 하는 것처럼 서 있었다.

"차 시각이 몇 시죠?"

하고 그녀가 물었다. 그는 대답했다. 그녀가 오히려 더 잘 알 터이었으나 게임에서는 생략이 없으므로 그는 규칙을 따랐다.

"그럼 말예요."

하고 그녀는 한 번 멈추고 레지들 쪽을 살짝 바라보았다. 그것은 그녀들에게 들릴세라 해서라기보다도 그녀들하고 미리 짜놓은 이야기를 지금 그에게 통고하면서 공범자들에게 얼핏 눈길을 보내는 그런 투였다.

"여기서 우린 일단 갈라지는 거예요."

"갈라져?"

"네."

이번에는 왜 그런지 웃을 수 없었다.

"그래선?"

"그랬다가 이따 차 시각 한 시간 전에 다시 여기서 만나는 거예요."

"그게 뭐야?"

"그사이에 내기를 하는 거예요. 서로 자기 자신에 대해서요."

"내기?"

"네. 이를테면 어느 책방에 들어가서 책가의 제일 아랫줄 첫 번째 책이 남자 필자의 것이면 여기 오고 여자의 것이면 안 온다. 그런 식으로 말예요."

"그래서?"

"그렇게 하는 거예요."

"아니, 그렇게 해서 안 오는 걸로 내기가 나오면 어떻게 하는가 말이야."

어느새 그의 말투는 험하게 돼 있었다. 그러나 그녀는 또 한 번 귓불을 만졌다.

"그건 자기한테 각자 물어봐야죠. 내기까지는 하지만 내기에 건 돈을 치르느냐 안 치르느냐는 또 다른 일이니까요."

"다른 일?"

"다른 일이죠. 싸움에 지고 이기고는 운수지만, 지고 이긴 다음에 어떻게 하는가는 운수가 아니거든요."

"흠."

그녀는 또 귓불을 만지면서 레지들 쪽을 살짝 봤다. 그녀의 것을 따라간 눈길은 이쪽을 보고 활짝 웃고 있는 두 사람의 레지의 얼굴을 보았다. 그의 눈에 그 두 사람의 여자의 입은 귀밑까지 찢어져 보였다. 머리는 산발하고 음침한 모퉁이에 그물을 치고 행복한 사람들이 걸려들기를 기다리고 있는 어둠의 여자들처럼 보였다. 어쩐지 이상하다 싶더니, 하고 그는 생각하였다. 악의에 찬 이 장소를 가르고 있는 휘장을 그 자신의 손으로 걸었다는 일이, 그 노여움은 자기 자신에게 돌아오는 것이었다. 참다운 불행은 늘 스스로에 대

한 꾸지람의 모습을 띠는 것이므로 그는 지금 확실히 두려워하고
있었다.

"뭘 드시겠어요?"

귀밑까지 찢어졌던 입을 움츠려 감추고 어느새 머리를 가다듬은
여자 하나가 걸어와서 레지의 탈을 쓰고 그들에게 자그마한 선택을
채근하는 흉내를 내는 것이었다.

먼저 가라는 그녀에게 잘 감추어지지 않은 불안이 내배었으리라
고 짐작되는 웃음을 호기있게 웃어 보인 다음 그가 찾아간 곳은 영
화관이었다. 영화관의 프로그램 간판을 올려다보았을 때 그의 마음
은 활짝 갰다. 외국영화였는데 그 경우에는 그녀와 정한 장소에 가
고, 국산일 경우에는 안 가는 것으로 정했던 것이다. 「드라큐라의
복수」라는 제목이었다. 그는 표를 사는 줄에 서서 기다릴 신경상태
가 아니었으므로 암표를 샀다. 그러면서 그는 불쾌해졌다. 언젠가
그녀와의 말끝에 정거장 암표 얘기가 나와서 결국 시민이 사지 않
으면 그런 행위가 없어질 터이니까 마지막 책임은 우리들 자신에게
있다는 말을 한 생각이 났기 때문이었다. 영사막에서 벌어지는 천
연색의 그림자들도 음산하기 그지없는 것이었다. 도살(屠殺)의 이
미지를 본뜬 살인장면이라든가 유혈이 낭자한 대목이며 철철 흐르
는 피살자의 흘리는 핏소리가 그의 신경을 괴롭혔다. 그것이 그의
성미에 맞지 않았다. 현실에 그보다 더한 일이 있다 할지라도 이런
모습을 돈 주고 보는 것은 피하고 싶었다. 그가 자리를 뜨지 않은
것은 이런 얘기를 어떻게 끌고 가서 어떻게 끝맺는가를 알고 싶었
기 때문이었다. 끝장에서는 결국 악한 자는 망하고 사랑하는 한 쌍
은 무사히 위기를 벗어난다는 것으로는 돼 있었다. 구경이 끝나고
극장을 빠져나오는 사람들은 벌겋게 상기를 해서 겸연쩍은 낯들을

빼들고 있었다. 그녀와 갈라져 올 때의 그의 표정이 꼭 그랬으리라고 그는 생각했다.

그는 한길을 건너서 골목으로 들어서 그대로 걸어갔다. 세탁소며 이발소 같은 집들이 늘어선 골목이었다. 어떤 이층집 창턱에 속옷만 입은 여자가 한쪽 다리를 세우고 걸터앉아서 거울을 들여다보고 있었다. 사랑하는 한 쌍은 위기를 면했지만 돼지처럼 도살된 등장인물은 어떻게 된단 말인가. 그의 경우는 소생도 안 되고 그저 그만이었다. 그의 불행에는 아무 갚음도 없었다. 그래도 좋은가. 이것이 옛날이야기라면 무고한 사람은 중간에야 어떤 고생을 하건 종당에는 다 잘되게 마련이다. 심청이는 인당수에 빠져도 살게 되고 불쌍한 양새끼들은 이리의 캄캄한 뱃속에서 낑낑거리다가도 어미양이 가위질을 해서 빼내주는 것인데. 그는 이런 생각을 하면서 걸어갔다.

그러나 영화에 대한 그러한 그의 의견에도 불구하고 그는 지금 아주 언짢은 것은 아니었다. 그 영화를 보았다는 언짢음은 만일 거기서 국산영화를 하고 있었을 경우에 그가 맛볼 뻔한 어둠을 이기지는 못할 것이기 때문이다. 영화 자체가 언짢았던 것은 틀림없었다. 그러나 그 영화로 말미암은 결과는 즐거운 것이었다. 그렇다면 나는 이 영화를 좋다는 것인가 나쁘다는 것인가. 그는 얼른 대답할 수 없었다.

문제를 내는 방식에 어딘가 잘못이 있다는 생각은 들었으나 지금 그 문제의 출제를 바로 잡는 곳으로 그의 마음은 흘러가지 못했다. 그는 그녀를 원망했다. 지금 이 시간을 이런 몰골로 보내게 한 그녀가 미웠던 것이다. 그러자 그는 마치 지금 처음 깨닫기나 한 것처럼 그의 언짢음의 진정한 까닭에 부닥치는 것이었다. 그런 제안을 할 수 있는 그녀의 마음이 그의 불안이었다는 것을 생각하고 그는 화가 났다. 그에게 한 가지 생각이 떠올랐다. 그 생각이란 내기를 한 번으로 하지 말고 여러 번 하기로, 그래서 그 합(合)으로 행(行) 불행(不行)을 정하자는 것이었다. 그는 그렇게 기울어져 있는 것이 불쾌하던 어떤 균형이 되찾아지는 것같이 느꼈는데 그것은 이런 경우에 가장 있기 쉬운 흐름이었으나 말할 것이 없이 나쁜 곬으로 들어선 흐름이었다.

그는 가다가 제일 먼저 나선 공중전화에서 그의 다음 내기를 불러보았다. 같은 과의 여학생으로 그가 부르면 따라올 눈치를 자주 보이는 아이였다. 그녀는 없었다. 전화기를 놓으면서 그는 악몽에서 깨어나는 순간같이 다행스러웠다. 그가 전화를 걸었다는 사실이 가져다준 자그마한 복수의 이룸과 저쪽이 없어주었다는 데서 온 다행스러움을 동시에 거둬들인 것이었으나 그것은 완전한 만족까지는 주지 못하였다. 왜냐하면 그것은 그의 복수가 좌절되었다는 것과 그가 그녀의 그물에서 헤어나지 못한다는 것도 뜻하는 것이었으므로. 그는 또 하기로 했다.

몇 번이랄 것 없이 시간이 될 때까지 내리 그러기로 했다. 비록 그녀가 제안한 어리석음은 놀음에 걸려들기는 했지만 내기의 횟수를 늘려서 빼앗긴 것을 되찾기로 하였다. 다음 내기는 얼른 생각나지 않았다.

"어서 옵쇼. 식사하고 가십쇼."

더러운 앞치마를 두른 소년이 몸을 건들거리면서 그가 가는 길을 막았다. 이것도 그가 싫어하는 따위였다.

"비켜."

그는 소년의 손을 뿌리치고 지나갔다.

"치지는 맙쇼. 안녕히 갑쇼."

뒤로 돌아서고 싶어 하는 몸을 간신히 누르면서 그는 걸어갔다.

하기는 식사도 해야 할 것이었다. 옳지 다음에 나서는 집이 한식집이면 들어가고 또 행(行)으로 한다.

한식집이다. 냉면을 시켜서 먹는다. 맛이 좋았다. 그런데 농담이라도 하필이면 이런 농담을 하다니. 그의 불안은 이번에는 그녀에 대한 경멸로 바뀌었다. 행뚱거리면서 재수없는 농담을 재기(材氣)이기나 한 것처럼 아는 사람은 그가 제일 싫어하는 따위였다. 그녀의 어디서 그런 쓸데없는 궁리가 나왔을까. 그 다방의 모습도 아까의 그럴싸한 분위기 대신에 재수없고 빙충맞은 것으로 돌이켜지는 것이었다. 그러나 식사를 마치고 나오면서 그는 재수없었던 것은 바로 자기 자신이었다고 생각하지 않을 수 없었다. 그러나 그럴 수는 있는 일이 아닌가. 너무 행복해서 어쩐지 불안해요, 하는 것은 얼마든지 하는 말이고 내가 그렇게 말한 것도 물론 그런 느낌을 과장한 것이 아닌가. 응석부리는 아이 뺨때리기가 아니고 무엇인가. 빵을 달라 하는데 돌을 주겠느냐. 그것이 따뜻한 마음이 아니겠는가. 나는 돌을 달라고는 했다. 그러나 그것은 빵이라는 말의 응석말이 아니었는가. 그것을 말꼬리를 잡아서 돌을 달랬지, 자 돌, 하다니. 에이. 그는 이렇게 생각하면서 걸어갔다. 몇 번씩 마주오는 사람과 부딪쳤으나 정신없이 그대로 지나쳤다. 그가 속으로 하고 있는 생각이 처음보다 여유있어진 데 비해서는 어울리지 않는 행동이었으나 자신은 그대로 속의 생각에만 열중해서 바보처럼 대고 걸어갔다.

그는 시계를 보았다. 오후 아홉시까지는 너무나 많은 눈금이 남아 있었다. 그러자 그의 속의 여유는 와르르 무너지고 그는 여전히 화내고 있는 자신을 발견하는 것이었다.

만일 그의 마음이 비닐 종이에 싼 양말처럼 남의 눈에 비쳐 보인다면 얼마나 우스울 것인가 하고 생각하였다. 바쁜 일이나 있는 것처럼 분주하게 걷고 있는 작자의 다리를 움직이고 있는 힘이 이런 어처구니없는 일이라는 것이 남에게 보인다면. 그는 사람의 몸이 유리로 되어 있지 않은 것을 고마워했다. 그리고 그녀의 마음이 수정 같다고 생각한 자기 눈은 눈이 아니고 수정이었다고 생각하였다.

길을 가던 사람이 몰려서 있다. 그들의 머리 위로, 차도에 서 있는 흰 차체로 뚜렷한 +자 표가 보인다. 그가 사람들이 뒤에 이르렀을 때 +자 표는 움직이기 시작하고 사람들은 돌아섰다. 그들은 그 자리에 비집고 들어갔을 때만큼의 바쁜 동작으로 떠나버렸다. 그는 차도의 한 곳에 뚜렷한 흔적을 보았다.

방금 거기서 한 사람이 횡액을 당한 것이다. 그러자 그는 당황하였다. 그것은 부끄러움 때문이었다. 그가 결코 생각지도 않았던 일인데 그의 머릿속에서 전혀 기계적으로 야박한 움직임 한 가지가 눈 깜짝할 사이에 이루어지고 그 결과만이 그에게 통고되었던 것이다. 상여를 보면 재수가 좋다는 기억이 그의 머릿속의 어디에선가 불려져 나왔다. 앰뷸런스는 상여였다.

그러므로 너는 상여를 본 셈이다. 그러므로 오늘 너는 재수가 좋을 것이다——이런 판단이 그가 참여함이 없이 그의 머리의 어느 부분에서 순식간에 만들어져 그가 목격한 사고에 대한 그의 정서적 반응으로 그에게 제출되어 온 것이었다. 그의 의식이 개입할 여지가 없었다는 점에서 놀라웠고 그 내용의 야박함이 그를 부끄럽게 하였다. 아무리 그 자신이 참여하지 않았더라도 그의 두개골 속에서 이루어진 일임에는 틀림없었기 때문이었다. 그는 불초(不肖)의 자식을 둔 아비의 심정이 이럴 것이라고 생각하였다. 이런 자식은 벌하지 않으면 안 된다. 그는 교통사고를 목격한 사실을 오늘의 내기의 하나로 보고 그것을 '불행' 쪽으로 셈하기로 마음먹었다.

그러자 그 순간에 또 하나의 움직임이 그의 마음속에서 재빠른 계산기처럼 돌아가더니 이런 답을 내놓는 것이었다. 너는 적선(積善)을 하려는 것이다. 자신에게 손해되는 자그마한 양보를 하나 운명에게 바침으로써 보다 큰 행운을 요구할 수 있는 정서적 권리를 얻으려는 것이다. 그러므로 그대의 결정은 그대의 이익에 어긋나지 않는다——그의 자존심은 몹시 상하였다. 그리고 두려웠다. 아무리 버둥거려도 빠져나갈 수 없는 그물에 걸려버린 것이다. 그는 직감하였다. 또다시 항변하더라도 그 마음의 감시자는 즉각 그의 항변에 대한 반박을 내놓을 것이라고 그는 알아차렸던 것이다. 그것은 한쪽으로만 돌아가도록 붙박아 놓은 기계 같은 것이어서 그것과 더불어 인정을 호소해 보는 것은 헛일일 것이라고 그는 생각하였다.

그리고 그런 기계가 자기 속에 있었다는 사실이 놀랍고 두려웠다. 사고를 당한 사람은 나 같은 학생이었는지도 모른다. 오늘 귀성하려고 서둘러 볼일을 마치고 다니는 중이었는지도 모른다. 그리고 나처럼, 그렇지 나처럼 어느 여자하고 말장난 끝에 엉망으로 헝클어진 신경을 걷어안고 골똘한 생각에 잠겨 길을 건너다가 죽어간 것인지도 모른다. 쓸데없는 여자의 어리석은 경박함에 장단을 맞추다가 죽은 것이다. 그것은 나다. 내가 죽은 것이다. 내가 그럴 법한 죽음을 어느 다른 사람이 죽은 것이다.

그 망할 년 때문에. 망할 년을 그 다른 사람의 망할 년인지 자기 자신의 망할 년인지를 마음으로 가리지 않은 채 양쪽으로 두루뭉실 걸어서 그는 비난하였다. 그의 마음은 적이 가라앉았다. 어떤 일이든지 한 사람의 죽음 앞에서는 물러서야 한다면 그는 어느 이름 모를 이웃의 불행 앞에서 자신의 일을 잠깐 접어두고 모자를 벗어주었다는 생각이 들었기 때문이었다. 그 순간 실은 그것도 그 자신에

44

대한 보살핌이었다는 생각이 또 불쑥 들었는데 그는 이번에는 웃었다. 지쳤던 것이다.

자리를 넉넉하게 잡은 좋은 집들이 들어앉은 골목으로 그는 들어서고 있었다. 높고 야하지 않게 색칠한 담 너머로 잘 가꾸어진 나뭇가지가 넘어올락말락 한 그 속에서 이루어지는 삶에 대하여 그는 시골 출신다운 어떤 눌림을 느끼는 것이었다. 오늘 처음이 아니라 가끔 이런 골목을 지나가게 될 때 그는 까닭없는 무게를 느끼는 것이다.

그 무게는 그가 학교에서 보내고 있는 추상(抽象)의 세계가 그에게 허락해 주는 높은 곳으로의 거칠 것 없는 날갯짓을 지그시 내리누르는 고압(高壓)의 기류같이 느껴졌다. 두꺼운 벽에 뚫린 깊숙한 창문의 안쪽에서 잠옷 같은 것을 걸친 중년의 여자가 천천히 지나가는 것을 보고 그는 성욕을 느꼈었다. 그것은 얼마 전 선거부정에 항의한 데모가 시청 앞 광장에서 해산당하여 뿔뿔이 친구들과 갈라진 다음 이런 길로 들어섰을 때의 일이었다. 몸의 그 부분에 의해서 나타내진 그 육체의 반응은 그를 부끄럽게 하였다. 방금 치르고 온 광장의 감정에 비해서 그것은 너무나 동떨어져 보였기 때문이다. 정부(情婦)와 끼고 자는 현장을 들킨 혁명수령(革命首領)의 이미지가 퍼뜩 그의 머리에 스쳤던 것을 그는 떠올렸다.

쇠창살문 사이로 머리가 몸에 비해 엄청나게 큰 개가 어슬렁거리고 지나간다. 그는 고향집의 검둥이를 생각하였다. 지난겨울에 귀성했을 때 그녀는 새끼를 낳은 지 이틀밖에 안 된 몸을 일으켜 그의 손등을 핥아주었다. 모성애 때문에 눈이 뒤집혀 주인들에게도 실수를 저지르는 수가 흔한 그 계제에 그녀가 보여준 단정한 예절 때문에 그는 약간 감격했었다. 물론 어머니의 정성인 닭찜을 꾸지람을 들으면서 절반이나 갖다주었지만, 지금까지는 그렇지 않기나 했던 것처럼 고향 생각이 간절하였다.

오늘 밤이면 들어서게 될 동구 앞길이 당장 지금 이 길이었으면 싶었다. 그리고 검둥이와 그 검둥이 엄마와 같이 보낸 그 고향의 논두렁길을 훨훨 걷고 싶었다.

그러나 지금 그가 걷고 있는 길은 다른 길이었다. 널찍한 공간을 서로 찢어가지고 이웃간에는 거래 없이 여유있게 지내는 사람들이 사는 골목이었다. 처음에는 그는 높은 담, 튼튼한 건물의 그 안에서 이루어지는 삶에 대해서 시골소년이 별장의 안을 상상하는 그런 심정으로 생각하였었다. 그러나 서울 생활이 오래감에 따라서 그의 감정은 조금씩 달라갔다.

그 집들은 신문에 이름이 자는 나는 정치가, 실업가, 책이 잘 팔리는 교수들——그 밖에 이 사회에서 행운의 제비를 뽑은 사람들이 사는 집일 터이었다. 이런 제비를 뽑은 사람들의 개별적인 행운을 시기할 필요는 없었다. 다만 그들이 남도 제비를 뽑을 기회를 가로막는다면 또 그런 가로막음을 짐짓 모른 체한다면 그것이 나쁜 것이었다. 그 순간부터 그의 기득권은 무효며 범죄다. 이번 선거부정도 그런 점에서 나쁘다. 우리들 모두가 몇 해에 한 번씩 뽑아보는 조촐한 제비뽑기의 기회.

그것을 눈앞에서 사기했다면 그것은 사기도박이다. 노름판에서 사기는 들키는 경우 입에서 단내가 나도록 얻어터지기로 되어 있다. 그가 친구들과 같이 광장으로 나간 것은 그런 까닭에서였다. 그런데도 그 바로 다음 시간에 지나는 길 창문에 보인 여자에게 욕망을 느끼다니. 아니 잠옷을 입고 밖에 보이는 길가 창문을 지나려거든 그녀는 창문에 커튼을 다는 것이 옳았다. 스물두 살의 육체가 양보할 것이 아니라 마흔 살의 가정주부의 살림 신경이 정신을 차려야 옳았던 것이다. 그는 어지간히 밝아진 마음으로 웃으면서 주책

없는 주부가 다스리는 또 다른 창이 없나 둘러보았다.

다행스럽게도 그런 창문은 없었다. 생긴 모양들도 다르고, 크고 작은 차이도 있었지만 그것은 같은 지역에 자리잡고 있다는 것 말고도 비슷한 인상들을 주는 집들이었다. 넉넉하게 잡은 터며 잘 손질이 된 뜨락 나무며 감때 사납게 보이기는 하지만 그럴만한 삶이 길래 그런다는 듯이 벽돌담 위에서 밖으로 뻗친 꼬챙이 울타리며가 고등학교까지도 지방에서 마친 그에게 압박감을 주던 때가 있었지만 지금은 그렇지는 않았다.

절로 면역도 되었거니와 그녀를 알게 된 이후 그러한 관념적인 강박은 그녀라는 구체적인 대상과의 실속있는 관계 속에 해소될 수 있었기 때문이었다. 그에게 있어서 그녀는 이 야박한 도시에의 손잡이 같은 몫도 맡고 있었다. 추상으로서의 '서울'이 아니라 '서울 사람'과 그는 깊이 알고 지내는 것이었기 때문이다. 그런데 지금 그는 매우 외로웠다. 그녀가 장난삼아 제안한 간단한 내기가 아주 손쉽게 그를 이 도시의 이방인으로 만들어놓은 것이었다.

한곳에 뿌리를 내리고 사는 사람은 결코 그런 법이 없는 갑작스러운 북받침과 겉돎만이 그를 움직이고 이런 때라면 예측할 수 없는 실수를 저지를 법한 그런 고약한 심사에 싸여 그는 걸어다니고 있는 것이었다. 지금 이 시간에 그녀는 그에게서 가깝기도 하고 멀기도 한 존재였다. 바로 그 제안을 하기 전까지만 해도 가깝기만 했던 그녀와 그 사이에 이 '멂'을 안받침해 버린 그녀의 소행이 원망스러웠다.

그리고 그는 안달스럽고 엉망으로 헛갈린 자신의 신경과 씨양이질을 해야 하는 것이었다. 집 속에서들 서로가 서로를 앎이 없이 아마 관혼상제에도 오감이 없는 삶을 살고 있는 사람들 사이와 같은 그런 관계에 그녀와 그는 놓여져버린 것이었다. 그렇다고 그것을 가벼운 그저 장난으로 치부해 버리기에는 그는 고지식했다.

돈내기화투를 쳐놓고는 지게 되니까 장난이었던 것처럼 웃어젖히는 것이 스스로에게 용납되지 않았다. 우리 사이를 왜 어리석은 우연의 손을 빌려서 시험해야 되겠는가 하는 생각 때문에 언짢았고 그런데도 불구하고 걸어오는 시비를 못 본 체하는 것은 싫다는 이 두 갈래 마음의 흐름이 틀어대는 사이에서 그의 상식은 좀처럼 자리를 잡지 못하였다. 돌아누우면 남. 아직 그들은 문자 그대로의 뜻에서 돌아누워 본 사이는 아니었지만 감정으로는 그렇게 한 것이나 마찬가지였다.

그리고 그녀의 말을 듣는 순간에는 장난이라는 한마디로 받아들였지만 혹 무슨 속셈이 있어서 그런 것은 아니었을까 하는 생각이 그를 괴롭혔다. 그것은 그가 사람을 잘못 보았다는 것을 뜻하므로 부끄러운 일이었고 이 도시에서 사람을 건 뺑뺑이돌리기에서 그가 재수가 없었다는 것이기에 정말 떨떠름한 일이었다. 이런 생각을 하면서 그의 걸음이 주택가의 끝에 이르렀을 때 아까 그를 당황케 한 그의 마음속의 계산기는 또 불쑥 튀어들었다.

자, 현실로 돌아가서. 그대의 내기의 현재 스코어는 3 대 1이다. 그의 속에서 그의 밖의 입장을 취하고 있는 그 계산기의 이 집요한 주의신호는 첫 번째나 다름없이 그를 당황하게 했다. 현실로 돌아가서. 그런가. 결국 내가 무슨 생각을 하든 그 내기의 스코어가 지금의 내 존재의 골격이며 내 행위의 현실적 뜻이라는 말이군. 아무리 달려도 그 자리를 맴도는 악몽 속에서처럼 달아나는데도 갇혀 있는 답답함이 뼛속의 가려움처럼 그를 못견디게 볶았다.

그는 길가의 다방으로 들어가서 변소로 갔다. 휴지통 속에서 집어든 종이에 적힌 내용이 그의 호기심을 끌었다.

——朝鮮神學들어갈랴고해도問題는너무나學的智的이고新神學이
니머이니야단임으로그어찌감당할수있으랴外國語本位로하는神學
이니獨語英語라틴어는참으로제로이다어찌할고入學原書는넣었지
만感當치못하겠으니이어찌고통이아니고무엇일까?社로나가는것이
有孝할지宣敎부길로,向할런지하느님中心의生活예수主義生活을할
려고하나智試이不足하여서어찌學的으로딸어갈수없다이어찌눈물
날일이아니고무엇이랴남은神學하고여학교의대해서성공하고사범
대학에서성공한그사실이이시굴띠기는밥때문에아무것도못하고그
저취직만하고다닌것이없이無識만하구나어찌무엇을할까?어머님의
기도가허사가되는지나의포부가시드러지는지6개월속성과양재학교
다니고외국어학교종로에다니고 一年同安만열심히工夫하여꾸준히
努力하면머이든지성공하겠지누가잘기도해주는者있으면그어찌좋
을까——

그 밑에 또 이런 것이 적혀 있다.

꿔간돈	650	도야지고기	530
내가	1500	갓 마늘	950
받은돈이	6300	찹쌀	950
꿔간돈(심순례)	1140	두부	400
고추장	800	그이가	200

여기도 한 남이 있었다. 이 도시에서 무엇인가 계획을 하면서 띄
어쓰기를 무시한 글월이나마 자기 삶을 되씹어보고 있는 한 남이
있구나. 누굴까.
이 다방 레지? 그건 아니고. 레지들이 공동취사를 할 것이 아니

겠고. 또 종이가 퍽 낡았다. 그는 검은 통치마 저고리에 안경을 낀 주일학교의 보모를 상상해 보았다. 그것도 요즈음이 아니고 1920년 대쯤이었다. 글월이 주는 느낌이 무어랄까 '개화', '신여성' 같은 낱말을 생각나게 하는 것이었다. 밖에서 문을 두드린다. 그는 일어나서 매무새를 고치면서 그 종이를 호주머니에 넣고 나왔다. 그는 자리에 앉아서 차를 시킨 다음 밖으로 나와서 성냥을 한 갑 사가지고 들어왔다. 변소에서 사람이 나온다. 그는 조금 기다리다가 다시 카운터 앞을 지나 변소로 갔다. 카운터는 지나면서 그는 얼핏 레지의 얼굴을 보았다. '어머, 이 새끼 설사 걸렸나봐.' 그녀의 얼굴표정이 그의 마음에 그렇게 번역되었다. 물론 돌아서지 않고 변소로 들어간다.

그는 호주머니에서 그 일기장인지 모를 종잇조각을 꺼냈다. 그 종이에 적힌 내용이며 글투가 그에게 어떤 감동을 주었고 그 자리에 그냥 버려두어도 안 되고 그렇다고 그가 지닐 것도 없다고 생각하였다. 그의 눈에 띈 바에는 그에게는 그것을 없애줘야 할 짐이 있다는 느낌을 받았던 것이다. '그이가 200' 하는 대목이 눈길에 부딪친다. 그는 웃었다. 그는 성냥을 당겨 종이에 불을 붙였다. 타일 바닥에 동그마하게 오그라든 낙엽이 남았다. 그는 여왕의 연애편지를 치워준 달타냥 같은 후련한 마음이 들었다. 그는 이번에는 소리 내어 웃었다. 변소에서 불장난하면서 혼자 킬킬대는 그 자신이 문득 의식되었다. '어머, 이 새끼 실성했나봐.' 그의 마음속의 계산기가 그렇게 말하면서 동시에 '선행 하나.' 하고 잊지 않고 셈을 외쳤다. 그는 변소문을 걷어차 열고 밖으로 나왔다.

그는 자리에 가서 앉았다. 설사에 걸리지도 않고 실성하지도 않았다는 것을 레지들에게 밝혀놓고 나가기로 하자. 그는 신문을 한 장 샀다. 재선거를 거듭 주장. 야당 강경태도 그대로라. 정부 여당은——. '有口有言' 란을 읽는다——정말 이러긴가요. 아무리 없이 살기로 이렇게 사람 '무시 보긴' 가. 이데올로기의 혼란 다음에는 전쟁, 그다음에 오는 건 경제 문제밖에는 없다. 경제의 발전이 독립의 기초인 것은 정부가 신안특허를 가진 아이디어도 아무것도 아니고 시세의 흐름이 아닌가. 근대화. 정약용, 안창호, 김구, 안중근 이래로 그것은 한국 최근세사의 사실이지 어느 누구가 무슨 아이디어를 내기나 한 것처럼 생각한다면 이것 참 지하의 선열에게 무엄한 일이다. 봉건적·식민지적 근대화를 수치로 알고 줏대있고 사람다운 근대화를 하려니까 정약용은 괴로웠고 안창호는 일본 관리가 안 되었고 김구는 상해의 밤노래를 불렀고 안중근은 하얼빈 역두의 총성이 아니었는가. 가로 가나 바로 가나 근대화만 문제라면 일본 대표 말마따나 36년간 일본통치는 한국의 근대화에 이바지한 것이다. 삼강오륜을 지키면서 살자니 이 고생이지 죽으면 썩을 살 속곳 벗고 나서자면야 세상 놈팡이 돈이 내 돈이요 권세도 내 권세일 것은 틀림없지 않겠는가. 에이. 그는 속이 상해서 장을 넘겼다. 노래가 한 귀퉁이에 실려 있다.

回 想

당신은
걸어가서,

窓틀에
등을 기대고
조용히, 머리를
숙였었다.

변소 안에서 태워버린 종이가 퍼뜩 떠올랐다. 겉으로 보기에 그 둘 사이에는 내용으로 솜씨로나 비슷한 데가 없는데도 그 종이가 대뜸 생각났다. '그이'의 '그녀'가 그것을 쓸 때는 살아가는 그날 그날의 일을 적은 것이겠지만 그사이 흐른 시간은 그 종이에서 현장성을 뺏고 '회상(回想)'의 자리로 올려놓았다. 라틴어 때문에 괴로워한 여자. 그러면서 두부 마늘에 대하여 기록하지 않으면 안 될 생활을 하던 여자. 라틴어. 밉살스러운 라틴어. 그녀의 글의 띄어쓰기 없는 초라한 문체 옆에서 '라틴어'란 낱말은 교만한 비단옷 입은 콩쥐처럼 얄미웠다. 이 노래를 '그이'가 쓴 것 같은 착각이 들었다. 그러면 그들은 헤어진 것일까. 자기 마누라를 이렇게 노래한다는 건 좀 우스운 것 같고. 모르지. 시인이란 작자들은 엄살이 심하니까. 그렇지. 그들은 엄살계(係)다. 삶의 엄살을 맡은 사람들. 그래서 우리는 그들을 용서한다. 그들은 우리 감정의 공복(公僕)이므로. '그이'가 꿔간 돈이 얼마였더라. 분명히 그의 기억 속에 들어왔던 일이 영원히 떠올릴 수 없다는 생각이 아주 중대한 일을 잊어버리기나 한 것처럼 그를 안타깝게 했다. 그 돈이 얼마였더라. 많지는 않은 것 같았는데. 줄거리가 있는 어떤 사건도 아니고 에누리 없이 그 숫자여야만 하는 그 숫자가 어쩌다 퍼뜩 생각난다는 것은 바랄 수 없는 일이었다. 그의 속에 분명히 들어왔으면서 그에게서 벗어난 사실. 그는 뼛속의 가려움을 느꼈다. 자, 현실로 돌아와서 너의 뼛속의 가려움을 긁으러 갈 시간이다. 일어나 보는 게 좋겠군. 속의 기계는 변호사가 변론하는 동안 잠자고 있다가 그의 말이 끝나자 부스스 눈을 뜨고 피고를 향하여 유죄를 선고하는 재판관처럼 야박하게 게임 끝 시간이 가깝다고 알려오는 것이었다. 그는 다방을 나섰다.

차를 타지 않고 걸어갔다. 천천히 걸으면 정한 시간에 맞을 것이

었다. 4 대 1. 그것이 내기의 스코어였다. 그것은 분명 유리한 결과
였다. 그러나 그것은 그가 바라는 결과에 대하여 꼭 절반의 확률밖
에는 보장해 주지 못할 것이었다. 그는 자기 쪽에서 거둔 재수 좋은
성적에도 불구하고 불안한 것은 마찬가지였다. 4 대 1로 그의 감정
은 어두운 결말을 예감하는 비탈 쪽으로 기울어졌다. 그와 그녀와
의 일이 '회상' 으로 될 것 같다는 생각은 이 내기를 제안한 것이 그
녀였다는 점에서 움직일 수 없는 일 같았다. 그녀에게 무슨 생각이
있었던 것이다. 농담처럼 헤어지기를 그녀는 바랐던 것이다. 노여
움과 불안이 번갈아 가면서 왼발과 바른발처럼 그를 절망으로 실어
가고 있었다.
　긴 여름해가 넘어가고 거리에는 벌써 불이 들어와 있었다. 그가
모르는 남들이, 그가 이 길을 건너가다가 만일 차에 치이더라도 그
사실을 그들의 삶을 점치기 위한 자그마한 재료로 삼을 만큼의 양
밖에는 그에게 대한 사랑을 갖지 않고 있는 남들이, 수풀처럼 그를
스쳐지나가고 그런 수풀의 끝에 있는 낭떠러지를 향하여 그는 걷고
있었다. 그 낭떠러지에 걸 외나무다리의 절반의 길이를 그는 가지
고 가지만 저편에서 와야 할 절반의 길이가 없을 때 그가 지닌 절반
의 길이는 어두운 추락을 위한 추(錘)의 몫을 하게 될 것이었다. 장
소에 가까워질수록 그녀가 오지 않았으리라는 생각이 그 추에 돌처
럼 매달렸다. 그래도 간다고 그는 마음을 정했다. 적어도 확인할 길
이 자기 손에 달린 일을 덮어버리고 싶지는 않았다. 여기서 돌아설
수는 있었다. 그러나 무엇 때문에? 우연에 대하여 오기로 맞서기
위하여? 그럴 필요가 없다. 밑져야 본전인 바에야 해보는 것이 옳
다. 본전이 안 될 경우에도 해보는 수밖에 없다. 다 왔다. 문을 밀고
들어선다.
　그녀는 와 있었다. 그가 걸어와서 그녀 앞에 앉을 때까지 그녀는

아무 말도 없이 그를 지켜보았다. 레지가 가까이 왔다.

"이분은……."

레지는 그녀에게 시선을 돌렸다가 말을 이었다.

"……그때부터 줄곧 계셨답니다."

황금의 외나무다리가 그녀 쪽에서부터 뻗어나와서 그가 제출하려던 초라한 반쪽 길이의 나무 쪼박지에 상냥스레 겹치면서 그에게까지 이르러 그의 심장 한복판에 끝을 걸쳤다.

레지는 돌아갔다.

"커피를 다섯 잔 마셨어요."

하고 그녀가 말했다.

"그리고 손님이 서른두 사람 왔었어요."

그는 듣기만 했다.

"나가실 때 말리려고 했는데, 누군가가 제 입을 막고 놓지 않았어요. 그래서 하루종일 그 사람하고 싸웠어요."

"나도."

하고 그가 말했다. 게임 끝. 뼛속의 가려움은 가라앉고 속의 기계의 뚜껑이 닫히는 소리가 들렸다. 그 소리를 이렇게 말했다. 그럼 또. 그녀가 말했다.

"우리가 이겼죠?"

"이겼어."

그럼 또, 랬지. 암. 그때는 또 그때다. 지금 이긴 것만은 분명하다.

"전승 축하연을 하고 싶어요."

"어떻게?"

"귀성을 하루 늦추세요."

그는 끄덕이면서 일어났다. 그들은, 뒤를 돌아보면 행복이 달아난다는 이야기의 주인공들처럼 앞만 보면서, 다방을 나와서 그들의 전리품인, 그들이 더불어 싸운 적의 손톱자국이 선명한 시간 속으로 걸어들어갔다. 그러나 그는 울적했다. 그와 그녀의 이제부터의 시간은 결코 그 내기를 입 밖에 내기 전의 그들의 시간과는 다시는 같지 못하리라고 그는 생각했다. 옛날에 언젠가, 지금처럼 나란히, 꼭 이런 거리를, 이맘때, 이런 심사를 안고, 돌이킬 수 없는 일을 저지른 뒤끝에 그녀와 걸어간 적이 있다는 분명한 착각인 회상이 떠올랐다. 그러자 그는 소스라쳐 놀랐다. 그, 풍문으로만 들어온 늙디늙은 시간 속에 귀성해 있는 자기를 발견한 탓이었다. 한 신화가 다소곳이, 미안한 듯이, 발끝에만 눈을 주며, 그의 팔을 잡고, 그와 나란히 걷고 있는 것이었다. 그것은 저 늙은 '이브' 였다.

춘향뎐

　춘향은 가장 어두운 중세의 밤을 보낸 여자다. 9월 하순 남원(南原)의 그 밤에 달이 없었다는 뜻에서만이 아니다. 그녀의 마음도 이 밤처럼 캄캄하였다. 그녀는 큰칼 찬 고개를 들어 창살 밖에 내다보고 있었으나 물론 아무것도 보이지 않았다. 그 대신 관솔불 타는 냄새가 희미하게 코에 와닿았다. 옥리들이 마당에 피워놓은 모닥불일 것이다. 탁, 하고 간간히 불티 튕겨지는 소리도 그러고 보면 들리는 듯도 하였다. 그 소리가, 순전히 그녀의 상상일는지도 모를 그 소리가 그녀의 귀에 들리는 단 한 가지 소리일뿐더러 또 가장 큰 소리이기도 하였다. 어디서 우는 강아지 소리도 없었다. 남원의 그 밤은 그렇게 조용하기도 했던 것이다. 그녀는 아직껏 일자 소식 받지 못하고 있었다. 집안의 크고작은 일이 밀어닥친 가운데 분주할 몽룡의 처지를 짐작 못하는 바는 아니지만 두 달이 가까워오는데 우선 바쁜대로 잘 왔소 한마디 써보내지 않는 심사는 헤아릴 길이 없다. 그것도 예사걸음으로 쉬이 만날 처지면 굳이 일엽연서를 기다리자는 것이 경망스럽기도 하겠지만 어디 그럴 처지인가. 생각에 지친 그녀는 혼곤히 잠이 들었다. 누군가 창살을 두드린다. 푸른 저고리 붉은 치마에 머리 푼 여자가 그녀 앞에 서 있다. 그 여인은 말하는 것이다. 아가씨 신세 가엾구려. 이 몸도 살았을 적에 낭자와 같은 곤욕을 받다가 풀 길 없는 한을 품고 허공을 헤매는 몸이 되었소. 정렬(貞烈)도 한갓 뜬구름 부질없는 사로잡힘이오. 낭자는 마땅히 몸을 건지는 길을 택함이 옳을까 하오. 춘향은 대답하였다. 안 될 말이오. 한양성 낭군이 나를 버리지 않을 것인즉 나는 그대의 경우와는 같지 않소. 녹의홍상의 여인은 소리 없는 가가대소를 하는 것이었다. 그대가 나를 웃겼소그려. 열 계집 싫달 사내 있으며 기방 언약 지킬 사내 있을 것이오. 한양길이 멀다 하나 일엽서신 없는 뜻을 그대는 모르겠는가. 춘향은 그 말을 반박하여 했으나 입이 떨어지지 않았다. 안간힘 끝에 문득 깨니 풋잠에 한자리 꿈인 그녀의 뒤에는 여자의 웃는 소리가 아직 들리는 것이었다. 밤은 캄캄하였다.

남원옥에서 춘향이 어두운 밤을 새고 있을 때, 한양의 몽룡이 집 안에서는 그보다 더 어두운 밤을 밝히고 있었다. 사랑에서 몽룡은 귀양 가는 부친과 마주앉아 마지막 밤을 보내고 있었다. 말이 없다. 몽룡은 가만히 부친을 건너다보았다. 벼슬이 떨어지고 밝은 날이면 유배지로 떠나는 승지 이공의 얼굴에는 아무 빛도 없었다.

"그만 물러가서 쉬어라."

그는 조용히 말하였다. 아무 격한 투도 비감한 투도 없었다. 몽룡은 일어서서 방을 나왔다. 안채에도 불은 환했으나 기척은 없었다. 몽룡은 자기 방에 돌아와서 벽을 지고 비스듬히 앉았다. 끝내 이렇게 되었다. 그리고 이것으로 끝나지는 않으리라는 것도 그는 알고 있었다. 그의 앞길은 캄캄하였다. 역적의 자손에게 무슨 앞길이 있을 것인가. 모든 것이 캄캄하였다. 그때 몽룡은 자기 책상에 위에 놓여 있는 한 통의 편지를 보았다. 그는 이상한 설레임을 느끼면서 읽어내려갔다. 한양성 이공은 보옵소서. 소녀의 가련한 자식 춘향이는. 무도한 사또 강박하야. 어시호 이때를 당하야. 그러하오니 일각지체 부당하며. 편지를 툭 떨어뜨리고 이몽룡은 넋나간 듯이 허공을 노려보았다. 엎친 데 덮친 것이었다. 승지 부임하자마자 터진 옥사로 구명운동에 이리 뛰고 저리 달려온 지난 두 달 동안에 사실 춘향이를 생각할 겨를이 없었다. 까맣게 잊었다느니보다도 그쪽에 보낼 마음의 남는 가닥이 있을 수 없도록 엄청난 변이었던 것이다. 모든 일이 헛되고 이 지경이 된 지금 남원의 변을 알린 이 한 통의 편지는 얼마 남지도 않았을 그의 넋을 마저 빼버린 것이다. 그는 편지를 다시 읽어봤다. 일각지체 부당하며. 일각지체 부당이라. 그는 한숨을 쉬었다. 춘향을 살릴 힘이 그에게는 없었다. 그녀가 당하고 있는 곤욕을 풀 길은 하나밖에 없었다. 물론 그것은 그로서는 참기 어려운 일이었으나 지금 할 수 있는 일은 그 길뿐이었다. 그는 허공의 한 점을 노려보면서 오래 앉아 있었다. 한양성의 밤도 어둡다.

신관사또 변학도는 들어서는 홍도(紅桃)가 인사도 드리기 전에 성급하게 물었다.

"오늘은 어떻더냐?"

"황공하오나, 여전하옵니다."

"에익!"

변학도는 담뱃대를 끌어당기면서 역정스럽게 소리질렀다. 홍도가 황급히 담뱃대를 받아 불을 붙여 건네었다. 변학도는 뻐끔뻐끔 빨면서, 홍도를 노려보았다. 빨 때마다 목대에 심줄이 울근울근 솟는다. 홍도는 잦아들 듯이 옹송그리고 있다. 그녀는 사흘째 춘향 앞에 나가서 녹의홍상으로 귀신 행세를 하고 있는데 통 뜻대로 되지 않는 것이다.

"몽룡이 아비가 역적모의를 하여 멸문되었다는 말을 분명히 하였겠다?"

"분부대로 하였습니다."

변학도는 심히 마땅치 않았다. 이토록 관장을 업신여기는 년이 일찍이 있었다는 말도 듣지 못하였거니와 사대부 집안의 요조숙녀도 아닐 것이 이토록 방자한 것이 무엇보다 괘씸한 것이다. 게다가 이몽룡이 이미 멸문지문의 앞길 없는 일개 필부에 지나지 않음을 일러주었음에도 버티는 심사는 모를 일이었다. 이년이 무얼 믿구서. 지금으로서는 그에게 남은 것은 오기밖에 없었다. 정히 끝까지 항명하면 물고를 내어 관장의 지엄함을 보여야 할 것이라고 그는 생각하였다. 이름있는 색향에 와서 이런 변을 당하는 것이 아무래도 울화가 치미는 것이다.

이날 밤 홍도는 사또 수청을 받들었는데 홧김에 기생질한 터라 홍도는 약간 고생했을 것이었다.

이몽룡이 남원 고을에 이른 것은 10월 상순의 해질 무렵이다. 남원으로 들어서는 박석고개에 올라서니 산도 예 보던 산이요 물도 예 보던 물이었다. 다만 사람의 신세만은 하늘과 땅만큼이나 바뀌어 있었다. 그의 짐작대로 부친 이공은 배소에서 약사발을 받았던 것이다. 원래 같으면 상중에 이같이 나설 수 없는 일이었으나 관의 명으로 모자가 각기 다른 일가집에 기거하도록 된 사정을 틈타서 그는 춘향의 일을 풀기 위하여 내려온 것이다. 춘향네에 이르니 전에 보던 누렁이가 남루한 차림의 옛 손님을 몰라보고 꽝꽝 짖어댄다. 요 개야 짖지 마라. 주인 같은 손님이다. 네 주인 어디 가고 네가 나와 반기느냐. 이몽룡은 허탈한 넋두리로 짐승을 어르면서 마당에 들어섰다. 그러는데 마침 귀에 익은 소리가 들렸다.

"애고애고 내일이야. 모지도다. 모지도다. 이 서방이 모지도다. 위경(危境) 내 딸 아조 잊어 소식조차 끊어지네. 애고애고 서른지고. 향단아 이리 와 불 넣어라."

그것은 물론 춘향 모 월매였다. 그녀는 이렇게 향단이를 부르며 안뜰 쪽으로 돌아간다. 몽룡은 어마지간에 말은 건네지 못하고 그 뒤를 따라갔다. 월매는 그곳에 차린 기단(新壇)에 들고 온 정화수를 받쳐놓고 엎드려 빌기를 시작하였다.

"천지지신 일월성신은 화위동심하옵소서. 다만 독녀 춘향이를 금쪽같이 길러내어 외손봉사 바랐더니 무죄한 매를 맞고 옥중에 갇혔으니 살릴 길이 없습네다. 천지지신은 감동하사 한양성 이몽룡을 청운에 높이 올려 내 딸 춘향 살려지이다."

이렇게 빌기를 마치더니 펄썩 주저앉는다. 먼발치에서 바라보고 서 있는 이몽룡에게는 그녀의 푸념 마디마디가 모두 독 묻힌 화살 같았다. 그는 한참을 더 멈칫거리다가 불렀다.

"그 안에 뉘 있나?"

"뉘시오?"

"내로세."

"내라니 뉘신가?"

이몽룡은 가까이 갔다.

"이 서방일세."

"이 서방이라니 올체 이풍헌 아들 이 서방인가?"

"허허 장모 나를 몰라 나를 몰라?"

"자네가 뉘기여?"

"사위는 백년지객이라 하였으나 어찌 나를 모르는가?"

월매는 그제서야 알아봤다.

"애고애고 이게 웬일인고 어디 갔다 인자 와? 풍세대작터니 바람결에 풍겨온가? 어서 들어가세."

그녀는 엎어질 듯이 몽룡이 손을 잡고 방으로 들어갔다. 촛불 앞에 앉혀놓고 자세히 살펴보니 걸인 중에서도 상거지다. 숨은 걸음이라 초라한 편이 눈에 덜 띌 것이므로 사실 초라하기는 했던 것이다.

"이게 웬일이오?"

"양반이 그릇 되매 형언할 수 없네. 그때 올라가서 옥사에 몰려 부친께서는 귀양 간 곳에서 사약을 받아 돌아가시고 모친은 친가로 가시고 나는 춘향 소식 듣고 내려오는 길일세."

월매에게는 앞이 캄캄한 말이었다.

밀린 이야기를 하는 동안 월매는 반쯤 돌아앉아 담뱃대만 거푸 빨면서 한숨이 구들장을 흔든다. 샛바람이 있는지 촛불이 너풀거리는데 벽에 비친 월매의 그림자가 을씨년스럽기 이를 데 없다. 그렇게 마주앉아 있기를 오래 하는데 향단이 밥상을 들여왔다. 입맛이 있을 턱이 없으나 향단의 권에 못 이겨 몇 숟가락 뜨는 체하고 물린다. 그사이도 월매는 거드는 한마디 없이 돌아앉은 채였다. 그녀의 마음은 매우 어지러워서 이것저것 가릴 여유가 없었다. 그 대신 향단이 남원에서의 일을 꼼꼼하게 이야기하였다. 몽룡은 이야기 중에 가끔 한숨을 쉬었다. 이윽고 그는 말하였다.

"장모 춘향이나 좀 보아야지."

"지금은 닫았으니 바라 치거든 가사이다."

월매는 말이 없고 향단이 말하는데 마침 바라를 뎅뎅 치는 것이었다. 그들은 옥에 이르러 기왕에 통해 놓은 사정이 자리를 비켜주어서 춘향이 갇혀 있는 옥방에 이르렀다. 춘향은 이때 꿈결에 몽룡이를 만나고 있었는데 머리에는 금관이고 몸에는 홍삼을 걸친 서방님과 만나서 꿈같이 반기는 참이었다. 그때 춘향 모가 부르는 소리에 그녀는 아쉬운 꿈에서 깨었다.

"어머니 어찌 오셨소. 몹쓸 딸자식을 생각하여 천방지방 다니다가 낙상하기 쉽소. 이훌랑은 오실라 마시오."

"날랑은 염려 말고 정신을 차리어라. 왔다."

"오다니 뉘가 와요?"

"그저 왔다."

"갑갑하여 나 죽겠소. 일러주오, 꿈 가운에 임을 만나 만단정회하였더니 혹시 서방님께서 기별 왔소? 언제 오신단 소식 왔소? 벼슬 띠고 내려온단 소문 왔소? 애고 답답하여라."

"너의 서방인지 남방인지 걸인 하나이 내려왔다."

"그게 웬 말이오. 서방님이 오시다니. 꿈속에 보던 임을 생시에 본단 말이."

문틈으로 몽룡의 손을 더듬어 잡고 말을 못 해 기색하다가,

"애고 이게 뉘시오. 아매도 꿈이로다. 보고지라 그리워한 임을 이리 쉬이 만날손가. 이제 죽어 한이 없네."

한참을 반기다가 그녀는 비로소 이몽룡의 차림을 보고는,

"서방님 행색이 웬일이오."

하고 놀랐다.

이몽룡이 밤으로 옥방의 춘향을 찾아온 데는 생각이 있어서였다. 그러나 춘향의 모습을 눈앞에 보고는 마음먹었던 말이 입 밖으로 나와지지 않았다. 그러자 또 한 가지 생각이 문득 떠올랐다. 그래서 그는 부드럽게 말하였다.

"오냐 춘향아 서러워 마라. 인명이 재천인데 설만들 죽을소냐."

춘향은 춘향대로 그 말을 풀이하였다. 그것은 사랑하는 여자로서, 또 뭇사정으로 보아 그렇게 짐작하는 것이 조금도 무리할 것이

없는 그러한 짐작을 춘향은 하였던 것이다.

집으로 돌아온 다음에 월매와 이몽룡은 사랑방에서 늦도록 이야기하였다. 향단은 향단이대로 늦도록 앉아 있었다. 그녀가 술상을 만들어 들고 방문을 여는데 월매의 하던 말끝이 들렸다.

"자네 심정을 내가 알겠네. 이 지경에 별 도리 있겠는가. 고마우이."

여기서 우리는 원본 춘향전과 갈라져야 되겠다. 그 까닭은 이렇다.

이튿날 남원 고을에는 큰 변이 난 것이다. 그것은 오래전부터 소문이 있어 오던 암행어사가 출도하여 신관사또 변학도는 봉고파직이 되었다. 암행어사가 오리라는 소문은 어디선가 들려와서 남원 사람들은 다 그런 말을 듣고 있었는데 단 한 사람 당하는 날까지 모르고 지낸 것은 변학도뿐이었다. 워낙 기벽이 유다른 사람이어서 아무도 그런 소식을 전하기를 꺼려했던 것이다. 다만 기벽이 그러했다는 것뿐으로 그의 다스림이 포악무도했는지 여부도 딱히 밝힐 만한 아무 근거도 없다. 봉고파직이었지만 당파싸움에 몰렸다는 말이 있다. 여염집 부녀에게 수청을 강요한 것만 가지고도 폭정이 자명한 것이 아니냐고 하기 쉬우나 그것은 우리 생각이다. 우리처럼 인권이 완전히 보장돼서 관에 의한 사생활의 침해가 완전히 없는 현대 한국 시민의 생활 감정으로 재어볼 때 그렇다는 것이고 권력에 갇힌 어두운 중세의 밤을 살던 옛사람들에게는 그 한 가지만 가지고 지방관장을 좋다 나쁘다 할 수는 없었다는 이야기다. 신관사또 변공으로서는 춘향의 일건을 풍류남아로서 '스타일 구겼다'고 생각했던 것이요 장차 춘향을 어떻게 처분하려던 것인지 알 수 없다는 의견도 있을 수 있기 때문이다. 더구나 일설에 의하면 변학도

는 전임지는 육진지방으로 북방의 오랑캐를 무찌른 용장이었다는
데 이르러서는 비록 구정권하에서일망정 국가의 공적 활동에서 공
이 있는 자를 결석재판에서 증거 없이 유죄판결한다는 것은 근대
형법의 뜻에 어긋난다. 유부녀 공갈에 있어서도 불소급의 원칙이
있는 것인즉 평등법이 없었던 곳에 죄를 인정함은 모순이다. 그것
은 개인 변학도가 감당할 죄가 아니요 구정권의 이데올로기에 돌려
져야 할 화살이기 때문이다. 변씨 문중도 아니요 변공으로부터 구
전을 받았을 리도 없는 필자가 이같이 말하는 것은 무슨 까닭인가.
용장이든 색장(色將)이든 간에 변공을 두둔하려 함이 아님은 말할
것도 없거니와 사고형태의 장(場)이 다른 경우에 그 속에서 산 개인
의 행위평가에는 일정한 참작 상수(常數)를 고려해야 한다는 그런
이야기를 하자는 것은 더더구나 아니다. 그따위 일은 우리들 소설
가가 알 바 아니다. 그러면 무엇 때문인가. 그것은 다름이 아니다.
악역인 변학도에게 가능한 최대한의 공정함을 베푼 다음에 우리들
의 사랑하는 주인공들의 문제를 살펴보면 그들의 비극의 보다 진실
한 모습이 떠오르리라고 믿기 때문이다. 다시 말해서 변학도는 어
떻든 간에 더 정확히 말해서 변학도가 봉고파직이 돼서 무대에서
사라진 뒤에도 이몽룡 성춘향 양인의 앞에는 여전히 캄캄한 밤이
기다리고 있었다는 말이다.

　동헌 뜰에 높이 앉은 암행어사가 갈 데 없는 서방님 이몽룡이거
니 한 춘향의 아름다운 환상은 얼굴을 들라 소리에 기다렸다는 듯
이 올려다보는 참에 쉽사리 깨어졌다. 놓여 나온 그녀는 집에 와서
비로소 한양에서 있었던 일을 들었다. 그리고 낭군이 그녀를 살리
기 위해 실행할 뻔한 모종의 결심(우리는 그것을 알자꾸나 하지 말
자. 그것은 프라이버시의 문제다.)을 듣고 울었다.(울 만한 이야기였
다는 것은 상상하여도 좋다.) 아무튼 그들은 모처럼만의 만단정회를

하면서 며칠을 지났다. 춘향은 어느 날 심상찮은 일을 알아냈다. 어머니 월매에게 사또청의 사람들이 자주 드나들고 그 일을 월매가 자기 춘향에게 숨기고 알세라 하는 일이었다. 이상하다고 그녀는 생각하였다. 예나 지금이나 충신인 향단이의 도움으로 그녀는 진상을 알아내고야 말았다. 암행어사가 춘향을 소실로 소망한다는 것이었다. 열녀를 맞아 부귀영화를 같이하고 싶다는 것이었다. 그리고 월매가 뜻을 받들어 모시겠다고 연통을 하고 있다는 것이었다. 춘향은 눈앞이 캄캄하였다. 옥중에서 새운 밤은 이에 비하면 아무것도 아니었다. 지금 경우는 기다릴 이몽룡도 없고 믿을 모친도 없었다. 한 사람은 장모 눈치보는 기둥서방이요, 한 사람은 적이었다. 그날 밤 그들 두 남녀의 방에서는 늦게까지 두런두런 말하는 기척이 들렸다. 캄캄한 밤이었다.

이튿날 아침에 월매는 향단이의 황급한 외침으로 뒤숭숭한 꿈자리에서 깨어났다. 그녀가 디미는 만리장서를 반만 읽고 불쌍한 월매는 기색하여 방바닥에 넘어졌다. 연놈은 밤도망을 쳤던 것이다.

몇 해가 지난 후.

소백산맥의 기슭에 살면서 산삼을 캐면서 늙어온 한 노인이 있다.

그해 여름에는 어쩐 일인지 여느 해 같으면 만났음직한 산삼을 한 뿌리도 캐지 못하였다. 하기는 대중없는 일이어서 첫손에 찾아도 이치요, 아흔아홉 번 만에 못 캐었대도 이상하다 할 것은 없는 그 노릇이기는 하였다. 지리도 쓸데없고 풍수도 쓸데없는 운수 노름이었다.

그날도 골짜기로 비탈로 종일토록 헤매고 있던 노인은 어느 산 모퉁이에서 문득 인가를 만나게 되었다. 오래 산에서 살았다기로 제 손금이 아닌 바에야 모르는 골짜기가 있기로서니 이상할 것은 없었으나 그래도 신기하였다.

노인이 가까이 가본즉 마침 마당에서 놀고 있던 서너 살 돼 보이는 사내아이가 낯선 사람을 보고 뒤껼으로 급히 돌아가더니 이윽고 어미일 듯싶은 아낙네의 손을 잡고 나오는 것이었다.

해질 무렵이었다. 산등성이에서 뉘엿거리는 지는 해를 앞으로 받은 아낙네는 이 세상 사람 같지 않게 아름다웠다. 노인은 자기를 밝히고 날도 이미 다 기울었으니 그럴 수 있으면 하룻밤 나그네 되기를 청하였다. 아낙네는 한참을 말이 없더니 아무튼 마루 끝에 앉아 잠깐 쉬라고 한다. 그러고는 아이를 데리고 사립문을 나갔다. 노인은 마루 끝에 앉아 집을 두루 살펴보았다. 산속에 사는 사람이 사는 집이라 화려할 리는 없으나 매우 깨끗하다.

잠시 후에 아까 그 모자가 그 지아비일 한 남정네를 앞세우고 사립문을 들어선다. 이야기가 있었던 모양으로 주인은 노인을 안으로 청해 들였다. 방 안의 살림살이는 더욱 깔끔해 보였다.

밥상을 받고서 노인은 또 한 번 혀를 차야 했다. 음식이 매우 알뜰했던 것이다. 산나물 무친 것이 그렇게 달 수가 없었다. 시장이 반찬이어서가 아니었다.

상을 물린 다음에 주객 사이에는 이야기가 길어졌다. 그사이 아낙네는 세 번 드나들었다. 한 번은 지아비 무릎에서 잠이 든 어린것을 받아갔고 두 번째는 산차를 들여왔다. 그때마다 지아비에게 무슨 말을 할 듯하는 것을 노인은 보았다. 그러나 남정네는 세상 돌아가는 일을 이것저것 물으면서 긴 이야기를 바라는 것이었다. 마침내 세 번째 걸음에 그녀는 넌지시 노인이 고단하실 테니 그만 물러가자고 남정네를 안동하여 나가는 것이었다.

밤중에 노인은 소피를 보러 나왔다가 문풍지에 그림자가 마주 앉은, 불 밝힌 방안에서 새어나오는 아낙네의 말소리에 걸음이 멎어졌다.

"씨팔놈의 세상일 알아서 뭐 할랍디여?"

그러자 웅얼웅얼하는 남정네의 목소리.

"오매 속 뒤집는 소리 마씨요잉. 효도에도 양반 상놈 있습디여?"

이번에는 남정네의 대꾸가 없다. 어떤 말끝이었는지는 모르지만 방 안의 말소리가 끊어지자 노인은 자기가 엿들은 것이 알려졌을까 봐 황급해서 얼른 발소리를 죽여 방으로 들어왔다. 그쪽에서는 더는 기척이 없었다. 노인은 깊이 잠들었다. 꿈에 노인은 산삼을 캐었다. 아주 큰 산삼을. 그것은 주인 아낙네였다······.

밝은 날에 노인은 정성스레 차린 아침밥을 대접받고 이 집에서 떠나갔다. 산의 이른 아침에 보는 아낙네는 검게 그을은 얼굴이었으나 이슬 뿜는 머루 다래처럼 뽀얗게 고왔다.

며칠 후 빈손으로 돌아온 노인은 마을 사람들이 지나가는 소리로 하는 이야기를 들었다. 먼 고을에 방이 붙었는데 어떤 남녀를 관가에서 찾고 있다는 것이었다. 남자는 한양 벼슬 높은 사람의 자손이고 여자는 그 아낙인데 이번에 억울하게 죽은 그 벼슬아치의 혐의가 풀려서 나라에서 그 핏줄을 찾는다는 것이었다. 노인은 불현듯 그 정결한 산의 식구들을 생각하였다. 그러나 자기가 하룻밤을 지낸 그 집 이야기를 입 밖에 내지는 않았다. 어쩐지 그래서는 안될 것 같았기 때문이다. 그 대신 노인은 그다음 걸음에 다시 한 번그 집을 찾아갔다. 그런데 이상한 일이었다. 아무리 헤매도 집은 나오지 않았다. 노인의 기억에 틀림은 없을 것이었다. 그러나 하루해를 헤매도 볕 바른 골짜기를 찾아내지 못하였다. 해질 무렵이었다. 노인은 바위 그늘에 풀썩 주저앉아 아픈 다리를 쉬었다. 그때였다. 뉘엿거리는 저녁 햇빛 속에서 노인은 보았다. 자기가 찾고 있는 또하나의 것을. 자기의 바로 발끝에서. 노인의 눈에는 파묻힌 굵직한 뿌리가 환히 보이는 산삼 줄기를.

노인이 캐어온 산삼은 유별나게 큰 것이었다. 마을 사람들은 이렇게 큰 삼은 보는 것도 처음이러니와 들은 적도 없다고 말하였다. 어떤 사람은 "허 양귀비 허벅다리 같네." 하였다. 노인은 문득 얼굴이 뜨거워졌다.

노인은 평생 그 일을 입 밖에 내지 않았는데 어쩐지 그래서는 안 될 것 같다는 여전한 생각에 겹쳐서 문득 얼굴이 뜨거워지던 일이 늘 그 집에서 보낸 그날 밤 꿈의 칠흑 같은 어둠을 생각게 했기 때문이다.

그 어둠인즉슨 남원이 성춘향이 그토록 사랑하면서 그토록 두려워한 바로 그 어둠인지 어쩐지 혹은 그 어둠의 어느만한 부분인지는 필자로서도 물론 무어라 말하기 어렵다.

만가(挽歌)

 탁. 탁. 탁. 아카시아 가지가 차를 때린다. 좁은 길. 아주 좁은 길. 이런 데서 자동차들은 어떻게 비켜갈까. 어머 그게 무슨 상관야. 나 좀 봐. 아이 어쩜 이럴까. 이런 생각밖에 안 나. 내 세상이 끝났는데 왜 이렇게 아무 일도 없담. 왜 이렇게. 왜 이렇게……. 아아. 텅 비어 있을까. 모든 것이. 모든 것. 모든 것이? 모든 것이. 모두가. 모두가. 다. 다, 다. 아이 어쩜 이럴까. 모두 모두 어쩜 이럴까?
 그녀는 창밖의 가을을 본다.
 속이 알차가는, 부듯하게 익은 철이 자신있게 유유하게 거기서 있다. 앉아 있다. 웃고 있다. 가솔린 냄새보다 짙은 송진 냄새. 아아 어쩜 이럴까.
 고원의 마루턱에서 차는 멎었다. 네 사람의 손님들은 차를 내려가서 차머리 쪽으로 간다. 그녀는 맨 뒤 자기 자리에 앉은 채로 움직이고 싶지 않다. 그늘이 바뀌어 있다. 타고 오던 때와 거꾸로 햇빛이 곧바로 들어온다. 그녀는 놀란다. 차 안에는 아무도 없다. 운전사 옆자리 덩그마하게 솟은 기관부 위에 북어짝이 장작개비처럼 수북이 실려 있다. 허름한 시골 버스다. 마루?를 본다. 판자가 들썩한 사이로 자갈이 내려다보인다. 그녀의 구두는 뽀얗다. 그녀는 웃는다. 어머. 죽으러 가면서도 교태야. 그녀는 웃는다. 구두한테? 구두한테야 뭐 어떨라구. 뭐가. 뭐가? 무슨 말이었드라? 그녀는 깜박 잊어버린다. 무엇을? 무엇을? 무얼 잊어버렸을까. 무얼 잊어버렸는지 알면 잊어버리지 않았게? 그런데 이 사람들이 웬일일까. 일어선다. 차 밖으로 나온다. 그녀는 비로소 와 있는 곳을 안다. 다 트였다. 구불구불한 산길. 이 차가 올라온 길이 저기까지 보인다. 아카시아가 많은 길이다. 죽 올라와서 여기다. 다 트였다. 사방이. 제일 높은 곳. 운동장만한. 클로버. 클로버. 클로버…….

클로버 보료 위에 뭇 들꽃들이 꽃밭을 만들고 있다. 거의 완전한 원형의 산마루. 구름이 바로 머리 위에 있다. 높은 가을 구름이.

부르릉. 돌아본다. 운전사는 자리에 올라앉아 핸들을 잡고 비죽이 창밖으로 목을 내밀고 손님들은 밭 갈다 넘어진 황소 들여다보듯 엔진 주위에 몰려서 있다.

"거기를 잘 봐요."

운전사가 밖에다 대고 소리친다. 부르릉부릉.

그녀는 돌아서서 들꽃 속으로 걸어들어간다. 네 잎사귀의 클로버. 경망스러운. 정말 경망스러운 사랑의 장난. 한 푼짜리 사랑의 장난. 한 푼 두 푼 모아서 목돈을 만들려던 것일까. 손이 퍼렇게 되게 클로버를 따고. 그는 말짱한 손을 뒷짐지고 웃는다. 보고만 있다. 나는 그의 머리며 가슴 호주머니며 단춧구멍에 꽂아주고. 저요? 제 행운은 당신이 맡아가지고 계시잖아요. 싫어. 생각하기 싫어. 생각하기 싫어. 생각하기. 깨끗한 손으로 물러설 궁리를 하고 있는 사람이 내 눈에는 보이지 않았지. 내 눈에는 장님이 된 내 눈에는. 싫어. 싫어. 다. 모두. 그럴 수 없어. 그럴 리가 그럴 리가 없어. 거짓말이야. 거짓말이야. 그녀는 클로버를 밟고 걸어간다. 끝이다. 내려가는 길이 보인다.

"어머 안 오셨어요?"
이러저러하게 궁리를 했던 말은 어디로 가고 이렇게 받아버린다.
"엇갈리신 모양이구면."
늙은 바깥주인은 혀를 끌끌 찬다.
"어쩌나."
깜빡, 거짓말이 참말 같다. 울고 싶다.
"어쩌나."
어디 딴 남이, 호숫가의 산장에서 만나기로 한 사람 때문에, 옆에서 발을 동동 구르는 소리를 듣는다. 정말 어쩌나. 아아 정말 어쩌나.
"허허 참. 아무튼……."
들어가자고 주인은 앞장선다. 뒤뜰 정자에 가서 앉는다. 노인은 마누라를 부르면서 부엌 쪽으로 돌아간다. 노인의 모습이 칡넝쿨 저쪽으로 돌아가자 그녀의 고개는 고리가 열린 기계처럼 돌아간다.
거기 호수가 있다.
호수에는 금의 화살들이 수없이 꽂혀 있다. 해질 무렵의 햇빛이 호수에 기름처럼 흘러 있고 물가에서부터 시작하여 훨씬 안쪽까지 자라 있는 갈대들은 그렇게 보인다.
늙은 부부가 나오는 기척에 그녀는 후딱 고개를 돌린다. 호수를 보고 있는 자기를 들키면 그녀의 마음이 들킬 것처럼 느껴져서.
늙은 마나님 앞에서 그녀는 또 한 번 정말이고 싶은 거짓말을 다시 한 번 걱정해 보여야 하였다. 철이 지나서 손님이 없다 한다. 기찻길에서 너무 멀기 때문에 늘 그럴 것이라고 한다. 오기도 했으면 어련히 오겠느냐고 말한다. 냄새가 독특한 산차를 권한다.

노파와 둘이서 이야기하는 사이에 그 인자하게 늙은 얼굴의 주름이 점점 분간하기 어려워지고 끝내 말소리만 남는다. 잠깐 사이에 해가 넘어가 버린다. 지난여름에 정이 든 늙은 부부는 그녀가 기다리는 사람이 오지 않는 것이 자기들 탓이나 되는 것처럼 미안해한다.

포마드통에 심지를 단 기름불이 밝히는 밥상에 둘러앉아서 식전 기도를 드리면서 노인들은 주님의 어린 딸이 먼 길을 무사히 닿은 것에 감사한다. 그리고 그녀와 여기서 만나기로 한 청년이 내일 차편으로 무사히 오게 되기를 간절히 빈다. 그녀는 끝내 울음소리를 입 밖에 내고야 만다.

"이러면 안 돼요. 하룻밤만 꾹 참으면 될 걸 가지구서. 자, 자, 몸에 해로워요. 이럴 땔수록 끼니를 제대로 해야지."

모두 산나물뿐인데 늙은이가 호수에서 잡았다는 붕어도 올라 있다. 그녀는 속이 올라왔다.

문득 보인다. 어두운 호수의 밑바닥에 누워 있는 자기의 입으로 드나들고 있는 고기떼들이. 그녀는 더 앉아 있을 수가 없었다. 늙은이들은 말리지 않는다.

작년과 같은 그 방에서 그녀는 호수를 내다본다. 원래 숙박은 받지 않고 철에 찾아오는 이근의 소풍객들에게 차와 식사를 대접하는 집이라 크지도 않다. 혼자 있고 싶은 마음을 알고 있는지 주인 부부는 잠자리를 봐주고는 자기들 방에 돌아가서 찬송가를 부른다. 많이 불리는 곡이어서 귀에 익은 그 노래를 그들은 조용히 같이 불렀던 것이다. 이 방에서. 지난여름에. 아아, 그러고도 이렇게 될 수 있다니. 우리는 호수에 나갔다. 작은 배를 타고 저어나갔다. 그는 물론 노 젓는 것이 서툴다. 기우뚱기우뚱하는 것까지는 괜찮다. 그러나 얼마를 젓다가 돌아보면 우리 배는 그저 그만한 언저리를 빙빙 돌고 있다는 것을 안다. 우리 배가 남겨놓은 물이랑이 달빛 속에서 똬리를 풀어가는 뱀처럼 구불거려 보인다.

나는 소리없이 일어서서 물가로 내려간다. 노인들의 노랫소리도 그만하게 들릴 만큼 가깝다.

그때처럼 달 좋은 밤이다.

우리는 갈대 사이로 배를 저어간다. 갈대가 있는 데는 빠져가기가 어렵다. 달빛은 갈대 사이로 쏟아져내린다. 가냘픈 창대처럼 갈대는 달빛을 튕겨내고 물 위에 그만한 수의 그림자를 눕혀놓고 있다. 서 있는 은빛의 창대들을 헤치고 물 위에 쓰러진 그림자를 깨뜨리면서 배를 몰아간다. 처벅거리는 소리를 내면서. 처벅처벅거리면서. 갈대가 뱃전에 부딪히는 탁탁탁 하는 소리를 내면서. 단단하면서 약간 물기 있는 소리. 노가 갈대를 헤치는 팔의 움직임에 따라 크게 한 바퀴 들리는 소리 사이에서 뱃전에 부딪히는 갈대 소리는 한결 잦다. 사그락사그락할 때는 스칠 때. 지금 그 소리가 들린다.

지금도 배 세 척이 물가에 매여 있지만 저기 보인다. 우리가 탄 배가 갈대 사이를 지나는 것이. 훨씬 들어간 곳이지만 배 가는 소리도 들린다. 탁, 탁, 탁, 부딪히는 소리만이 아니고 은밀한 사그락사그락 소리까지도. 자기 귓속의 귀지가 무너앉는 소리처럼 가깝고 가깝게.

좋지?

좋아요. 참, 좋아요.

내 친구가 여기 한번 가보라는 거야. 전혀 알려지지 않은 명승지라는 거야.

그분도 이렇게 했나요?

그건 말 안 하더군. 한강에 배 지나간 자린데 어때?

그런 말 싫어요.

응? 내가 나빴어, 화났어?

처벅, 처벅. 탁, 탁, 탁. 그 사이로 사그락거리는 숨소리를 그는
자기 입술로 막는다.

사랑해.

사랑해요.

영원히.

영원히.

어떻게 사랑하면 다 사랑할 수 있을까?

다 사랑하는 건 싫어요.

무슨 소리지?

다 사랑하면 어떡허게요?

우리 죽을까?

어머 왜 죽어요?

죽기가 무서워?

당신하고 살고 싶어요.

살아야지.

이 담에 죽으면 같이 파묻혀요, 네?

왜 파묻히는 소릴…….

어머 자기는?

그들은 웃는다. 서투른 노 끝에서 빛나는 물방울이 튀어나간다.

인제 그만 나가요.

얼마 오지도 않았어.

그래도 많이 왔어요.

난 헤엄 못 하니까 당신만 믿어.

저도 못 해요.

   온누리에 은빛이 넘쳐흘러서 서먹할 만큼한 크나큰 행복. 그들
은 다시 노를 저어 그녀의 시야 밖으로 사라진다. 끝에서 끝이 보이
는 호수인데 그들은 아무 데도 보이지 않는다. 어느 기슭에도 닿지
않았는데 그들은 보이지 않는다. 갈대숲에서 그들의 배가 쑥 나온
다. 부인이다. 그의 부인이다. 아아. 나쁜 나쁜 사람. 그녀는 한 발
물가로 다가선다. 사라졌다. 그들이 타고 있던 배는 어느 기슭에도
없는데. 갈대숲은 아무것도 감춘 것이 없는데. 그의 목소리다. 내
마음은 호수요 그대 저어오오. 그 밤에 부르던 노래. 나쁜 나쁜 사
람. 거짓의 호수로 나를 부른 사람. 그녀는 한 발 더 다가섰다. 어느
기슭에도 배는 없고 호수로 부르는 젊은 노랫소리 대신에 늙은 목
소리들이 신을 부르고 있는 평화스러운 소리를 등 뒤로 듣는다.
   노인들 방에 가 앉는다. 대단찮은 가구들이 잘 닦아놓은 곱돌솥
처럼 참하다. 시렁에 얹어놓은 산차 꾸러미가 언뜻 보기에 시래기
널어놓은 모습이다. 그 밑에서 노인들은 산차 같은 이야기를, 시래
기 같은 이야기를 들려준다. 눈으로 듣는다. 고개로 듣는다. 제 속
의 환상을 보면서 제 슬픔에 혼자 주억거리면 노인들에게는 고즈녁
한 말동무가 되어준 것이 된다. 그래서 산차 같은 이야기고 시래기
같은 이야기다. 그런데도 자리를 뜨고 싶지는 않다. 생각이 멍해지
고 노인들의 얘기꼬리도 놓치면 벌레소리가 몰려온다. 포마드통에
심지를 단 기름불은 창호지를 적시며 밝혀주는 달빛보다 훨씬 못하

다. 창호지 너머로 그녀에게는 보인다. 은빛의 갈대들이 창창하게 꽂힌 호수가. 노인들은 그녀가 참하다고 한다. 덕이 있어서 남편 복이 있겠다고 한다. 달빛이 번쩍이는 호수에 그들이 탄 배가 미끄러져 간다. 두 사람이 탔는데 세 사람이다. 얼굴이 셋인데 몸은 둘이고 한 몸뚱이에 얼굴은 하나씩이다. 갈대가 배를 때린다.

그녀가 기다리는 사람이 참한 청년이라고 노인들은 말한다. 요즈음 세상에는 시골 젊은이들이라고 참하지만은 않다고 한다. 내일은 꼭 온다고 한다. 그러면 교회에 나가보자고 한다. 건너 마을에 있는 교회에 셋이서 가자고 한다. 셋이 탄 배에 두 사람이 앉아서 그녀를 보고 웃는다. 어쩜. 그녀는 노엽다. 늙은 마나님은 성경책을 편다. 치마꼬리를 눈에 가져가는 형국으로 성경책을 편다. 늙은 여인도 그녀의 호수를 본다. 그녀의 호수에서는 주님께서 물 위를 걸어가신다. 그녀는 알릴락말락 몸을 흔들면서 주님을 따라 중얼중얼 호수를 건너간다.

그녀는 방으로 돌아온다. 앉지 않고 방 한가운데 오도카니 서 있는다. 벌레소리가 요란하게 들린다. 오랫동안 서 있었는지 그렇지 않았는지 그렇게 아득하게 벌레소리에 잠겨 있다가 다시 노인들에게로 간다. 혼자서 자지 못하겠다고 말한다. 노인들은 그녀를 아랫목에 눕히고 자기들은 윗목에 밤송이처럼 오그라붙는다. 기름불이 꺼지고 방 안에 시뿌연 달빛이 가득찬다.

한 해를 호수에서 살았다. 어디를 가나 호수가 있었다. 무슨 일을 하나 호수가 있었다. 그녀의 스물네 시간에 호수는 그녀의 속에 있고, 밖에 있고, 거기서 그들은 늘 배를 타는 것이었다. 호수에서의 삶. 사그락대는 갈대숲의 숨소리 속에서 도시의 해가 뜨고, 호수에 어울리지 않는 도시의 부분들은 호숫가에서 산등성이에서 스르르 움직이던 반딧불보다도 못하였다.

그녀는 창문으로 내다본다.

밤의 호수. 묵화처럼 둘러선 산그림자 속으로 밖으로 차단한 여린 빛의 티끌들이 스르르스르르 떠돈다. 그것들은——반딧불들은 호수 위에도 흐른다. 갈대숲 사이사이로 인불처럼 흐르고 줄기에 매달린다. 깜박 내려앉은 태양을 미처 따르지 못하고 달은 뜨기 전 한결 어두운 하늘에 은하수가 흐른다. 별들은 호수로 떨어져내려와 물속에 잠기고 갈대숲 사이사이로 인불처럼 흐르고 묵화처럼 둘러선 산그림자 속에서 밖에서 차단한, 여린 빛의 티끌이 되어 스르르스르르 떠돈다.

이윽고 달이 뜬다. 호수는 빛의 거울이 된다.

갈대 사이로 배가 지나간다. 밑바닥에 문둥이가 누워 있고 여자가 곁에 앉아서 남자의 허물어진 이마를 짚고 있다. 문둥이 얼굴에서는 여기저기 은빛의 고름이 배어나온다. 여자는 거기다 입맞추고 핥아먹는다. 여자가 문둥이가 된다. 달처럼 환한 남자가 누워 있고, 얼굴이 허물어진 여자가 곁에 앉아 있다. 여자는 세 손가락만 남은 손으로 근심스럽게 남자의 이마를 짚는다. 남자는 몸서리치며 일어난다. 가만있어야 해요 하고 여자가 말한다. 나를 만지지 마라. 남자가 그렇게 말한다. 제가 만져야 당신은 나아요. 나를 속였지 하고 남자는 말한다. 억설을 한다고, 그 자리에 없는 내가 발을 동동 구른다. 당신이 그래도 좋다고 하지 않았어요? 하고 여자는 말한다. 나 아닌 내가 말도 안 되는 대답을 하고 있다. 얼굴이 왜 그렇게 됐어 하고 남자는 말한다. 어디서 그렇게 많이 고름을 빨아왔어 하고 남자는 말한다. 내게서? 내게 어디 고름이 있어. 여기 있잖아요? 그녀는 은빛나는 손가락으로 남자의 허물어진 얼굴에 흐르는 고름을

찍어 보인다. 여기 있잖아요? 하고 여자는 말한다. 네가 나를 망쳤
어. 남편이 있으면서 나를 유혹했지? 하고 남자가 말한다. 아아 거
짓말을. 당신도 아내가 있으면서 하고 여자가 웃는다. 그것이 정말
인데. 내 남편은 저기 있어요. 여자는 은빛의 손가락을 물속에 잠
그면서 가리킨다. 호수의 밑바닥에 달 같은 남자가 누워 있다. 손
짓한다. 저이가 불러요. 가야 해요. 그녀는 물속으로 내려간다. 남
자와 여자가 탄 배는 어디론지 가버렸다. 어느 언덕에도 닿지 않고
그들의 배는 먼 항구로 가버렸다. 그녀는 그들이 웃으며 가는 것을
본다.

　호숫가에 매어놓은 세 척의 배는 그때처럼 그녀의 눈 아래 있고,
그런데도 내 세상은 끝난 것일까 하고 생각한다.

　한밤내 자지 못했는데도 머릿속이 은종이처럼 맑다. 늙은 주인
은 그녀와 마주앉아 호수를 둘러싼 산을 가리킨다. 한가한 틈이면
마누라와 둘이 여기 앉아서 서로 무덤자리를 짚어본다고 한다. 그
들의 의견은 아직 마주치지 못하고 있다 한다. 저기 눈에 띄는 소나
무 아래가 좋지 않으냐고 한다. 할아버지는 오래 사신다고 말한다.
늙은 주인은 그래도 여기저기 산비탈을 가리켜 보이면서 그들이 오
래 살 집터를 이야기한다. 소나무 저편이 차밭이라고 한다. 작년에
그들은 어찌어찌하다가 가보지 못하고 만 곳이고. 차 이야기가 나
온다. 차는 까다로운 식물이라 한다. 자리가 바뀌면 여간해서 살지
못한다고. 그래서 혼인예식에 다례식을 하는 것이라고 한다. 서로
를 떠나서 서로의 삶은 없으리라는 정절의 맹세라 한다. 가냘픈 나
무포기보다 못한 사람의 이야기가 슬프다. 집에 데리고 가라고 조
르지도 않았다. 가족을 알자고 하지도 않았다. 약혼식을 하자고도
않았다. 도장 찍고 주고받는 것이 싫어서. 세상을 얕보면서 살리라

78

하였다. 속고 속이는 험한 꼴은 유행가에나 있는 것이었다. 뭐 애써 그리 생각한 것도 아니겠다. 사랑하기에 매일 바빠서. 당신하고 죽고 싶지만 내 몸이 나만의 것은 아니라고. 나를 남편이라 애비라 부르는 것들이 나를 묶는다고. 땅을 옮겨앉아도 안 죽겠노라는 사람 나무에 목숨을 걸었던 내 바보.

높은 구름이 하늘에 비껴 있고 호수는 고요하게 빛난다. 허깨비들은 다 어디 갔는가. 그 추한 것들은. 어지러이 뛰던 그것들은. 노인이 일어서는 기척에 퍼뜩 다른 정신으로 돌아온다.

늙은 부부는 그녀를 두고 건너 마을 교회로 갔다.

빈 집에서 서성거리다가 정자에 와 앉는다. 누렁이가 곁에 와 엎드린다. 털이 수북한 늙은 개다. 같이 갔으면 좋겠지만 그사이 사람이 올까봐 집에 있으라고 늙은 부부는 말하였다. 사람이 온다고. 정말 올 것 같은 환상에 가슴이 미어진다. 그녀가 찾아온 시간에 그사람도 불현듯 달려오고 싶은 마음이 솟기를 바라는 마음. 방에 가서 시계를 본다. 정말 약속한 것처럼 사무친다. 반딧불보다 약한 우연을 바라는 마음이 햇바퀴만한 환상이 된다.

호수의 곁에서 반짝이는 햇빛 알알들을 낱알 줍듯 헤아리면서 기다린다. 그 숱한 낱알을 다 주워도 사람은 오지 않는다.

뒤뜰에 가서 닭모이를 준다.

그늘에 널어놓은 산차를 뒤적인다.

부엌에 가본다. 반지르르한 솥뚜껑을 들어본다. 찐고구마, 찬밥이 들어 있다. 뚜껑을 닫는다. 찬장을 열어본다. 고사리 접시가 하나, 도라지 무친 것이 하나, 이름 모를 산나물이 두어 가지 더 있고, 말짱하게 씻은 그릇들. 어디 한 군데 손댈 데가 없다.

정자 옆으로 난 길을 따라 산에 오른다. 나무 같은 것들이 서 있고, 풀 같은 것들이 자라 있달 뿐 아랑곳없는 마음이 산을 오른다.

벌레소리가 짜증스럽고 맨종아리는 쓸데없이 따끔거린다.

내려와 버린다.

도로 정자로 온다. 방으로 가서 시계를 본다. 물가로 내려간다.
누렁이가 따라온다. 호숫가에는 세 척의 배가 매어져 있다. 닻줄을
푼다. 올라간다. 기우뚱하면서 그녀는 배 가운에 선다. 노가 없다.
다시 내려서 뒤꼍으로 간다. 노 한 개를 들어다 배에 얹는다. 누렁
이가 의아스럽게 쳐다본다. 하나를 마저 가져다가 싣고 탄다. 노 하
나를 들어 물 밑을 민다. 천천히 모로 틀어지면서 배가 쑥 나간다.
두 팔에 힘을 주어 노질을 해본다. 안 나간다. 씨양이질을 한다. 누
렁이가 짖는다. 어느새 누렁이는 발을 반쯤 잠그고 물속으로 들어
와 있는데 그녀의 배는 누렁이가 따라오지 못할 만큼은 나와 있다.
누렁이는 또 짖는다. 그녀는 또 젓는다. 앞으로 나가는 대신에 호수
는 그녀의 배를 모로 핑그르 돌려놓는다. 저만큼 앞에 물속에 잠긴
구름의 머리까지 아무리 애를 써도 닿지 못한다.

갈대숲 사이에서 배가 나온다. 배에 탄 두 사람의 남녀는 얼굴이
허물어진 그 사람들이다. 그들은 칼을 들고 그녀 쪽으로 쏜살같이
저어온다. 그녀는 죽을 힘으로 달아나는데 물에 잠긴 구름의 머리
는 아직 그만하고 쏜살같이 칼 든 사람들은 그만한 데서 그만하게
그대로 저어온다.

저 사람들이 무섭다. 무서워. 이 호수에서 빨리 빠져나가야지.
그녀는 살고 싶다. 배는 자꾸 맴을 돌고 팔은 이제 노처럼 뻣뻣하
다. 안 되겠다고 그녀는 생각한다. 배로 도망하기는 틀렸다고 생각
한다. 얼굴이 허물어진 사람들이 칼을 높이 든다. 창던지기 선수처
럼. 그녀는 결심한다. 호수를 떠나기로. 그이도 없는 호수. 자기도
없는 호수. 허깨비들이 사는 호수에서. 한 해를 살아온 호수. 영원
히 살아야 할 호수. 떠나고 싶지 않은 호수. 그래도 떠나는 길밖에

없다. 그녀는 노를 버리고 뱃전을 찬다. 물 위를 달려간다. 물에 잠긴 구름의 머리를 깨뜨리면서 달려간다. 호수여 안녕.

빈 배를 향해 짖으면서 누렁이가 물가를 따라 달려간다.

옛날 옛적에 훠어이 훠이

나오는 사람

아내

남편

개똥어멈

노파

마을 사람 1, 2

포졸 1, 2, 3

첫째 마당

오막살이, 눈이 내리고 있다. 저녁 무렵, 흐릿한 등잔불, 아내, 방에서 바느질을 하고 있다. 달이 찬 몸. 열다섯쯤 또는 그보다 아래. 바느질감을 들어 눈으로 대중을 해본다. 세간이랄 것이 없다. 무대는 방바닥이 되는 네모난 마루 한 장 위에 그녀가 앉아 있고, 등잔대 하나, 화로, 그 밖에는 아무것도 없다

바느질감을 눈높이에 들고, 가끔 멍하고 있다

그러고는 자기 배를 내려다본다

가만히 쓰다듬는다

기척

귀를 기울인다

바람소리

귀를 기울인다

바람소리

바느질을 다시 해나간다

등잔 심지를 바늘 끝으로 들어올린다

부엉이 우는 소리

귀를 기울인다

화로에 얹은 찌개그릇을 만져본다

부젓가락으로 재를 다독거려 놓는다

바느질을 다시 해나간다

기척

귀를 기울인다

바람소리

귀를 기울인다

바람소리

아내, 일어서서 방을 나온다(마루에서 내려선다)

사립문일 듯한 자리로 와서 어둠 속을 멀리 내다본다

눈이 내려 머리에 쌓인다

바람소리

부엉이소리

사이

천천히 방으로 돌아온다

기척에 돌아선다

사이

다시 걸음을 옮겨 방으로 돌아온다

등잔 심지를 올린다

바느질감을 집어든다

가끔 손놀림을 멈춘다

배를 쓸어본다

웃는다

바람소리

부엉이소리

고개를 들어 귀를 기울인다

기척

일어선다

남편, 마당에 들어선다

지게에 부대 두 개를 포개어 지고 왔다

지게를 벗어 마루 끝에 세운다

아내, 지게 벗는 것을 도와준다

남편 어깨에서 눈을 털어준다

남편, 신을 턴다

아내, 남편 바지를 털어준다

모든 움직임은 느리게, 한 가지 한 가지 그때마다 생각난 듯 느릿느릿

모든 인물들의 말은 보통보다 훨씬 느리다. 띄엄띄엄, 생각난 듯이 남편은 심한 말더듬이

모든 사람의 말의 주고받음이 답답하게, 그러나 당자들은 그것이 자연스럽게, 한 사람의 말이 끝나고, 받는 말이 시작되기까지의 사이도 보통보다 지독히 굼뜨게 아무것도 아닌 말을 그렇게 어렵게 한다

아내 길이 미끄러웠겠소

남편 조, 조, 조금

아내 (자루를 만지며) 잘됐군요

남편 사, 사정, 사정했더니——

부대를 마루에 올려놓는다

아내, 부대를 만지며

아내 조하고, 콩하고——

남편 으, 응——

아내 빨리 들어오시우, 아침에 한술 뜨고, 여태 지내자니, 오죽 시
      장하시겠소 (부대를 옮겨놓는다)

남편 놔, 놔, 놔둬
      (아내, 그대로 자루를 옮긴다)

남편 (거칠게) 놔, 놔, 놔, 놔두라니까, 무, 무, 무, 무, 무거운 것, 드,
      드, 들, 들지, 마, 말, 말래두
      (아내 손에서 자루를 뺏어들어 옮겨놓는다)

남편 돼, 됐어

두 사람 마주본다

아내 여보 여기 앉아서 몸을 녹이우
      (아랫목에 화로를 밀어놓으면, 엎혀 있는 찌개그릇을 바로잡는다)

남편 괘, 괘, 괘, 괜찮아

아내 (밥상을 차리며) 자, 여기, 앉아요

남편 가, 가만있어. 여, 여, 여, 여기 아, 아, 앉아

아내 여보 난 방에 있던 사람인데

남편 (화를 내며) 아, 아, 아, 아, 앉으라니깐

아내, 할 수 없이 아랫목에 앉으며 상을 차린다

아내 시장할 텐데

남편 (가져온 자루를 열고, 조를 한 사발 퍼낸다)

아내 여보?

남편 (자루 아가리를 도로 맨다)

아내 왜 그러우?

남편 (사발을 들고 일어선다)

아내 (따라일어나면서) 그걸——

남편 가, 가만, 아, 앉아 있어, 바, 바, 밥 하, 한 그릇 지, 지, 지어줄
게, 겨, 겨우내 바, 밥 한 그릇 모, 못 먹고 모, 몸을 풀 뻔해,
해, 해, 했는데

아내 여보, 미쳤소? 씨앗조를 어떻게 먹는단 말이오?

남편 괘, 괘, 괘, 괜찮아, 가, 가을에 가, 가서 바, 바, 바치기는 마찬
가진데, 이, 이런 때, 하, 하, 한 그릇 머, 머, 먹어봐야지 어,
어, 얼핏 지어줄 테니

아내 아이고 여보, 이래 내요

남편 이, 이, 이, 일 없대두

아내 안 돼요. 이리 내요, 내가, 그 밥을 먹고, 무슨 정승을 낳겠다
고 씨앗조를, 먹는단 말이오

남편 허, 비, 비, 비, 비키래두

아내 안 돼요 (실랑이. 아내, 끝내 사발을 뺏다가 엎지른다)

아내 아이고, 이를 어쩌누, 아이고
(기어다니면서 낟알을 주워담는다)

아내 (주워담으면서) 아이고 시장할 텐데 (화로를 가리키며) 여보 찌
개가 타는데 (화롯불을 덮어놓고) 빨리 들어요

남편, 돌아앉으며 아내와 함께 흩어진 씨앗을 줍는다

86

아내, 주워담은 씨앗을 자루에 쏟아넣고, 남편을 아랫목으로 밀어앉힌다

아내 자

남편 (말없이 개다리소반에 마주앉아, 아내에게도 숟갈 들기를 눈으로
　　　재촉한다)-나, 나, 나물죽-겨우내 사, 사, 산나물 주, 죽-여,
　　　여, 여보

아내 안 돼요

　자루 앞에 막아 앉는다
　남편, 할 수 없이 죽을 뜬다
　두 사람 숟갈질

아내 (자루를 쓸어보며) 잘됐구려

남편 ……

아내 여보 당신 무슨 근심이 있구려

남편 -아, 아무것도 아, 아, 아니야

아내 아무, 것도, 아니라니, 그럼, 무슨, 일이-있긴, 있구려?

남편 아니라니깐

아내 아이-갑갑해라

남편 ……

아내 ……

남편 저, 저, 저, 저, 거, 거, 거, 건너 고, 고, 고, 고을에, 도, 도, 도,
　　　도적이 내, 내, 내, 내려왔대

아내 도적-이요?

남편 과, 과, 과, 관가에 부, 부, 부, 부, 불을 지, 지르고, 나, 나라

　　　　고, 곡간을 터, 터, 터, 털어갔다는구려

아내　아이그머니

남편　도, 도적들이 어, 어디로 나타날지 모, 모, 모르니까. 수 수상한
　　　　그, 그림자라도 보, 보이면 아, 알리라구 바, 방이 부, 붙었어

아내　해마다-있는-일인데

남편　그, 그런데, 그, 그중, 하, 한 도적을 자, 잡아서 모, 모, 목을 잘
　　　　라, 과, 과, 관가 앞에 거, 걸어놓은 걸 봤어

아내　쯧쯧, -굶어죽거나-칼맞아-죽거나──

남편　사, 살자고, 나, 나, 나라를 거, 거스린 것인데 주, 죽어 서야
　　　　보, 보, 보람 있나

아내　그야, -그렇지요

남편　그, 그, 그런데 여, 여, 여 여보

아내　……

남편　그, 그, 그, 그, 그, 목, 목 잘린 도, 도, 도적이 누, 누, 누, 누,
　　　　누군지 알아?

아내　……?

남편　아, 아, 아 알아?

아내　내가-어떻게-아우?

남편　세, 세상에 차, 참 벼, 별일이지, 지, 지난 여, 여름에, 비 빌기
　　　　먹은 나, 나, 나, 나-나, 나귀를 끄, 끄, 끌고 왔던 그, 그, 그,
　　　　그 소, 소, 소, 소금장사 있지 않소?

아내　-네

남편　그, 그, 그, 그, 소, 소-소, 소, 소, 소-소, 소금장사야

아내　뭐요?

남편　그, 그, 그, 그, 그렇더라니깐

아내　아니-그-해소 기침쟁이가

남편 차, 차, 차, 참, 벼, 벼, 별일이지
아내 저런-세상에, -마루 끝에-앉아서-그렇게-숨차하더니
남편 그, 글쎄 마, 말이야
아내 관가에-불을-지르다니

　밖에서 기척
　두 사람 숨을 죽인다
　나뭇가지에서 눈이 떨어지는 것 같은 소리

남편 　(낮은 소리로) 아, 아, 아, 아, 아무것도 아, 아, 아, 아니지?

　아내, 귀를 기울인다
　아내, 문가로 다가가서 밖을 엿보려고 한다
　남편, 붙든다

아내 아무것도-아닌가-보우
남편 응
아내 (화롯불을 헤치며) 우리한테서 가져갈 게-무에 있다고 (문득
　　씨앗자루를 돌아보며 입을 다문다)
남편 (얼른, 밖에 대고 하듯) 그, 그, 그, 그, 그렇구말구, 도, 도, 도,
　　-도, 도, 도적 어, 어, 어, 어른들도 가, 가, 가, 가-가, 가, 갈
　　만한 데 가, 가, 가, 가시지, 아, 아, 암
아내 맞았소, 하기야-이런 땐-걱정이 없어-좋소
남편 조, 조, 조, 좋구, 마, 마, 마, 말구

　사이

밖에서는 눈이 여전히
두 사람 움직이지 않는다
비로소 마음을 놓고 고쳐앉는다
늑대 울음소리
그 소리에 귀를 기울인다

아내 이 눈이-마지막, 눈인가-보오

남편 오, 올해 누, 누, 눈만은 푸, 푸짐했으니 노, 농사도 자, 자, 자,
　　　 잘됐으면

아내 제발

남편 머, 머, 먹는 이, 입이 하, 하, 하, 하나 느, 늘게 되, 되니——

아내 한두 해 사이에야-먹으니-얼마를 먹겠소

남편 휴, 흉년에 어, 어른은 구, 굶어 주, 죽고, 아, 아이는 배, 배터
　　　 져 주, 죽는다지 아, 않소

아내 물이나, 먹고-배터질지, 어디-무척-팔자 좋은 고을에서-생
　　　 긴 일이었던 게지요. (배를 쓰다듬으며) 태어나도, 이-배고픈
　　　 세상-살아야 할 테니-가엾지

남편 우, 우리네 사, 사는 게, 어, 어, 언제는 다, 달랐나, 따, 따, 따
　　　 땅벌레 자, 자, 자식이면, 따, 따, 따, 따, 땅벌레지, 하, 하늘이
　　　 저, 정한 일을

아내 여보, 난, 이대로-있었으면-좋겠소

남편 ……

아내 낳지는 말고——

남편 ?

아내 애기도-이 세상에서-고생 안 하고-당신도, -나더러-씨앗
　　　 조를, 먹이겠다니, -그런, 호강-언제, 하겠소

남편 배, 배, 배, 밴 애, 애, 애기를, 아, 아, 안 낳았다는 마, 마, 말
드, 들었소?

아내 그야-그렇지만

남편 저, 저, 저 도, 도, 도, 도토리골 이, 이, 이, 있잖아?

아내 네──

남편 오, 오, 올봄에, 씨, 씨, 씨, 씨뿌리기를 끄, 끝내 놓고, 거, 거기
를 조, 조, 좀, 이, 일궈볼까 해

아내 일궈요?

남편 응

아내 거기를-무슨-수로-일구우

남편 지, 지난 여, 여름에 자, 잘 사, 사, 사, 사, 살펴봤는데, 히, 힘
은 드, 드, 드, 들겠지만-좀-고생하면

아내 비탈인 데다, -돌-마당에다-

남편 그, 그러니, 그, 그, 그만한 데가 나, 남아 있지

아내 그건-그래요

남편 거, 거기다 가, 감자를, 시, 심으면, 야, 양식이, 조, 조, 좀, 보,
보, 보태지겠지

아내 그게, 어디, -모두-우리가, 먹게-되겠수?

남편 바, 바치구두 어, 얼마야, 나, 남겠지

아내 나두-몸이나, 풀구-나면-올라가, 일구지요

남편 그, 그랬으면, 내, 내년, 보, 봄에는, 거, 거, 거기다, 농사를,
지, 짓게, 되, 되겠지

아내 이태 전 같은-흉년만-들지, 않으면

남편 그, 글쎄, 나, 나는──

아내 ……?……

남편 그, 그것보다두

아내 그것보다두——?

남편 그, 그, 그 도, 도, 도적이 끄, 끄, 끄, 끓는다는데

아내 도적이-끓어두-우리한테서야-뭘, 가져가겠어요?

남편 그, 그, 그, 그게, 아, 아, 아니라

아내 ……?

남편 도, 도적이, 무, 무, 무, 무, 무서운가, 어, 어, 어디——

아내 (끄덕인다)

남편 휴, 흉년, 드, 드, 들고, 나면, 도, 도, 도, 도적이, 끄, 끄, 끄, 끓구, 도, 도, 도적이, 끄, 끄, 끓으면, 토, 토, 토벌이, 이, 이, 이, 이, 있지 않나

아내 여보 (남편 팔을 붙든다)

남편 벼, 벼, 벼, 병정으루, 끄, 끄, 끄, 끌려나가면——

아내 관가에-포졸이-저렇게-많은데

남편 우, 우, 우, 우리한테나, 마, 마, 많지, 그, 그걸, 가, 가지구, 떼, 떼, 떼도적을, 다, 다, 당해, 내나, 그, 그래서, 그, 그, 그, 해도 저, 저, 저, 저, 서, 서울서, 온, 벼, 벼, 병정들이, 끄, 끄, 끝판을 내, 내지 않았나

아내 아이구

남편 ……

아내 그래, 여보-돌아가는, 말은-뭐랍디까?

남편 도, 도, 도, 도, -도, 도, 도적이?

아내 네

남편 웅, 지, 지, 지, 지, 지경 밖으로 다, 다, 다, 달아났는가, 봐

아내 그래요?

남편 그, 그, 그, 그-그, 그-그, 그렇다나, 봐

아내 제발-그래야지, 우리, 애기-낳는, 해부터-제발, 풍년 들고,

　　　　도둑-없어지고──

남편　그, 그, 그, 그, 말이, 그, 그, 그, 말이지

아내　참-그렇군요

남편　그, 그, 그, 그랬으면, (아내의 배를 쓰다듬으며) 저, 저, 저, 복,
　　　있고-우, 우, 우, 우리, 편하고

아내　여보, (자기 배를 쓰다듬으며) 이, 애기는, 복이, 있을 거요

남편　어, 어떻게, 아, 아, 알아?

아내　왜-몰라요, 이것 보세요 (씨앗자루를 쓰다듬으며) 그, 어른께
　　　서, 이렇게-또, 꾸어주시지-않았소

남편　저, 저, 정말-고, 고개 넘어, 기, 기, 기, 김가는, 그, 그냥, 돌
　　　아가데

아내　그것, 봐요, 다, 우리-애기, 복인가-봐요 (씨앗자루를 쓰다듬
　　　으며) 이렇게, 듬뿍, 가져다, 주지 않아요

남편　드, 드, 드, 듬뿍 (씨앗자루를 괜히 조금 옮겨놓고, 꾹 눌러놓고
　　　한다)

아내　게다가──　(귀를 기울인다)

남편　(따라서 귀를 기울인다)

아내　눈이-저렇게

남편　(끄덕인다)

아내　(남편의 팔을 잡는다)

남편　(아내의 배를 쓰다듬으며)

아내　(웃는다)

　아내, 씨앗자루를 다시 다둑거리고, 매만져 놓는다. 남편, 아내의 움
직임을 좇아 부축하듯 한다

남편 사, 사, 사, 사, 사내, 아이면

아내 아빠를-도와

남편 바, 바, 바, 밭에 나, 나, 나, 나, 나가고

아내 계집아이면——

남편 어, 어, 어, 엄마를 도, 도와, 사, 사, 사, 살림하고

아내 여보

남편 응?

아내 나두-밭에 갈 때는-어떡허우?

남편 데, 데, 데, -(쉬었다가)-데, 데, 데리고, 가지

아내 참-그렇구먼

남편 그, 그, 그, -그, 그, 그럼

아내 시원한-그늘에다-눕혀놓고

남편 응

아내 다람쥐도-보구, 새-소리도-듣구

남편 개, 개, 개, 개울에서 미, 미, 미역도 가, 가, 감기고

아내 구름이-지나가면-구름 보고-웃고

남편 푸, 풍년만, 드, 들면

아내 도적만-끓지 않으면

남편 가, 같은 소, 소, 소리라니까

아내 참-그렇구먼

남편 ……

  두 사람 웃는다

남편 여, 여, 여, 여, 여 여보, 자, 자, 자, 잡시다

아내 참-그렇구먼

남편 ……

　두 사람 웃는다
　아내, 불을 끈다
　늑대 우는 소리 멀리서

둘째 마당

　봄, 같은 무대, 애기 울음소리,
　아내, 부엌에서 나와 방으로 들어가 아이를 안고 나온다

아내　오냐-오냐, 우리-애기-배가 고파서, 자, 자—— (젖을 물린다.
　　　애기, 자꾸 운다)
아내　젖이 안 나오니-이를 어째, 에미가-먹는 게 있어야-젖이 나
　　　오지 (일어서 어르면서)

　　우리애기 축혼애기
　　젖은 먹고 크는애기
　　보채면서 즈란애기
　　흉년들면 도적되지

　　도적되면 넓은세송
　　오도갈데 없어지고
　　관ㄱ기둥 높은곳에
　　잘린토막 머리되어

꼬묵꼬치 쪼ㅇ대면
엄ㅁ아ㅍ ㄴㅇ파
우는신세 되는신세
아이무서 다른애기
우리애기 ㅇ닌애기

아기를 방에 들여다 눕히고 나온다
고개 너머 개똥어멈 들어선다

개어(=개똥어멈) 애기-잘-크는가
아내 개똥이-어머니
개어 자는가, 보군
아내 네-금방
개어 젖은-잘-나는가?
아내 그닥
개어 쯧쯧, 먹어야-나지, 성한, 몸도, 허기진-봄인데, 오죽, 입에-당
　　　기는 게-많을라구, 이거-받게
아내 아유, 이건, 뭔데——
개어 별게, 있겠나-도토리, 묵이라네
아내 집에두, 아이들-많은데
개어 먹어두-자꾸, 먹자는, 귀신들이, 아홉이나, 되니, 그까짓 거-있
　　　으나마나, 먹을, 사람, 주려구, 가져왔네
아내 이 양식-귀한 때에
개어 지난, 여름, 내가, 염병, 앓을 때, 자네, 아니면-누가, 그렇게,
　　　살펴, 주었겠나, 고마운, 일-내, 잊히지, 않네
아내 그거야

개어　자네, 자, 맛 좀, 보게, 여기―내, 간장도―조금―가져왔네 (질
　　　항아리를 내놓는다)

아내　이렇게―너무

개어　자, 그릇, 하나―내, 오게
　　　(아내, 부엌으로 들어가, 그릇 두 개와 숟가락 두 개를 들고 나온다)

개어　옳지
　　　(함지에서 도토리묵을 그릇에 퍼서, 아내에게 밀어놓는다)

아내　형님도

개어　(손을 저으며) 내가 먹으려고 왔겠나, ―자, ―어서
　　　(아내 한술 뜬다)

개어　어떤가?

아내　꿀이군요, 꿀

개어　(으쓱해서) 내가, 도토리, 묵, 하나는, 좀―다룬다네 (먹는 것을
　　　보면서) 에구, 얼굴이, 부었구먼. 친정, 어머니가, 보았으면―
　　　오죽이나, 가슴, 아플까 (치마꼬리로 눈물을 닦는다)
　　　(아내 숟가락질을 멈추고, 쿨쩍거린다)

개어　아이구, 이, 이, 주둥아리야 (제 입을 때리며) 개똥, 아범한테―
　　　구박을, 당해, 싸지. 글쎄―우리 아범이, 내, 입하고―배(가리
　　　키며)가, 닫혔더라면, ―자기, 팔자가, 열렸을, 거라는군. 그래
　　　도 말이야, 바른, 대로, ―그, 배가―누구, 때문에―열리우―응?

아내　(웃으며) 애기가―많아도, 다, 크면―입살이를―하겠지요

개어　입살이가 뭐요? 파먹을, 땅이, 있어야, ―입살이를, 하지, ―그
　　　런데, 참, 그―얘기, 들었소

아내　네――

개어　참, 별, 일도―다, 보지. 세상이, 흉하면―별, 일이―다, 나는가
　　　보지. 동생은, ―그, 용마, 우는 소릴, 들었나?

아내 (고개를 흔든다)

개어 나도, 못 들었는데, 그-저, 재 너머, 쇠돌, 어멈은, -두 번씩
　　이나 들었다는군

아내 그래요?

개어 응

아내 어떻게-우는데?

개어 들었으니, 아우? 어젯, 밤에도, 좀-듣자고, 별렀더니 아범이-
　　글쎄, 사람을, 가만, 둬야지. 호미를 들고, 하루내 밭에서, 기
　　어다니다, 들어오면, 밤이면 밤대로, 아범이 달려들어서-또-
　　김을 매는구려. 그러구-나면, 그저, 새벽까지, 죽었다-깨는
　　데, 어느, 귀로, 듣겠나. 나이 먹으니-장사가, 있나. -그런데,
　　말이야- 장수가, 태어나면-용마도 따라서-태어난다는군

아내 장수가요?

개어 (끄덕이며) 그렇대요

아내 장수면-어떻게, 생겼을까요?

개어 글쎄, 전에-우리, 돌아가신-친정, 할머니가, 그러시는데 몸
　　에는-비늘이, 돋아 있구, -겨드랑 밑에-날개가-붙어 있다
　　는군

아내 아이구-그럼-우리 애기는-아니구먼

개어 암, 아니어야지, 그리구, 나면서부터, 걸어다닌다는군

아내 우리, 애기는-아직, 돌아눕지도, 못하니, 호호-아니지요?

개어 아무렴, 장수가-나봐요, 저도, 죽구-부모, 죽이고, -온 마을
　　까지, 쑥밭을-만들 테니

아내 마을은-왜요?

개어 전에-어느, 고을에-장수가, 났는데 땅이, 나빠-그렇다구-
　　온, 마을에- 불을, 질러서, 사람째로-다, 태워버렸다더군

아내 아이구-그럼, 어떡허나, 죄없는, 우리-애기가 (방 쪽을 보며)

개어 글쎄, 용마가, 운다는-저, 산이, 우리, 고을 말고도-세, 고을
    에 걸쳤으니, -아마, 그쪽에서-장수가, 난, 모양이지

아내 글쎄-그랬으면-제발

개어 그, 쪽에서는-관가에서, 말씀이-용마가, 운다면-반드시 장
    수가, 이, 고을에-난, 것이니, 갓난, 애기에서-열 살, 안쪽의
    아이를-샅샅이, 훑어보고, 좀-유별난, 데, 있는, 놈은-잡아
    올린대요

아내 저런

개어 그런데, 집집마다, 아이들이-힘깨나, 쓰는 것처럼-보일까,
    부모들이, 무서워하니까, -우리 집-먹는 귀신들이-글쎄, 인
    제는-나무 하러 못 간다구-자빠졌구, 아래루, 내리-요강,
    그릇 하나-옮겨놓지, 않는구려

아내 저런

개어 애녀석들-다, 버리지, 않겠어-글쎄? 이러다간, 장수-안 되려
    면-모두-송장 돼야 쓰겠구먼

아내 갓난애기, 말고도, -저, 자란, 애기들두

개어 글쎄-그, 용마라는 게-몇 살배긴지, 모르니, 주인이-몇 살인
    지, 알겠소? 누가-본 사람이 있나? 그러니, 그저-미장가 전,
    아이놈들은, 모두-관가에서-짚어본다는군

아내 (마음이 놓이는 듯) 나는 또──

개어 아이구-나는, 인제-가야겠소, 어디-우리, 새끼나, 한번-볼
    까, 가만, 내가-보지

  방문을 살며시 열고, 배를 문턱에 걸치고 아기를 들여다본다. 일어나
면서

개어 그, 놈, 훤하게, 장수처럼-안, 생겼소

아내 (기쁜 듯이) 그럼요

　　남편, 급히 들어오며

남편 여, 여, 여보, 여, 여보

개어 왜, 그리-헐레벌떡

남편 아, 아, 아, 그, 글쎄 지, 지, 지, 지금, 포, 포졸들이, 도, 도, 도, 도-도토리골루, 해, 해, 해서, 사, 사, 사, 산으로, 드, 드, 들어가는군요

개어 포졸들이-왜?

남편 요, 요, 용마를, 자, 잡으러, 가, 가, 가, 간대요

개어 용마가-우리, 고을에-있대요?

남편 워, 원님의, 마, 마, 마, 말씀이래요, 고, 고, 고을마다, 포, 포졸들이, 제, 제, 제, 고을 쪽에서들, 후, 훑어, 가는가, 봐, 봐요

개어 글쎄, 장수든, 용마든-우리, 고을에만-없어준다면야

남편 포, 포, 포졸들이, 사, 사, 사, 살기등등해서, 오, 올라갔으니, 요, 용마가, 자, 잡히든——

개어 용마가-그리, 쉬이-잡힐까?

아내 아휴-당신-땀 좀-봐요

남편 나, 나도, 고, 골안까지, 따, 따, 따라갔다, 오, 오는, 길이야

아내 당신이, 왜요?

남편 아, 아, 아마, 며, 며칠 거, 걸려 사, 사, 사, 산을, 뒤, 뒤질, 모양이던데, 아, 아, 아래쪽, 밭을 가, 가, 갈아엎구 이, 이, 있자니, 나, 나리들이, 드, 드, 들어오더군, 자, 잔뜩, 가, 가, 가지구, 오, 온, 수, 수, 술밥을, 지, 지고, 도, 도, 도토리골, 너,

너머까지, 갔다가, 겨, 겨우, 노, 노, 놓여 왔지

개어 자기들, 먹을 것-자기, 등으로, 지면-벼락이, 칠까, 온-사람 못 만났으면-버리고, 갈 뻔, 했군

남편 웨, 웬걸요, 오, 오, 올, 때부터, 지, 지워, 가지고, 오, 오던걸요

개어 그랬겠지. 나리들이-행여-아직, 씨도, 묻지들, 못했는데-이 바쁜 때-하하, 하기야-용마가, 괜히, 울겠소-누가, 지고-왔 습디까?

남편 저, 저, 저-저, 저, 개, 개, 개, -개, 개, 개똥아, 아, 아, 아범이 더군요

개어 -아이그, 저런, 세상에, 길목에, 있으니-잡혔군, 그래, 어젯밤 에도, 밤새-밭을 갈았는데——

남편 -바, 바, 바, 밤에두요?

(아내, 어물어물 돌아선다)

개어 아니-그런, 밭이, 아니라-아이구, 요놈의, 요년의-주둥아리 야 (입을 때린다) 아니, 아니-그런 말이-아니라-아이구 요놈 의, 요년의-주둥아리야 (입을 때린다)

이때 노랫소리

우리애기 착한애기
젖안먹고 크는 애기
보채면서 자란애기
흉년들면 도적되지

도적되면 넓은세상
오도갈데 없어지고

관가기둥 높은곳에
잘린토막 목이되어

노랫소리 점점 가까워진다
목쉰 소리
세 사람 귀를 기울이며
소리나는 쪽으로
남편 몇 발짝 움직인다
노파 나온다
하얗게 센 머리 굽은 허리
걸레짝 같은 옷에
지팡이를 짚고
허리에는 우리나라의
옛날 사람들이 하듯
보따리를 찼다
납작한 보따리
거의 아무것도 안 든

남편 어, 어, 어, 어디서
노파 (세 사람을 물끄러미 쳐다본다)
개어 못 보던 할머닌데
노파 나, 물 한 모금

아내, 부엌으로 들어간다
노파, 땅에 앉는다

아내 (부엌에서 물을 떠가지고 나와) 여깄어요

노파 (받아마신다)

개어 어디서, 오시우?

노파 저기서

  (손을 들어 멀리를 가리킨다)

개어 저기서? 산 넘어서요?

노파 (고개를 끄덕인다)

개어 어디를 가시우?

노파 (쾡하니 바라본다)

개어 어디를 가시우?

노파 아들, 찾으러

개어 아들이오?

노파 아들

개어 아들이, 어디, 있소?

노파 관가

개어 관가?

노파 (끄덕인다)

개어 관가 어디에 계시우?

노파 높은 데

개어 (조금 질려서) 아니, 높은 양반이, 왜, 제, 어밀, 이렇게, 길에,
  내놓누, 그래, 얼마나 높은 양반이우?

노파 높은 데

개어 설마 원님만큼 높지야 않겠지

노파 더 높은 데

개어 아니, 원님보다 높다니

노파 더 높은 데

개어 뭐요, 그게 무슨 자리우?

노파 기둥 위에

　　　(세 사람 서로 쳐다본다)

개어 그럼, 저, 혹시, 그 할머니 아들이, 그 도적이우?

노파 (끄덕인다)

개어 그래서-관가-기둥 위에-머리를 달아-놓은-그-도적이오?

노파 (끄덕인다)

세 사람 (물러선다)

노파 머리라두-가져다-파묻어야지-물-잘-마셨소-고맙소

　　　(지팡이를 짚고 일어선다)

　　반대쪽으로 걸음을 옮기면서 노래를 부른다

　　　도적되면 넓은세상
　　　오도갈데 없어지고
　　　관가기둥 높은곳에
　　　잘린토막 머리되어

　　　까막까치 쪼아대면
　　　엄마아파 나아파
　　　우는신세 되는신세
　　　아이무서 다른애기
　　　우리애기 아닌애기

　　세 사람, 노파의 노랫소리가 사라질 때까지 움직이지 않고 귀를 기울이며 서 있는다

개어 아니-그래서-우리-아범은-지금-어디 있소?

남편 아, 아, 아직, 사, 사, 사, 산에, 이, 이, 이, 있어요

개어 나으리들한테?

남편 네

개어 아니, 그게-웬 소리유, 그래, 한, 사람은-이렇게, 오구

남편 아, 아, 아, 아, 아범은, 저, 저, 절로, 나, 나, 남았어요

개어 절로, 남다니, 아니-웬 소리요

개어 나, 나, 나, 나으리들이, 오, 오, 오, 오면서, 지, 지, 지, 집집마
다, 드, 드, 들러서, 다, 다, 닭을, 부, 부, 붙들어 가지고, 와,
와, 왔는데, 개, 개, 개, 개똥이네, 씨, 씨, 씨, 씨암탉도, 부, 부,
부, 붙들렸다는군요

개어 아, 아, 아, 아이구머니

남편 그, 그, 그래서, 트, 틈을, 봐, 봐서, 그, 그, 그, 놈을, 빼, 빼,
빼, 가지고 오, 오, 오, 올, 올, 모, 모양입디다

개어 아이구-우리 집, 씨암탉을, -아이구, 붙들어 가겠거든-짝을,
맞춰, 짐승도-수탉이나, 잡아갈 것이지, 하필이면-알토란 같
은-우리, 씨암탉을-아이구

남편 (아내에게) 여, 여, 여, 여기는, 아, 아, 안 들렀소?

아내 아니오

남편 거, 거, 걱정이, 돼서-자, 자, 자, 자우?

아내 네

개어 나는, 가우, 귀신들만, 두고, 왔으니-쑥밭이겠군, 어이구-장
순지, 용만지-원수구나-원수야
(허둥지둥 나간다)

같은 날 밤, 남편, 아내 마주앉아 있다. 아가는 옆에 잠들어 있다

씨앗자루가 윗목에
두 사람 귀를 기울인다
바람소리

아내 잡힐까요
남편 그, 그, 그, 글쎄——

늑대 우는 소리

셋째 마당

같은 무대. 아내와 개똥어멈 함께 들어선다. 두 사람 다 괭이를 들었다

아내 깨지나, 않았는지, (개똥어미에게) 지금－들어오는－길이에요
      (방에 들어가 애기를 안고 나와 마당에 앉아 젖을 물린다)
개어 (들여다보며) 순하기도, 하지－ (퍼드러져 앉는다) 어이구－재
      앙 없는, 세월이－없구먼, 눈이, 푸짐하길래－올해, 풍년이나,
      드나 싶더니, －난데없는－용마, 때문에, 남정네란, 남정네
      가－모두－산에, 올라가서－용마를, 찾고 있으니, 언제, 밭을,
      갈아서－씨를, 뿌리나, 그, 뿐인가, 벌써－열흘째－양식이다,
      닭이다 도토리다, 하구－마을에서, 거둬, 올려가니, 용마, 잡
      기, 전에－사람, 잡지, 않겠나?
아내 집의 닭은——
개어 어느, 닭, 말이오?
아내 수탉, 말이에요

개어 글쎄-어느, 수탉, 말이오?

아내 수탉이-여러, 마리였던가요

개어 짐승, 수탉인지, 사람, 수탉인지, 어느 수탉이냔, 말이세

아내 아이구, 개똥어머니두——

개어 짐승 쪽은, 벌써-사흘, 전에, 마저, 가져가고, 사람, 수탉은-
      아직 산속에 있다구

아내 우리, 애아범은-어제, 낮에-잠깐, 내려왔다, 갔는데

개어 그래, 뭐라던가? 여름까지-게서 산다든가? 용마를, 낳아가지
      구-온다든가?

아내 오늘쯤-내려올지, 모른대요

개어 그래? 다-그만두구?

아내 들으셨겠지만, 안-잡힌대요

개어 그렇다더군. 우는, 소리를, 듣고-찾아가면-저쪽, 골짜기에서
      울구, 귀신에-홀려다니는 셈이라더군. 그게, 누구-탓이냐
      되는지, -화풀이는-마을, 사람한테-하구, 요즈음은, 숫제,
      나으리들은-낮이구, 밤이구-닭에다-떡에다, 술추렴이구, 밤
      에-말이, 우는, 소리가, 나면-우리-아범들을, 가보라고-시킨
      다는군

아내 어쩌나

개어 그러나저러나-글쎄-올, 농사가, 큰, 일이-아니우, 언제-씨
      를-묻는단, 말인가

아내 오늘쯤-내려온대요

개어 참-그렇다지

아내 네

개어 일두-못, 치르면서-괜한 사람-고생만, 하지 않았수. 그래-
      용마가, 영물인데-아무렴-사람, 손에, 잡히겠나

아내 그런, 모양이지요

개어 그렇구, 말구, 장사를-태우러, 나온, 말인데-우리-아범 따
위, 손에, 잡히겠나. 저한테-만만한-말이야, 넓은, 천지에-
어떤 넌밖에-있을라구
(아내, 못 들은 체하고 일어서서 애기를 방에다 눕히고 나온다)
순하구면-순해. 자-가서, 해지기, 전에-더, 갈아-놔야지.
어이그, 밤에-좀, 시달리더라두, 빨리, 와야지, 이건, 아-나
못짐, 지고, 밭팽이, 드는, 힘, 있는 게-장수면, 마을이, 모두-
장수겠는데, 우리, 집, 밥 먹는 귀신들이-막무가내로, 꼼짝
을-않으니, 혼자서-밭 갈랴, 나무하랴, 밥 지을랴
(두 사람, 연장들을 챙겨들고 나가다가)

아내 저것 봐요
(멀리를 가리킨다)

개어 저게, -내려오는군

아내 네, 저기-개울가로, 나으리들이——

개어 읍 쪽으로-가지 않고, 왜-이리로 돌아드는구?

아내 참-그렇군요

개어 저것-보게

아내 네?

개어 저기서-쉴, 참인가, 보지——

아내 네-그런가-봐요

개어 가, 가봐야겠네
(개똥어멈 바삐 나간다)

아내 (따라나가려다가 돌아본다)

방 안에서 기척이 난다

아내 깨었나?

    (돌아 들어가서 문을 연다)

아내 아이그머니나!

   엉덩방아를 찧으며 마당으로 굴러떨어진다

   와들와들 떨면서 방 안을 들여다본다

   열린 문으로 방 안을 걸어다니는 애기가 보인다 (인형)

   팔을 활짝 벌려 들었다 내렸다 하면서 또박또박 걸어다닌다

아내 아이구, 이걸, 어쩌누, 아이구, 어쩌면, 좋아

    (앉은 채 엉금엉금 기어서 문턱을 잡고)

아내 아이구, 아가야, 아이구, 아가야

애기 (확성기에서 나오는 목소리, 메아리처럼) 못 참겠다!

아내 아이구

애기 (메아리처럼) 못 참겠다

아내 안 된다, 아가야, 안 된다

   조명, 시뻘건 빛, 핏빛처럼, 이윽고 핏빛 조명 스러지고 벙어리처럼 손짓 발짓 하며, 허리를 펴고 일어서지도 못하는 아내

   방 안에서 또박또박 걸어다니는 애기

   아내, 가서 방 문고리를 건다

   아내, 귀를 기울인다. 연극의 첫 장면에서 남편을 기다릴 때처럼 그러나 그때하고는 다른 마음을 가지고

   기척이 날 때마다 귀를 기울였다가는, 애기가 있는 방 쪽을 살핀다

   이 움직임을 되풀이

   기척

아내, 사립문 앞으로 나서며 멀리를 바라보는 시늉
남편, 들어온다
지쳐서 겨우 옮기는 걸음
망태기를 내려놓고 털썩 마당에 주저앉는다

남편 아이구

아내 ⋯⋯

남편 허, 허탕이야

아내 ⋯⋯

남편 워, 워, 원님이, 노, 노, 노, 노발대발이래

아내 ⋯⋯

남편 나, 나으리들은, 자, 잔뜩, 도, 도, 독이, 오, 오, 오, 오르구

아내 ⋯⋯

남편 워, 워, 원님, 마, 마, 말씀이, 마, 마, 말을, 모, 모, 모, 못 잡았으
      면, 으, 으, 읍으로, 드, 드, 드, 들어오지도, 마, 마, 말란다는군

아내 ⋯⋯

남편 (멀리서 포교들 노랫소리) 저것 봐, 그, 그래, 저, 저렇게, 가,
      가, 강 건너에서, 바, 바, 밤을, 새, 새, 새고, 내, 내일은, 마,
      마, 마을마다, 뒤, 뒤, 뒤져서 자, 자, 장수를, 차, 차, 찾아낸다
      는군, 아, 아, 아이구, 이, 이놈의──

아내 ⋯⋯

남편 (처음, 아내를 똑바로 바라보며 말을 멈춘다)

아내 ⋯⋯

아내, 남편을 바라본다

남편 ―왜, 왜, 왜, 왜, 그러우?
아내 ……

  아내, 남편이 내던진 망태기를 멍하니 쳐다본다

남편 응?
아내 ……

  남편을 쳐다본다

남편 아, 아니, 왜, 왜, 왜, 왜 그러는 거요?
아내 (고개를 흔든다)
남편 (아내의 팔을 붙들면서) ―?

  남편, 문득, 사방을 둘러본다
  아무것도 찾아내지 못한다

아내 (방문 쪽을 바라본다, 방문은 닫혀 있다)

  방 안에서 기척이 난다

남편 (그쪽을 바라본다) 왜, 왜?

  그쪽으로 간다

아내 (말린다)

남편 (무엇인가를 느낀, 두려운 몸짓으로) 웅?

아내 (붙들었던 팔을 놓는다) 여보

남편 ……

아내 큰, 일, 났어요

남편 무, 무어? (알아차리고, 방 쪽으로 내디디려던 걸음을 멈춘다)
　　　저, 저, 저, 저, 정말이야?

아내 (끄덕인다)

남편 (방 쪽을 뚫어져라 바라본다)

　방 안에서 기척
　남편, 아내를 본다

아내 (끄덕인다)

　문고리를 잡아 흔드는 애기

남편 아이구(풀썩 주저앉는다)

　아내, 그 옆에 쭈그리고 앉는다
　두 사람 마주본다
　그러다가는 방 쪽을 돌아본다

남편 여, 여, 여, 여보 (일어서서 방으로 다가간다. 아내를 돌아본다)

　아내, 일어서서 남편 곁에 선다
　아내, 앞서서 방문 앞에 와서, 문고리를 벗기려다 말고, 뚫린 구멍으

로 들여다본다
　자리를 내준다
　남편, 들여다본다

남편　아이쿠

　엉덩방아를 찧는다
　앉은걸음으로 엉금엉금 물러나서 마당 가운데로 나온다
　아내는 방문 앞에 서 있는다

남편　(눌린 목소리로) 여, 여, 여, 여보, 이, 이, 이, 이, 일을——

　아내, 그대로 서 있는다
　남편, 손짓으로 아내를 부른다
　아내, 그대로 서 있다
　남편, 또 손짓한다
　아내, 마당으로 나온다
　아까처럼 남편 곁에 쭈그리고 앉는다

남편　어, 어, 어, 어, 어쩌면 좋소?

　아내, 남편을 쳐다본다. 아무 말도 들리지 않는 것이다

남편　어, 어, 어, 어쩌면 좋소
아내　……

두 사람, 마주보고 앉아 있는다
오랜 사이
멀리서 포교들이 노래 부르는 소리
두 사람, 귀를 기울인다
바람소리, 아내 깜짝 놀란다

남편　바, 바, 바람소리야

　아내, 일어선다
　부엌으로 들어가 소쿠리를 들고 나온다
　소쿠리에 든 산나물을 방문 앞에서 벌여놓고 가로막고 앉는다
　남편, 아내의 움직임을 눈으로 좇는다. 영문을 모르는 투로 끝에 가
서야, 알릴락말락 고개를 끄덕인다
　그러면서 사립문 쪽을 흘낏 쳐다본다
　문고리가 또 흔들린다

아내　(천천히, 보통 쓰이는 자장가 가락으로)

　　우리애기 착한애기
　　젖을 먹고 크는애기
　　보채면서 즈른애기
　　흉년들면 도적되지

　　도적되면 넓은세송
　　오도갈데 없어지고
　　관ㄱ기둥 높은곳에

잘린토막 목이되어

끄목끄치 쪼아대면
엄ㅁㅇ파 ㄴㅇ파
우는신세 되는신세
아이무서 드른애기
우리애기 ㅇ닌애기

문고리 한 번 더 덜커덩하다가 뚝, 그친다
남편, 아내를 보고, 또 사립문 쪽을 살핀다
아내, 뜻없이 나물을 뒤적거린다
두 사람, 귀를 기울인다

남편 -바, 바, 바, 바람소리야

바람소리
아내, 다시 나물을 뒤적거린다
남편, 아내 손길을 그대로 따라 눈길을 옮긴다

아내 (일어서서 부엌으로 들어간다)

남편, 뒷모습을 좇는다
아내, 나온다
남편, 아내가 다시 문지방 밑에 자리를 잡을 때까지 눈으로 좇다가,
아내가 다시 나물을 뒤적이기 시작하자, 눈길을 거두면서 얼핏 사립문
쪽을 본다. 한참 그대로 있다가 다시 아내의 손 움직임을 따른다. 조금

엉덩이를 들면서 아내한테 무언가 말할 듯하다가 그만둔다

　남편, 일어나서 뒤껼으로 간다

　짚을 가지고 나온다

　아내, 쳐다본다

　남편, 사립문 앞에 짚을 벌여놓고 새끼를 꼰다

　오랜 사이

　남편, 문득 손놀림을 멈춘다

　끌리듯, 아내 따라멈춘다

　밖에서 기척

　사이

　남편, 간신히 옮기는 걸음으로 사립문 쪽으로 다가간다

　귀를 기울인다

　기척

　숨을 내쉬며 돌아선다

　아내의 눈길을 맞으며

남편　다, 다, 다, 다, 다람쥐

　아내, 고개를 떨군다

　다시 나물을 뒤적인다

　남편, 새끼를 꼰다. 포졸들 노랫소리

　꼬다 말고 아내를 건너다본다

　아내, 마주보지 않고 나물을 뒤적거린다

　새소리, 갑자기

　두 사람, 깜짝 놀라 고개를 들었다가, 눈길을 마주치고, 방 안 기척을
살핀다

다시 나물을 뒤적이고, 새끼를 꼰다
사이
기척이 없는 방 안

갑자기 무대, 그늘이 진다
두 사람, 깜짝 놀라 하늘을 본다

남편 구,구,구,구, 구름——

천천히 그늘이 벗겨진다
다시 밝아진 무대
이때 문고리 덜컹거린다
남편, 뛰어 일어나며 귀를 막는다
방문을 돌아보고, 귀에서 손을 떼며, 어쩔 줄 몰라 사립문 쪽을 살핀다
아내를 돌아본다

아내 (천천히 슬프게)

우리애기 축혼애기
젖은 먹고 크는애기
보채면서 즈론애기
흉년들면 도적되지

도적되면 넓은세숭
오도갈데 없어지고
관ㄱ기둥 높은곳에

잘린토막 목이되어

끄목끄치 쪼아대면
엄ㅁㅇㅍ ㄴㅇㅍ
우는신세 되는신세
아이무서 드른애기
우리애기 ㅇ닌애기

문고리 흔드는 소리 뚝 그친다
이 사이 남편은 사립문 앞에서 망을 보다가 돌아온다
아내, 아무렇지 않게 나물을 뒤적인다
남편, 주저앉아 새끼를 꼰다
속의 무서움을 꼬듯이, 그런 몸짓으로

저녁놀이 비치기 시작한다
차츰 짙어가는 노을
시뻘건, 핏빛 같은 노을
보랏빛으로 바뀐다
갑자기 어둠
사이
이때 먼 데서 말의 울음소리
두 사람, 화닥닥 놀랐다가 굳어진다
남편 얼굴에만 조명, 이윽고 아내 얼굴에 조명
문고리 흔드는 소리

애기 (확성기로, 메아리처럼) 배고파

아내, 일어선다
남편, 일어선다
아내, 방 안으로 들어간다
무대 완전한 어둠
사이
방 안에 불이 켜진다. 희미한
아내, 나온다
아내 얼굴에 둥근 조명
남편 얼굴에 둥근 조명
두 사람, 마당 한가운데로 나와 주저앉는다
사이
부엉이소리
귀를 기울이는 두 사람 얼굴 (조명된)
기척
얼굴에 들어왔던 조명 나감
무대, 어둠
사이
불이 다시 남편 얼굴만 비추면서

남편 새, 새, 새, 새가-지, 지, 지나가는 거야

아내 얼굴에도 조명 들어옴
깃소리, 나무에서 다른 나무로 옮아가는 새의
부엉이 우는 소리
조명 나간다
사이

어둠 속의 무대
늑대 우는 소리
이윽고, 숨을 내쉬듯이
조명 들어옴

꼬부리고 앉아 있는 두 사람
여전히 조명은 얼굴에만

두 사람의 얼굴 방 쪽으로 돌아간다
벌떡 일어서서 문고리를 흔드는 애기의 그림자
문고리 흔들리는 소리
밤의 고요함 속에서
우레처럼 우렁차게

남편 (조명된 얼굴이 아내 쪽으로 돌아본다)
아내 (천천히 슬프게)

　　우리애기 촉혼애기
　　젖은 먹고 크는애기
　　보채면서 즈론애기
　　흉년들면 도적되지

　　도적되면 넓은세송
　　오도굴데 없어지고
　　관ㄱ기둥 높은곳에
　　잘린토막 머리되어

꼬목 꼬치 쪼아대면
엄무 으 포 느 으 포
우는신세 되는신세
아이무서 다른애기
우리애기 으닌애기

사이, 문고리 흔드는 소리 멈춤
또 한 번 말이 우는 소리
더 세차게 흔들리는 문고리
밤의 고요함 속에서
그 소리는
우레처럼 우렁차게
메아리처럼
"내 말!"
확성기를 거친 애기의 목소리

남편 (벌떡 일어서며) 여, 여보 (아내를 내려다본다)
아내 (마주 보다가) 안 돼요!

　남편의 가랑이를 잡고 매달린다

남편 (붙잡힌 채 어둠 속을 본다)

　메아리처럼, 애기의 목소리
　"내 말!"
　문고리가 덜컹거린다

남편, 아내를 걷어차고
방문 쪽으로 다가선다
아내, 또 매달린다
남편, 힘껏 걷어찬다
쓰러지는 아내

남편 (문을 열고 방에 들어선다)

창호지에 비치는 그림자
큰 그림자가 작은 그림자를 눕힌다
애기 위에 올려놓은 큰 자루의 그림자
남편, 밖으로 나온다
아내, 벌떡 일어선다
남편, 아내를 붙들고 마당에 주저앉는다
아내, 몸부림치지만, 남편, 놓지 않는다
문풍지에 비치는 그림자
버르적거리는, 자루에 눌린 작은 사람의 그림자
오랜 사이
방에서 (메아리처럼) "엄마!"
아내, 일어선다
남편, 아내를 아까처럼 차지른다
남편, 방 안에 들어선다
또 하나 포개어지는 자루의 그림자
남편, 나온다
먼저처럼 아내를 꽉 껴안고 쭈그리고 앉는다
가끔 고개를 들어 창호지에 비치는 그림자를 본다

이윽고, 움직이지 않게 된 그림자. (메아리처럼) 말이 우는 소리(구슬
프게)
방 안의 등잔불이 꺼진다
달빛
달빛이 차츰 어두워진다
구름에 아주 가리운 달빛
바람소리
어둠
희미한 달빛
지게에다 무엇인가 지고 나가는 남편, 마당을 가로지르는 무대, 어둠
바람소리

넷째 마당

이튿날 새벽
새소리
무대에는 사람이 없다
멀리서 노랫소리 들려온다

우리애기 착한애기
젖안먹고 크는애기
보채면서 자란애기
흉년들면 도적되지

노랫소리 차츰 가까워진다. 거친 쉰 목소리, 그러나 뚜렷한. 노파 나

온다. 먼젓번처럼 누더기옷이다. 다만 허리에 두른 봇짐이 불룩하다.
바가지를 찬 것 같다. 아내 뒤꼍에서 나온다. 뚫어지게 노파를 바라본다

노파 찾았소 (봇짐을 앞으로 가져온다) 내 새끼를 찾았소

  아내 뒤꼍으로 들어간다. 노파 땅에 앉는다. 보따리를 어루만지면서
띄엄띄엄 중얼중얼 자장가를 부른다. 거의 들리지 않는다. 가끔 가락
이 높아질 때면 아직 노래를 부르는 것을 알 수 있다. 아내 넋빠진 사람
처럼 나온다. 노파에게 물그릇을 준다.

노파 고맙소 (마신다) 고맙소 (사발을 땅에 내려놓는다. 그리고 보따
    리를 도로 바로잡는다) 너는 춥지도 않고 덥지도 않고, 목이 마
    르지도 않고, 배 고프지도 않고 보채지도 않는 착한 내 새끼야
    (일어선다. 아내 바가지처럼 불룩한 데를 눈으로 좇는다) 가자.
    가서, 새 울고 볕 좋은 이 에미가 김매는 밭머리께 묻어주마.
    가자 (걸으면서 한 손으로 보따리를 토닥거린다) 가볍기도 하지.
    갓났을 때보다 더 가볍구나 (나간다, 자장가를 부르면서)

  아내 노파가 떠나는 것을 바라본다. 노파가 사라진 쪽을 바라본다.
새소리. 화창한 봄날이다. 새소리와 섞여 노파의 자장가가 들릴 듯 말
듯 들려오는 것에 귀를 기울이고 서 있다. 방 안으로 들어선다.
  사이
  남편, 지게를 지고, 괭이를 들고 들어선다
  말없이 지게를 내려놓고 서 있는다
  이윽고 힘없이

남편 여, 여, 여, 여보

  뒷마당으로 돌아간다
  나온다
  사립문을 나가면서 두리번거린다
  한참 있다가 혼자 돌아온다
  마당에 주저앉는다. 고개를 떨구고
  사이
  문득, 방문을 돌아보다가, 그것을 연다
  대들보에 목을 맨 아내 (인형)
  남편, 뛰어들어가 끌러내린다

남편 여, 여, 여, 여, 여보

  아내를 붙들고 흔든다
  이윽고 아내 곁에 주저앉아 버린다
  무릎 사이에 고개가 다 파묻혔다
  사이
  일어난다
  끌어낸 띠를 대들보에 건다
  말이 우는 소리, 사립문 쪽에서 용마를 탄 애기, (말, 애기 모두 인형,
추상적인 구조의) 마당으로 들어온다
  무대, 캄캄해지고, 각각, 말과 애기, 남편의 머리 위로 비치는 부분조
명 및 방 안에 누운 아내의 위에서 비치는 조명

남편 (마당에 내려서다가, 용마와 애기를 보고 주저앉으며) 너, 너,

　　　　　너, 너를, 무, 무, 무, 무, 무, 묻고 오, 오, 오, 오는 길인데
애기　(고개를 저으면서, 들고 있던 진달래꽃 묶음을 아버지한테 준다)
남편　(꿈결처럼 걸어가서 받는다)
애기　엄마, 엄마! (확성기를 통한 목소리)
남편　(방으로 들어가 꽃묶음을 아내 가슴에 얹는다) 여, 여, 여보, 다,
　　　　다, 당신, 애, 애, 애, 애기가, 가, 가, 가, 가져왔소, 다, 다, 다,
　　　　당신, 애, 애, 애, 애기가, 사, 사, 사, 사, 살아왔소
아내　(인형) 꽃묶음을, 들고, 일어나, 마당으로, 나선다

　　아내, 애기한테로 걸어가서 애기를 끌어안는다

애기　(확성기를 통한 목소리) 엄마 아빠, 빨리 타요
남편　(아내를 말에 태우면서) 자, 자, 자, 자, 가, 가거라, 어, 어, 어,
　　　　어-어, 어. 어서 가거라, 사, 사, 사, 사, 사람들이 오, 오, 오,
　　　　오, 올라. 네, 네, 네, 네, 네가 주, 주, 주, 주, 죽었다고 해, 해,
　　　　해, 해, 했으니 마, 마, 마, 마, 마을 사람들이, 오, 오, 오, -오,
　　　　오, 오, -오, 오, 올게다
애기　(손짓하면서)
아내　빨리, 빨리, 포졸들이, 와요
남편　(소매로 눈물을 씻으면서) 오, 오, 오, 오냐,

　　끝내 타지는 않고
　　용마의 고삐를 잡고 사립문을 나간다
　　무대, 다시 밝아진다
　　빈 무대
　　마을 사람들 여럿과 포졸들 여럿 들어선다

마사 1 여보게

　포졸 하나, 다짜고짜 문고리를 낚아챈다

포졸 1 어딜 갔나?
포졸 2 분명하겠지?
마사 1 네, 경기를, 일으켜서, 간밤에
포졸 3 흠
마사 1 산에, 가져다, 묻고 오는, 길이라더군요
마사 2 저것 보게, 저기
사람들 아니, 저
　　　　세 식구가 말을 타고 하늘로 올라가는군
　　　　꽃을 던지는군
　　　　가거든 옥황상제께 여쭤주게. 우리 마을에 다시는
　　　　장수를 보내지 맙시사구

　사람들이 한마디씩 하자
　하늘에서

하늘에서　우리 애기
　　　　착한 애기
사람들　훠이 다시는 오지 마라, 훠어이 훠이 (밭에서 새 쫓는 시늉을
　　　　하며)
하늘에서　젖 안 먹고
　　　　크는 애기……
사람들　훠이 다시는 오지 마라, 훠어이 훠이

사람들, 어느덧 손짓 발짓 장단 맞춰 춤을 추며, 어깻짓 고갯짓 곁들여, 굿춤 추듯, 농악 맞춰 추듯, 춤을 추며

하늘에서 ……보채면서
          자란애기
          흉년들면……
사람들 휘어이 휘이. 다시는 오지 마라 휘어이 휘이
       점점 신명이 난
        하늘과 땅이
         서로 주고받는 사이에
          천천히

                                    ─막

구운몽(九雲夢)

관(棺) 속에 누워 있다. 미라. 관 속은 태(胎)집보다 어둡다. 그리고 춥다. 그는 하릴없이 뻔히 눈을 뜨고 누군가를 기다리고 있다. 몸을 비틀어 돌아눕는다. 벌써 얼마를 소리없이 기다리고 있다. 몸을 비틀어 돌아눕는다. 몇 해가 되는지 혹은 몇 시간인지 벌써 가리지 못한다. 혹은 몇 분밖에 안 된 것인지도 모른다. 똑똑. 누군가 관 뚜껑을 두드리고 있다. 누구요? 저예요. 누구? 제 목소릴 잊으셨나요. 부드럽고 따뜻한 목소리. 많이 귀에 익은 목소리. 빨리 나오세요. 그 좁은 곳이 그렇게 좋으세요? 그리고 춥지요? 빨리 나오세요. 따뜻한 데루 가요. 저하구 같이. 그는 두 손바닥으로 관뚜껑을 밀어 올리고 몸을 일으켰다. 어둡다. 아무것도 보이지 않는다. 게 누구요? 대답이 없다. 그는 몸을 일으켜 관에서 걸어나왔다. 캄캄하다. 두 팔을 한껏 앞으로 뻗치고 한 발씩 걸음을 떼놓는다. 한참 걸으니 동굴 어귀처럼 희미한 곳으로 나선다. 계단이 있다. 두리번거리면서 한 계단 밟아올라간다. 캄캄한 겨울밤 독고민(獨孤民)은 아파트 계단을 올라간다. 지난밤 꿈을 골똘히 생각하면서. 그는 잠시 망설인다. 꼭 한 잔만 했으면. 후끈하게 몸이 녹을 것 같다. 그렇지만 그는 술을 즐기는 편은 아니다. 어쩐지 오늘따라 춥고 허전함이 사무친다. 지붕 양철이 날카롭게 운다. 양력 정월그믐께 한창 고비로 설치는 모진 바람에 싸구려로 지은 나무집이 늙은 쥐덫에 낀 소리를 낸다. 그는 목을 움츠리면서 부르르 떨었다. 다시 현관으로 나가 길 건너 골목을 빠져…… 바람이 에듯 휘몰아치는 거리를 지나 술집까지 나갈 맘이 싹 가시면서 민은 불 없는 캄캄한 계단을 간신히 기어올라 이층 자기 방문 앞에 다다랐다.

장갑을 벗고 호주머니에서 열쇠를 꺼내 문을 열었다. 뒷손으로 문을 닫으면서 한 손으로는 문 옆 선반을 손어름하여 성냥을 찾았다. 넓지도 않은 선반에 얹혔을 성냥갑은 얼른 찾아지지 않았다. 다른 손도 마저 선반에 올려 두 손바닥으로 그 위를 쓸었다. 그의 왼손이 성냥에 부딪치면서 그것을 마룻바닥에 떨어뜨렸다. 아차. 민은 엉거주춤하고 엉덩이를 붙이지 않은 채로 꾸부리고 앉아서 어둠 속에서 마루를 쓸어갔다. 워낙 칼칼한 성미가 아니었으나 이때만은 울컥 짜증스러운 맘이 들었다. 간신히 성냥이 잡혔다. 마치 참새 새끼라도 잡은 듯한 손으로 성냥갑을 잔뜩 움켜잡고 개비를 뽑아 득 그어댔다. 화약 냄새에 툭 쏘인 코 밑에서 입김이 시뿌옇게 퍼진다. 초가 놓은 책상까지 이르기 전에 성냥불은 슥 꺼져버렸다. 그는 또 한 개비를 그어 촛불을 켰다.

전기도 들어오지 않는 아파트. 한 자루 촛불이 밝혀낸 방 안 꼴은 한마디로 을씨년스러움 그것이다. 오른쪽 벽에 붙여서 군용 나무침대가 놓였다. 맞은쪽 벽에 반을 위로 차지한 찬장. 촛불이 얹힌 테이블과 깔대가 터진 사이로 속이 비죽이 나온 의자가 그 앞에. 행길로 난 창문에는 커튼 대용의 담요. 이뿐이다.

참 또 하나 양철난로가 있는데 이 겨울 들어 그 속에 불이 타본 일은 한 손으로 세고 좀 모자랐다. 돈도 돈이지만 방을 비운 사이 불을 봐줄 사람이 없다. 늘 하는 대로 잠바를 벗고 윗도리를 벗고 바지를 벗어던지고 침대 속으로 뛰어들려 했다. 탕 문소리가 나면서 촛불이 너풀한다. 그는 잔뜩 웅크리고 문께로 가서 잘 물리지 않는 문을 이럭저럭 문틀에 맞추려고 했다.

그때다.

마룻바닥에 떨어진 한 통의 편지를 보았다. 아파트 주인 할머니가 문틈으로 집어넣은 모양이다. 하도 신기한 생각에 가슴이 훌쩍 뛰었다. 편지라니. 그는 편지를 집어서 우선 앞을 보았다. 혹시 잘못 넣어진 것이 아닌가 해서다. 독고민. 틀림없는 그의 이름. 다음엔 뒤집었다. 그는 찬찬히 들여다보느라고 편지를 바싹 촛불 앞으로 들이댄다. 그러자 그는 갑자기 얼어붙은 사람처럼 뻣뻣해졌다. 아니 이게? ……원 이런. 후들후들 떨면서 편지 봉을 찢고 속을 집어냈다. 그리고 읽는다. 편지를 읽는 동안 황송스럽고 황홀한 낯빛이었다. 다 읽고도 멍하니 서 있는다. 한데나 다름없는 방 안에서 잔뜩 오그렸던 몸이 지금은 허리를 꼿꼿이 펴고 의젓하리만큼 똑바로 섰다. 방 안이 갑자기 더워진 것도 아닌 만큼 그가 이렇게 갑자기 변한 것은 분명히 그 편지 때문이란 것을 알 수 있다. 얼마나 그렇게 서 있었을까. 문득 꿈에서 깬 사람처럼 손에 든 편지를 내려다본다. 머리를 설레설레 흔들면서 또다시 편지를 불빛에 대고 읽는다. 괴로운 빛이 그의 얼굴을 덮는다. 다시 읽고 또 읽는다. 횟수를 거듭함에 따라 그의 낯빛은 점점 밝아진다. 이윽고 편지를 꼭 쥐고 돌아섰을 때 그의 낯빛은 이를테면 기쁨에 찬 얼굴이라고 부를 수 있는 그런 것이었다. 편지 속은 이렇다.

민.

　얼마나 오랜만에 불러보는 이름입니까? 저를 너무 꾸짖지 마세요. 지금의 저는 민을 보고 싶은 마음뿐입니다. 돌아오는 일요일 아세아극장 앞 '미궁' 다방에서 기다리겠어요. 한시에서 한시 삼십분까지. 모든 얘기 만나서 드리기로 하고 이만. 민, 꼭 오셔야 해요.

　그는 또 한 번 편지를 들여다보았다. 그 편지는 보낸 사람 이름이 없었으나 독고민은 그녀의 장난꾸러기 같은 얼굴을 대뜸 머리에 떠올릴 수 있었다. 왼쪽 뺨에 까만 점. 그녀는 이를테면 그의 첫사랑의 여자였다.

　첫사랑이나마나 독고민의 스물일곱 해 생애에 같이 자본 것은 그녀 한 사람뿐이라면 말 다한 셈이다.

　독고민은 황해도 태생으로 전쟁통에 내려왔다. 자신은 반드시 그렇게 해야겠다는 생각은 아니었고 도리어 부모 곁에 머무르고 싶었으나 부친의 뜻은 그렇지 않았다. 그를 남으로 떠나보내는 날 저녁에 부친은 사랑방에 그를 불러앉히고 말했다. "우리야 다 늙고 죽기만 기다리는 몸, 아무 염려 말고 어서 떠나라. 네 한 몸만 무사히 자유스러운 곳에서 살면 그만이다. 어서." 독고민은 외아들이었다. 삼대는 아니었으나 외아들이었다. 부친은 그 귀한 아들이 공산군에 잡혀가는 것을 참을 수 없었던 것이다. 그는 부친의 뜻을 따르는 수밖에 없었다. 그 고을에서는 밥숟가락이나 먹는다는 포목전을 내고 있던 부친의 덕으로 이렇다 할 고생도 해본 일 없이 그 나이까지 살았었다. 학교에서 독고민은 결코 머리 좋은 아이는 아니었다. 하기는 묘한 일이 한 가지 있었는데 독고민이 초등학교 일학년 때 그는 급장이었다. 다시 말하면 공부를 썩 잘한 것이다. 그런데 이학년에 가서 그는 급장을 내놓았을 뿐 아니라 성적도 가운데쯤으로

뚝 떨어졌다. 삼학년 때 그는 육십 명 가운데 마흔다섯 번째였다. 사학년에서는 쉰 번째였다. 오학년과 육학년에서는 55등에서 57등 사이를 학기마다 오르락내리락하며 지냈다. 중학교에서 고등학교까지 그는 죽 공부 못하는 학생이었다. 월남 후에 바로 입대해서 이 년 복무한 다음 다리에 부상을 입고 제대가 되었다. 그가 제대한 것은 아직 싸움이 한창이고 서울이 부산으로 돼 있을 무렵이었다. 그 무렵 세상 살기가 얼마나 어렵고 얼마나 참 기막힌 때였던가는 말하면 잔소리겠으나 독고민도 빠질 순 없었다. 도떼기시장에서 넥타이장수로 내디딘 그의 직업편력은 다채로운 바 있었다. 군복장수. 고구마장수. 깡통주이. 무연탄장수. 물론 군복도매상이 아니고 왼팔에 사지 즈봉 한 벌 오른팔에 잠바 한 벌을 걸치고 평안도 에미네들이 군복 사시라우요 네, 군복 헐하게 사시라우요 하면서 노점 사이를 왔다갔다하는 그런 것 말이다. 고구마장수도 그렇다. 온 배에 산더미 같은 고구마를 밭떼기로 척척 사고팔았다는 말이 아니고 드럼통 위에서 구워내는 저 그것 말이다. 그 밖에 모두 그런 어름이다. 줄여 말하면 좀 고생했다. 하긴 사람에게는 황금시대란 게 있다. 사람들이 말하는 '옛날엔 나두……' 할 때의 옛날이 그에게도 있다. 옛날이래야 몇 해 전이지만 어쨌든 옛날은 옛날이다. 미군부대에 들어가게 된 것이다. 물론 그는 영어라곤 한마디도 못했다. 이북에서는 학교에서 노서아말을 가르쳤기 때문이다. 그렇다고 독고민이 노서아말은 잘한다는 게 아니라 하물며 영어 못한 것은 그의 탓이 아니라는 것뿐이다. 여기서 그는 타고난 제자리를 찾아냈고 그것은 그가 영어 못하는 것이 조금도 흠일 것이 없는 일이었다. 학교시절 때 얘기에서 빠뜨렸는데 민은 다른 학과는 모조리 젬병이었으나 그림만은 빼어났었다. 그림시간이면 독고민은 즐거웠다. 미술 선생은 그의 머리를 호되게 두드리면서 말한 것이다. "민은 장차 위대한 미술가가 될 거야." 민은 오랫동안 그 말씀을 잊지 못했다. 그 솜씨가 미군부대에서 끝내 빛을 나타낸 것이다. 그가 어느 날 쉬는 참에 장난삼아 감독 하사관의 얼굴을 그려주었더니 나두 나두, 이렇게 하여 민은 궁정화가(宮廷畫家)가 되어버린 것이다. 비단 초상화뿐이 아니라 미국 군대란 괜히 페인트와 간판을 사랑하는 곳이었다. 그런 일은 모두 그의 몫이었다. 그뿐이 아니었다. 정승 좋다는 게 가마 타는 재미뿐이겠느냐 말마따나 절로 여러 가지 중매 거간 노릇을 하게 되어 커미션만 받아도 돈을 주체할 수 없었다. 숙을 만난 것은 그때였다. 그녀는 양부인이었다. 미군부대 종업원과 양부인이란 환관(宦官)과 궁녀 비슷한 것으로 그 이상 가까울 수 없는 사람들이었다. 그녀는 얼굴이 동그스름하고 살찐 엉덩이를 가지고 있었다. 하기야 애초에는 물질적인 주고받음이 다리를 놓아주었다. 신세지는 것은 그녀 쪽이고 입히는 것은 민이었다. 그녀는 지는 것만으로도 미안하다는 마음으로 민에게도 입혀준다는 형식으로 비롯된 사이였으나 그런 게 어떨 것은 없었다. 그녀는 민더러 증류수처럼 순수한 사내라고 했다. 그녀는 대학을 중퇴했노라고 했다. 그런 점으로도 고등학교 중퇴한 초라한 학력밖에 못 가진 민에게는 과분한 상대라고 아니할 수 없었다. 같이 살지는 않았다. '서로 불편해진다'는 숙의 말을 좇아 집은 따로 가지고 '마음만 늘 같이' 하기로 돼 있었다. 독고민이 쉬는 날이면 그들은 영화를 보고 밥을 같이 먹고 차를 마시고 가끔 음악도 들었다. 민은 음악에는 귀머거리나 진배없었으나 그는 사랑하는 이의 취미를 아낀다는 맘에서 아무 소리 없이 따라다녔다. 그럴 때 어느 모로 보아도 그녀는 양부인 같지 않았다. "남들이 보면 우릴 점잖은 애인들끼리라 할 테죠. 호호호." 옳은 말이었다. 그 무렵 사람들의 돌아가는 말로는 민은 좀 모자란다는 소문이 있었으나 숙의 말을 빌리면 '참 좋은 분'이며 '증류수처럼 순수한 분'이었다. 그는 숙이 같은 예쁜 여자가 자기를 사랑해 준다는 일이 무진장 고마웠다. 그는 실지로 그녀에게 묻기까지 했다. "저어 내 한 가지 묻겠는데…… 숙인 정말 날 사랑해?" 그녀는 빤히 쳐다보더니 깔깔 웃기 시작했다. 그녀는 그 펑퍼짐한 엉덩이를 옮겨 민의 무릎에 올라앉으면서 그의 목을 끌어당겼다. "당신은 정말 좋은 분예요. 어떡허다 당신 같은 분이 나한테 걸렸을까?" 그녀의 목소리는 그때만은 조금 떨렸다.

그런 나날이 반년 남짓 나가다가 그녀는 훌쩍 자취를 감췄던 것이다. 말할 것도 없이 당시로서도 적지 않은 금액의 신용대부(애인 사이에 신용대부도 우습지만) 형식으로 맡고 있던 민의 현금과 함께였다. 말 못할 무슨 사정이 반드시 있을 것으로 짐작했다. 돈을 잃었다는 생각보다도 그렇게 하지 않을 수 없었던 그녀의 사정이 더 안타깝고 걱정스러웠다. 참다운 애인일 때 이것은 말할 것도 없는 일이었다. 그래서 민도 그랬다.

그렇게 사라진 그녀가 지금 이렇게 편지를 보내오다니. 그는 가슴이 훈훈해지고 눈시울이 뜨거워졌다. 자식 진작 편지할 일이지. 아무렴 내가 빚 재촉할까봐. 그는 자꾸 자식을 뇌었다. 그는 이불 속으로 기어들어가 손만 내놓고 편지를 읽는다. 꼭 오셔야 해요. 체, 안 가구 어째. 독고민은 지금 조그만 간판가게에서 일을 본다. 물론 자기가 하는 가게는 아니다. 직공이다. 수입이야 그녀와 지내던 때하고 견줄 바 못 된다. 그럴 수밖에 없는 것이 황금시대가 마냥 그냥이라면 애초에 그런 말부터 생기지 않았을 테니까. 그는 반이나 얇슬해진 해묵은 구제품 홈스판 오버를 걸치고 늘 감기 기운으로 코멘소리를 가지고 다녔다. 그의 일은 극장에서 프로가 바뀔 때마다 붙이는 간판을 그리는 것인데 서부 사나이들의 털북숭이 가슴과 서부 여편네들의 사라브렛처럼 살찐 궁둥이를 다듬느라고 그의 붓은 거칠 대로 거칠어 있었다. 그렇다고 온전한 화가가 되지 못한 것을 한탄할 만큼 민은 예술가도 아니었다. 불교에선 업(業)이란다지만 사람도 나름이어서 독고민은 한 가지 일에 매달려서 낭떠러지 끝까지 내처 달리는 그런 축이 아니다. 그런대로 그녀를 떠올릴 때마다 늘 생각나는 일이 한 가지 있다. 그것은 그의 생애에서 마치 처녀의 초조(初潮)처럼 부끄럽고 당황스러운 사건이었다. 어떤 날 그는 부대에서 끝내지 못한 일거리를 든 채로 그녀는 찾아갔다. 숙은 파자마 바람으로 침대에 누워서 한 손에는 담배를 붙여든 채 그 초상화를 한참이나 들여다보더니 "당신은 정말 좋은 소질을 가지셨어. 양놈 코빼기나 다듬기엔 아까워요." 그리고 잠깐 무엇인가 생각하더니 "어때요 국전에나 한번 내보면, 사람 일 알아요?" 이러는 것이었다. 민은 왜 그랬던지 가슴이 철렁했다. 그다음에 아득한 옛날을 퍼뜩 떠올렸다. "민인 장차 위대한 미술가가 될 거야." 마치 잘못한 학생에게 한 대 먹이는 식으로 호되게 그의 머리를 꽁 내리찧으시던 미술 선생님의 주먹을 떠올렸다. 그날 그녀와 갈라진 다음에 그는 곰곰 생각했다. 그녀가 그의 재질을 알아주고 부추겨준 일이 먼저 고마웠다. 그것은 서로 보다 나아지려는 연인이 아니고는 있을 수 없는 보살핌이었다. 그는 결심했다. 다음 날부터 출품작품에 달라붙었다. 그녀에게 값하는 사람이 되고 싶은 한마음에서였다.

가시쇠줄 울타리가 있었다. 미군보초가 서 있었다. 양부인이 마주서서 손을 벌리고 웃고 있었다. 조금 떨어져서 담배 파는 할머니가 올망졸망 늘어놓은 목판 뒤에 앉아 있었다. 할머니 옆에 거지 계집애가 깡통을 안고 쭈그려앉아 있었다. 그리고 밤이었다. 이런 그림이었다.

받는 곳에 들고 갔을 때 마치 물건 버리러 온 사람처럼 팽개치듯 하고 물러나왔다, 혹시 무슨 말을 물을까 겁이 나서. 국전이 열리기까지의 사이 그렇게 안타까운 나날이 그의 생애에 일찍이 없었다. 어느 가을날 국전은 열리고 그의 작품은 물론 낙방이었다. 숙이한테는 감쪽같이 한 일이었으나 그는 마치 죄나 지은 듯이 볼낯이 없었다. 애인 몰래 딴 여자와 사귀다가 퇴짜를 맞고 되돌아왔을 때 양심 있는 인사라면 가질 만한 느낌이었으나 독고민은 그런 못된 겪음이 없기 때문에 그저 죄송스러웠다. 숙이 자취를 감춘 것은 그로부터 얼마 후였다.

아픈 마음속에서도 무엇인가 그럴만한 일처럼 느껴지기도 했다. 잘됐지 뭐야. 어차피 자기 같은 사람에겐 과분한 여자였고 모처럼 잘되자고 북돋는 애인에게도 갚을 만한 재질이 없는 자신을 꾸지람하는 맘에서였으리라. 그런 그녀가 편지를 보내온 것이다. 그는 자꾸 좋았다. 그녀와 갈라진 이후 그의 생활은 조금도 재미없었다. 나쁜 일만 생겼달 것까지는 없어도 좋은 일은 하나도 없었다. 물론 애인도 생기지 않았다. 독고민과 같은 주제에 그런 찬란한 분홍빛 지난날이 있었다고는 아무도 믿지 않을 것이다. 사람이 옹졸한 터라 누구에게 그런 옛날을 술주정으로나마 쏟지 못하는 사람이고 보니 독고민의 세 치 가슴속에 고이 간직된 몹쓸 꿈이라고 할 수밖에 없다. 말하자면 숙과의 지난날은 그의 삶의 보람이며 누더기옷에 꿰맨 보석이었다. 이 추운 겨울날 지난날 그런 눈부신 때를 가졌다는 달콤한 추억이 없다면 그는 진작 얼어죽었을 것이다. 어느 시인이 말하기를 얼어죽는 사람은 추억이 없었던 사람이라고 했다지만 그것은 바로 독고민을 두고 한 말일시 분명하다. 마음이 추우면 죽는다. 늙은이 뼈마디처럼 덜커덕거리는 이 낡아빠진 바라크 아파트에서 불도 없는 찬 방 침대에 자면서도 독고민이 아직껏 죽지 않은 것은 사실 이 때문이었으나 본인은 모르고 있었다. 그러나 공기의 화학방정식을 모른다고 해서 그 사람은 공기를 마시지 않고 있다고 우긴다거나 교리문답을 한 번도 읽을 기회가 없어서 하나님의 성함을 모른다고 해서 천주는 없다고 주장하는 것이 터무니없는 잘못이듯이 민이 그런 사실을 스스로 깨닫지 못한대서 진리는 흔들리는 것이 아니다.

벌써 세시가 뎅뎅 울린다. 아래층 주인 할머니 방 기둥시계다. 민은 하나둘셋 그 소리를 센다. 그러면서도 잠들 눈치는 전혀 보이지 않는다. 그는 또 편지를 쳐든다. 오늘 밤 그는 몇 번째 되읽는지 모른다. 마치 놓아두면 그 편지 내용이 종이를 떠나 훌훌 날아갈 것을 걱정하듯. 마치 자기 눈길로 글자 하나하나를 꼭 얽어매 놓으려는 듯. 독고민은 자꾸 읽는다.

사흘 뒤 일요일. 민은 극장을 건너다보면서 서 있다. 매표구에는 사람들이 뱀 모양 구불구불 줄을 지어 밀려들고 있다.

사람들은 다 잘 차리고 있다. 이십대의 남녀가 가장 많고 서른 줄 마흔 줄 그런 순서인 것 같다. 사람들은 대개 쌍이었다. 줄을 같이 서서 앞뒤로 즐거운 듯 말을 주고받는 사람. 한쪽은 줄에 들고 다른 쪽은 줄 밖에서 줄이 움직이는 대로 짝을 따라 움직이는 사람. 그것은 다정스러워 보였다. 그는 호주머니를 뒤져보았다. 돈은 넉넉했다. 그는 표 사는 줄에 끼어들었다. 어느새 그의 뒤를 따르는 줄이 생기고 그는 매표구 앞까지 밀려왔다. 그의 가슴은 무거웠다.

그의 옆자리에는 웬 늙은 남자가 호콩을 씹으면서, 지그시 눈을 감고 있다. 눈을 감은 채 연방 입으로 호콩을 나르는 손은 멈추지 않는다. 오른편은 젊은 여자였다. 어디선가 많이 본 여자 같았다. 그러나 생각나지 않았다. 아직 불을 끄지 않은 자리는 영사가 시작되기 전의 부산한 즐거움에 싸여 사람들은 웅성거리며 가볍게 들떠 있었다.

독고민의 옆자리에 앉은 여자는 자기 옆에 앉은 남자가 퍽 미남자라고 생각했다. 그녀에게는 아무리 교양있는 남자라도 거기 어울리는 풍모가 아니면 꼭 만화를 보듯이 재미스럽게밖에는 보이지 않았다. 그녀는 그가 자리에 들어섰을 때 흘긋 쳐다본 것뿐이었으나 썩 좋은 얼굴이라고 생각했다. 그리고 조금 굳어졌다. 그녀는 손을 들어 매니큐어한 손톱을 만지작거렸다. 엷은 분홍을 칠한 손톱. 요 담엔 그냥 비치게 해야겠어. 매니큐어를 그만두는 것도 좋지만 뭐 괜찮아. 이 남자는 어느 편을 좋아할까. 그녀는 깜짝 놀랐다. 그 한 마디는 전혀 장난처럼 불쑥 튀어나온 것이었다. 그녀의 밖에서 떠돌아다니다가 먼지가 쏙 내려앉은 모양으로 그녀의 마음에 내려앉은 것이었다. 그녀는 몹시 재미있었다.

사람이란 참 이상해. 그러면서 손끝으로 옷깃을 약간 잡아당기는 시늉을 했다. 따르릉 민은 옆자리 여자가 웃는 듯이 느꼈으나 벨 소리에 부지중 스크린으로 후딱 머리를 돌렸다. 밤낮 보아온 서부의 포장마차와 불가사리 같은 사나이. 인디언. 위기일발. 달려오는 구원대. 민은 화면을 보면서도 사실은 보고 있지 않았다. 왜 안 왔을까. 숙은 오지 않았던 것이다. '미궁'에서 네 시간이나 기다렸지만 그녀는 끝내 나타나지 않았다. 무슨 일이 생긴 것일까. 거짓말할 여자가 아니다.

극장 문을 나선 민은 그저 건성 집이 있는 쪽으로 걸음을 옮겼다. 짧은 겨울해는 이미 넘어갔다. 전차가 털렁거리면서 지나간다. 여자가 저편에서 걸어온다. 지내놓고 보니 어디선가 본 듯싶은 여자였다. 그는 문득 생각했다. 극장에서 옆자리에 앉은 여자 같아서. 그러나 확실치는 않았다. 그녀는 총총히 사라져가고 있다. 민은 우뚝 서서 그 뒷모습을 바라보았다. 그녀는 정말 옆자리에 앉았던 여잘까. 그는 조바심이 났다. 알 수 있는 길은 한 가지밖에 없었다. 쫓아가서 한 번 더 보는 것. 돌연한 용기로 가슴을 울렁거리며 여자가 사라진 쪽으로 달려갔다. 그녀는 보이지 않았다. 골목이 나섰다. 그는 거침없이 그 골목으로 접어들었다. 그러나 막다른 골목이었다. 그는 되잡아 큰길로 나서서 내처 길을 따라 뛰어갔다. 앞이 확 트이면서 광장이 나타났다. 광장에는 얼어붙은 호수가 환한 가로등 불빛 아래 동상을 옮겨낸 밑판처럼 서 있을 뿐 오가는 그림자 하나 없이 텅 비어 있었다. 우뚝 섰다. 하늘을 쳐다보았다. 부시도록 아름다운 별하늘이다. 유리처럼 단단하고 짙푸른 하늘 바탕에 찬란한 보석들이 쏟아질 듯이 부시다. 하늘의 그것들은 그에게 말하는 것 같았다. 알고 있어. 네 심정은 다 알고말고. 괜찮아. 잘될 거야. 사실 별들이 그렇게 말했을 리는 만무지만 민은 꼭 그런 소리를 들은 것만 같았다. 숙은 왜 오지 않았을까. 민은 오던 길을 되돌아 걸어온다. 등불이 드문드문 비치는 집들 앞에서 그는 잠깐씩 머물러 선다. 불빛은 노랗고 따뜻해 보였다. 푸르게 빛나는 창은 형광등인 모양이었다. 그 속에서 사는 사람들은 다 행복한 사람일까. 아까 그 여자는 어느 창 안에 있을까. 그는 그 여자를 꼭 만났어야 했다고 이제는 생각하는 것이다. 그녀를 만났더라면 꼭 무슨 좋은 일이 있었을 것이 분명하다. 그러나 이제는 다 쓸데없는 일이었다. 집으로 빨리 돌아가고 싶은 생각은 없었다.

때는 아직 이를 텐데 지나는 사람이 통 없다. 하긴 몹시 추운 밤이다. 장갑 낀 채로 따끈거리는 귀를 세게 비빈다. 귀는 나무손잡이처럼 삐걱거리는 소리라도 날 듯이 뻣뻣할 뿐 시리기는 매한가지다. 절로 걸음이 빨라진다. 길가 가게도 문을 닫은 집이 태반이다. 꼭 이슥한 밤중 같은 거리의 모습이다. 걸어가는 그의 머리 위에서 양철간판이 삐그덕거렸다. 전깃줄이 운다. 어깨와 등판이 맨살처럼 싸하다. 그는 더 빨리 걷는다. 걸으면서 몸을 녹이고 갈 그럴싸한 집을 찾는다. 어떤 찻집 앞에서 걸음을 멈추고 문을 민다. 문은 열리지 않는다. 홀에는 분명히 불이 켜 있다. 그는 세게 밀어본다. 역시 열리지 않는다. 한길 쪽으로 난 창으로 속을 들여다본다. 커튼이 꼭 당여지지 않은 사이로 속이 보인다. 자리는 텅 비어 있다. 그래도 카운터에는 젊은 여자가 한 사람 턱을 괴고 멍하니 앉아 있다. 창유리를 똑똑 두드린다. 그녀는 알아차리지 못한다. 더 크게 똑똑 두드린다. 그래도 그녀는 여전히 빈 홀 맞은편 벽을 쳐다본 채 움직이지 않는다. 두드리던 손을 내리고 그녀를 바라본다. 홀에는 파란 불이고 그녀 앞에 놓인 스탠드는 분홍빛 갓을 썼다. 콧날이 서고 뺨이 미끈한 얼굴은 아름다운 편이다. 그런데 먼발치서 보는 터라 단정할 수는 없으나 사팔뜨기인 듯싶었다. 그녀는 한 팔을 올려 머리핀을 뽑아 그것으로 머리를 긁는다. 민은 세 번째 똑똑 두드렸다. 여자는 머리핀은 꽂고 도로 턱을 괸다.

그만두기로 하고 창에서 떨어져 걸어간다. 길 아래위를 둘러본다. 강아지 한 마리 얼씬하지 않는다. 아이 쳐. 추위에 동동 발을 구르고 싶어지면서 큰길을 버리고 골목으로 잡아든다. 몇 걸음 옮기지 않으니 왼편에 찻집이 나선다. 어깨로 문을 밀면서 걸어들어간다. 들어서 보니 사람들은 스토브를 빙 둘러싸고 서 있다. 의자는 스토브를 둘러싼 그들 위에서 또 한 바퀴 원을 만들었다. 아무도 앉은 사람은 없다. 민은 그들 뒤로 다가서면서 먼저 사람들 허리 사이로 장갑 벗은 손을 디밀어 불을 쬔다. 그들은 큰 소리로 싸우고 있었다. 그중 한 사람이 종이를 쳐들고 그것을 읽고 있다.

"우리의 시단(詩壇)을 살펴봅시다. 미친 여름 다음에는 차분한 가을이 옵니다. 저 반동의 철이. 사람들은 자기들의 지난날을 돌아다보고 혹시 무슨 실수나 없었던가 괴로워합니다. 댄서들은 손님들의 값싼 환호에 취해서 너무 드러내지 않았던가 괴로워하기 시작합니다. 옛날 식으로 처녀의 허벅다리를 본 사람은 다 애인으로 친다면 그녀는 얼마나 많은 애인을 가진 것이 됩니까? 날카롭던 전위 시인과 전위 비평가들은 눈에 띄지 않게 발을 뺄 수 있는 전향 성명서를 짓느라고 밤을 새웁니다. 사람들은 오래 기억 못합니다. 민중처럼 잘 잊어버리는 사람들도 없지요. 어제의 매국노가 오늘의 애국자래도 곧이듣습니다. 어제의 쉬르레알리스트가 구렁이 담 넘듯 온건한 레알리스트로 바뀌어도 그들은 알아보지 못합니다. 신문이 그렇게 말하면 그만입니다. 오스카 와일드는, 독자란 예술가가 그렇다고 하면 그런 줄 안다고 했다지만 지금은 예술가 대신에 신문기자의 시댑니다. 귀중한 목숨. 사람의 팔다리가 데굴데굴 구른다는 얘기도 한두 번이지 세월이 가면 물립니다. 어머니들은 외아들의 전사를 잊어버리고 자선 사업과 양로 구락부에 재미를 붙이기 시작합니다. 아직도 우리는 그 시대를 기억합니다. 참 그 기막히던 시절. 죽음과 굶주림이 우리와 같이 살던 계절. 우리는 그 시절을 잊지 못합니다. 그래도 소용없습니다. 지금은 여자들이 잃어버린 정조를 못내 한탄하는 복고(復古)의 계절. 목숨처럼 어찌할 수 없었던 반역을 마치 낭비한 슈미즈처럼 뉘우칩니다. 늙은이들은 젊은 사람들에게 지나친 추파를 보낸 일로 말미암아 가슴을 앓습니다. 낡은 빛 우수수한 산수화와 괴기한 벼룻돌을 슬그머니 끌어당기며 그들의 믿음은 사실은 부동(不動)이었노라고 뇌까리기 시작합니다. 어리석은 사람들. 그들은 어느 누구고 다 옳았던 것입니다. 그때 그들이 그렇게 한 것은 옳았던 것입니다. 우리는 미친 듯이 춤을 춘 그녀들의 다리를 알 만합니다. 그녀들의 파트너는 바로 우리였으므로. 우리는 그녀들이 슈미즈를 낭비했다고 나무라지 않습니다. 그 슈미즈를 찢은 것은 우리였으므로. 우리는 저 빛나던 전위 비평가의 경솔함을 사랑합니다. 그들은 우리들의 나팔이었으므로. 우리

142

는 저 늙은이들을 깔보지 않습니다. 그들은 우리들을 사랑한 것이므로. 그 어두운 시절에 우리는 많은 것을 배웠습니다. 싸움에서 돌아온 아이들은 찢어진 배낭 속에 무거운 수확을 가지고 왔지요. 선승(禪僧)의 눈초리보다도 빛나는 그 무엇을. 그 많은 막달라 마리아들. 우리의 누이들과 애인들도 많은 것을 배웠습니다. 그녀들의 잠자리와 밤은 헛되지 않았습니다. 늙은이들은 더 많이 배웠습니다. 그들이야말로 최고의 수확자. 그들은 검은 시절을 겪고 젊어졌던 것입니다. 그것은 위대한 시대였습니다. 우리 앞에 간 비굴과 노예의 시대도, 우리 뒤에 올 평화와 번영의 시대도 결코 알지 못할 우리들의 몫. 우리의 머리와 우리의 심장과 우리의 생식기만이 알고 있는 착란과 고뇌와 욕망의 계절이었습니다. 우리는 피맛을 본 맹수. 다시는 길들여지지 않을 것입니다. 그런데 사람들은 이 시대를 서 푼짜리로 팔아넘기려 합니다. 늘 소독물에 손을 씻고 먼지만 일어도 입을 막던 위생가들만이 아닙니다. 옛날의 우리 전우들이 이제는 슬금슬금 꽁무니를 뺍니다. 그들은 우리와 어울리기를 꺼려합니다. 한밑천 잡고 들어앉은 장사꾼처럼. 우리의 연인들은 「춘향전」을 읽기 시작하고 국악은 어딘지 그윽한 데가 있다고 넌지시 비치기 시작합니다. 그들은 결국 아무것도 알아보지 못한 것입니다. 몸서리치는 값을 치르고도 그들은 끝내 아무것도 배우지 못한 것입니다. 겉멋으로 포즈를 잡았을 뿐, 유행으로밖에 이해 못한 것입니다. 참새가슴보다 얕은 끈기. 할 수 없는 카멜레온들. 칠면조들. 곰팡내 나는 벼룻돌과 이끼 긴 산수화와 표지 떨어진 성경책과 전도 부인들이 대승정(大僧正)들과 외국 장군들의 힘을 빌려 교활하고 음흉한 역습을 준비하고 있습니다. 이것을 해결이 아닙니다. 이것은 새로운 순결의 시대를 가져오는 대신에 보다 나쁜 소돔의 시대 거짓의 시대를 가져올 것입니다. 그들은 우리에게 반역차의 누명을 씌우고 역사책에 이렇게 기록하려고 음모하고 있습니다. 우리들을 가리켜 경솔하고 주책없고 음란하고 어른들 말 듣지 않고 그러면서 실력 없고 무모하고 함부로 까불고 철딱서니없고 지조없고 겁쟁이고 자존망대하고 예술을 망쳤으며 결국 형편없는 개새끼들이란 올가미를 씌워서 묻어버리려 합니다. 여름날 태양 아래 기름에 번들거리면서 콩밭을 갈고 있는 트랙터를 보고 적의를 품을 사람은 아무도 없습니다. 이 트랙터가 돌연 장미꽃밭으로 방향을 돌렸을 때는 문제가 다릅니다. 카이저의 것은 카이저에게. 향단이의 것은 향단이에게. 트랙터가 장미꽃밭에 들어서서 어쩌자는 것입니까. 이것은 변입니다. 우리의 연인들은 트랙터가 가꾼 장미꽃을 달기를 거부할 것입니다. 그리고 그것을 묵인한 주변 머리없는 우리들을 경멸할 것입니다. 당연히 우리는 실연의 쓴잔을 들고 소크라테스의 흉내를 내느라구 내가 아무개한테서 병아리 한 마리를 꾸었는데 어쩌구 하면서 운명의 시간을 연장하려고 애쓰는 비극을 초래하고야 말 것입니다. 시인이란 별것이 아닌 것. 트랙터가 꽃밭에 접근하면 위험신호를 발하고 필요하면 풍차를 향해 돌진한 위대한 선배처럼 원예용 스코프를 높이 비껴들고 트랙터 상대로 한바탕하다가 급기야 기진맥진한 몸을 산초 판자 아닌 그리운 아가씨의 품에 안겨 대장부의 미소를 방긋 웃고는 지체없이 기절상태로 돌입하는 화려한 직업. 며칠 전 내 친구 한 사람을 만났더니 풍차를 향해서 돌격해도 소용없으니 무모한 짓을 그만두라고 하기에 나는 그 자리에서 절교를 선언했습니다. 존경하던 친구지만 진리와는 바꾸지 못했던 것입니다. 제군, 이 트랙터의 침입에 대비하자. 우리들의 피 어린 투자를 동결시키고 허리를 졸라가며 모은 재산을 몰수하려는 시단(詩壇)의 국유화주의자들에게 항거하자."

그러자 마구 욕설이 튀어나왔다. 그들은 외친다. 그게 무슨 비도 덕적인 소린가. 난 차마 그런 줄은 몰랐어. 반성하란 말이야. 가만 있게. 왜들 이래, 닥쳐. 무슨 우라질 놈의 왜들 이래야. 반성하란 말 이야. 참 좀 냉정히 생각해 주십시오. 제군 진정하십시오. 닥쳐라. 사과를 요구한다. 제군 다음 구절을 더 읽은 다음에 비판해 주십시 오. 그는 소리 높이 읽는다.

바다 풀 사이사이를 지나
그 무쇠배들조차 숨막혀 죽은 수압(水壓)

왜 무쇠배인가, 나무배이다. 창피한 줄 알게. 그때에 무쇠배가 있었다? 사람 죽이지 말어. 그들은 저마다 손에 든 종이를 내저으 며 발을 구르고 고함을 질렀다. 그는 카운터 쪽을 보았다. 마담은 빙긋 웃으며 까딱해 보였다. 곱게 늙은 유화스러운 눈매가 부드러 운 여자다. 갑자기 마담이 소리쳤다. 그를 손가락질하면서.
"그러지들 마시구 선생님께 물으세요."
사람들은 마담이 가리키는 곳을 따라 한꺼번에 고개를 돌려 그 를 알아보자 우 몰려들면서 저마다,
"선생님!"
"어디 가셨드랬어요?"
"선생님께서 자리를 빈 사이에 이 소동이 됐답니다."
"조용히 조용히. 자 그러면 자네 선생님 듣는 데서 다시 한 번 읽 게. 조용히!"
아까 그 청년이 밭은기침을 한 다음 종이를 눈 높이로 올려든다. 민은 그 앞에 멍청하니 섰다.

해전(海戰)

잠수함이 가라앉으면서
붕어들은 태어난 것이다
바다 풀 사이사이를 지나
그 무쇠배들조차 숨막혀 죽은 수압
해구(海溝)를 헤엄쳐
어항 속으로 찾아온 것이다

바다는 그리워서 흔들리는 새파란 가슴
너를 용서하지. 묶여 있는 너를
한 줄기 소낙비를 기폭처럼 날리면
도시를 폭격하는 너를
달려오렴
달려오렴
그렇지

금붕어는
도시에 보낸 너의 잠수함
그 힘찬 원양항로
그 장대한 여로에서
과연 단 한 번도 사랑이 없었다고
할 수 있겠는가
수병들은 그리웠던 것이다

태양도 얼굴을 찌푸렸다

산호가지를 날리고
진주를 바순
폭뢰

금붕어는
오지 않고는 배기지 못했다
원무곡이 물결치는 티룸
어항 속의 금붕어는
눈알까지 발그스레하다

들어라 대양의 포효를
보라 거포의 발작을

산기(産氣)를 느낀 암고래들이
크낙한 산실(産室)을 찾아헤맸다
잠수함이 침몰했을 때
이등수병은
어머니의 사진에 입을 맞췄다
그 입술에서는 장수연(長壽煙) 냄새가 났다
자식은 열아홉 살이나 먹었는데
애인이 없었다
게다가 담배질도 배우기 전

한때 그 수역은
물이랑을 파헤치면서 저 수고래들이
암컷을 따라가던 곳

기관이 부서지고
산소탱크가 터져
해저에 가라앉은 잠수함은
가재미 늦새끼만도 못한 것

이제
만톤급 순양함 바다의 이리는
파이프를 닦아넣는
끽연클럽의 신사처럼
산뜻이 포신을 거두면서
기지로 돌아가는 것이다

어머니 사진이 물 밑에 깔렸다 해서
바다는 장수연을 피웠다고
할 수 있겠는가

싱그런 미역풀이
함기만 못 하다는 건 아니지만
81명의 수병을
그 물 밑에 영주시켰다고 해서
우리는 위대한 이민국가라고
할 수 있겠는가
하늘에 치뿜는 물기둥이
쏟아져 밀린 해일
다만 금붕어는 온 것이다
철함을 질식시킨

해구의 수압을 뚫고

그리고 내 사람이여
산호보다 고운 이여
나 그대를 사랑하노라

낭독이 끝나자 기침소리 하나 없이 조용해졌다. 사람들은 그를 뚫어져라 지켜본다. 민은 얼굴이 시뻘게서 두 손을 마주 비비면서 서 있을 뿐.

"자 선생님!"

민은 그를 보고 애원하듯 모기 소리를 냈다.

"여러분 선생님, 무슨 잘못 아신 모양인데요…… 저는 독고민이라구, 간판삽니다."

떠나갈 듯한 폭소가 일어섰다. 어떤 사람은 우스워서 발을 동동 굴렀다.

"우리 선생님 멋쟁이셔!"

"최고!"

"선생님 만세!"

"그렇다, 조용히! 그러나 선생님 한 말씀만 해주세요? 유치하시더라두, 네?"

민은 사람들을 둘러보았다. 모두들 싱글벙글 즐거운 얼굴. 그러면서 민에 대한 존경과 사랑에 넘친 얼굴 얼굴. 어떤 사람은 그의 눈길을 맞자 눈을 찔끔해 보였다. 그는 불에 손가락을 댔을 때처럼 얼른 눈길을 떨구었다. 그의 눈은 빨갛게 단 난로에 머물렀다. 난로를 가운데로 둥글게 원을 친 사람들의 맨 앞줄에 그는 서 있는 것이다. 어쩌다 보니 손을 벌려 난롯불을 쬐는 자세를 짓고 있다. 곁에서 보기에는 퍽 자연스럽고 차분한 모습이었다. 그러나 그의 머릿속은 말이 아니었다. 아무것도 생각할 수 없었다. 사람들의 눈길과 눈길이 마치 쇠줄처럼 샅샅이 그의 몸뚱이를 둘러싼 가운데 그는 초롱 속의 새였다. 그는 자꾸 손을 비볐다. 찬 데서 들어온 몸이 뜨거운 불 곁에서 풀리면서 자릿하도록 즐거웠다. 그는 어쩐지 목이 메는 것이었다. 그는 이 사람들과 친구가 되고 싶었다. 아무 말참견도 말고 한귀퉁이에 서 있게만 해준다면 얼마나 따뜻하게 불을 쬘 수 있을까.

"선생님?"

그는 후딱 머리를 들었다. 안경을 끼고 빨간 넥타이를 맨 그 젊은이는 재촉하듯 머리를 숙였다.

"여러분 용서하십시오. 저는…….'"

이렇게 말을 떼는데 마담이 쟁반에 얹은 커피잔을 그에게 디민다. 그는 얼결에 기다리기나 했던 것처럼 얼른 잔을 받아들었다. 사람들의 머리 위로만 헤매던 그의 눈길이 문득 한 곳에 머물렀다. 그가 들어온 입구. 다방 문이 열려진 채 탕탕 바람을 안고 소리를 낸다. 민은 앞에 선 빨간 넥타이를 바라보았다. 그는 종이를 만지작거리며 발부리를 내려다보고 있다. 이때다. 그는 껑충 뛰었다. 빨간 넥타이가 공중으로 나가떨어진다. 문까지 한달음에 이른 민은 그냥 문밖으로 뛰어나왔다. 무리 돼지를 한꺼번에 먹 따는 소리가 일어나면서 사람들이 쫓아나온다. 그는 주먹을 부르쥐고 마구 달린다.

"선생님."

"너무하십니다."

"선생님을 붙잡아라."

그런 소리를 지르면서 사람들은 뜻밖에 가깝게 다그쳐 쫓아온다. 그는 공포로 헉헉 느끼면서 휑한 거리를 자꾸 달린다. 어느 모퉁이를 돌아가면서 그는 뒤를 돌아다보았다. 그들은 저만치서 이쪽을 손가락질하면서 달려온다. 그는 두 번째 모퉁이를 돌았다. 민은 약간 속력을 늦췄으나 여전히 뛴다.

　아파트 계단을 올라가면서 독고민은 약간 망설인다. 꼭 한 잔만 했으면 온몸이 후끈하게 녹을 것만 같았다. 그러면서 그는 술을 좋아하는 편은 아니었다. 좋아하는 편이 아니라느니보다 싫어하는 편이었다. 정월그믐 한창 고비로 설치는 모진 바람이 싸구려로 지은 나무집을 드르르 흔들었다. 지붕양철이 날카롭게 운다. 민은 오싹 떨었다. 저 바람이 휘몰아치는 거리로 다시 나갈 생각이 싹 가시면서 민은 계단을 한 번에 두 단씩 건너뛰어 이층 자기 방문 앞에 섰다. 그는 장갑을 벗고 호주머니를 들춰 열쇠를 꺼내 문을 열었다. 그는 뒷손으로 문을 닫으면서 나머지 손으로 문 옆 선반을 손어름하여 성냥을 찾았다. 넓지도 않은 선반에 얹혔을 성냥갑은 얼른 찾아지지 않았다. 그는 다른 손을 마저 선반에 올려 손바닥으로 그 위를 쓸었다. 왼손이 성냥에 부딪히면서 그것을 마룻바닥에 떨어뜨렸다. 아차. 이번에는 구부리고 앉아 어둠 속에서 마루를 더듬는다. 간신히 성냥이 잡혔다. 그때 그는 쭈뼛해졌다. 요 먼저 그 편지가 와 있던 날 지금과 똑같은 실수를 한 것을 퍼뜩 생각해낸 것이다. 악 소리를 지르면서 그는 어둠 속에서 얼굴을 감쌌다. 얼마나 그러고 있었을까. 그는 조심조심 손을 놀려서 성냥을 그어댔다. 이 불이 꺼지면 안 된다. 그렇게 되면 요 전날 밤과 똑같아진다. 그는 하들하들 떨면서 불붙은 성냥을 쥐고 초가 놓인 책상 앞으로 다가섰다.
　불은 꺼지지 않았다.
　그는 온몸에 쭉 밴 식은땀을 느꼈다. 눈이 움푹 패고 몇 살 더 늙어 보였다. 그는 우두커니 서 있다가 다시 조심스레 문을 열고 방을 나섰다. 주인 할머니 방은 아래층이다. 그는 할머니를 불러서 장작을 한아름 얻어가지고 방에 돌아와서 난로에 불을 지폈다. 얄팍한 양철난로는 금세 빨갛게 달아오르면서 방 안이 훈훈해졌다. 그는 의자를 당겨 난로를 끼고 앉아서 이 며칠 새 그의 생활에 일어난 엄청난 일을 생각해 보았다. 그의 머리는 원래 무슨 일을 토막토막 잘라서 갈라놓고 무게를 달아보고 그것을 또 한데 모아보고 하는 그런 생김새로 돼 있지 않았다. 그저 어 하면서 스물일곱 해를 살아온 사람이다. 오랜만에 방에 불을 지펴놓고 자기 생활을 뜯어보려고 하자마자 독고민은 몹시 난처해졌다. 도대체 그녀는 왜 편지했을까. 나오지도 않을 자리에 그를 불러낸 속셈은 무엇이었을까. 그리고 그 찻집에서 민이더러 선생님이라 부르면서 자꾸 무엇인가 말해 달라던 그 사람들은 대체 왜 그랬을까. 그 모든 일이 숙의 편지와 줄이 닿아 있는 성싶었다. 혹시 그 사람들은 그녀와 잘 아는 사이일지도 모른다. 바람이 몹시 부는 날이다. 지붕양철이 유난히 삐그덕거린다. 늙은이 뼈마디처럼 건물 마디마디가 찌그덕거린다. 민은 또 편지를 집어들었다. 그때 그는 이상한 것을 찾아냈다. 그는 허둥지둥 봉투를 바싹 불빛에 들이대면서 들여다본다. 우표를 물고 찍힌 소인(消印)의 날짜. 1·25. 다음에 본문에 적힌 날짜를 다시 봤다. 1·15. 그의 머리는 벌집을 쑤셔놓은 모양으로 어지럽다. 1월 15일에 쓴 편지를 25일에 부쳤구나. 그렇다면 편지에 '돌아오는 일요일'이란 그 일요일은 어떻게 된단 말인가? 오늘이 28일. 그러니깐……. 그는 수첩을 꺼내서 15일에서 제일 가까운 일요일을 찾았다.

21일. 21일이었다.

모든 수수께끼는 풀렸다.

편지는 약속날짜가 지나서 닿은 것이다. 그는 자리에서 벌떡 일어났다. 그는 문을 열고 복도에 나섰다. 삐걱거리는 계단을 밟고 내려가서 주인 할머니 방문을 두드렸다.

"누구요?"

"저올시다. 7호실 독고민입니다."

"들어오구려."

들어선 곳은 신 벗는 데고 방은 또 하나 장지 저편이다. 주인 할머니는 그 장지문을 열고 안경 너머로 그를 내다보았다. 움푹 팬 눈두덩 속에 바싹 마른 카바이드 알맹이 같은 눈알. 그 뒤로 손녀딸이 기웃하고 민을 바라본다. 사팔뜨기 소녀다.

"웬일이오?"

"저 다름 아니라 좀 여쭐 말씀이 있어서요."

"무슨 얘긴데?"

"저 다름 아니라 편지 말입니다."

"편지?"

"네. 며칠 전에 제 방에 넣으신 편지 있잖아요?"

"에······. 옳아, 있었어. 그래 그 편지가 어쨌단 말요?"

"네. 그 편지가 말입니다. 그 편지 언제 온 겁니까?"

"언제라니 그날 온 편지지."

"혹시 그 전에 온 걸 할머니가 잊으시구······."

"원 천만에 손님들 편지를 내가 그럴 리 있소?"

할머니는 딱 잡아뗐다. 카바이드 같은 눈알이 디룩한다. 민은 할 말이 없었다. 그는 우두커니 서 있다.

"그뿐이우?"

인사 삼아 한마디 덧붙이고 할머니는 문을 닫아버렸다. 손녀딸이 쿡 웃는 기척이 난다. 병신이······. 그답지 않게 악담이 불쑥 솟는다. 민은 방으로 돌아왔다.

그렇다면 그녀는 뭣 때문에 열흘씩이나 지난 편지를 그대로 부쳤을까. 혹시 딴 사람에게 부치기를 부탁한 것이 아닐까. 그리고 그녀는 편지에 쓴 대로 다음 일요일까지, 즉 21일에 그 자리로 나온 것이 아닐까. 그랬음이 틀림없다. 죽일 놈, 이런 긴한 부탁을 이 꼴로 만들다니. 그녀는 얼마나 나를 원망했을까. '꼭 오셔야 해요.' 그는 맥이 탁 풀렸다. 내가 나타나지 않은 것을 보고 아마 맘이 변한 것으로 알았겠지. 왼쪽 뺨에 까만 점이 귀엽던 얼굴. 그녀와 자기만 아는 옛일들이 한 가지씩 떠올랐다. 가끔 가다 불쑥 '전 나쁜 년이에요.' 알 수 없는 말을 하면서 그에게 매달려 울던 일. 그리고 그녀의 허벅다리 안쪽에 한 치가량 가로 팬 움푹한 흠집을 만져보게 하던 일. 어쩌면 나는 그렇게 무심했을까. 참을 수 없다. 그녀를 찾아야 한다. 그는 일어서서 방 안을 왔다갔다한다. 따따따. 양철 지붕은 깃발 날리는 소리를 낸다. 그런데 어떻게 찾느냐? 그는 우뚝 선다. 어떻게 찾느냐? 그는 봉투를 수없이 뒤집어보고 바로 보고 한 끝에 암담해졌다. 편지에는 보낸 사람의 주소가 없었다. 그러면? 그러면? 그는 또 걷기 시작한다. 벽에 부딪히자 그는 군대식으로 똑바르게 뒤로 돌았다. 맞은편 벽 앞에서 또 돈다. 이런 식으로 그는 두 벽 사이를 수없이 오락가락한다. 바람은 여전하고 그때마다 집은 늙은 쥐덫에 낀 소리를 낸다. 독고민의 불쌍한 사고력도 덫에 낀 채 바둥거린다. 열흘. 열흘. 그러자 그는 거의 괴성에 가까운 소리를 질렀다. 광고, 신문광고를 내자. 그는 책상서랍을 뒤져서 헌 신문지를 집어냈다. 피아노 야마하 중고품 염가 양도. 이런 것도 있다. 애라 어머니 돌아오시오. 모든 일이 잘되었으니 아무 염려 말고 돌아오시오. 이거다. 민은 웬일인지 눈물이 핑 솟았다. '아무 염려 말고' 하는 대목이 좋았다. 이거야. 그는 의자를 당겨 책상에 앉았다. 연필을 혀끝으로 빨면서 써나간다.

숙이 돌아오시오. 모든 일이 잘되었으니 아무 염려 말고 돌아오시오.

민은 만족해서 소리 높이 두 번 읽어본다. 아니 좀 이상한걸. 돌아오시오라니. 한참 생각하고 이렇게 고쳤다. 숙이 다시 한 번 나오시오. 그렇지. 다시 한 번 나오래야지. 시간을 써야지. 2월 15일 오후 한시 그 다방으로 나오시오. 인제 됐다. 모든 일이 잘되었으니 아무 염려 말고 돌아오시오. 이 대목도 틀렸다. 마치 그녀가 무슨 잘못이나 한 것처럼 '아무 염려 말고'는 다 뭐야. 연필로 죽 그어버린다. 그 대신 '숙이 꼭 나와야 합니다.' 라고 넣었다. 다 됐다. '2월 15일 오후 한시 그 다방에 다시 나오시오. 숙이 꼭 나와야 합니다.' 그는 이제 안심이 되었다. 문을 잠그고 침대로 기어들어갔다. 바로 얼굴 앞이 난로다. 벌겋게 단 난로의 열을 받고 민의 얼굴은 환했다. 그는 누운 채로 손을 내밀어 불을 쬐었다. 어느덧 민은 잠들고 있었다.

바다처럼 망망한 강. 빨리 건너야 한다. 그는 힘차게 헤엄쳐 나간다. 이른 봄 얼음 풀린 물처럼 차다. 한참 헤엄쳤는데도 댈 언덕은 아득하기만 하다. 그러자 민은 보는 것이다. 그의 왼팔이 어깻죽지에서 홀렁 빠져나가는 것을. 저런. 그 팔 끝에 달린 다섯손가락. 고물고물 물살을 휘젓는 다섯손가락. 마치 다섯 발짜리 문어처럼 그것은 저 혼자 헤엄쳐나간다. 오른편 어깨도 허전하다. 어깨를 보았다. 이런. 그 팔도 떨어져 혼자 헤엄을 한다. 다음은 오른다리. 그의 목이 홀렁 떨어져 물 위에 둥실 뜬다. 그의 가운데 토막은 팔다리와 목을 잃은 채 통나무 흐르듯 기우뚱 앞으로 나아간다. 그뿐이 아니다. 떨어진 왼팔이 순대를 길이로 자르듯 두 조각으로 갈라지더니 곧 살이 올라서 똑같은 두 개의 왼팔이 되어 가물가물 헤엄쳐 간다. 오른팔 오른다리. 가운데 토막. 모조리 쪼개진다. 쪼개진 조각들이 또 갈라지고 삽시간에 강은 수없이 많은 몸의 조각들로 덮여버렸다. 어느덧 조각이 하나둘 가라앉기 시작한다. 독고민의 눈이 보는 앞에서 반 넘어 가라앉았다. 나머지는 탈없이 건너편 언덕에 올랐다. 독고민의 목도 밀려서 거의 언덕까지 왔다가 그만 쑥 가라앉고 말았다. 물은 깊었으나 유리처럼 비친다. 강바닥 여기저기 숱하게 널린 자기 팔다리를 보았다. 물고기들이, 주둥이 끝으로 톡톡 건드려보다가는 슬쩍 달아난다. 어떤 다리는 혼자 서서 걸어다니고 있다. 한편, 강 언덕에 탈 없이 오른 팔다리들은, 맥없이 나동그라져 있다. 마치 바닷가에 밀려온 표류물처럼. 언덕에 한 떼의 도깨비가 나타난다. 옷은 잘 차렸으나, 모두 병신이었다. 팔 없는 사람. 외다리. 목만 데굴데굴 굴러오는 괴물. 그들은 앞을 다투어 표류물을 주워들고는, 모자라는 곳에 맞추기 시작한다. 그들은 일을 하면서 중얼중얼댄다. 그 표류물들을 달래기나 하는 것처럼. 일은 결코 쉽지는 않았다. 어떤 팔은 주운 이의 손을 뿌리치고, 꼿꼿이 일어서서 다섯손가락을 재게 놀려 달아난다. 어떤 다리는, 상대편의 허리를 걸어차 버리고는, 껑충껑충 곤두박질치며 달아난다. 쫓는 불구자. 쫓기는 조각들. 아수라의 터가 벌어진다. 쫓기고 몰린 조각들은 강물에 뛰어든다. 한바탕 싸움이 끝난 후, 정작 그들 괴물의 손에 잡힌 것은 얼마 없고, 거의 다 강물에 빠졌다. 사람들은 우두커니 서 있다가, 서로 무슨 의논을 하더니, 맞은편 숲 속으로 달려갔다. 그들은 금방 다시 나타났다. 손에 손에 하나씩 낚싯대를 들었다. 그들은, 무릎까지 물에 잠기면서 조각들을 낚아올린다. 이 일은 바로 맞춘 일이었다. 조각들은 별수 없이 휘젓는 바늘 끝에 걸려 올라왔다. 그들은 기쁜 듯이 낄낄거린다. 그 도깨비들 가운데 외따로 떨어져 서서, 아까부터 무엇인가 두리번두리번 찾고 있는 괴물이 있다. 벌거벗은 여자였다. 그녀는 몸통과 팔다리는 멀쩡했으나,

머리가 없다. 무엇을 봤는지 그녀는 무릎을 탁 치더니, 기운차게 낚시를 던진다. 덤벙. 추가 떨어지며 낚싯바늘이 물 밑으로 내려온다. 그때야 그 바늘의 과녁이 무엇인지를 알았다. 바늘은 그의 입술을 향해 가까워오고 있는 것이다. 그는 황급히 팔을 들어 막으려 했다. 팔이 없다.

악. 그는 소스라쳐 일어났다. 캄캄한 속. 지붕양철의 날카로운 울음소리. 늙은이 뼈마디처럼 삐그덕거리는 집채. 온몸에 밴 식은 땀이 금세 선뜩하니 시려온다. 살았다. 꿈이어서 얼마나 잘됐는가. 그는 기뻤다. 춥다. 민은 이불을 꼭대기까지 푹 뒤집어쓰고 쓰러지듯 몸을 눕혔다. 추운 밤이다.

큰길에 나섰을 때, 아직 시간은 이를 텐데, 지나는 사람이 통 없었다. 하긴 몹시 추운 밤이다. 부시도록 아름다운 별밤이다. 유리처럼 단단하고 짙푸른 하늘 바탕에, 찬란한 보석들이 쏟아질 듯이 부시다. 그는 귀가 몹시 따끈거려서 장갑 낀 손으로 세게 비볐다. 귀는 나무손잡이처럼 삐걱거리는 소리라도 날 듯이 뻣뻣할 뿐, 시리기는 일반이었다. 길가 가게들도 문을 닫은 집이 태반. 꼭 이슥한 한밤중 거리 같다. 양철간판들이 삐그덕거린다. 전깃줄이 우는 소리마저 들린다. 어깨와 등판이 맨살처럼 시리다. 절로 걸음이 빨라진다. 걸으면서 몸을 녹이고 갈 만한 집을 두리번거린다. 어떤 찻집 앞에서 걸음을 멈춘다. 문은 열리지 않았다. 홀에는 분명 불이 켜졌는데. 그는 세게 밀어본다. 열리지 않는다. 그는 창문으로 안을 들여다본다. 창에 친 커튼 틈으로 속이 보인다. 자리는 텅 비었다. 그래도 카운터에는 젊은 여자가 한 사람 턱을 괴고 멍하니 앉아 있다. 어디선가 본 듯싶은 얼굴. 그는 창유리를 똑똑, 두드렸다. 여자는 알아차리지 못한다. 좀 크게 똑똑, 두드린다. 그래도 그녀는 빈 홀 맞은편을 멍하니 쳐다본 채다. 그는 두드리던 손을 내리고 그 여자를 바라보았다. 홀은 파란 불이고 그녀 앞에 놓인 스탠드만 분홍빛이다. 콧날이 서고 뺨에 살이 많은 그 얼굴은 꽤 미인이다. 그런데 먼발치에서 보는 터라, 꼭이랄 순 없으나 사팔뜨기인 성싶었다. 그녀는 한 손을 들어 머리핀을 뽑더니 머리를 긁는다. 민은 세 번째 똑똑, 두드렸다. 여자는 머리핀을 꽂고 도로 턱을 괸다.

그는 그만두고 돌아서다가, 머리카락이 곤두서듯 오싹했다. 요 먼저, 숙을 만나러 나왔다가 허탕을 치고 거리를 헤매던 날 밤도 꼭 이랬던 것이다. 그는 사방을 둘러보았다. 낯익은 거리였다. 그날 밤 그 언저리임이 분명했다. 좀 더 가서 골목을 잡아들면 찻집이 나타날 것이다. 그리고 스토브를 가운데 끼고 둘러선 이상한 사람들. 고함. 그리고…… 그날의 기억. 지금 그가 걸어가는 길에 하나하나 펼쳐질, 지난밤의 일이, 똑똑하게 머리에 떠오른다. 게다가 숙은 오늘도 나타나지 않은 것이다. 광고를 볼 쯤이 보름이나 있었는데. 그날 밤과 모든 게 똑같다. 민은 숨이 가빠온다. 그는 사방을 살핀다. 그 거리다. 핀으로 머리를 긁던 여자. 똑같다. 그는 튕기듯 뛰기 시작한다. 전번에 들어선 골목을 지나치고 될수록 낯선 쪽으로 골라서 달린다. 그런데 어떻게 된 일일까? 마치 궤도에 올라앉은 기관차처럼, 벗어나서 달리려고 기를 쓰면 쓸수록, 민은 점점 낯익은 길로 자꾸 빠져든다. 분명히 전에 헤매던 그 거리를 그날 순서대로 달리고 있는 저를 본다. 그때,

"아니야 그쪽은 막혔어, 이쪽이야 이쪽."
금방 그가 빠져나온 골목 안에서 이런 소리가 들리기가 무섭게, 사람들이 모퉁이를 돌아 쏟아져나왔다. 그는 반대편을 달렸다.

"선생님."
"너무하세요."
"선생님을 붙잡아라."

그런 소리를 지르면서 사람들은 뜻밖에 가깝게 바싹 쫓아온다. 무서워서 헉헉 느끼면서, 휑한 거리를 민은 자꾸 달렸다. 어느 모퉁이를 돌아가면서 그는 뒤를 돌아본다. 그들은 저만치서 이쪽을 손가락질하면서 달려오고 있다. 그는 몇 번이나 모퉁이를 돌았다. 더는 달릴 수 없이 지친 민은 쓰러질 듯이 길가 벽돌담에 가 기댄다. 가슴이 풀무처럼 부풀었다 꺼졌다 한다. 입으로 숨을 쉬면서 귀를 기울인다. 아무 소리도 들리지 않는다. 그는 눈을 지그시 감았다. 차가운 벽돌담이 얼음처럼 선뜩 볼에 닿는다. 그는 눈을 뜬다. 하늘을 올려다본다. 웬일일까. 별빛이 찬란한 하늘에 수없이 많은 탐조등(探照燈) 빛줄기가 오락가락 헤매고 있다.

그때, 얼어붙은 공기를 찢으며, 스피커의 쨍쨍한 쇳소리가 쏟아져나왔다. 그 소리는 마치 도시의 하늘 한복판에 둥실 뜬 애드벌룬에서 보내는 것처럼, 공중에서 들렸다. 스피커는 말한다.

여기는 혁명군의 방송입니다. 시민 여러분 무기를 잡으십시오. 싸울 수 있는 모든 시민은, 무장하고 거리로 나오십시오. 폭정은 거꾸러졌습니다. 자유는 되살아났습니다. 전쟁은 우리 곁을 떠나기 싫어, 짝사랑하는 남자처럼 문간에서 망을 보고, 연인들은 소제부처럼 헐벗고, 늙은이들은 권위의 지팡이도 없이 늘그막에 창피를 당하고, 우리의 아이들은 장난감도 없이 검은 비를 맞으며 잔뼈가 굵어도, 압제자들은, 외국은행의 예금잔고만 사랑했습니다. 우리. 자유란 낱말을 사랑만큼이나 애틋이 불러봐야 하는 시대를 살아야 했던 우리. 공화국이란 낱말을 사랑이란 낱말만큼이나 애틋하게 소리내야 하는 시대를 살아야 했던 우리. 배들은 가라앉았습니다. 굴뚝은 꺾어졌습니다. 꽃을 짓밟혔습니다. 공원은 더럽혀졌습니다. 연인들은 강간당했습니다. 우리는 일어섰습니다. 상어보다 날카로운 배를 다시 짓기 위하여. 포신보다 튼튼한 굴뚝을 세우기 위하여.
지지 않을 꽃을 피우기 위하여. 산보다 튼튼한 집을 세우기 위하여.
극락의 연못보다 고운 공원을 꾸미기 위하여. 오, 그리고 연인들을
뺏어내기 위하여. 압제자들에게 죽음을 안겨주기 위하여 시민 여러
분 무기를 잡으십시오. 싸울 수 있는 모든 시민은, 무장하고 거리로
나오십시오. 압제자들은, 마지막 몸부림을 치고 있습니다. 압제자
들은 외국의 간섭을 요청하고 우리 도시에 대한 폭격을 요청했습니
다. 공화국이 부릅니다. 자유가 부릅니다. 대답하십시오. 대답하는
것이 당신들의 의무입니다. 미래의 아이들이 부릅니다. 사랑이 부
릅니다. 쥐꼬리보다 못한 자존심 때문에 애인의 부름에 선뜻 응하
지 못한 죄로 아까운 사랑을 영영 놓치고 만 벗들이 얼마나 많습니
까. 대답이란 불렸을 때 하는 것. 지금 못 하면, 영원히 못 할 것입니
다. 시민들이여, 우리는 그대들에게 구애합니다. 대답하십시오. 대
답하는 것이 당신들의 의무입니다. 싸울 수 있는 모든 시민은, 무장
하고 거리로 나오십시오. 흰색 팔띠에 장미꽃 무늬를 놓은 혁명군
장교와 병사들의 지휘를 받으십시오.

민은 하늘을 보았다. 더 많은 탐조등 빛이 도시의 하늘에서 갈팡
질팡 엇갈리고 있다. 폭격. 혁명. 누가 혁명을 일으킨 것일까. 스피
커의 부름에도 불구하고, 거리로 나오는 사람은 하나도 없다. 개 한
마리 얼씬 않는 거리는 사방이 괴괴할 뿐, 총 소리 한 방 들리지 않
는다. 그는 벽에서 떨어져 걸어갔다. 그는 우뚝 선다. 막힌 골목. 돌
아서려는데.
 "이쪽이다."
 바로 지척에서 달려오는 발자취 소리. 더 비킬 짬이 없게 가까
운 소리였다. 그는 등으로 문을 밀면서 어느 집 안에 미끄러져 들

어갔다.

그가 문 안에 들어서는 것과 거의 함께

"틀림없어!"

"이 골목이야!"

"똑바로 가!"

사람들은 왁자지껄 문앞을 지나갔다.

"사장님, 뭘 하구 계십니까?"

민은 소스라치듯 돌아보았다.

기다란 복도 끝에, 안경 쓴 늙은 신사가, 한 손에 두툼한 장부를
들고 서 있다.

"네 잠깐……."

신사는 현관에 내려서면서, 민의 겨드랑이를 낀다. 그는 놀라 팔
을 뿌리치려 했으나, 노인은 억세게 붙들고 놓지 않았다.

"사장님, 이러신다고 문제가 해결됩니까?"

안경 쓴 노인은, 어린애 타이르듯 하면서, 그를 안쪽으로 끌었다.

"아닙니다. 아닙니다. 사실은……."

"다 알고 있습니다. 다 알고 있습니다."

노인은, 민의 말문을 막으면서, 복도 저편에 대고 소리친다.

"여보게들, 여기 계시네."

그러자 복도 저편 끝에서 문이 열리며, 복도의 그것보다 더 밝은
방 불빛이 복도로 흘러나온다. 그 불빛 속에 여러 사람이 고개를 내
밀더니, 사람을 알아보았는지 이쪽으로 걸어온다. 그러는데, 밖에
서는, 멀어졌던 발걸음소리와 더불어 왁자지껄하는 소리가 들린다.

"막힌 골목이야!"

"잘못 본 게 아냐?"

"천만에, 분명히 이 골목이야!"

"거 참 이상하다."

"귀신 곡할 노릇인데……."

저마다 지껄이면서 바로 문밖에서 오락가락하는 것이다. 부지중 안쪽으로 한 발 물러섰다.

"암요, 들어가셔야죠."

안경 쓴 노인과 방에서 나온 사람들은, 점잖게 그를 둘러싸고, 그러나 등을 밀다시피 민을 방 안으로 데리고 들어갔다. 방은 회의실 삼아 응접실인 모양이다. 융단이 깔리고 양편으로 소파가 놓였다. 가운데는 긴 테이블. 돌아가면서 카스테라가 얹혀 있다. 그 윗머리에 안락의자가 하나. 그들은 민을 그 자리에 앉혔다. 민이 앉는 것을 보고, 그들도 소파에 앉았다. 모두 쉰 살이 훨씬 넘은 사람들이다. 그 가운데서 아까 현관에서 민을 붙잡은 늙은이가 제일 나이 많아 보인다. 민은 그저 안락의자 끝에 엉덩이를 걸친 둥 만 둥하고 연방 손을 비볐다. 한쪽에 여덟 사람씩 갈라앉은 노인들은, 아무 말도 없이 마룻바닥만 내려다보고 있다. 아까 그 노인이 민 곁에 와서 두툼한 장부를 펼쳐 보였다. 가는 줄이 가로 세로 간 위에, 깨알만한 숫자가 빼곡히 적혀 있다. 노인은 장부를 손가락으로 가리켰다.

"아무리 해도 안 됩니다. 아까도 토의했지만 중역들로선 최선을 다했다고 봅니다. 우선 동양무역에 꿔준 36,594,850원만 해도 그렇습니다. 그뿐입니까? 오성화학에서 그 조로 가져간 73,869,875원을 여기 지난달 현재로 말입니다. 아까도 말씀드렸습니다. 물론 협동산업의 23,753,464원은 당좌에서……."

민은 멀미와 무서움으로 아뜩해졌다.

소파에서 한 사람이 벌떡 일어났다. 조끼를 입고 머리가 희끗하다.

"사장님, 지금 감사역께서 말씀하신 협동산업의 23,753,464원은 성질이 다릅니다."

감사역은 손을 저으며 핀잔을 준다.

"그건 또 무슨 소리요. 그만큼 얘기해도……."

"압니다. 그렇더라도 지금 형편으로는, 문제는 협동산업에 대한 우리의 신용을 지키느냐 못 지키느냐가 중요한 것은 아니라는 말이외다."

"아니, 여보 그럼 마치 내가……."

"감사역, 감사역의 취지는 잘 안다고 말씀드리고 있지 않습니까? 요는 협동산업의 23,753,464원은 현 단계로서는 희생한다는 수밖에 없다는 것입니다."

감사역은 더 거스르지 않고 민을 바라보았다.

"사장님께서 결정하실 문젭니다."

민은 자리에서 일어서면서, 허리를 굽혀 좌중에 인사하고, 말했다.

"여러분 저를 용서해 주십시오."

여기저기서 한꺼번에, 깊은 앓는 소리가 일어났다. 어떤 노인은 고개를 푹 숙이고, 어떤 늙은이는 손수건을 꺼내 눈시울을 닦는다. 노인들답게 조용하지만 깊은 비통의 모습들이었다. 그 낌새는 무겁게 그를 덮어눌렀다. 오래전부터 같은 운명 속에 살아온 사람끼리만 나누는 느낌이, 민의 가슴에 꽉 찬다. 감사역은 떨리는 소리로 말한다.

"사장님, 모두 저희들의 보좌가 미흡했던 탓입니다."

또다시 오래 말이 없다. 숨이 막힐 듯했다. 어디선가 기둥시계가 뎅뎅 친다. 그 소리는 아파트 주인 할머니 방 기둥시계를 퍼뜩 떠올린다. 그 아파트, 스산한 자기 방이, 이 순간 애타게 그리웠다. 감사역은 또 말했다.

"결심하십시오. 결심하시는 것이 사장님의 의무입니다. 해볼 수 있는 모든 길을 써보아야 합니다. 아까 김 전무 얘기대로, 지금으로선 최선의 노력으로 최소의 희생을 내는 방향으로 일을 마무려야 합니다. 협동산업 건은 제 말을 물리겠습니다. 저로선 생각이 있어서 한 얘깁니다만 아까 김 전무 얘기를 어떻게 생각하는 건 아닙니다만, 역시 삼자로 볼 적에는 그런 판단도 있을 수 있는 것이니만큼…… 자 결심하십시오!"

노인들은 쿨룩쿨룩 기침을 하여 민에게 재촉의 뜻을 나타내 보였다. 이 방은 무얼로 덥히고 있는 건가? 이 바쁜 때, 민의 머리에 그런 의문이 얼핏 떠오른다. 하긴 눈에 보이는 데는 난로도 없고 스팀 틀도 보이지 않는다. 그러나 방 안은 훈훈하고, 민은 손바닥에 배는 땀을 느꼈다. 또다시 쿨룩쿨룩 기침소리. 민은 자리에서 일어서면서 빌었다.

"여러분, 저는 어떻게 하면 좋겠습니까?"

대답이 없다. 민은 말을 이었다.

"저를 돌아가게 해주십시오."

그는 문 쪽으로 움직였다. 노인들이 우르르 일어선다.

"사장님."

"고정하십시오."

"진정하셔야 합니다."

"이러실 때가 아닙니다."

"불쌍한 늙은 것들을 보시드라도……."

"사장님……."

그들은 민은 빙 둘러싸고, 제각기 민의 팔목, 앞죽지, 뒷자락을 부여잡았다. 그와 마주선 감사역은 안경 너머로 울고 있다. 갑자기, 라디오가 숨 가쁘게 부르짖기 시작한다. 라디오는 보이지 않는다.

여기는 정부군 방송입니다. 도대체 어떻게 된 것인가. 질서를 되찾아라. 시민들은 무기를 버리고 시민들의 집으로 돌아가라. 평화적인 사태수습을 도우라. 반란 지도자는 곧 근위사단 사령부에 나타나라. 그대의 요구를 들어주겠다. 그대들과 더불어 명예스러운 휴전을 맺을 뜻이 있다. 그대는 무엇인가를 잘못 알고 있다. 만나서 얘기하면 알 것이다. 지금 그대가 걷고 있는 길은 가장 섭섭한 길이다. 우리는 그대와 그대의 친구를 존경한다. 근위군 사령부는, 사령관 각하의 다음과 같은 양보조건을 내놓는다. 모든 통제는 크게 늦춰질 것이다. 결혼등록제도의 폐지를 다짐한다. 집회와 결사의 자유를 다짐한다. 국가전복을 논의하는 모임이라 할지라도 가까운 파출소에 미리 알리기만 하면 허가될 것이다. 모든 차량은 낼 수 있는 최고속도로 내달려도 괜찮다. 함대는, 밀수배들의 안전과 물길 향도 및 안내를 위하여 이십사 시간 해상 근무케 할 것이며, 밀수배들이 들어올 때는 그 톤(噸)수와 실은 짐에 따라 규정된 예포로써 환영할 것이다. 신분이 높은 사람들에게 가해졌던 모든 구속을 없이한다. 모든 착한 시민은 모든 무례한 언사를 하는 시민에 대하여, 자유로이 폭력을 가할 수 있는 권리를 가진다. 선거권과 피선거권의 향유 범위를 크게 늘려, 만 십 세 이상의 아동은 선거권을 가지게 될 것이다. 십오 세 이상의 남녀는 입후보할 수 있게 될 것이다. 밤중에 남의 집 안을 헤매고 물건을 옮기는 취미를 가진 시민을 위하여, 시청에 안내계를 마련하겠다. 정부재산을 훔쳐 파는 업자들에게서 직접 이를 구입함으로써, 중간상인을 몰아내, 국고의 충실화를 도모하기 위하여 쓸 돈을 새해에 마련하겠다. 모든 의사들은, 예술적 및 종교적 기분에 따라서, 환자에 대한 치료를 거부할 수 있는 권리가 보장된다. 남편을 가진 부인으로서, 다른 남성과 마음으로 및 몸으로 사귀기를 바라는 분들을 위한 구락부를 세울 것이며 이 구락부에서 일하게 될 직원들을 위한 신분보장법을 만들겠다.

근위사단 사령부는, 사령관 각하의 직접 사회하에, 위와 같은 휴전 제의를 만들어 이를 내놓는다. 이보다 더한 양보에 대한 신축성을 가지고 휴전을 제의한다. 반란군 지도자는 즉시 근위사단 사령부에 출두하라. 우리는 그대를 존경한다. 우리는 기다리고 있다. 즉시 출두하라.

독고민은 사람들 낯빛을 살핀다. 아무렇지도 않은 얼굴들이다. 그는 용기를 내서 말했다.

"혁명이 난 모양이지요?"

감사역은 잘못 들었는지 의아한 낯으로 그를 말똥말똥 쳐다본다.

"지금 방송 말입니다……."

감사역은 그제야 알아들었다.

"아 네, 증권시세 소개 말입니까? 그거 어디 맞아야 말이죠? 일기예보나 마찬가지요. 흥신소도 믿지 못합니다. 사업을 하자면, 신용조사를 위한 사설기관을 가져야죠. 이 분야에 혁명이 일어나자면 아직도 아득합니다."

독고민은 부끄러웠다. 자기는 무엇인가 잘못 알고 있다는 것을 차츰 깨달았다. 그는 다시 빌었다.

"여러분 저를 더 괴롭히지 말아주십시오."

"사장님 무슨 말씀을……."

"괴롭히다니 그게……."

"이 일을 어쩌나……."

"자 다들 자리에 돌아가 주십시오. 사장님도……."

민은 또 한 번 의자에 주저앉았다. 그의 머리는 점점 걷잡을 수 없이 헝클어져왔다. 머릿속에 가는 줄이 거미줄처럼 얽히고, 그 줄마다, 1 2 3 4 5 6 7 8 9 0 숫자들이 까맣게 매달렸다. 그 숫자들은 제자리에 가만있지 않고, 빙글빙글 자리를 옮긴다. 그는 머리를 짚으며 앓는 소리를 냈다. 그의 신음소리는, 노인들의 얼굴에 똑같이 깊은 괴로움의 빛을 자아냈다. 앓는 소리가 여기저기서 들린다. 감사역이, 가래를 떼면서 더듬더듬, 또 얘기를 시작한다.

"사장님, 사장님을 괴롭히다니, 그게 무슨 섭섭한 말씀입니까? 오늘날 이 나이까지, 은행을 위해서는 고생을 아끼지 않았습니다. 돌아가신 분을 모시던 그 정성 그대로, 젊은 사장님을 받들어 온 저희들입니다. 공로를 알아달라고 하는 것은 아닙니다. 어디요. 공로고 뭐고 그런 스스러운 심정으로 일하지는 않았습니다. 애오라지 은행 번창만 바라면서, 이 나이까지……."

노인은 말을 맺지 못하고, 안경을 벗어들고 바른손으로 손수건을 꺼내 눈물을 닦는다. 소파에서 또 한 사람이 일어선다. 바짝 마른 몸집에 금테안경을 썼다.

"감사역, 그 얘기는 지금 새삼스레 이런 자리에 꺼낼 얘기도 아니고 하니……. 그보다 빨리 결정을 보아야지, 큰 집이 넘어져도 의젓이 기울어져야지, 그리고 사장님 생각 여하에 따라서는 또 마지막 길이 없는 것도 아니잖소?"

아까 감사역과 맞서던 사람이 불쑥 뛰어들었다.

"마지막 길이라니?"

금테안경은 상대편을 흘겨보았다.

"그걸 몰라서 물으시오?"

"허 어째 말씀을 그리 하슈? 그럼 알구야 묻는 법이 어디 있겠소?"

"에끼 그만하시오. 이 자리에까지 그래……."

감사역이 뜯어말리듯 사이에 나선다.

"왜들 이러십니까, 왜들? 이게 사장님 생각해 드리는 거요? 제발 우리 자신의 일은 논의치 말기로 합시다."

그러자 자리가 한꺼번에 웅성거리기 시작했다.

"여보 감사역, 자신의 일이라니?"

"그 참 괴이한 소리를 하시는군."

"그러니 역시 협동산업과 동양화학에 맡길 일이지."

"허 참."

감사역은 자리를 한 바퀴 노려보고 말했다.

"형장들이 이러시면 난 이 자리를 물러나겠소. 나야 이 판국에 무슨 체면이며 책략인들 있겠소만, 이러고서야 어디 보람인들 있는 일이오? 자 나는 물러나오."

그는 장부를 책상에 동댕이치고, 소파에 가서 털썩 주저앉았다. 또 말이 멎는다. 민의 머릿속에서는 숫자들이 구더기처럼 바글바글 끓는다. 고물고물한 몸을 재게 움직이면서, 머리카락보다 가느다란 가로 세로 줄을 따라, 까맣게 바글거린다. 그는 머리를 움켜잡는다. 금테안경은 그런 민에게 흘긋 눈길을 주면서, 감사역에게 머리를 숙여 보였다.

"내가 잘못했소. 자!"

그 소리를 기다린 듯이, 좌우 양편의 노인들도 감사역을 향해 눈짓과 고갯짓으로 권한다. 감사역은 천장을 쳐다보고 한숨을 한 번 쉬더니, 다시 일어서서 장부를 집어들었다. 그때 문이 열리면서, 노란 스웨터를 입은 젊은 여자가 방에 들어선다. 기척에 사람들은 모두 그쪽을 보았다. 조끼까지 한결같이 걸친 노인들만 있던 방안에서, 그녀는 꽃처럼 싱싱했다. 왼쪽 뺨에 까만 점이 눈을 끈다. 노인들은 난처한 시늉들이다. 감사역은 민의 낯빛을 살피면서 여자에게 손짓으로 방에서 나가도록 일렀다. 젊은 여자는 순순히 밖으로 나갔다. 민은 그녀가 사라진 문간을 멍하니 바라보았다. 어디선가 본 듯싶은 얼굴이다. 어디였을까. 가물가물 잡힐 듯 잡힐 듯 생각나지 않는다. 그는 갑자기 시장기를 느꼈다. 무엇인가 허전하고 쓰렸다. 그는 책상에 놓인 카스테라를 훔쳐봤다. 먹음직스러웠다. 그리로 손을 뻗치고 싶은 북받침이 불쑥 일었다. 그러나 손은 내밀어지지 않았다. 그렇게 하면, 정말 이 자리에서 헤어나지 못할 것 같았다.

"사장님, 다시 한 번 말씀드립니다. 전번에 주주총회 때도 말씀드린 바 있습니다만, 이것은 전혀 불가피한 일이었습니다. 연전에 해외투자에 충당한 2,287,693,546원만 하더라도, 거의 완전한 안전율을 예상한 터였습니다. 그것이 한 달도 못 가서 그렇게 될 줄이야 누가 알았겠습니까? 일부에서는 젊은 사장의 역량이 어떻고 합니다만, 다 말하기를 좋아하는 세상 사람들이 하는 수작들이고, 누구보다 여기 모인 우리가 잘 알고 있습니다. 그러니만큼, 어디까지나 저희들을 믿어주십시오. 지금 저희들이 내놓은 안은, 현재 조건에서 가능한 최선의 안입니다. 여기서 다만 문제되는 것은……."

민은 귀를 기울여 바깥동정을 살피고 있었다. 밖에서는 아무 소리도 들리지 않았다. 그를 쫓아온 사람들이 멀리 떠나간 것이 틀림없었다. 이 자리에 앉아 있으면서, 그는 아까부터, 바깥이 조용해질 때까지는 이곳을 빠져나가는 것이 위험하다고 느꼈다. 이제 밖은 조용했다. 그는 자리에서 일어나면서, 도어를 박차고 복도를 달렸다. 현관에서 돌아보았을 때, 노인들은 복도로 쏟아져나오고 있었다. 그는 현관문을 밀었다. 문은 열리지 않는다.

"사장님!"

"왜 이러십니까?"

"제발……."

노인들은 현관을 향해 몰려온다. 온몸의 피가 머리를 향해 치솟는다. 그는 어깨로 힘껏 문을 받았다. 횡하니 문이 열리면서 민은 한길에 나뒹굴었다. 노인들은 현관을 나서고 있다. 그는 구르듯 일어서면서 달아났다. 그 뒤를 따라 노인들은, 장부를 가슴에 안은 감사역을 앞세우고 쫓아왔다. 민은 막히던 골목과 반대쪽으로 달려갔다. 귀뿌리를 스치는 바람이 에듯했으나, 그런 게 문제가 아니다. 그는 노인들보다 훨씬 빨리 달릴 수 있었다. 얼마 지나지 않아 쫓는 사람들의 발자취는 멀어졌다. 그는 털썩 주저앉았다. 그곳은 뒷골목인데도 꽤 넓은 길이었다. 거리고 향한 창은 불빛이 환하다. 어느 집에서 치는 피아노 소리가 둥당거린다. 추운 겨울밤, 에는 듯한 공기 속에서 그 소리는 단단한 얼음조각처럼 차갑게 굴러간다. 그때 또다시 스피커가 부르짖기 시작했다.

여기는 혁명군 방송입니다. 여러분은 그들의 방송을 들었을 것입니다. 압제와 굶주림에 못 이겨 빵과 자유를 달라며 일어선 사람들에게, 그들은 농담과 음담패설로 맞받았습니다. 농담이란 악마의 것. 그들은 우리를 놀려주고 있는 것입니다. 시민 여러분 무기를 잡으십시오. 전투 가능한 시민은 무장하고 거리로 나오십시오. 압제자들은 악을 쓰고 있습니다. 압제자들은 짓부서질 것입니다. 여러분의 힘을 빌려주십시오. 여러분의 앞날을 만들어내십시오. 여러분의 애인들에게서 경멸을 받지 않겠거든, 이 줄에 끼십시오. 지난날에 매달리지 마십시오. 우리의 과거는 아편과 마취제의 잠자리였습니다. 압제자들은 우리들의 연인을 빼앗고 썩은 주검을 대신 안겨주었습니다. 우리들의 침실은, 썩은 몸뚱어리의 냄새로 울렁거리고, 우리의 피는 문둥이처럼 검게 흘렀습니다. 사슬을 끊으십시오. 교활한 휴전 제의를 물리치십시오. 그들은 빵과 자유를 위하여 일어선 사람들에게, 농담과 음담패설로 맞받았습니다. 여러분은 그들의 방송을 들었을 것입니다. 농담은 악마의 것. 그들은 우리를 놀려

주고 있는 것입니다.

그들은 시간을 바랄 뿐입니다. 반동과 학살의 준비를 원할 뿐입니다. 우리들의 찬란한 옛날을 떠올리십시오. 우리들의 황금시대를 떠올리십시오. 사슬이 손발을 묶기 전, 자랑스러웠던 태양의 철을 떠올리십시오. 6월의 푸른 하늘을 찌르던 전승비를 떠올리십시오. 일만 명의 이순신보다 강하던 개선의 군단을 떠올리십시오. 여인들을 미치도록 즐겁게 하여주던 우리들의 저 많은 예술가들을 떠올리십시오. 바다 끝 항구로 우리들의 상품을 싣고 나가던 오, 우리들의 배 떼를 떠올리십시오. 여러분은 잊어버렸습니다. 여러분의 가슴속 잊음의 바닷속 깊이 가라앉은, 그 불멸의 선단을 끌어올리십시오. 오욕의 쓰레기더미를 걷어내고, 기념비를 드러내십시오. 여러분의 팔뚝에서, 여러분의 핏줄 속에서, 잠에 빠진 군단을 불러 일으키십시오. 여러분의 가슴속에서 녹슨 거문고를 끌어내십시오. 여러분의 힘을 빌려주십시오. 여러분의 과거를 되살리는 걸음에 끼십시오. 압제자들은 필사적인 발악을 계속하고 있습니다. 도시의 도랑에 피가 흐릅니다. 악당들의 피와 자유의 전사들의 고귀한 피가 뒤섞여 흐릅니다. 도시의 하수도가 콸콸 넘칩니다. 더러운 피가 깨끗한 피와 함께 흐르는 것을 막으십시오. 여러분의 부모형제의 피를 멎게 하십시오. 사태는 긴박합니다. 총을 잡으십시오. 전투 가능한 모든 시민은 무장하고 거리로 나오십시오. 적의 말을 믿지 마십시오. 폭격은 없을 것입니다. 흰 팔띠에 장미꽃 무늬를 놓은 혁명장교와 병사들의 지휘를 받으십시오.

민은 하늘을 보았다. 여전히 수없이 많은 탐조등 불줄기가, 안타깝게 도시의 하늘을 헤매고 있다. 폭격은 없다고. 혁명. 누가 혁명을 일으킨 것일까. 스피커의 부름에도 불구하고, 거리로 나오는 사람은 하나도 없다. 인적이 끊긴 채 거리는 괴괴하고, 총소리 한 방 들리지 않는다.

"이쪽이오. 이 골목이라니까."

독고민은 소리나는 쪽을 보았다. 장부를 가슴에 안은 노인을 앞세우고 그들은 골목을 들어서고 있다. 그는 일어나면서 달린다. 모퉁이를 돌아선 그는 우뚝 서버렸다. 또 한 패의 사람들이, 저만치서 이쪽으로 달려오고 있지 않은가. 그는 옆으로 빠져 달렸다. 그들은 다방에서 만난 사람들이었다. 그는 작은 골목을 골라서 달렸다. 그때 앞에서 사람들이 달려오는 그림자가 달빛에 어슴푸레 보였다. 사이는 꽤 있었다. 그는 오던 길을 되잡았다. 그러나 몇 걸음 뛰지도 못하고 그쪽에서 달려오는 한패를 보았다. 이 패는 걸어오고 있다. 그 노인들이 분명하다. 민은 옆으로 눈을 돌렸다. 골목은 없다. 그는 몰린 짐승처럼 끙끙거리면서 둘레를 살폈다. 양쪽에서는 사람들이 점점 다가온다. 그는 어느 집 담벼락에 바싹 등을 대고 붙어섰다. 그러자 독고민은 홀렁 뒤로 자빠졌다. 공교롭게도 그가 등을 기댄 곳은 담 중간에 낸 작은 드나들문이었다. 질겁하면서 일어나려는 그의 얼굴에 센 불빛이 쏟아졌다. 어리둥절한 민은, 몹시 부드럽고 튈심 있는 육체들에 둘러싸여 집 안으로 끌려갔다. 넓은 홀이었다. 그는 언뜻 극장인가 했다. 아니었다. 어수선한 무대 뒤 풍경을 닮긴 했으나, 거기는 극장이 아니었다. 그를 붙잡아온 사람들은 민을 홀의 한복판에 세워놓고 한바탕 웃었다. 그녀들은 까만 슈트에 춤버선을 신고 있었다. 모두 여자뿐인 그들은 팔짱을 끼고 민을 둘러싼 채 두 번째 웃음을 터뜨렸다. 노래처럼 아름다운 웃음소리다. 그들은 겨우 웃음을 거두고는, 한꺼번에 지걸여댔다.

"선생님, 도망해도 소용없어요."

"저희들 연습해 본걸요."

172

"헌데 미라 언닌 어디 있죠?"

그 소리에 세 번째 함박웃음이 쏟아졌다. 민도 얼떨결에 웃었다.

"선생님을 놀리면 못 써요오!"

"선생님 우리 한번 해볼 테니까 봐주세요."

"근데 미라 언니가 없으니 어떡헌담."

"아 저기 오네!"

문간으로 쏠려오는 눈길들을 상냥스레 맞받으면서, 그중 어여쁜 발레리나가 걸어들어온다. 왼뺨에 까만 점이 눈을 끈다. 민은 그녀를 언젠가 본 듯싶었다. 물론 독고민에겐 발레리나 친구란 있지 않았다. 그는 불안스러우면서도 어쩐지 즐거웠다. 어질어질한 멀미가 나기는 마찬가지여도, 그것은 어딘지 달콤했다. 미라는 민을 보고 말한다.

"그럼 이렇게 하겠어요. 신데렐라가 자기 의붓형제를 도와서 춤잔치 채비를 하는 대목은, 더 나중까지 끌어가도록 하고…… 애 너 이리 좀 나와. 그리구 너……."

둘러선 무용수들 속에서 두 사람을 불러내 가지고 미라는 다시 민을 향했다. 민은 싱긋 웃었다. 마치 잘 아는 일을 장단 맞추는 때처럼 그는 웃으면서, 왜 그런지 켕겼다. 미라는 웃으며 말했다.

"전 애하구 하면 어떨까 하는데요……."

민은 또 싱긋 웃었다.

"그럼 제 추천대로 해주시는거죠? 사실은 그럴 줄 알고, 벌써부터 조금씩 연습은 해뒀는데요. 그럼 한번 해보겠어요. 네 좋지요?"

민은 벽 한 옆에 놓인 긴 의자에 가서 앉았다. 줄곧 뛰어다닌 탓인지, 그의 몸은 흠뻑 땀에 젖었다. 널찍한 연습장. 민이 앉은 의자 옆에, 오일 난로가 벌겋게 달았다. 그는 오싹 떨었다. 추워서 그런 것은 아니었다. 조금 미열을 느끼고, 오히려 답답하리만큼 방 안이 무덥다고 생각한다. 그녀들은 미라의 지휘를 받으면서 연습하고 있다. 그녀는 레코드 옆에서 후배들을 바라보면서, 손으로 지휘한다. 가끔 춤을 멈추게 하고, 고친다. 그녀는 휙 돌아서면서, 민에게 말을 걸었다.

"선생님, 여기가 아무래도 이상하지요?"

"네?"

"아이 싫어요 놀리심."

그녀는 전축을 끄고 돌아선다.

"전번에 말씀하신 것 잊으셨나요?"

"아 아닙니다."

"그럼 왜 그러세요? 전 말씀하신 대로만 하면 성공을 틀림없을 것 같아요. 그런데 선생님은⋯⋯."

도망하자. 지금 일어나서 저 문을 박차고. 그러면 그들은 따라오고. 그래도 달아나야 해. 말없이 서서 두 사람의 이야기를 듣고 있는, 스무 명 가까운 여자들을 바라보았다. 그들은 한결같은 몸매로 서 있다. 왼다리로 꼿꼿이 몸을 받치고, 오른다리를 꺾어서 왼다리에 걸었다. 한 팔로 턱을 받치고, 남은 손은 그 팔꿈치를 받쳤다. 스무 명 가까운 젊은 여자들이, 새까만 슈트에 몸을 싸고, 밝은 불빛 아래 그러고 서 있는 모습은, 무언가 섬뜩한 광경이다. 도망해야지. 저 문을 박차고 거리로 뛰어나가면, 그러면서 그는 움직이지 못한다. 그녀들의 눈길이 민을 의자에 묶어놓았다. 그는 손가락 하나 움직이기도 힘겹다. 나를 용서해 주었으면. 나를 놓아주었으면. 미라는 독고민을 바라볼 뿐. 말이 없다. 날 어떻게 하자는 셈일까. 그는 마룻바닥을 헤매던 눈길을 들어 미라를 쳐다보았다. 환한 불빛 아래 그녀는 무섭도록 이뻐 보였다. 까만 슈트에 담긴 그 몸은 그를 쭈뼛하게 만들었다. 여자의 몸이 이렇게 고운 줄을 그는 몰랐다. 그는 문득 숙의 허벅다리 상처를 떠올렸다. 가슴 아프도록 그리웠다. 어디 있을까.

"선생님, 결국 이 장면에서는 드라마로 첫 대목이니까 앞으로 나올 장면을 비치는 것도 중요하잖아요? 그러니까 여기를 이렇게 바꿔보았으면 좋겠어요. 얘들아!"

그녀는 모두에게 대고 손짓했다. 늘어선 댄서들은, 그녀의 손길에 따라서 두 겹으로 반원을 그렸다.

"이렇게 고치면 어떨까요? 무대가 넓으니까 마음껏 이용하는 것이 좋아요. 그리구 그것도 그거지만, 어쩐지 묵직해 보이잖아요. 너무 날려버리면 저번 꼴이 되기 쉽거든요. 자 그럼 여기서부터 해봐요."

그녀는 다시 전축을 걸었다. 음악이 흘러나왔다. 물론 무슨 곡인지 독고민은 알지 못했으나 그의 가슴은 무겁게 눌리면서 까닭없이 슬펐다. 그러면서 행복했다. 슬프면서 행복한 것을 그는 여지껏 본 적도 없고 들은 적도 없었다. 그래도 지금 민이 듣고 있는 음악은, 그를 무거운 슬픔으로 누르면서, 그와 함께 박하보다 더 싸한 행복 속에 잠기게 한다. 그는 손바닥을 비볐다. 그리고 스무 마리의 인어들이 움직이는 모양을 바라보았다.

그것은 이쁘고 조용한 광경이었다.

이 사람들이 아무 말도 걸지 않고 저렇게 춤만 춰줬으면. 그리고 나한테는 아무 말도 걸지 말아주었으면. 그리고 여기서 불을 쬐면서 앉아 있게만 해준다면, 그는 도망가지 않으리라 생각했다. 인제 독고민은 춥지 않았다. 땀도 걷혔다. 따뜻하고 행복했다. 그녀들은 마치 독고민을 잊어버린 듯 부지런히 추고 있었다.

미라는 그를 거들떠보지도 않는다. 그는 행복했다. 이 사람들이 그에게 말만 걸지 않는다면 그는 이 여자들과 친구가 되고 싶었다. 그녀들은, 이쁘고 날랜 짐승 같았다. 그는 숙을 생각했다. 숙이도 저렇게 출 줄 알까. 아 여자들이 그의 친구가 된다면 얼마나 좋을까. 이 여자들이 모두 누이동생이라면! 그는 뺨이 후끈하도록 기뻤다. 불 곁에서 따뜻해진 무릎을 손바닥으로 어루만지면서, 독고민은 고개를 끄떡끄떡했다.

여자들은 부지런히 추고 있다.

그녀들이 굉장히 아름다운 음악에 맞춰 움직이는 광경은, 그를 사로잡았다. 스무 명 가까운 여자들이 넓은 홀에서 똑같은 움직임으로 재빠르고 부드럽게 움직이는 것을 보면서, 독고민은 자꾸 행복해진다. 음악이 탁 그쳤다. 독고민은 후딱 미라를 건너다봤다. 그녀는 민의 앞으로 걸어온다. 민은 놀라서 일어서지도 못한 채, 꼼짝 못하고 그녀를 기다렸다. 어쩌다 이런 곳엘 들어왔을까. 그녀는 또 무슨 말을 할까. 그는 떨었다.

미라는 그의 앞에 섰다. 앉은키 눈높이에 그녀의 배가 있다. 그녀는 두 손을 맞잡아 앞에 모았다. 그녀의 손가락은 희고 기름하다.

"어때요?"

"아무 일도 없습니다."

"네?

그녀는 민을 빤히 쳐다본다. 독고민은 무언가 미안했다. 괴로웠다. 그녀가 묻는 말에 바른 대답을 해주지 못하는 것이 부끄러웠다. 그녀는 생긋 웃는다.

"선생님, 생각나세요?"

"네?"

"그것 생각나세요?"

민은 혼란한 가운데도 부산히 머리를 써서 기억을 더듬어보았다. 문득 편지 생각이 났다. 미라를 그 편지 얘기를 하는 게 아닐까? 그럴 것만 같았다. 그 얘기구나. 그 얘기만 하면 우린 통한다.

그는 말했다.

"모르겠어요. 암만 해도 이상합니다."

"뭐가요?"

"편지 말입니다."

"편지?"

"그날 저녁에 제가 받은 편지 말입니다."

"어느 날 저녁예요?"

"네!"

아차 그것이 아니었구나. 민은 무안했다. 자기는 무엇인가 잘못
알고 있는 것을 차츰 깨닫는다. 그녀는 모른다. 아무것도 모른다.
내가 누군지 모릅니까? 접니다. 독고민입니다. 숙이 애인입니다.
댄서 가운데서 한 여자가 빠져나오면서 미라 곁에 와 선다. 미라보
다 키가 작고 나이도 어려 보인다. 미라는 기가 막히다는 듯이 그녀
를 쳐다본다. 그래도 꼬마는 까딱 않고 미라에게 말한다.

"언니, 인젠 선생님한테 여쭐 건 없잖아요?"

"왜?"

"그래도 우린 다 그렇게 생각하는걸."

"우리라니? 누구 말이냐?"

"아이 언니두 우리 말예요."

"얘는 자꾸 우리라고만 하면 어떻게 아니? 그렇죠 선생님? 선생
님은 아시겠어요?"

"네, 저……."

"것 봐 선생님도 모르시잖아?"

"그래두 언니 그게 무슨 큰 문젠가?"

"그야 그렇지만. 그래도 안 그렇다."

"그건 알아요. 기분이니깐요."

구운몽(九雲夢) 177

"그럴까?"

"그럼요."

"너 참 그 일 생각나니?"

"그럼요. 전 잊지 않아요."

"어쩌면. 잊었으면 하는 일이 참 많아."

"그렇게 사는 거예요."

멀찍이서 두 사람을 바라보고 섰던 댄서들은 어느새 다가와서 난로를 끼고 둘러섰다. 민은 웬일인지 뭉클했다. 그녀들은 얼굴을 쳐들고 미라와 꼬마를 번갈아 본다. 미라를 팔을 들어 모두에게 앉으라고 일렀다. 그리고 자기도 쪼그리고 앉는다. 꼬마는 이렇게 말한다.

"언닌 겨울이 좋수?"

"나? 글쎄…… 난 겨울이 좋아."

"제일?"

"제일."

"아이 좋아. 나두."

"난 겨울이 좋아. 이렇게 불을 둘러앉아서 얘기두 하구. 바람 부는 것 봐?"

미라는 귀를 기울여 소리를 듣는지, 눈을 가느스름하게 떴다. 민도 귀를 기울였다. 마냥 바람이 센 모양이다. 싸악 바람은 꼬리를 끌며 지나간다. 아득히 사라졌는가 하면 뒤이어 윙 몰아쳐온다. 싸늘하고 날카로운 울음소리가 짐승울음 같다. 독고민은 저 속에서 그 사람들은 자기를 찾아다닐까 생각해 본다. 그 시인들, 그 노인들. 장부를 가슴에 안고 걸으면서 자기를 쫓아온 노인들. 손에 종이를 들고 그를 쫓아온 시인들. 그들은 저 매서운 바람이 휘몰아치는 거리에서 아직도 민을 찾아헤매고 있을까? 말할 수 없이 두렵고 안타까워진다.

"언니, 언닌 어떻게 살면 가장 아름답게 사는 거라고 생각해?"

"글쎄 그걸 알면 다 살았게?"

"어머 그래두 안 생각할 수 있나 뭐?"

"꼭 생각해야 하니?"

"그걸 생각 않군 살지 못하는 사람이 있는걸요."

"생각한다고 더 나을까?"

"왜요? 생각하는 것만두 벌써 다른걸!"

"난 몰라."

"나두 사실은 몰라요."

"선생님?"

민은 자기 무릎을 뚫어져라 쳐다본다.

"언니, 선생님은 우리하군 달라요."

"그야 물론이지만!"

"어떡허면 아름답게 살 수 있을까?"

"연애하면 어떨까?"

"연애? 거 어떻게 하는 거야?"

"얘는. 그건 제가 알아내야지."

"그런 무책임한 소리가 어딨수. 그러다 다치면 어떻게? 알구 해야지."

그녀는 깡충 일어났다. 뭣을 봤는지, 에그머니 외마디 소리를 지르면서 뒤로 물러선다. 사람들은 모두 그쪽으로 고개를 돌렸다. 민이 본 것은 늙은 댄서였다. 나이를 환갑도 넘어 보였다. 그녀의 까만 슈트 위로 어룽어룽 갈비뼈가 비친다. 앙상한 팔다리에 척 붙은 옷은, 그녀의 뼈를 감싼 가죽처럼 쭈글쭈글하다. 그녀는 미라를 향해 통명스레 입을 연다.

"잠시 비우면 이 꼴이란 말이야. 그래 난롯가에 모여앉아 입담이나 늘이면서 지내면 아가리에 밥이 들어갈 줄 알아? 홍, 부잣집 아가씨들 같구먼. 되지 못한 것들이. 어서 썩 일어들 나지 못해!"

고양이 앞에 쥐처럼 꼼짝없이 서 있던 댄서들은, 쫓기듯 제자리로 돌아갔다. 미라는 전축을 걸고 연습을 시작한다. 그녀의 얼굴은 쓸쓸해 보였다. 왼쪽 뺨의 까만 점이 몹시 애처로웠다. 늙은 댄서는 민의 옆에 앉으면서 그의 손을 잡았다. 딱딱한 북어의 우툴우툴한 살갗. 오싹하도록 징그러웠다.

"여보, 저년들을 조심해요. 무서운 년들이에요. 당신 어디 불편하우?"

징그럽도록 아양을 떤 목소리는 그러나 녹슨 양철처럼 목쉰 소리다. 민은 잡힌 손을 빼려고 옴지락거린다. 그녀는 민의 손을 끌어다 자기 무릎 위에서 쓰다듬으면서 서 있다.

"안색이 좋지 않아요. 당신 아무래도 어디 안 좋은 모양이군요."

그녀는 쓰다듬던 민의 손을 자기 볼에 댔다. 광대뼈. 그녀는 민의 손에다 제 뺨을 비비면서 그의 눈을 들여다본다. 그녀의 눈은 짐승처럼 음탕했다. 퀭한 눈두덩 속에서 말라붙은 눈알이 카바이드처럼 지글지글 타는 것 같다. 민은 새파랗게 질리면서 몸을 떨었다.

"어머나, 당신 떨고 계시네. 이리 와요."

그녀는 민의 곁에 바싹 붙어앉으면서 그를 꼭 끌어안았다.

"내 녹여드릴게요. 몸으루."

쇠꼬챙이처럼 단단한 팔을 둘러 민을 끌어안으면서, 앙상한 가슴을 그의 가슴에 갖다붙였다. 그녀의 가슴은 펑퍼짐한 널빤지였다. 다만 그 널빤지 위에, 바람 나간 고무풍선처럼 미끄덕미끄덕 따로 노는 것이 있다. 민은 숨도 못 쉬고 떨기만 했다. 녹슨 양철이 바람에 찌그덕거리는 소리로 그녀는 속삭인다.

"사랑해요. 당신은 나의 보람이야."

그녀는 한참 만에 그를 놓아주면서 의자에서 내려, 아까 미라가 앉았던 자리에 쭈그리고 앉는다. 민은 조금 물러앉았다.

"여보, 저년들을 믿지 말아요. 우린 인제 성공했어요. 저년들을 마음껏 부리면 머지않아 당신이나 나나, 더는 늘그막에 고생하지 않을 만큼은 벌 수 있어요. 그때부터 삶을 시작해요, 우리의 삶을. 그때부터 삶이 시작되는 거예요. 참 우리는 얼마나 오래 기다렸어요? 이러다 아주 살아보지 못하고 죽는 게 아닌가, 손을 놓은 적도 있었답니다. 당신에 대한 믿음이 모자란 탓은 아니었어요. 당신에게 향한 사랑이 약했던 것도 아니었어요. 인생이 두려웠던 거예요. 인생에는 얼마나 무서운 전설이 얽혀 있었던가! 사람들은, 인생은 슬프고 무섭다고 했지요. 위대한 사랑도 배반을 당하고 위대한 예술도 우스갯소리가 되고. 그리고 인생을 헛되다고. 제가 당신의 사랑을 믿지 못한 탓이 아니지요. 저의 사랑이 약해서가 아닙니다. 사람들이 내게 들려준 인생의 전설이 너무나 어두웠던 탓이랍니다. 그러나 우리는 이겼어요. 당신과 나는, 행복을 한 계단 한 계단 쌓아올렸지요. 인제 우리 앞에는 아무도 앗을 수 없는 행복의 뜰이 기다리고 있잖아요? 당신의 사랑이 이긴 것입니다."

그녀는 민의 무릎에 얼굴을 묻고 울었다. 그녀의 눈물이 무릎을 적신다. 주검에서 흐른 물처럼 차가웠다. 음악소리가 높아졌다. 댄서들은 춤추고 있었다. 음악은 한층 높아지면서 그녀들의 춤도 달아올랐다. 그녀들은 춤에 취해 있었다. 미라도 전축 옆을 떠나는 채, 눈에 보이지 않는 사슬에 얽힌 짐승들처럼 공간을 파헤치면서 움직이고 있다. 늙은 댄서도 일어서서 이 광경을 본다. 그녀는 민의 팔을 끼면서 말한다.

"여보, 이런 땐 나는 저것들이 귀여워진다우. 저 귀여운 돈주머

니들을 좀 보세요. 저것들은 기쁜 모양이지요? 딴에는 예술에 산다
고 생각하는 모양이죠? 주님의 섭리는 참 오묘하지 않아요? 주님께
서도 우리의 사랑을 도우시는 거예요. 글쎄 여보, 저것들을 억지루
저 지랄을 시키자면 될 노릇이겠수?"

민은 한마디도 알아듣지 못할 소리였다. 다만, 그녀가 그렇게 말
하면서 이가는 소리를 들었다. 뽀득뽀득 이를 갈면서, 그녀는 그렇
게 말했다. 소름이 끼치는 소리. 달아나야 한다. 빨리 여기를 벗어
나야 한다. 이 무서운 늙은 여자한테서 벗어나야 한다. 그녀는 민의
팔을 놓고 전축 앞으로 걸어갔다. 음악이 탁 그쳤다. 댄서들의 자세
가 와르르 무너지면서, 늙은 댄서를 향해 돌아선다. 늙은 댄서는 앞
으로 나섰다.

"너희들은 분수를 알아야 해. 너희들은 공주님들이 아냐. 부잣집
아가씨들이 아니야. 너희들은 쇼걸이야. 몸뚱어릴 팔아먹고 사는
계집들이야. 오늘 연습을 망치면 내일 당장 목구녕에 밥이 안 넘어
간다는 걸 알아야 해. 그리고 미라!"

미라는 한 걸음 나서며, 기어들어가는 소리로 대답했다.

"네."

"네 책임은 무엇이지?"

"어머니 안 계실 때, 대리 보는 거예요."

"그래 아까 어떡했지?"

"……."

"왜 대답을 못 해!"

"잘못했어요."

그때 꼬마가 나섰다.

"저희들은 예술가예요!"

"무엇이, 아니 요런 방자한 년, 아니……."

미라는 달달 떨면서 늙은 댄서에게 매달렸다.

"어머니, 잘못했어요. 얘는 아무것도 몰라요."

"언니, 언닌 가만있어요!"

"얘 제발 내 말을 들어다오, 응? 응? 알지?"

꼬마는 머리를 푹 숙이더니, 뒷걸음으로 자리에 들어갔다.

"어머니, 제가 나중에 벌을 주겠어요. 내일 아침밥 굶기겠어요.
그럼 되죠? 네? 그리구 내일 공연인데 지금 이러구 있을 때가 아니
잖아요?"

미라의 마지막 한마디가 그녀를 움직인 모양으로 늙은 댄서는
꼬마를 무섭게 흘기면서,

"넌 내일 아침밥은 없어. 특별히 오늘은 용서한다. 요년 같으니
라구!"

미라를 향하면서,

"네가 그렇게까지 말하니 널 봐서 용서하는 거다. 알겠니?"

"고마워요 어머니."

그렇게 말하면서 고개를 돌린 그녀의 눈길이 민의 그것과 마주
쳤다. 그 눈. 민의 가슴속에서 알 수 없는 소용돌이가 세차게 번지
고 높고 했다. 미라는 얼른 고개를 돌려버렸다. 다시 연습을 볼 모
양이다. 그러나 미라와 늙은 댄서가 주고받고 있는 사이에 댄서들
은 일을 꾸미고 있었다. 미라와 늙은 댄서가 돌아섰을 대, 그들 앞
에는 꼬마가, 무리 앞에 한 발 나서서 딱 버티고 있었다. 그녀는 턱
을 당기고 째리듯 늙은 댄서와 맞섰다.

"아니 요년이 왜 또 이래 응? 너 매를 맞아야 정신을 차릴 모양이
구나?"

"집어치워요. 매? 우린 당신의 노예가 아니에요. 우린 이 이상
참을 수 없어요. 우리가 견디어온 건, 선생님과 언니를 생각했기 때

문이야요……."

"얘 제발……."

"언니 가만 계세요. 언니는 이런 데 나설 사람이 아니에요. 노예로서의 우릴 감싸주는 일밖엔 못할 사람이야요. 언니 맘이 너무 곱기 때문이죠. 그러나 지금은 달라요. 우린 저 늙은 여우한테 이 이상 시달림을 받지 않기로 했어요."

"아니 저년이……."

"그래서 우리는 선생님에게 묻기로 했어요. 선생님도 우리를 천한 계집애들이라구 생각하시는지, 선생님 말씀을 듣구 행복하기루 했어요. 선생님 대답해 주세요. 대답하시는 게 선생님의 의무예요. 왜 잠자코 계세요? 우린…… 선생님을 사랑해요. 선생님 우린 어떻게 해야 할까요? 선생님 왜 지켜만 보세요?"

그녀들은 꼬마와 미라를 앞세우고, 조용히 민의 앞으로 다가온다. 미라도 달라졌다. 미라의 그 눈. 꼬마의 눈. 그 뒤에서 지켜보는 수십 개의 눈. 그녀들은 그의 앞으로 조용히 다가온다.

수없이 많은 탐조등 불줄기가 초조하게 도시의 하늘을 헤매고 있다.

여기는 혁명군 방송입니다. 당신들은 왜 가만히 지켜만 봅니까? 당신들은 왜 방관합니까? 적은 반격에 나섰습니다. 압제자들은 반격을 개시하였습니다. 자유는 목졸리려 합니다. 공화국은 교살당하려 합니다. 혁명은 위기에 빠졌습니다. 시민 여러분, 빨리 힘을 빌려주십시오. 혁명은 교살 직전에 있습니다. 여러분의 의무를 팽개치십니까? 저 미래의 아이들이 발을 구르는 소리가 들리지 않습니까? 당신들의 미래를 버리십니까? 당신들은 자유보다 노예를 고르십니까? 아직도 늦지 않았습니다. 무기를 들고 거리로 나오십시오. 교만하던 자들의 목에 죽음의 목걸이를! 염치를 모르던 자들의 기름진 배에 다이너마이트를! 사랑을 모르던 자들의 심장에 죽음의 훈장을! 알고도 행하지 않은 자들의 머리통에 폭탄을 선사합시다. 혁명군은 곳곳에서 힘겨운 싸움을 하고 있습니다. 가장 가까운 싸움터로 달려가서 자유를 지키십시오. 사태는 긴박합니다. 압제와 부패와 학살이 우리에게 구애(求愛)하고 있습니다. 이 구애를 물리치십시오. 압제와 부패와 학살은 아직도 우리를 사랑한다 합니다. 그들은 강간으로 시작한 결혼문서를 내밉니다. 이 불법문서의 권위를 거부하십시오. 빨리. 빨리. 당신들은 무얼 하고 있습니까? 당신들은 우리를 죽이시렵니까? 연인이여 당신의 사랑을 밝히십시오. 그 찬란하던 별빛 아래 당신이 세운 사랑의 맹세를 증거할 땝니다. 배반합니까? 모른다 하십니까? 오 그럴 수 없습니다. 당신은 나의 영원한 사람. 나를 버리지 못합니다. 빨리 오십시오. 이 팔을 동여매 주십시오. 바리케이드를 쌓아주십시오. 승리한 다음에 우리의 포옹이 태양보다 뜨겁기 위하여. (총소리 스피커에서 흘러나오면서 아나운서의 목소리가 끊어진다. 또다시 총소리) 아아 마지막입니다. 압제자들은 이곳을 에워쌌습니다. 형제여 자매여 그리고 사랑하는 이여. 당신들의 배반을 용서합니다. 우리 가슴마다 하나씩 박혔던 보석을 뽑아 하나의 자그마한 도끼를 만듭니다. 당신들과 우리 사이에 가로놓인 저 깊은 늪 속에 던져넣었습니다. 엎드려 그 깊은 갈라짐 속을 들여다봅니다. 그것은 나의 속으로 들어가는 입구. 사랑을 가지고도 이르지 못했던 깊이. 그 속에 어른거리는 당신이 얼굴을 봅니다. 당신의 희디흰 가슴을 봅니다. 그 가슴을 향하여 나는 도끼를 던집니다. 너에게로 던지는 나의 사랑. 너의 가슴을 부수고 저 흔들리는 별빛 아래 그대가 세운 맹세를 밖으로 내놓기 위하여.

나는 본다. 불사조처럼 날아오르는 그대의 양심을. 그대의 사랑을. 양심과 사랑에 거듭나서, 심연의 그 아득한 거리에 승리하고, 저 높은 자유를 향하여 날아오르는 그대의 앞날을 봅니다. 이 도끼를 받으십시오. (총성. 또 총성. 뒤따라 기관총의 이어쏴) 안녕히. 연인이여. 그래도 나는 그대를 사랑한다. 자유 만세. 공화국 만세.

방송은 뚝 그쳤다. 하늘에서 춤추던 탐조등이 하나, 둘, 사라진다.
사람들은 거리를 헤매고 있다. 바람은 여전하다. 밤하늘이 아주 말짱하게 개서, 있는대로 별이 나앉았다. 가슴에 장부를 안은 감사역을 앞세우고, 노인들은 바삐 걷고 있었다. 사실은 그들은 뛰고 있었지만 그것은 그들의 생각뿐이고, 아무리 보아도 걷고 있는 것이다. 걸어가면서 감사역은 가끔 장부를 펴고 들여다본다. 가로등 밑이라든지, 불빛이 환한 길가 창 앞에서. 그러면 다른 노인들도 걸음을 멈추고, 그를 둘러싸고 중얼중얼 토론이 벌어진다.
"사장님 말씀도 무리는 아니야. 그렇다고 해서, 10월 말 현재로 봐서는 전연 무리한 얘기는 결국 그게 그것이고…… 어허 참."
"헴헴 쿨룩. 즉 다시 말하면 쿨룩, 우리가 말입니다. 즉 그 협동산업조로 쿨룩……."
"여보시우들 그게 그런 게 아니라, 우리가 지금 이 거리를 곧장 지나가면, 혹 사장님을 만날지도 모르니, 아무래도 내 생각에는 한번 잘 봐두는 게 좋을 것 같구려."
"암 그렇고말고. 내 아들놈이, 이거 참 아들 자랑 같소만, 이놈이 범상한 놈이 아니라, 영 가끔가다 내가 꿈틀할 소릴 꽤 한단 말입니다. 옛날만 해도, 애들 얘기가 어디 신통한 게 있었소? 헌데 작금에는 그렇지 않습데다. 무서운 소리들을 한단 말이오. 오십에 어쩌구 하는 것도 다 옛얘기구, 요새 애들은 아주 속성식으루 인생을 깨쳐

버린단 말이거든. 하기야 늙은 소 콩밭이겠지만…… 그래 그놈이 하는 얘기가, 오늘날 우리가 살기 위해서는 남을 사랑해야 한다고 하는데, 우리는 그걸 모르고 덮어놓고 막무가내라, 즉 좀 모자란다, 이것이거든."

"옳기야 옳지. 그래도 경제라는 게 도대체 적산(敵産) 나눠먹기에 그치고 보니 어디 꽃필 날이 있겠는가 말이오. 요사이 꽃집이 부쩍 늘었는데, 파는 꽃이란 게 또 어째 그 모양인지. 요 얼마 전 일인데……."

감사역을 비롯해서, 그들은 빠짐없이 모자를 쓰고, 외투를 입었다. 웬일인지 장갑을 낀 손은 하나도 없다. 그들이 가로등 밑에서 이렇게 토론하고 있는데, 옆골목에서 사람들이 한 떼 미친 듯이 달려나온다. 그들은 노인들과는 아주 딴판이었다. 외투 입은 사람이 몇 안 되고, 그보다 모두 젊은 사람뿐이다. 나이 지긋한 사람도 있지만, 젊은 사람 못지않게 사납다. 손으로 삿대질을 해가면서, 고함을 지르고 있다. 노인들을 보자 이 사람들은 제각기 소리를 지른다.

"노인장들, 우리 선생님 못 보셨습니까?"

"선생님 말입니다."

"잠수함이 가라앉을 때 금붕어들은 탄생할 것입니다."

마구 떠들어서 종잡을 수 없으나, 노인들은 입만 딱 벌릴 뿐이다. 노인들에게서 신통한 소식을 못 받을 눈치자, 그들은 오던 길로 되잡아 달려간다.

"저런 노물들에게 물어본다는 게 비극이야."

"저렇게 나이를 먹었다는 것. 오 그것은 누리의 치욕이 아니고 무엇인가?"

"인마 늬 할배도 있더라."

"할배? 닥쳐라! 나의 할배가 어딨단 말인가? 나의 할배는 하늘에 있나니, 나는 땅에 속한 몸이 아니로다."

"그렇다. 우리는 할배가 없다."

"양보해서는 안 된다. 배반자를 처단하라."

그들은 갑자기 멈춰섰다.

"배반자?"

"누구야?"

바글바글 끓기 시작한다.

"아니다. 배반자는 없다."

"그럼 웬 소리야?"

"배반자가 누구야?"

"그것을 묻지 마라."

"그렇다. 묻는 것은 외람되다."

"묻지 마라. 그대는 묻기 위해 만들어지지 않았다."

"묻는 것은 악마의 학교."

"제군 진정하라."

"왜들 이래. 선생님을 찾아야 할 게 아냐?"

"사명을 생각하라."

"그렇다."

그때 맞바로 반대편에서, 발가벗은 여자들이 이리로 뛰어온다. 그들은 멈췄다. 발가벗은 건 아니고, 무용 슈트만 입은 모습이 밤눈에 그렇게 보인다. 그녀들 앞에는 늙은 댄서가 있다. 그녀가 먼저 말을 걸었다.

"여보세요. 우리 그이 못 보셨어요?"

이쪽에서는 아무 대답도 없다. 그녀들은 저마다 떠들어댄다. 미라와 꼬마는 늙은 댄서 바로 등 뒤에 있다.

"저분들은 모르는 모양이야."

"머 저런 것들이 다 있어!"

"얘 저 맨 앞줄에 선 녀석 좀 봐. 십 년 재수없게 생겼다 얘."

"어디?"

"저기 맨 앞에 말야!"

"넌 올빼미 눈깔이니? 난 안 보여."

"얘는."

"것보다두 선생님을 찾아야지 않니?"

"왜?"

"글쎄 왜 그럴까?"

"난 사실은 알아."

"그래 넌 좋겠다."

이번에는 남자들 쪽에서 댄서들을 향해 소리친다.

"당신들은 뭐요?"

댄서들은 합창하듯 외친다.

"예술가들이에요."

남자들은 충격이나 받은 듯이 뒤로 물러나더니, 뒤이어 떠나갈 듯 세찬 웃음을 터뜨렸다. 댄서들은 가만히 서서 그들을 바라보았다. 시인들은 좀체로 웃음을 그치지 않았다. "사람 살려!" 가끔 가다 그런 외마디가 웃음소리에 섞인다. 여자들은 여전히 웃는 사람들을 바라보고 있었다. 남자들 가운데 몇몇은, 한편에서 담배를 피우면서, 의논을 하고 있다.

"아이 춰."

누군가 한마디 하자, 그녀들은 아이 춰를 입마다 놔까리며, 일제히 달리기 시작했다. 달리면 춥지 않을 것이다. 달려가노라면 만날 것이다. 미라는 그렇게 생각한다. 바람이 세다. 그래도 그녀들은 달린다. 달리면 구원될 것이다. 늙은 댄서는 그렇게 생각한다. 우

리의 사랑은 불가사리. 그와 더불어 살아온 시간의 뜻을 아무도 풀
지 못한다. 다만 나뿐. 그리고 그이. 그녀들은 광장에 나섰다. 광장
한가운데는 분수가 있었다. 분수는 얼어붙어 물을 못 뿜는다. 봄 여
름철에 꽃밭이었을 곳에는, 지저분한 쓰레기가 그득하다. 그녀들은
분수를 싸고 빙 둘러선다. 분수는 마치 동상을 옮겨버린 밑판 같았
다. 그녀들은 말없이 그 돌기둥을 바라보았다. 가슴마다 느낌이 있
었으나, 아무도 입 밖에 내는 사람은 없다. 바람소리가 악기의 울림
같다. 아마 전봇대가 우는 소리일 것이다. 양철지붕을 쓰다듬는 소
리일 것이다. 쌓아놓은 장작더미를 흔드는 소리일 것이다. 틈 난 문
으로 새어들어가는 소리일 것이다. 댓돌 위에 벗어놓은 고무신을
움직이는 소리일 것이다. 신문사 지붕에 꽂힌 깃발을 나부끼게 하
는 소리일 것이다. 바람 속을 사람들은 달려간다. 달려라. 달리면
구원될 것이다.

　　독고민은 간수를 따라 감방 구역으로 들어섰다. 감방 문은 두꺼
운 쇠널로 되어 있고, 위쪽에 들여다보는 구멍이 있었다. 복도는 좁
고 불이 환했다. 흔히 감옥이 풍기는 음침하고 무거운 분위기는 조
금도 없었다. 가끔 가다 벽에는 기상도(氣象圖)가 걸려 있었다. 퍼
런 굽은 줄이 그래프 형식으로 그려진 그림은, 분명히 자리에 어울
리지 않았다. 그런가 하면, 벽이 움푹하게 파진 요면(凹面)에, 목이
떨어진 해태가 앞발을 모으고 앉아 있었다. 서먹서먹하고 별나게
도사린 분위기가 독고민을 눌렀다. 그는 이 모든 것에 대하여 간수
에게 물어보고 싶었으나, 입이 떨어지지 않았다. 그런 말을 물으면
간수는 입을 딱 벌리고, 목젖을 간들거리면서 앙천대소하거나, 그
렇지 않으면, 몹시 화를 내며 어떤 해를 가해 올지 모르는 것이므
로, 암말 말고 있는 편이 으뜸이라고 그는 마음을 고쳐먹었다.

간수는 어떤 감방 앞에 멈추며, 들여다보는 창을 놓고, 독고민에게 눈짓을 했다. 독고민은 구멍으로 안을 들여다보았다. 세간이고 무엇이고 하나도 없는 텅 빈 방 안에, 늙은 남자가 한 사람 서 있었다. 그는 알몸뚱이였다. 아무것도 입지 않은 그 몸뚱이는, 그다지 늙은 것은 아니었다. 두 다리 사이에 축 늘어진 뿌리도 아직 힘이 있어 보였다. 그는 두 주먹을 가슴에 모으고, 턱을 치킬싸한 채, 허공을 노려보고 있었다. 얼굴표정은 점잖고, 높은 것을 그리워하는 사람의 의젓함이 있었다. 독고민은 물어보았다.

"저분은 무슨 죄로 잡혀 있는 것입니까?"

"네, 각하께서도 아시다시피, 이 감옥에는 신분이 높은 사람들이 퍽 많습니다만, 저 사람도 그렇습니다. 저 사람은 원래 유명한 시인인데, 그의 죄목은 '투시하려 한 죄'입니다. 그의 눈길을 보십시오. 마치 벽을 뚫고 아득한 곳을 바라보는 것 같지요. 외설한 이야기가 되어 죄송합니다만, 저 사람은 잔치 같은 데서, 차려입은 양반아낙들을 저런 눈초리로 뚫어보아 그녀들의 육체의 비밀을 샅샅이 즐긴 것입니다. 어떤 공작부인의 왼쪽 허벅다리에 있는 상처를 뚫어보아 그것을 입 밖에 낸 탓으로, 남편인 공작은 부인을 내보내고 저 사람을 간통죄로 고소한 것이지요. 그때는 증거 불충분으로 놓여났습니다만, 특히 기혼여성들보다 처녀들이 아우성쳤지요. 성생활을 겪은 여성들은 자기 몸에 대한 부끄럼을 차츰 잃어버리는 법이지만, 처녀들은 사정이 다르거든요. 물론 요즈음 세상에, 사회에 나다니고 아니고를 물을 것 없이 처녀가 어디 있느냐고 한다면 이야기는 그뿐입니다만, 그렇더라도 미혼여성의 성 감각은 아직도 보수적인 데가 있지 않습니까? 어쨌든 저 사람의 눈앞에 서면, 공작부인이고 천사고 할 것 없이, 모조리 누드가 되어버렸으니, 저 사람을 잡아먹지 못해한 사람들이 부지기수였지요. 그렇지 않겠습니까? 글쎄, 수십 년씩 데리고 살면서도 알지 못하던 자기 마누라의 육체상 비밀을 남이 다 알고 있으니 말입니다. 하기는 그것은 저 사람 자신에게 있어서 더 큰 비극이었지요. 처음에는 스스로 한 일일지 모르지만, 나중에는 본인이 괴로워서, 별별 치료를 다해 봤으나, 이미 붙어버린 신통력은 떼어버릴 수도 없었다는 말입니다. 혹시 오해 사실까 두렵습니다. 제가 말씀드린 걸 들으시고, 저 사람이 순전히 여자의 알몸만 투시한 것으로 생각지 마십시오. 만물을 다 그렇게 봤다는 말입니다. 이를테면 존재를 뚫어봤다는 소립니다. 이 사람은 여왕의 밥주머니 속에 든 시루떡을 보았을 뿐 아니라, 금강산 비로봉 밑에 깔린 다이아몬드 광(鑛)을 투시했다는 말입니다. 그뿐입니까. 보통 사람에게는 시간이라는 벽이 가로막혀서 보이지 않는 '과거' 역시 투시한 것입니다. 선덕여왕의 배꼽 밑에 까만 점이 있었다는 설을 내놓아서, 사회에 물의를 일으켰던 것은 잘 알려진 얘깁니다. 우리는 이 사람이 짊어진 운명을 동정합니다만, 일개 옥리(獄吏)로서는 어찌할 수 없는 일입니다. 권력가들도 한때는 이 사람을 사랑하여 퍽 써먹었습니다만, 마지막에는 두려워하여 옥으로 보낸 것입니다. 어쨌든 남다른 재주를 가졌다는 것은 신세 망치는 원인입니다. 한마디, 말을 걸어보시렵니까?"

독고민은 생각이 얼른 나지 않았다. 간수는,

"그럼 제가 대신 물어보지요. 여보."

간수는 감방 쪽을 향해 불렀다. 무거운 대답이 돌아왔다.

"왜 그러시오?"

"당신이 만일 그 투시력을 없앨 수 있다면 그렇게 하겠소?"

곧 대답이 없었다. 한참 만에,

"딱히 말할 수는 없소."

간수는 독고민을 돌아보고 웃었다.

"가둬두는 까닭을 아셨지요?"

간수는 들여다보는 창을 뻑 닫아버리고, 걸음을 떼놓는다. 독고민은 따라갔다. 다음 감방 창을 열고 간수는 자리를 비켜주었다. 독고민은 들여다보았다. 거기에는 웬 남자가 책상에 앉아서 제도(製圖)를 하고 있었다.

"기술잡니까?"

"네? 하하 재밌는 말씀입니다. 기술자는 기술자지만, 좀 색다른 기술잡니다. 저 사람의 죄목은 '결론을 내려고 한 죄'입니다. 지금 저 사람이 하고 있는 작업은, 제도가 아니고 기호신학(記號神學) 문제를 풀고 있는 것입니다. 신학과, 철학과, 논리학과, 거기에다 수학까지를 뭉친, 새로운 방법론으로 존재의 구조를 수식화한다는 게 저 사람의 소원입니다. 저 사람은 결론 없는 인생은 지옥이다 이것이지요. 한여름밤을 쏟아지는 소낙비. 번갯불. 깊은 산골짜기에 수북이 쌓인 솔방울. 가을 들판에서 연인들이 피우는 모닥불. 느릅나무 가지에서 울어대는 참매미. 지뢰를 밟은 전차(戰車). 실연한 철학자. 생산성본부에 걸린 통계표. 파헤친 무덤. 잎사귀 거름이 된 경주 콩밭의 신라 진골의 뼈. 이글거리며 뻗어가는 두 마리 구렁이 같은 철길. 관음선원의 창살문의(紋衣)로 씌어진 卍과 콧수염 달린 알불한당의 상징으로 쓰인 卍. 피카소의 그림과 유치원 아동의 크레용화(畵) 사이의 다름. 데생이 확실한 무절제와 그렇지 못한 장난. 신을 잃어버렸을 때 아이들이 대신으로 찾게 되는 장난감의 문제. 데카르트는 통상 그의 불알을 바짓가랑이의 어느 편에 두고 있었는데, 왼쪽이냐 오른쪽이냐의 문제. 화폐는 여왕과 갈보를 골라내지 못한다는 사실. 진심으로 사랑했는데도 여인이 도망해 버린 시인의 경우. 혹은 그 역(逆). 장미꽃 가시에 찔린 도마뱀의 상처. 운하 속에 떨어진 기중기. 복숭아와 버섯의 관계. 떡 찌는 솥 밑에서 타는 솔잎과 여름내 빛나던 태양과의 결혼. 한이 없는 얘기가 됩니다만 아무튼 누리 오만 가지를 통틀어서 한 줄의 수식 혹은 한마디의 명제(命題)로 나타내자는 것이지요. 짐작하시겠지만 그게 쉬운 일입니까? 저 사람으로 말할 것 같으면, 집안이 좋았고 다정한 친구에다, 몸 바쳐 받드는 아내를 가지고 있었습니다. 이 일에 빠진 나머지 조금도 돌보지 않게 되었단 말씀입니다. 생각해 보십시오. 사람 한평생에 믿음있는 친구 한 사람 갖기가 어디 쉬운 일이며, 딴 남자에 대한 욕망을 장하게도 눌러가며 스스로 인간적 성장을 통하여 천지신명에 부끄럽지 않은 한 남편 섬기기를 마치는 아내를 갖는다는 것이 다 가질 수 있는 행복입니까? 저 남자는 그 모든 것을 가졌던 것입니다. 그러면서도 그는 만족지 못하고, 단 한 줄의 명제에 음(淫)했던 것입니다. 그에게는 결론만이 중요했습니다. 그는 밤이나 낮이나, 길거리에서나 방에서나, 산에서나 바다에서나, 땅에서나 하늘에서나, 결론만 생각했습니다. 당연한 결과로 그는 밤하늘이 얼마나 아름다운가를 모르고 지냈으며, 태양의 정열과 바다의 한없는 매력과 산의 숭고함, 장작을 뜨뜻이 지핀 온돌의 정서, 이런 모든 것을 모르고 지냈던 것입니다. 쿨룩쿨룩, 죄송합니다. 해수병이 있어서요. 가래가 튀지 않았습니까? 그는 그것들을 다만 수단, 혹은 현상에 불과하다고 믿었습니다. 그의 이른바 근본원리가 밖으로 나타난, 현상에 지나지 않는다고 믿었던 것입니다. 물론 이런 죄목을 달면, 스피노자며 데카르트도 잡아올 수 있는 일입니다만 잘 알아본 바에 따르면, 스피노자는 뛰어난 렌즈공이었고, 데카르트는 착실한 가정교사였습니다. 그런데 저 새끼는 놀고먹는 땡땡이, 일 년 열두 달 책상에서 떨어지지 않았던 것입니다. 제가 저 사람 여편네를 보았는데, 양귀비가 울고 갈 얼굴에다 천사같이 아련한 여잡니다. 못할 말로, 그 여잘 저에게 준다면 히히…… 각하 실례했습니다. 제가 이렇게 악담을 퍼붓는 심정도 넉넉히 짐작하시리라 믿습니다. 옥리 생활 삼십육 년에 원 별 개같은 새끼를 다 다룹니다그려. 무슨 말씀 물어보시렵니까?"

간수는 멋대로 지껄여놓고는 감방 속의 인물에게 소리를 지른다.

"여보!"

"……."

"여보!"

"왜 그러나?"

"어렵소, 아주 높직이 나오시는데. 그건 그렇구 한마디 묻겠는데……."

"……."

"당신이 지금 풀고 있는 문제가 해결되는 값으로, 당신 여편네가 다른 남자와 잔다면 어떻겠소? 이를테면 나하구라도 좋고, 이히히."

"……."

"응?"

"글쎄, 무어라 말하기 거북하군……."

간수는 독고민을 보고 웃었다.

"이 사람을 가두어두는 까닭을 아셨지요?"

간수는 창문을 닫고 다음 감방으로 걸어간다.

"자 보십시오."

그 방에는, 용모가 매끈한 젊은이가 침대에 걸터앉아서, 손에 든 한 장의 사진을 들여다보며 울고 있었다. 세간이며 꾸밈이 으리으리한 방이었다. 이 청년도 알몸뚱이였다. 아까 본 늙은이와 달라서, 젊은이의 육체는 미끈하고 탐스러웠다. 침대가에 턱 걸친 성기는, 알맞게 크고 복숭아빛이었으며 조금도 망측스럽지 않았다.

"저 사람의 죄목은 '잊어버리지 않은 죄'입니다. 그저 그렇게만 말씀드려서는 얼른 어림이 안 가실 테지만, 이 사람은 첫사랑을 잊지 못한 죄로 여기 붙잡혀온 것입니다. 첫사랑이 다 그렇듯이, 이 청년도 쓴잔을 마셨던 것이에요. 좀 걸쭉걸쭉한 젊은 놈이면야, 세상에 계집이 너뿐이더냐, 하늘의 별만큼이나 많은 게 여자더라 하구 씩씩하게 다음 조개로 달려간다든가, 그것을 계기로 무슨 유익한 분발심을 내는 게 보통일 텐데, 저 친구는 그렇지 못했거든요. 그녀가 왜 나를 버렸을까, 내 어디가 못났을까, 나는 있는 정성을 다했는데. 이런 식으로 무한정 고민하고 들어앉게 됐다는 것입니다. 저 친구가 보고 있는 사진이 그 여자 사진인데, 낯짝은 반반한 편이지만, 눈웃음치는 거며, 얄팍한 입술하며, 어지간히 굴러먹은 여자인 게 분명하거든요. 저런 순진한 친구한텐 도무지 어울리지 않는 족속이에요. 어느 주먹 센 놈한테 시집가서, 하루에 두서너 번씩 늘씬하게 얻어맞으면서, 늘 푸르죽죽한 눈두덩을 달고 살 팔자란 말씀입니다. 본인이 죽어라구 입을 열지 않으니 모를 일이지만, 도대체 애초에 어떻게 돼서 두 사람이 알게 됐는지가 궁금하기 짝없습니다그려. 아무튼 여부가 있었겠습니까. 발바닥 핥지 않을 정도로 저 친구가 흠씬 빠져버렸다 말씀예요. 한쪽은 점점 기승하구. 뻔하지요. 흘랑 도망했습니다. 자, 죽는다 산다 생야단 났을 게 아닙니까? 저 친구 집안이 이름있는 가문이라, 딸 주자는 집이야 밟히고 쌓일 지경이었지요. 학벌 좋고, 인물 잘나고, 활발한 아가씨들을 들이댔단 말입니다. 어림도 없었지요. 아니라는 것입니다. 다 못하다는 것이지요. 저 사진의 여자에 대면 비교가 안 된다는 것이지요. 문을 닫아걸고 주야로 신음하니, 어느 집에서나 바깥양반은, 저런 쓸개 빠진 놈은 자식도 아니니 썩 꺼져버리라구 호령호령인가 하면, 어머니는 눈치를 보면서 밥그릇을 나른다 약탕관을 나른다 이렇게 됐습니다. 이 첫사랑의 문제는, 청년 지도상에 가장 어려운 것 가운데 하납니다. 저 사진 속의 여자가 다른 여자보다 나은 것은, 그를 배반했다는 사실을 빼고는 아무것도 없다는 점을 아무리 타일러도 쓸데없습니다. 사진을 한번 보십시오."

간수는 청년을 불렀다.

"여보 친구, 자네 따알링 좀 보여주게!"

사진을 쥔 하얀 손이 창구멍으로 나왔다. 간수는 그것을 받아서 민에게 건넸다. 그는 하마터면 소리지를 뻔했다. 그것은 숙의 사진이었다. 왼뺨에 있는 까만 점. 사정을 모르는 간수는 웃으면서 사진에다 쪽 소리를 내며 키스하고는, 아직도 창문에 걸쳐 있는 하얀 손가락에 끼워주었다.

"자네 따알링은 정말 예뻐. 허지만 아무래도 화냥년 같은걸 히히."

독고민은 얼굴이 화끈 달았다. 벽에 걸린 전화기가 따르릉 울린다. 간수는 수화기를 들었다.

"네 소장님이십니까? 네네. 여기 계십니다. 글쎄요. 헤헤. 네네 알았습니다."

간수는 독고민을 향해 돌아섰다.

"소장님이 뵙잡니다. 다음 안내는 소장님께서 직접 하시겠다는 군요. 따라오십시오."

그들은 복도를 이리저리 휘고 돌아서 어떤 방문 앞에까지 왔다. 간수는 노크를 했다.

"들어오십시오!"

들어선 방은 묵직한 느낌이 드는 사무실이었다. 소장은 의자에서 일어서며 빠른 걸음으로 다가왔다. 간수는 물러갔다.

"죄송합니다. 제가 손수 안내해야 옳을 것이로되, 사령부에 불려간 사이여서…… 지금 막 돌아온 길입니다. 혁명이 일어난 모양입니다. 늘 있는 일이니까요. 뭐 괜찮겠죠. 간수가 혹시 실례나 하지 않았는지…….”

“아닙니다.”

“네. 워낙 교양이 없고 게다가 입이 건 편이어서. 귀빈 안내는 시키지 않도록 하고 있는데 오늘은 어떻게 된 건지…….”

그는 그 점이 몹시 걱정인 모양이었다. 그는 민에게 의자를 권하고 자기도 앉았다.

“이 감옥에 대한 설명을 드리겠습니다. 각하도 느끼셨겠지만, 안내인을 따라 견학하면서 저 이탈리아인 감옥제도 연구가인 단테와 그의 저서 「신곡(神曲)」을 떠올리셨을 것입니다. 감옥제도에 대한 체계적인 연구로서는 그의 「신곡」이 효시라고 하겠는데, 그동안 감옥 자체의 성격이 본질적으로 달라져버렸습니다. 그 책 연옥편(煉獄篇)에 나오는 죄수들은, 대개 그 죄목이 신학상(神學上) 및 윤리적인 것입니다. 쉽게 말해서 그 사람들이 이 징역을 사는 이유는 신과 도덕에 어긋나는 일을 한 탓입니다. 따라서 그 감옥의 관리자는 신부였습니다. 그리고 그들의 처벌 법규는 십계명이었던 것입니다. 하나님과 그 율법에 대항하는 것, 이것이 단테 시대의 죄였던 것입니다. 이 시대 다음에 소위 형법시대라는 것이 있습니다. 국가가 제정공포한 형법에 저촉되는 행위는 다 죄다 하는 사상입니다. 감옥이란, 이 죄인에 대한 응징이며 사회가 가하는 처벌이라는 거죠. 이 시대는 감옥사에 있어서 일대 타락의 시대였습니다. 감옥사 조상으로는 암흑시대였던 것입니다. 죄형 법정주의라는 것입니다. 이 사상이 얼마나 어처구니없고 그 자체 죄악적이었느냐 하는 것은, 그사이 이름난 수감자들의 이름을 훑어보는 것으로 넉넉합니다. 장발장, 간디, 안중근, 오스카 와일드, 이순신, 소크라테스, 플라톤, 성춘향, 그래 이 사람들을 악당이라고 해서 곧이들을 사람이, 천하에 어디 있겠느냔 말입니다. 2세기 초에 행형사상(行刑史上)에 르네상스가 왔습니다. 오늘날의 감옥은 이 새 흐름에 따라 꾸려가고 있습니다. 오늘날에 있어서 죄란, '심리적인 조화를 가지지 못한 것'일 터입니다. 어떤 사람은 우리 감옥을 부르기를 정신병원이라고 합니다. 또 복역수들을 환자라고 부릅니다. 좀 재치있는 수작이 아닙니까? 옛날에 탈 난 사람은 부락민들에게 뭇매를 맞아 죽지 않았습니까? 병이란 마귀와 결혼한 상태이며, 따라서 죄이지요. 이런 야만스러운 제도는, 육체의 분야에서는 벌써 고쳐져서 병리학, 약리학, 임상학으로 정연한 범죄이론을 벌이고 병원제도 및 자택감금 제도로 이상화된 지 오랩니다만, 유독 정신 면에서만 늦어진 것은, 영혼이네 무엇이네 해서 정신현상을 쉬쉬하면서 신비한 것으로 다루고자 애쓴 직업적 무당들의 간계 때문입니다. 본인이 기회 있을 때마다 내세우는 바입니다만 이제는 감옥의 관리권을 신부나 권력자에게서 우리 정신의(精神醫)들의 손으로 뺏어오자는 말입니다. 사실상 대세는 그런 쪽으로 움직이고 있습니다만, 이런 개량주의적 점진(漸進) 놀음으로는 공연히 과도기에 있는 세대만 골탕을 먹게 마련입니다. 현재 서울을 비롯한 몇 개 도시에, 우리 동지들에 의한 사설감옥이 정신병원이란 명목으로 세워졌습니다만 이것은 감옥의 민영화에 크게 이바지하고 있으며, 우편 일을 아직도 국가가 틀어쥐고 있는 나라로서는 신나는 일이라 하겠습니다. 권력자란 어리석은 것이어서, 정신병원을 묵인하는 것이 자기들의 권력에 위협이 된다고까지는 머리가 돌아가지 않는 모양입니다만, 하긴 중세기 끝판에 귀족들이 도시 장사치들에게 차용증서를 써주면서 권력을 넘겨주고 있다고는 생각지 않았으니, 확실히 역사는 되풀이하는 모양이죠? 물론 제가 정신의라고 했을 때, 저는 넓은 뜻에서 이 말을 쓰는 것입니다. 작가, 시인, 철학자, 과학자를 두루 가리킨 것입니다. 각하 한마디로 말씀드리겠습니다. 각하는 정계에서도 진보적인 분으로 알려진 분이니, 믿고 말씀드립니다. 큰일을 꾸며 보실 생각은 없으십니까? 플라톤은 「공화국」에서, 마지막 정치형태는 철학자에 의한 다스림이라고 까놓았습니다. 철학자를 정신의로 풀이해도 어긋나지 않을 것입니다. 각하, 민중은 폭정에 시달리고 있습니다. 결심해 주십시오."

독고민은 소장의 얼굴을 빤히 쳐다보았다. 이 사람은 무슨 소리를 하고 있는가.

"각하!"

"용서해 주세요."

"그러면 각하는……."

그때 문이 열리며 부녀부장이 한 통의 공문을 가지고 들어섰다. 카바이드처럼 퀭한 눈알. 그녀는 서류를 소장의 책상에 얹어놓고 나가버렸다. 소장은 공문을 읽었다.

극비. 당신을 만나고 있는 독고민 박사를 그 자리에서 체포하라. 그의 죄명은 '풍문인(風聞人)'. 그는 인생을 살지 않았으며 살았으되 마치 풍문 듣듯 산 것임. 즉 흉악범이므로 밖에 새지 않는 한 어떠한 학대를 가해도 묵인하겠으며 서서히 살해하는 방향으로 취급요. 본 명령은 집행 후 태워버릴 것.

소장은 두 번 세 번 읽었다. 그는 조용히 낯을 들고 독고민을 바라보았다. 그는 멍청히 앉아 있었다. 소장은 사령부의 간섭에 속으로 화를 냈으나 어찌는 도리가 없었다. 그의 손으로 박사를 붙들게 하는 사령부의 막된 본때에 소장은 이를 갈았다. 그는 탁상 단추를 눌렀다. 그 간수가 들어선다. 소장은 간수에게 공문을 건넸다. 간수는 한 번 읽고 공문을 책상 위에 얹고는, 독고민에게 다가와서 그의 팔을 잡았다. 독고민은 소장을 보며 빌붙었다.

"왜 이러십니까?"

소장은 침통한 목소리로 대답했다.

"각하는 체포되었습니다."

"네?"

간수는 독고민의 겨드랑을 단단히 끼고 문 쪽으로 끌고 갔다. 소장은 성냥을 그어 공문을 태웠다.

간수는 독고민을 끌고 한없이 이어진 구불구불한 복도를 걸어갔다. 가끔 급사 계집애가 쟁반에 커피를 담아들고 지나갈 때면, 간수는 한 팔로는 여전히 독고민의 겨드랑을 꽉 낀 채 다리를 놀려 소녀의 스커트 위로 음란한 장난질을 했다. 계집애는 킬킬거리면서 눈을 흘겼다. 어디를 어떻게 가는 것인지 간수는 자꾸 끌고 간다.

"어디로 가는 겁니까?"

"감방으로."

"저는 아무 죄도 없습니다."

"그러니까 잡는 거야!"

"죄가 없는데요⋯⋯."

"몇 번 말이냐 해야 아나! 죄 없수니까 잡는다꼬 말이나 하지 않았나?"

독고민은 이 간수가 일본 사람이구나 했다. 일본 사람이 아직도 우리나라에서 간수 노릇을 하다니. 벌써 십오 년 전에 없어졌을 왜놈들이. 어떤 문 앞에서 간수는 멎었다.

"정말 전 아무 죄 없습니다."

"바가야로. 센징와 송아 나이!"

간수는 눈에서 불똥이 튀게 민의 뺨을 후려갈기고는, 방문을 휙 열고 독고민을 처넣었다.

자욱한 담배연기. 분홍 불빛 속에서 담배연기도 분홍빛이다. 유행가 소리. 막판이 돼가는 '바'는 취한 사람들의 혀꼬부라진 소리와 여급들의 풀어진 웃음소리로 흐드러졌다. 에레나는 남자가 하자는 대로 허리를 맡기고 한 손으로 담배를 피웠다. 왼쪽 뺨에 까만 점이 눈을 끈다.

"담배를 버려!"

사나이는 손을 뻗쳐서 에레나의 손에서 담배를 뺏으려 한다. 에레나는 안 뺏기려고 팔을 저으면서, 남자를 올려다봤다.

"왜 그러세요? 술이나 드세요."

"이거 왜 이래."

"뭐가 왜 이래예요? 자 그러지 말고 술이나 드세요."

"시시하게 굴지 말라우."

남자는 어르듯 뱉으면서, 안고 있던 여자의 허리를 탁 놓았다. 에레나는 사나이의 넓은 어깨를 물끄러미 바라다봤다. 이 괴물이 왜 또 지랄인구. 남자는 카운터를 향해서 소리쳤다.

"더 가져와!"

"그만하세요. 과하신 것 같아요."

남자는 듣는 체 않고 또 한 번 고함을 지른다. 에레나는 연기를 후 뿜어내면서 다리를 고쳐 꼬았다.

"왜 아니꼬와?"

"……"

그녀는 대답을 않고 또 한 번 담배를 깊이 빨아들였다. 카운터에서 바텐더가 눈으로 무슨 신호를 보낸다. 아마 술을 더 가져가도 되겠느냐는 뜻인 모양이다. 에레나는 반으로 쫙 갈라붙인 바텐더의 반들반들한 머리를 물끄러미 바라본다. 그는 자꾸 눈짓한다. 그래도 그녀는 그저 멍청하게 쳐다만 본다.

"어떻게 된 거야! 장사하기 싫어?"

단념한 카운터에서 술을 가져온다.

"따라!"

에레나는 남자가 내미는 잔에 술을 쳤다. 남자는 연거푸 마셨다. 아무 소리 없이 마시는 사내에게, 에레나는 아무 소리 없이, 비우는 대로 잔을 채워주었다. 그들의 등 뒤 자리에서는 노래를 부른다. 명숙이 목소리다.

> 돌아오지 않은 그 배는
> 외로운 내 마음을 싣고 떠난 배
> 카드점을 치며
> 페퍼민트 마시던 그 밤
> 사랑하는 그대 언제 오려나

에레나는 생각한다. 명숙이년 노래는 그만이야. 외로운 내 마음을 싣고 떠난 배. 외로운 내 마음을? 싣고? 떠난 배? 흥 빌어먹을. 유행가 가락이 구수해지더니 요 꼴이 됐지. 계집이 못쓰게 될 땐 유행가 맛부터 알아지는 모양인가? 카드점을 치며 페퍼민트를 마시던 그 밤. 빌어먹을 년. 사람 간장 다 녹인다.

"나 페퍼민트 마실래요."

남자는 에레나를 쏘아봤다.

"아까우면 관둬요!"

"페퍼민트 한 잔."

남자는 팔을 뻗쳐 에레나의 허리를 안는다.

"내 맘 모르겠어?"

"남의 맘을 어떻게 알아요?"

"시시하게 굴디 말라우."

"그 양반은 쩍 하면 시시하게 굴디 말라우."

그녀는 까르르 웃었다. 술이 걸려서 캑캑거린다. 남자는 잔뜩 찌푸린 얼굴로 웃는 여자를 노려본다.

"아이 무서워. 그렇게 노려보지 말라우."

그녀는 또 까르르 웃는다.

"정 이러기가?"

"좀 그 헤설픈 소리 작작 하세요. 누가 뭐래요?"

남자는 씩 웃는다. 술이 센 모양인지 눈도 풀리지 않았다.

"그러지 말고 잘 사귀어보잔 말이지."

"또 그게 멋이 없다는 거예요. 잘 사귈 만하면 잘 사귀는 거구 아니면 아니구 그렇잖아요?"

"얼마나 하면 사귀어지는 거야?"

"글쎄 그건 가봐야지요."

"야 사람 죽이지 말라우."

"죽어보세요. 살는지 알아요?"

이 녀석이 왜 나한테만 눈독을 들이누. 머리가 핑 돈다. 귀찮아서 주는 대로 받아마신 술이 그대로 취해 온다.

그녀는 몸을 내밀 듯하면서 지금 막 바 문을 열고 들어선 이 사람을 바라보았다. 옆의 남자가 그녀의 눈치를 채기도 전에 에레나는 입구로 뛰어갔다. 독고민은 입구에서 급사와 더불어 승강이를 하고 있었다.

"아닙니다. 미안합니다. 잘못 들어왔습니다."

에레나는 독고민의 가슴에 매달렸다. 민은 깜짝 놀라서 그녀를 뿌리치려고 했다. 에레나는 민을 끌고 가까운 빈자리로 가서 그를 주저앉혔다. 그녀는 그의 가슴에 얼굴을 묻고 어깨를 들먹인다. 보이가 주문을 기다리고 서 있다. 에레나는 한참 만에 독고민의 가슴에서 떨어졌다. 보이가 또 한 번 재촉한다.

"뭘로 하실까요?"

"아무거나. 페퍼민트."

대답한 것은 에레나였다. 급사는 허리를 굽혀 보인 다음 자리로 사라졌다.

"여보 오늘은 웬 바람이 불었수? 난……. 난……."

그녀는 민의 목을 끌어안았다. 그런 거 물어선 뭣 해. 왔으면 됐지. 만났음 됐지. 멋없게. 여자란 좋아하는 남자 앞에선 멋이 없어지는가봐. 그녀의 머릿속에서 무엇인가 핑그르 돌았다. 뺨을 얻어 맞고, 간수의 발길에 채여, 들어와 보니 이곳이었다. 민은 머리를 짚으면서 신음했다. 그는 이 여자를 어디선가 본 듯싶었다. 그러나 생각나지 않았다. 어디서 봤을까. 봤을 리가 없다. 자기를 쫓아오던 사람들 중에 그녀와 비슷한 사람이 있은 것 같았다. 그러나 생각나지 않았다. 이 여자는 나를 제 애인으로 잘못 아는 모양이지. 라디오에서 뉴스 해설이 흘러나온다.

검은 비둘기를 낳은
어머니들이 울고 있었다
애기들던 날 밤
그녀들은 왜 그토록 음란했을까

그녀들은

정숙한 계절에 자랐었다
고운 해를 보며 언제부터
그녀들의 핏줄은
검은 피를
나르기 시작했는가

비둘기들은
껍질을 벗다

자란 애기들은 검은 기사가 되어
피 묻은 돈을 받아쥐고
장미꽃 심장을 가진 사람들을 찾아다니며
그 갈비뼈 사이에 빛나는
쇠붙이를 찔러넣는다
은혼식 테이블에 마주앉아서

남편에 대한 부정한 음모를 골똘히 새기는
귀부인은 누구의 딸인가

아이들은
장난감 없이 자란 아이들은
전쟁을 사랑하고
잘라낸 적병의 모가지를
어머니에게
소포로 부친다
외국은행의 수표를

들고 온 돼지들과
피 묻은 장갑을 벗는
기사들을 상대로
딸들은 옷을 벗는다
본보기 없이 자란
늙은 아이들은
기도를 모르고 자란
늙은 아이들은
아들의 젊은 계집을 훔쳐서
제 계집을 삼는다

소돔의
해가 뜨는 거리에서
누이들은 얼굴을 가리고
형제들은
손을 감추고 다닌다
저 검은 해를
쏘아죽일 씩씩한 사내는
어디서 오는가 그러한 인간을
밸 태(胎)가
이 거리에
아직도 남아 있을까
내리는 비
저 검은 해가
흘리는 정액
그날 밤

그녀들이

음란했던 것은

정말은 계절 탓이었다

고 둘러댄다고 해서

그것이 무슨

구원이 되는가

연인이여

그대 어머니의

딸이여 이래도

당신은

아이를 배고 싶은가

"이건 어디서 튀어나온 개뼈다귀야?"

민은 깜짝 놀라서 올려다봤다. 그 남자였다. 에레나는 민에게 눈짓을 주며,

"잠깐만 기다리세요. 저 이분 모셔다 드리구 올게."

남자를 잡고 원자리로 끌었다.

남자는 그녀를 홱 뿌리쳤다.

그녀는 마룻바닥에 나동그라졌다.

"이게 뭐 이런 게 있어? 다리몽뎅이가 부러뎄나? 인나봐."

남자는 민의 멱살을 잡아 일으켜세웠다.

"안 돼요. 이러지 말아요. 이분은 몰라요. 제가 잘못했어요. 네?"

에레나다. 남자의 팔에 매달려서 뜯어말린다.

"쌍 비키디 못하간. 이 새끼레 벙어리가? 아가리 좀 놀려보라우. 네 새끼레 뭐이가?"

앞뒷자리에서 손님과 여급들이 우 일어났다.

"뭐야 뭐야?"

"왜 그래?"

"글쎄 저 깡패 녀석이 손님을 치나봐요."

"손님을 쳐?"

홀이 떠들썩하면서 민의 자리로 사람들이 몰려왔다.

마담이 나서면서 남자에게,

"왜 이러세요?"

남자는 물어뜯을 듯이,

"아니 이건 눈깔도 없나?"

"말씀 낮추세요. 왜 영업방핼 하시는가 말예요?"

"영업방해? 이걸 그냥. 술 치던 년이 그래, 훌쩍 딴 자리루 가도,
닥치구 앉았으란 말이가?"

"떠나긴 누가 떠나요. 에레나는 아까 초저녁부터 이 손님 모시구
있었는데."

"야 이거 참 애새끼레 환장하갔구나."

"에레나 어떻게 된 심이니?"

"어떻겐 뭐가 어떻게예요? 마담 얘기대루죠."

"정말 이러지 마세요. 말씀이 있으면 저한테 해주세요. 장사 못
하게 이럴 원수진 일은 없으니까요."

아까 문간에서 독고민과 승강이하던 보이가, 어깨를 재면서 나
섰다. 그는 남자의 팔을 턱 잡았다.

"형씨 좀 봅시다."

그러나 보이는 적수가 아니었다. 머리 끝까지 화가 치민 사나이
는, 돌아서기가 무섭게, 보이를 태질하듯 뿌리쳤다. 윽, 소리를 토
하며, 어디를 어떻게 맞았는지, 마루에 엎어진 채 일어나지 못하고
버둥거린다. 지켜보던 나머지 보이와 바텐더까지 곁들어, 사나이에

게 달려들었다. 사나이는 의자를 집어들자 달려들어 작자의 골통을 내리깠다. 아이쿠. 사람들이 뒤로 물러서느라 의자가 넘어지고, 걸려서 자빠지고. 여인들의 외마디. 쨍그렁, 유리창 깨지는 소리. 민은 이때다 하면서 사람을 헤치고, 입구로 달릴 셈으로 몸을 돌렸다. 그의 팔을 꼭 붙드는 사람이 있다. 돌아본다. 에레나. 그녀는 죽자고 민의 팔에 매달린다.

"너무해요."

그녀는 술이 깬 모양 또렷한 눈으로 그를 쏘아보면서, 숨을 몰아쉬었다. 민은 잡힌 팔을 뿌리치려고 기를 쓰면서, 한 발씩 문 쪽으로 다가간다.

"데리고 가요. 안 놓을 테야!"

그녀는 원망스럽게 입을 꼭 다물고, 매어달린 채 따라온다. 독고민은 자기에게는 숙이라는 여인이 있다는 일을, 이 여자가 모르고 있는 게 안타까웠다. 그러나 그 말을 할 용기는 없었다. 그것은 너무한 일인 것 같았다. 민은 자꾸 문간으로 움직인다. 에레나는 갑자기 소리를 질렀다.

민은 붙잡고 늘어지는 에레나를 힘껏 걷어차 버리고, 문밖으로 뛰어나갔다.

"마담 저일 붙잡아주세요!"

마담과 손님들, 에레나와 여급들이, 민을 따라 거리로 몰려나갔다. 민은 저만치 달려간다.

"저기다. 붙잡아라!"

그들은 고함을 지르며 따라갔다.

민은 있는 힘을 다해 달린다. 그때 또다시 스피커가 부르짖기 시작했다. 민은 달리면서 듣는다.

여기는 정부군 방송입니다. 반란자들은 진압되었습니다. 시민은 경거망동치 말고, 집 안에 머물러 계십시오. 이 명령을 어기는 시민은 몸의 안전을 보장받지 못할 것입니다. 모든 문과 창을 닫으십시오. 정부의 다음 명령이 있을 때까지 거리에 나와서는 안 됩니다. 정부군은 소탕전을 벌이고 있습니다. 반란자들의 주력은 격파되었으며, 남은 자들은 붙들렸습니다. 음모를 짜고 지휘한 괴수는 현재 도주중에 있으며, 정부군에 의하여 쫓기고 있습니다. 반란 수령의 이름은 독고민입니다.

민은 얼이 빠진다. 귀를 의심했다. 똑똑히 들으려고 위험을 무릅쓰면서, 뛰기를 멈추고 건물에 기대섰다. 방송은 이어진다.

반란 수령은 독고민. 모(某) 국의 지령을 받고 정부전복을 꾀한 무정부주의잡니다. 그는 현재 S로 2가 가까이를 달아나고 있습니다. 반란 수령은 독고민. 모국의 말을 받고 조국을 팔려고 꾀한 국제 아나키스트 구락부의 정회원입니다. 독고민은, 시가전에서 네 번이나 에워싸여, 그때마다 간곡한 투항권고를 받았으나 여전히 반항을 계속하고 포위망을 번번이 돌파, 달아났습니다. 그에게 제시된 투항조건은 너그러운 것이었는데도, 그는 이를 마다했던 것입니다. 그는 현재 S로 2가 가까이를 달아나고 있습니다. 일당은 보이지 않고, 독고민은 홀로 달아나고 있습니다. 쫓는 부대의 무선보고에 따르면, 도주자와의 사이는 아주 가까우며, 체포는 시간문젭니다. 시민 여러분은 거리고 나오지 마십시오. 군의 마지막 작전을 가로막지 않는 것이, 가장 큰 협력이 될 것입니다. 독고민에 대한 투항권고문을 보내겠습니다. 독고민. 무기를 버려라. 달아나기를 그

치라. 쓸데없는 도주를 그만두라. 아니면 개처럼 쏘아죽일 것이다.

　민은 퉁겨지듯 달리기 시작한다. 도대체 어떻게 된 노릇인가. 그
의 머릿속은 걷잡을 수 없이 빙글빙글 돌아간다. 도대체 어떻게 된
노릇인가. 그는 몇 번이나 골목을 빠졌으나, 그를 쫓는 사람들은 끈
질기게 따라왔다. 광장이 나선다. 광장에는 가로등이 환하고, 텅 비
어 있다. 그는 광장을 곧장 가로질러, 건너편 골목으로 빠지려 할
때, 그 골목에서 한 떼의 군중이 쏟아져나오는 것이 보인다. 손에손
에 종이를 들었다. 시인들이었다. 그는 오른편으로 방향을 돌렸다.
그쪽 골목에서도 한 떼의 군중이 몰려나온다. 장부책을 가슴에 안
은 노인을 머리로, 그들은 걸어나오고 있었다. 그는 기겁을 하면서
왼쪽으로 달렸다. 그 편 골목에서 한 떼의 군중이 쏟아져나온다. 그
녀들은 와자지껄 떠들면서 민을 손가락질한다. 민은 뒤로 돌아섰
다. 그쪽에서 에레나를 앞세우고 깡패, 마담, 보이, 손님들, 여급들
이 다그쳐든다. 광장으로 들어오는 길은 이렇게 네 곳뿐이다. 민은
몰리면서, 분수가 얼어붙은 돌기둥 위에 올라섰다. 자리는 두 발로
서고도 남았으나, 얼음바닥이 미끄러워서, 스케이팅을 처음 하는
사람처럼 두 팔을 내저으며 허우적거렸다. 사람들은 민이 올라선
돌기둥을 가운데 두고 빙 둘러섰다. 그들은 민을 쳐다보면서 고함
을 질렀다. 그렇게 된 민은 동상 같았다.
　"선생님 우리를 버리십니까?"
　"사장님 결심하십시오!"
　"여보 우리 사랑은 승리한 거예요."
　"선생님 대답해 주세요!"
　"사랑해요."
　"사랑합니다."

민은 밀려드는 사람들을 내려다보았다. 그때, 광장을 둘러싼 고층건물들의 맨 꼭대기 창문들이 한꺼번에 활짝 열리면서, 불빛이 흘러나왔다. 그 때문에 광장은 마치 빛무리를 머리에 인 꼴이 됐다. 민은 대석 위에서 한 바퀴 빙 돌면서, 그 창들을 올려다본다. 남자, 여자, 늙은이, 청년, 소녀 들. 어린아기들은 어머니 팔에 안겨서 독고민을 내려다보고 있었다. 그들은 모두 잠옷을 입고 있었다. 금방 잠자리에서 빠져나온 것이 분명했다. 그들의 창틀에는 둔하게 빛이 나는 무슨 기계가 하나씩 놓였는데, 사람들은 집에서 기르는 강아지나 고양이를 쓰다듬듯 그것을 만지고 있었다. 어머니들은 허리를 굽혀, 품에 안은 아기들도 만져보게 하고 있다. 민은 그것을 유심히 보았다. 기관총. 독고민은 가슴이 꽉 막혔다. 그 창문들 중 한 군데서 민을 향하여 손을 흔드는 사람이 있다. 공항의 비행기 트랩에서 하듯이. 젊은 여자였다. 환한 불빛을 역광으로 받으며, 그녀는 옆에 선 남자의 팔을 낀 채, 민을 향하여 손을 흔들고 있다. 그녀 역시 잠옷 바람이었다. 여자가 남자를 올려다보면서 웃었다. 그녀가 머리를 돌릴 때 불이 비치면서, 얼굴이 뚜렷하게 드러났다. 숙이. 숙이다. 그는 너무나 뜻밖의 일에 미칠 듯이 고함쳤다. 스피커가 또 방송을 시작한다. 스피커가 울리기 시작한다. 스피커가 울리기 시작하자, 대석 주위에 몰렸던 사람들은 재빨리 물러나, 각기 나온 광장의 통로 어귀로 돌아가서 거기 머물렀다.

시민 여러분 기뻐하십시오. 반란 수괴 독고민은, 드디어 광장에 갇혔습니다. 추격부대는 광장으로 통하는 네 개의 길을 완전히 막았으며, 다른 부대는 광장 둘레의 건물 위층을 차지하고 창문에서 그를 지켜보고 있습니다. 또한 현장부대의 무선보고에 의하면, 포위부대의 마지막 투항권고에 대하여도 냉소로 거절하고, 악마적인 집착과 발악을 나타냈다고 합니다. (스피커 잠시 그침) 정부군 총사령부의 작전 명령을 보내드리겠습니다. 현장부대 지휘자는 잘 들어주십시오. 정부군 총사령부의 명령을 보내드리겠습니다. '작전명령. 포위부대는 오색 신호탄의 발사를 신호로 반란 수괴 독고민을 현장에서 총살하라.' 다시 한 번 보내드립니다. '작전명령. 포위부대는 오색 신호탄의 발사를 신호로 반란 수괴 독고민은 현장에서 총살하라.' 오색 신호탄이 곧 발사될 것입니다.

광장 어귀에 몰려선 사람들은 하늘을 올려다본다. 건물 창가의 사람들은 하늘을 올려다본다. 부시도록 아름다운 별하늘이다. 유리처럼 단단하고 짙푸른 하늘 바탕에, 찬란한 보석들이 쏟아질 듯이 부시다. 독고민은 미친 듯이 부르짖는다.

"아닙니다. 아닙니다. 저는 아닙니다. 저기 있는 저 여자가 제 애인입니다. 저 여자한테 물어봐 주십시오!"

독고민이 미칠 듯 부르짖자 사람들은 가로등 밑에 모여서 잠깐 의논을 하더니, 그중 몇 사람이 바삐 건물 속으로 뛰어들어간다. 잠시 후에 그들은 다시 나왔다. 맨 앞에 여자를 앞세우고 그들은 독고민의 발밑으로 모여들었다. 민은 여자를 봤다. 숙이었다. 그녀는 아까 창가에서 같이 서 있던 남자의 팔을 붙잡고 있었다. 독고민은 소리친다.

"숙이, 나야 나."

"당신이 누구예요?"

"응? 내 얼굴 잊었어? 독고민이야! 나야!"

"독고민?"

사람들 가운데 한 명이 나서면서 마지막으로 다짐하듯 여자에게 묻는다.

"저분을 아십니까?"

"어떻게 된 영문인지 모르겠군요. 전혀 기억이 없어요. 아마……
가엾어라!"

그녀는 애처로운 듯 민을 쳐다보고는 같이 온 남자의 부축을 받
으며 군중을 헤치고 빠져나갔다. 얼이 빠진 독고민은, 진짜 동상처
럼 얼어붙은 듯 움직이지 못한다. 그때 스피커가 또 한 번 울려나
온다.

긴급 뉴스입니다. 악한 독고민은, 마지막 순간에 한바탕 추태를
보였습니다. 그는 자기의 신분과 반란 현장에 대한 부재 증명을 한
다고 울부짖으면서, 정부 모(某) 고관의 부인을 지명했는데, 재판의
공정성을 고려하고 정부의 종용으로 현장에서 독고민과 대질한 전
기 부인은, 명확히 이를 부인했습니다. 이로써 재판은, 범인 자신이
신청한 증거까지도 공정히 살핌으로써, 법 앞에서의 만인의 평등을
구현한 것입니다. 판결은 확정되었습니다. 정부군 사령부는 전기
명령을 재확인하고 이의 집행을 명령합니다. 신호탄이 곧 발사될
것입니다.

어느새 사람들은 광장 어귀로 물러가서 하늘을 보고 있다. 사람
들은 숨을 죽인다. 오직 독고민만은, 아까 숙이 사라진 쪽을 멍하니
쳐다본 채, 동상처럼 움직일 줄 모른다. 그녀는 창가에 돌아와서 흰
목을 젖히고 하늘을 보고 있다. 신호탄이 올랐다.

불줄기는 중천까지 이르자 일순 멈추는가 싶더니, 탁 터지면서,
파랑 빨강 노랑 백색 갈색의 다섯 줄기가 별 모양의 다섯모 꼴을 이
루면서 사방으로 튀었다.

동시에 광장을 뒤흔드는 발사음과 함께, 창틀에 얹혔던 수십 틀

의 기관총이 불을 뿜기 시작했다. 저 낯익은 고전무용의 몸짓 가운데 하나처럼, 한 손을 허리에 대고 다른 손은 꼬부장하니 관자놀이 곁에 올리고, 한 발을 달싹한 독고민의 모습이 언뜻 보였으나, 다음 순간에는 벌써 퍼붓는 총알이 돌기둥에 부딪혀서 일으키는 뿌얀 돌먼지 속에 싸여, 아무것도 보이지 않게 되었다. 사격은 일 분간 실시된 후에 뚝 멎었다. 광장 어귀에서 지켜보던 사람들이 돌기둥으로 몰려왔다. 그들은 둘러서서 쓰러진 물건을 들여다보았다. 사람 크기의 물체가 뒹굴어 있다. 겉이란 겉에서 흐르는 피가, 언 땅에 스미지도 못하고, 가로등 빛을 받아 번뜩인다. 사람들은 그 물건을 맞들어 돌기둥에 걸쳐놓았다.

사람들은 기쁜 얼굴로 서로 쳐다보면서 악수를 나누었다. 그러면서 이렇게 각계 각층의 인사와 사건 고인의 넓은 사귐에 대하여, 새삼스럽게 혀를 내두르며 감탄했다. 시인들은 은행가들한테서 담뱃불을 얻으면서, 아리랑담배의 맛이 좋아졌다고 했다. 노인들한테서 담뱃불을 얻고 있다는 엄청난 일에 대해서는 별로 생각하지 않았다. 댄서 가운데 열심인 애들은 뒤에서 포즈 연습을 하고 있었다. 그런 다음에 노인들은 장부를 돌기둥 밑에 던졌다. 시인들은 손에 들었던 종이를 던졌다. 댄서들은 양말을 벗어던졌다. 바에서 온 패는 계산서며 아리랑 빈 갑 따위를 던졌다. 누군가 성냥을 그어댔다. 불이 확 타오른다. 할 일을 마친 사람들은 저마다 나왔던 길로 광장에서 물러갔다. 모닥불은 곧 사그라졌다. 사람들이 다 물러간 다음 광장에는 얼어붙은 돌기둥 위에 독고민 혼자 누워 있었다.

신호탄 불꽃은 도시의 지붕을 향하여 차츰 떨어져온다.

약 반 시간쯤 지나서.

광장으로 나오는 모퉁이에 언뜻 그림자가 보인다. 곧 사라졌다.

그림자는 벽에 착 붙어선 모양이었다. 하늘에는 이미 신호탄 불꽃도 사라지고, 활짝 열렸던 창문도 하나같이 닫혔다. 광장에는 환한 가로등이 초병(哨兵)처럼 늘어섰다.

끝내 그림자는 벽에서 떨어져 광장으로 나선다. 좌우를 살피면서 조심조심 그러나 재빠르게 분수까지 이르렀다.

늙은 댄서였다.

그녀는 분수 아래에 꿇어앉아서 두 손을 모았다. 그리고 얼굴을 들어 대석에 걸쳐진 독고민을 바라본다. 그녀는 입속으로 기도를 드린다. 오랫동안. 대석 위의 주검을 바라보면서. 동굴처럼 퀭한 그녀의 두 눈에서 주르르 눈물이 흘러내린다. 깊은 샘에서 흐르듯 눈물은 한없이 흐른다. 그러자 이상한 일이 생겼다. 젖은 카바이드처럼 윤기 없던 그녀의 눈이, 이른봄 샘터같이 환해지기 시작한다. 흙두덩처럼 거센 눈가장자리가 봉긋이 살이 오르기 시작한다. 눈을 중심으로 그 가까운 힘살이 서로 끌어당기듯 팽팽해지면서, 완전히 젊은 여인의 얼굴로 바뀌고 있는 것이다. 그녀는 일어서서 축 처져 내린 시체에 입을 맞춘다. 입술이 떨린다. 그 순간 입술에도 바뀜이 왔다. 낙엽처럼 까슬하던 입술이 장밋빛으로 물들기 시작하고, 이빠진 조개껍질 같던 턱이 동그란 아래턱이 되는 것이었다. 그녀의 얼굴에 일어난 기적은 온몸으로 빠르게 퍼져갔다. 두 팔은 우아한 조각처럼 살이 오르고 젖가슴은 보살보다 곱게 부풀었다. 마지막으로 쪽 곧은 다리는 암사슴처럼 가볍고 순종 사라브렛처럼 든든했다.

그녀는 팔을 들어 조심스럽게 시체를 끌어내렸다. 그 끔찍한 모양에 그녀는 부지중 낯을 가려버렸다. 그녀는 한참 그런 모양으로 있다가, 겨우 손을 떼고 또 한참이나 시체를 들여다보았다. 끝내 용기를 낸 듯, 그녀는 시체를 이리저리 더듬기 시작한다. 시체에서 무엇인가 찾아내려는 모양 같다. 그녀는 손을 온통 시뻘겋게 물들이며 시체의 한 부분을 잡아서 세게 잡아당겼다. 지퍼가 주르륵 열리면서, 껍질이 홀렁 벗어졌다. 그녀는 껍질을 사지에서 벗겨 던졌다. 독고민은 말짱하게 누워 있었다. 그것은 아래위가 이어붙고, 후드까지 달린, 방탄복이었다. 그녀는 가볍게 소리지르며 독고민을 흔들었다.

독고민은 눈을 떴다.

그리고 자기를 들여다보며 웃고 있는 여자를 보았다. 왼쪽 뺨에 까만 점이 눈을 끈다. 그녀는 그를 끌어안고 입을 맞췄다.

"서둘러야 해요. 빨리!"

그녀는 사방을 둘러보면서 서둘렀다. 두 사람은 방탄복을 꾸려들고 광장을 떠났다. 그들은 몇 번이나 뒤를 돌아보면서, 뒤를 밟히고 있지나 않는가 조심했으나, 그런 눈치는 없었다. 광장을 빠지자, 거기 자동차 한 대가 기다리고 있었다. 그녀는 서너 발 앞에서 자동차에 대고 나지막하게 말했다.

"페니스는 다시 날까요?"

운전석 문이 열리며 한 남자가 내려서면서 대꾸한다.

"사랑이 있는 한 날 것입니다."

그녀는 독고민을 보고 방긋 웃은 다음, 그의 팔을 잡고 차에 올랐다. 성능이 좋은 고급 승용차는, 소리도 없이 스르르 달리기 시작한다. 운전사는 앞을 본 채로 말한다.

"수령(首領). 우리 측의 손해도 적지 않지만 저걸 보세요."

그는 고갯짓으로 밖을 가리켰다.

"근위(近衛)사단은 전멸했을 겁니다."

독고민은 창밖을 내다보았다.

전차가 아직도 불타고 있다. 녹아내린 포탑(砲塔)이 무한궤도 위에 진흙처럼 덮였다. 그 옆에 전봇대가 선 채로 새까맣게 그을렸다.

잎 떨어진 플라타너스 밑에 기관총 탄환이, 케이스에서 흘러나와 흡사 그 열매처럼 깔렸다. 차가 달리는 데 따라 치열한 싸움의 뒤끝이 자꾸 펼쳐진다. 눈에 띄는 시체는 거의 붉은 제복을 입은 정부군이었다. 그 말대로 근위사단은 전멸했는지도 몰라. 곳곳에 쌓아놓은 바리케이드도 타고 있다.

차가 멈췄다.

붉은 제복을 입은 근위장교가 보병총을 든 병사와 나란히 서 있다. 장교가 한 손을 들고 있다. 그들은 차 곁으로 다가왔다.

"누구의 찬가?"

운전사가 창문을 열고 증명서를 내민다. 장교는, 불타는 바리케이드 쪽으로 돌아서서 들여다보더니, 휙 돌아서면서 거수경례를 한 다음 증명서를 돌려준다.

"몰라 뵈었습니다. 지나가 주십시오."

차가 지나갈 때까지, 장교는 차렷으로 서 있고 병사는 받들어총을 하고 있었다. 운전사는 껄껄 웃는다.

"비상통행증입니다. 사령부에 들어가 있는 동지한테서 보내왔지요."

차는 시가지를 벗어나 교외로 나선다. 탄탄대로다. 별빛이 어슴푸레 비친 산마루. 어두운 숲. 번쩍이는 강. 길 옆 나뭇가지에서 가끔 푸드득 깃소리를 내며 다른 나무로 옮겨앉는 새. 금방 지나온 끔찍한 거리와는 너무나 심한 대조였다. 차에 붙은 라디오에서 잔잔한 음악이 흘러나온다. 꼭 창밖에 펼쳐지는 풍경처럼 맑고 신비로운 가락이다. 음악이 뚝 멈추며 뉴스를 보내기 시작한다.

여기는 바티칸 방송입니다. 전 세계의 벗들에게 슬픈 소식을 전하겠습니다. 한국에 보내졌었던 교황사절 독고민 대주교는, 수미상의 신도 여럿과 함께 오늘 한국 시간 심삼시에 장엄한 순교를 하였습니다. 붉은 악마들은, 지난달 28일, 동 대주교를 그들의 사령부로 속여서 불러들여, 돌연 그를 가뒀으나 사령부 안 모 고위신도의 도움으로 빠져나와 숨어 있었던 것인데 보름이 지난 오늘 2월 15일 다시 화평제의를 신문으로 호소, 신도들의 안전을 염려하여 말리는 것을 뿌리치고 나타난 대주교를 또다시 체포했으나, 대주교는 이번에도 빠져나오는 데 성공했던 것입니다. 그러자 붉은 통치자들은 오늘 열시를 잡아, 서울 일원에 걸쳐 믿는 사람들에 대한 대학살을 벌였습니다. 붉은 통치자들은 방송을 통하여 동 대주교에게, 그들의 사령부로 나오도록 권고했으나, 악마의 꾀를 뚫어본 모시는 자들의 말에 따라 신도들의 집을 옮겨가면서 피신을 거듭하던 동 대주교는, 네 번이나 숨은 곳에서 에워싸였으며, 그때마다 신도들 몸으로 지켜 죽을 고비를 벗어났으나, 끝내 붉은 근위사단의 치열한 뒤쫓음과 뒤져내기에 물려, 동 시 중심부 '자유의 광장'에서 순교한 것입니다. 붉은 학살자들의 살해방법은 악랄을 다한 것으로서, 동 주교를 광장 중앙부에 밀어넣고, 물러날 길을 끊은 다음에, 고층 건물의 지붕으로부터 기관총에 의한 일제사격을 가한 것이라고 합니다.

교황 베드로 2세 성하께서는 즉시 동 대주교를 성도의 반열에 넣을 것을 결정, 이를 알리도록 분부하시고 특별 미사의 준비를 이르셨습니다. 전세계의 교우 여러분, 소식이 들어오는 대로 다시 자세한 진상을 보내드리겠습니다. 너그러우신 성모마리아, 대주교와 그의 양떼를 주님께로 이끄소서. 아멘.

아나운서의 말꼬리가 걷히면서, 우람스럽고 드높은 바다 울음처럼 장엄한 혼성합창으로 구노의 「아베 마리아」가 물결쳐 나온다.

꼬리에 꼬리를 물고 밀려드는 새파란 물결. 뛰는 물방울. 독고민은 꿈틀 몸을 움직인다. 그녀가 팔을 꼭 붙잡아준다.

어느새 차는 국도를 벗어나 옆길로 들어서더니, 이윽고 울창한 숲 속에서 멎는다. 독고민과 그녀는 운전사를 남겨둔 채 오솔길을 따라서 걸었다. 별장풍의 건물이 나선다. 나무로 짠 문이 굳게 닫혔다. 그녀는 주먹으로 문을 두드린다. 안에서 묻는다.

"페니스는 다시 날까요?"

"사랑이 있는 한 날 것입니다."

그녀가 대답하자 삐걱 소리가 나며 조그만 드나들문이 열린다. 두 사람은 현관을 지나 어떤 방문 앞에 이르렀다. 안내하던 남자는 인사를 하고 돌아간다. 그들은 방 안에 들어섰다.

으리으리한 침실이다.

벽의 사면은 밤하늘처럼 짙은 푸른빛 휘장으로 덮이고, 검고 육중한 나무침대가 안쪽에 놓였다. 바닷속처럼 어슴푸레한 푸른 불빛. 그들은 침대에 걸터앉았다. 그러자 맞은편 벽을 덮었던 휘장이 가운데서부터 스르르 갈라져 벽 크기의 커다란 스크린이 드러난다. 스크린에 그림자가 비친다. 민은 숨을 죽였다.

스크린에는 안경 쓴 감사역, 빨간 넥타이를 매고 「해전」을 낭독하던 젊은 시인, 미라, 에레나 그 밖의 여러 사람. 그들은 모두 민을 바라보고 있다. 민은 그들이 영사막 저편이 아니고 꼭 한 방에 같이 앉아 있는 듯한 헛갈림이 든다. 시인과 에레나는 팔에 붕대를 감았다. 감사역이 일어서서 한 바퀴 돌아본 다음 입을 열었다.

"먼저 간 동지들의 명복을 빕시다."

민과 그녀도 일어섰다.

조용한 기도. 관세음보살 하는 소리가 나직이 들린다.

그들은 앉았다.

그들이 둘러앉은 앞쪽에는, 은컵 속에 수기(手旗)가 꽂혀 있다. 새하얀 바탕에 붉은 장미꽃 한 송이를 입에 물고 불티를 털며 날아오르는 새 한 마리가 수놓여졌다. 빨간 넥타이가 일어섰다. 그는 독고민을 똑바로 쳐다보면서 이야기를 꺼낸다. 그의 눈은 이글이글 타는 것 같았다.

"수령, 봉기는 실패했습니다. 조직은 무너지고 동지는 흩어졌습니다. 왜? 왜 실패했는가? 민중들이 돌아섰기 때문입니다. 그들이 받아움직이지 않은 탓입니다. 그들은 우리를 버렸습니다. 그들은 우리의 부름을 깔아버렸습니다. 우리가 거리에서 피를 흘리고 있을 때, 그들은 갈보들의 더러운 배 위에서 숨을 죽이고 있었습니다. 더러운 고깃덩이를 하룻밤 살 수 있는 품삯을 주는 자들에게 아쉬움이 있었던 것입니다. 그들은 자유인의 죽 대신에, 노예의 떡을 택한 것입니다. 누구를 위하여 싸우는 겁니까? 대체 누굴 위한 희생입니까. 기막힌 짝사랑, 계집은 싫다는데도 무슨 놈의 유토피압니까? 짝사랑까진 좋아도, 잘못하면 강간이 됩니다. 그래서야 억울해서 살겠습니까? 챈 것도 기막힌데, 고소를 당해서야 쓰겠어요? 수령, 구락부의 강령 개정을 동의합니다. 민중과의 공동전선을 규정한 현 강령하에서는, 저는 손가락 하나도 명령에 따를 수 없습니다. 새 강령을 주십시오. 버림받지 않을 새 깃발을 주십시오. 새 보람을. 새 원리를!"

그는 주저앉아서 낯을 가리고 울기 시작했다. 어깨가 마구 들먹인다. 독고민은 눈을 감은 채 아무 말도 없다. 감사역이 일어난다.

"내 아들이여. 내 젊은 동지여. 내 말을 들어보십시오. 당신은 그들이 돌아섰다고 합니다. 그렇습니다. 그들은 배반했습니다. 그러나 생각해 보십시오. 사랑이란 먼 것입니다. 사랑이란 아픈 것입니다. 어두운 것입니다. 그리고 젊은 동지여. 당신은 그들의 배반이 당신에게 상처를 주었다고 합니다. 당신의 자존심을 다쳤다고 합니다. 그러나 생각해 보십시오. 지금부터 이천 년 전에, 신의 아들조차도 그들에게 버림받았던 것입니다. 기억하십시오. 신의 아들조차 버림받았던 것입니다. 신의 사랑을 마다한 사람들이, 인간의 사랑을 마다한다고 당신은 노여워합니까? 당신은 신보다도 더한 자존심을 가지고 있습니까? 신의 아들은 모욕을 당하고도 이천 년이나 그들을 가만두어 뒀습니다. 당신은 한 번 버림받았다고 대뜸 징벌론을 들고 나옵니까? 벗이여 사랑은 멀고 오랜 것입니다. 사랑은 어둡고 죄악에 찬 것입니다. 당신의 입술에 미움의 말을 담아서는 안 됩니다. 미움은 가장 아름다운 마음도 썩히고 마는 독입니다. 선을 행하기 위해서도 증오해서는 안 됩니다. 우리가 실패한 것은 어쩌면 우리가 너무 미워한 탓인지도 모르지요. 비록 자유를 위한 증오였더라도, 당신은 고운 아가씨들을 너무 얕잡아봅니다. 끊임없이 구애하십니다. 신의 아들조차 실패했는데, 우리라구 대번 수지를 맞춘대서야 너무 꿀맛이지요. 피 흘리는 짝사랑이라고 생각할 게 아니라, 좋아서 하는 예술가지요. 그들을 사랑하는 것 말고는, 신에게로 이르는 딴 길이 없는 걸 어떡헙니까? 그들이 싫대도 사랑해야 합니다. 젊은 동지여. 자 다시 한 번 머리를 빗고 다시 한 번 꽃다발을 챙깁시다. 이런 늙은이도 아직 희망을 버리지 않았는데……."

감사역은 한 손으로 빨간 넥타이를 손짓했다. 청년은 수줍은 듯이 일어서더니 노인 곁으로 와서, 주름진 뺨에 입을 맞췄다. 빵 하고 소리나는 굉장한 키스였다.

일동은 한바탕 웃었다. 빨간 넥타이는 흥분해서 소리 높이 옮기기 시작한다.

얼마나 좋을까

이 비뚤어진 노래를
그만 부를 수만 있다면
정말은 내 맘은 저
어여쁜 종다리처럼
뛰놀고 싶은데
높은 산꼭대기에서 눈을 밟고
울어대는 짐승처럼
너와 더불어
노래부를 수 있다면

얼마나 좋을까
붉은 해가 불끈 솟는
바닷가에서
사랑하는 여자의
가슴을 물어뜯으며 아무
꾸밈도 없이
사랑을
속삭일 수 있다면

얼마나 좋을까
우람하지 못해도 좋은 내
나라의 호수 속에서
검은 햇바퀴 비치지 않은 하늘을
볼 수 있다면
호수보다
깊고

사랑스런
너의 눈을
들여다보며
너를
사랑할 수 있다면

얼마나 좋을까
거짓말하는 사람들이 없어진
거리에서
아카시아
꽃처럼 향그런 맘씨와
늦가을
시뿌연 옥수수
뭉치처럼 청결한
체구 가진 처녀에게
장가들 수 있다면

그리고
아무리 타일러도 제 버릇
개 못 주는
나쁜 자식들을
하느님께서 모조리
붙들어 가시고
우리들에게 한가위
잔칫술처럼
진한

기쁨을 보내
주신다면

그럴 테지 우리 손으로
해야 할 테지 나는
알고 있다
하느님은
지금
나들이 가신 것을
그러나 우리
앞을 막는 어두운 벼랑
이 너무나 튼튼한 벼랑 우리의
아이들은 이 벼랑 너머에
설 수 있을 것인가 정말
그렇게 될까

그 어두운 벽
때문에 우리의
성대는 중풍장이
다리처럼 뒤틀리고
혓바닥은 비뚤어졌다
저 옛날
애기의 개구리는 울음 한 번에
구슬 하나씩 뱉었는데 미물보다
나은 우리는 말
한마디에 독버섯 하나씩을

토한다 내 마음은
그렇지 않은데

나를 배반하는 혀 내
말을 듣지 않는 혀 이
비뚤어진 노래를 그만
부를 수 있다면 얼마나
좋을까
하느님 우리
입술에서 검은
낱말들을 거두어
주십시오 우리의
혀를 바로잡아
주십시오 될 수
있으면 우리만 말고 저 나쁜
자식들도 한 번 더
타일러
주십시오
지금 곧
아니라도 좋습니다 우리는
당신이 지금 나들이
가신 것을
압니다 당신이 집을
비운 사이에 일어난
일까지 갚으라고는
안 합니다 이것은 우리의

책임입니다 우리는

싸울 것입니다 이 벼랑에 다이너마이트를

꽂아서 한 조각씩이라도 깨뜨려

보겠습니다 다만 하느님 나들이에서

돌아오시는 대로 우리를 도와

주십시오 하느님 정말

꼭

부탁합니다

믿겠습니다

사람들은 마지막 마디에서 모두 낭독자를 따라 '믿겠습니다' 고 외친다. 민은 서먹하면서도 어쩐지 뭉클했다. 사람들의 얼굴은 환하게 빛나고, 눈에는 알지 못할 괴로움과 꿈의 빛이 있었다. 민은 그 까닭을 알 수 없었다. 이 훌륭한 사람들이, 무엇 때문에 이렇게 슬퍼하는지 알 수 없었다. 감사역은 모두에게 자리에 앉도록 권했다. 노인은 독고민을 향하여,

"수령, 바쁜 일은 뒷수습인데, 수령께서 오시기 전에 우리 위원들 사이에 이미 완전한 합의를 보았습니다. 모든 조직이 드러나고, 한군데는 붙들렸으므로, 우리가 지금 할 일은 지하로 들어가는 것입니다. 그리고 수령은 나라 밖으로 나가도록 결정했습니다."

그녀가 한마디 했다.

"그럴 것까지 있을까요?"

"있습니다. 이번 싸움을 통해서 수령의 인상은 완전히 드러났으므로, 국내에서 견디기는 힘든 일입니다. 이번에도 저 동지들……."

감사역은 빨간 넥타이, 미라, 에레나의 세 사람을 가리켰다.

"저 동지들을 근위사단에 프락치로 심어놓지 않았더라면, 수령은 지금 이 자리에 탈없이 계실 수 없었을 겁니다. 그 방탄복은?"

그녀가 자기 앉은 소파 아래를 손가락으로 가리킨다.

"그러면 시간이 급하니 서둘러야 합니다. 당신은 수령과 함께 가십시오. (그녀를 지명한다.) 연락 일체는 아까 말한 대로…… 조금 더 있으면 바닷가도 막힐는지 모르니까 빨리 하십시오."

독고민과 그녀는 현관에 나섰다. 차는 현관 계단 바로 밑에 모로 대 있었다. 그들은 차를 탔다. 독고민은 그녀가 가리키는 곳을 보았다. 어느새 굳게 닫힌 커다란 현관문이 영사막으로 바뀌고, 거기 감사역을 비롯한 사람들이 따라나와서 그들을 바래고 있다. 흡사 현관에 몰려선 진짜와 조금도 달라 보이지 않았다. 진짜 크기의, 비친 사람들의 표정까지 뚜렷했다. 감사역의 안경 너머로 번쩍 빛나는 눈물을 민은 놓치지 못했다, 그녀는 밖으로 머리를 내밀고,

"여러분, 페니스는 또다시 날까요?"

보내는 사람들의 외침.

"사랑이 있는 한 날 것입니다. 수령."

소리도 없이 발동을 걸고 차는 스르르 미끄러져간다. 민은 아까부터 골똘히 생각하고 있다. 그는 야릇한 헛갈림에 빠져들고 있다. 나는 정말 이 사람들의 수령이 아닐까. 아니다. 이 사람들에게 홀리면 안 된다. 그러면 다시는 숙을 못 만난다. 하지만 숙은 아까 광장에서 내가 총 맞아 죽을 때도 건져주지 않았다. 왜 그랬을까. 그 생각을 하자 왈칵 서러워진다. 무슨 까닭이 있을 것이다. 아까 노인도 자꾸 사랑하라고 했다. 필시 그녀에게 무슨 사정이 있었으리라. 아니 사정이 없대도 좋다. 그녀가 몰라도 좋다. 독고민은, 금방 울음이 터질 것 같아 어금니를 굳게 물며 입술을 떨었다. 이 사람들에게 홀리면 안 된다. 어떤 유혹이 와도 물리치리라. 집착할 아무 까닭도

없어진 사람이, 집착할 아무 까닭도 없어진 사람에게 매달리기로 마음먹은 것이다. 바보는 끝까지 바보였다. 독고민은 앞 창문을 통해 어둠을 내다본다. 허(虛)가 허를 보고 있다. 그녀는 민의 옆모습을 황홀하게 바라보면서 그녀대로 딴 생각을 하고 있었다. 오늘 밤이 수줍은 애인을 데리고 자줘야지. 배가 해안을 떠날 때. 그녀는 오랜 사이를 두고 수령에게 바쳐온 짝사랑이 이제 열매맺는 것을 생각하면, 자기의 사명이 얼마나 위험한 것인가를 돌이켜볼 쌈이 없었다. 그녀는 수컷을 사로잡는 암호랑이처럼 자랑스러웠다. 배가 해안을 떠날 때. 차의 모습이 숲을 돌아 사라지자 바래던 사람들은 안으로 사라져버리고, 감사역과 빨간 넥타이만 남았다. 그들은 묵묵히 서서 멀리 하늘을 내다본다. 아름다운 별밤. 짙푸른 하늘 바탕에 차단한 보석들이 쏟아질 듯 부시다. 바람이 쏴 지나가면서 나뭇가지가 스산한 소리를 낸다. 추운 밤이다. 겨울의 한밤중, 마른 나뭇가지에 바람이 스치는 소리에는, 한 가닥의 에누리도 없다. 노인은 부지중 몸을 떨면서 말했다.

"이런 밤에는 얼어죽는 형제도 있을 거야."

시인이 받는다.

"마음이 추운 사람만."

노인은 잠시 생각하는 듯 고개를 숙이고 있더니 짧게 고친다.

"마음이 추운 사람도."

시인은 가볍게 웃었다. 그들은 서로 팔을 끼고 천천히 안으로 사라졌다. 현관문은 굳게 닫혀 있다.

이튿날 아침.

김용길 박사는, 이층에 있는 원장실 창문에 붙어서서, 병원 뜰을 내다보고 있다. 여름에 그리도 짙푸르던 나무들은 하나없이 앙상한 가지만 드러내고 있다. 굉장히 넓은 뜰이다. 잎이 없어진 나뭇가지들의 멋대로 자연스러운 대상 속에서, 흰 페인트칠한 반듯반듯한 벤치가 유별나게 눈에 띈다. 자연은 살아 있는 물건이지. 박사는 그런 생각을 한다. 자연은 살아 있다. 산 물건은 붙잡기가 힘들다. 더구나 사람은. 한가운데 기운차게 물을 뿜던 분수도, 무슨 동상을 옮겨낸 대석(臺石)처럼 허전하다. 그는 잎사귀가 다 떨어진 엇비슷한 나무들 가운데, 지난봄 그가 손수 심은 복숭아나무를 눈으로 찾았으나 헛일이었다. 신경외과의 대가며 뇌수술의 첫손으로, 사람의 골이라면 제 손금보다 환한 김 박사도, 잎 떨어진 나무를 알아볼 만큼 나무 가꾸기에는 밝지 못했다. 그는 문득 돌아보는 느낌에 잠겼다. 그는 황해도 태생으로, 고을에서는 밥술이나 먹는다는 포목전을 내고 있던 아버지 덕으로, 이렇다 할 어려움도 모르고 지냈었다. 북도 사람에 흔한 일로, 그의 부친은 자녀교육에 분수에 지나칠 만큼 열을 가진 사람이었다. 하긴 김 박사는 독자였다. 삼대는 아니었지만, 그는 대학에 올라갈 때 미술을 택할 생각이었다. 흔히 있는 일로 부친은 잡아떼고 허락지 않았다. 끝내 꺾이는 수밖에 없었다. 그러나 대학에서 전공을 고르게 될 무렵에 또 한 소동이 일어났다. 신경외과를 버리고 내과를 하라는 것이 부친의 말. 그것만은 제 뜻을 들어달라는 김 박사. 이번에 굽힌 것은 아비 쪽이었다. 하긴 그 시절, 아내를 여읜 부친은 대가 약해져 있었다. 어쨌든 김 박사는 뜻을 이루었다. 그때만 해도 신경과는 몰리는 데가 아니었다. 더구나 골은……. 지금, 김 박사는 국내뿐 아니라 오히려 밖에서 이름이 더 높다. 이를테면 이름이 역수입된 셈이다. 처음에는 국내 학계와 의료계에서 이러쿵저러쿵했으나, 뚜렷한 업적에는 어쩌는 수가 없었다. 대학병원이 교외 넓은 땅에 새로 서서 옮긴 다음에는, 밀어닥친 행정적인 짐 때문에 그의 연구 시간은 다 앗겨지고 말았다. 박사에게는 지금 하고 있는 일이 있었다. 심령학회 보고에 따르면, 외국에 전혀 가본 적이 없는 피술자(被術者)가 그 외국의 어떤 도시에 대하여 정확하고 자세한 진술을 했다는 것이다. 또 어떤 피술자는 삼백 년 전의 일에 대한 진술을 했는데, 최근 나온 고문서로써 그 사실(史實)이 밝혀졌다는 것이다. 만일 이것이 정말이라면, 그 진술의 화자는 진술한 본인일 수 없다는 말이 된다. 그렇다면 누가 말한 것인가? 그 얼굴 없는 화자는 누군가? 그것은 또 개체 개념을 뿌리에서 흔든다. 겪지도 못한 수백 년 전의 기억을 지니고 있는 것은 그 개체일 수 없기 때문이다.

이와 같은 일의 테두리를 넓힌다면 개인의 유일성과 동일성이 뿌리에서 다시 살펴져야 한다. A는 A이면서 A가 아니다? 그것은 인간은 '현재'와 '여기'라는 시간과 공간의 두 축으로 완고하게 자리 매겨진 좌표로부터 허의 진공 속으로 내놓음을 말한다. 그리고 개인은 시공에 매임 없이, 인류가 겪은 얼마인지도 모를 기억의 두께 속에 가라앉아, 급기야 그 개인성을 잃고 만다. 바다에 떨어진 한 방울의 물처럼, 그것은 미궁 속에 빠진 몽유병자 같은 상태일 거다. 그 속에서 끝까지 개체의 통일성을 지킬 수 있는 힘은 무엇일까. 박사의 연구는 이 같은 가정에 대하여 과학적인 분석과 종합을 해보되, 그의 전공분야에서 하자는 것이었다. 연구는 시원치 않았고, 그 탓으로 요즈음 박사는 기분이 좋지 못했다. 신경과를 택한 것도, 미술을 못할 바엔 인간의 신비를 바로 손으로 만지면서 연구하겠다는 생각에서였다. 그 점에서 뉘우침은 없다. 정신의 자리는 뇌수라고 생각한 당시의 소박한 동기는 지금으로선 미소로 더듬어지는 기억이다. 박사는 데스크 위에 놓인 《푸시케》를 집어들어 책장을 넘긴다. 한국 심령학회에서 내는 계간잡지다. 그는 한 손으로 책을 꼬놔잡고 읽기 시작한다.

옛날, 세 마리 짐승이 각각 발원하여 극락으로 가는 길을 떠났다. 극락에 이르자면, 고해라는 강을 건너야 한다. 강은 넓고 깊다. 강 건너편이 바로 극락이다. 그들은 강물에 들어섰다. 토끼는 물 위에 둥실 떠서 헤엄쳐 건넌다. 말은, 뒷다리는 강바닥을 밟고 앞발로 허우적거리며 목을 내밀고 건넌다. 코끼리는, 기둥 같은 네 다리로 강바닥을 튼튼히 밟고도 머리와 등이, 능히 물 위에 솟은 채 건넌다.

세 짐승은 탈없이 강을 건넜다. 토끼는 가슴을 할딱이며 숨을 돌리고, 말은 물기를 털며 한마디 울고, 코끼리는 그들을 보고 있었다. 한숨 돌리자 이 세 짐승 사이에는 점잖지 못한 싸움이 벌어졌다. 서로 제가 더 고생했다고 싸움이 시작된 것이다.

"넘실거리는 물 위에 떠오르는데 어찌 어지러운지. 속이 울렁거리고 정신이 떠날 지경이었어. 내가 제일 고생했지."

토끼의 말.

"뒷다리는 강바닥을 밟고 앞다리만 쳐들었으니 그 불안스럽기란 이루 말할 수 없었지. 내가 제일이야."

말이 하는 말.

코끼리는 말이 없었다.

"웬걸. 강물 위로만 헤엄쳐 왔으니, 내가 제일 깨끗하게 왔지 뭐야. 내가 제일 순수해."

토끼의 말.

"그런 소리 마라. 나는 물 위 경치만 아니고, 강 밑바닥까지 내 이 두 발로 확실히 짚어봤단 말이야. 내가 더 풍부한 겪음을 했어."

말이 하는 말.

코끼리는 눈만 끔벅거릴 뿐.

이렇게 끝없는 싸움을 벌이고 있는데, 저편 숲 속에서 관세음보살이 걸어나오신다. 소풍 나온 걸음인 모양이다. 왼쪽 뺨에 까만 점이 있다. 보살은 그들의 이야기를 듣고 고개를 설레설레했다.

"안 될 말. 여러분들이 고생해서 고해를 건너온 보람도 없이, 그게 무슨 겸손치 못한 말이람. 토끼는 몸집이 작아서 헤엄쳐 건너고, 말은 선 키가 커 서서 건너고, 코끼리는 덩치가 크니 걸어서 건넜으되, 극락의 땅을 밟기는 매한가지. 여기 이렇게 셋이 다 서 있지 않은가. 누가 높고 누가 낮으며 누가 높았고 누가 낮았으면 어떻단 말인가?"

세 짐승은 문득 깨달았다.

그들은 보살 앞에 꿇어앉아 잘못을 빌었다. 보살은 웃으며, 꿇어 엎드린 코끼리의 잔등에 오르셨다. 코끼리는 보살을 등에 태우고 일어섰다. 그 앞에 말이 서고 또 그 앞에 토끼가 서서 일행은 저편 보리수 우거진 연못 쪽으로 나아갔다. 보살은 코끼리 잔등에서 한마디 짓궂은 말을 덧붙였다.

"그래, 코끼리가 덩치가 커서 나를 태웠으니, 코끼리가 더 잘났단 말인가?"

그 말에 말은 너무 창피해서, 괜히 앞발을 들었다 놓았다 하면서 딴전을 피우느라 애를 쓰고, 토끼는 숫제 들리지도 않습니다, 저 앞에서 공처럼 굴러갔다.

박사는 책을 거머쥔 채 눈을 감는다. 이 얘기는 원래 불경에 있는 법화를, 작자가 살을 붙인 모양이다. 작자의 말을 따르면, 원전에는 짐승들이 싸웠다는 얘기지만, 그런 건 아무래도 좋다. 이 단편을 처음 읽었을 때의 깊은 맛을 박사는 아직도 떠올린다. 그 짤막한 묘사, 보는 듯한 우스움. 깊은 상징을 통한 시원한 대긍정. 그러나 박사는 종교인도 아니고 동양 심취자도 아니다. 박사가 이 단편에서 충격을 받은 것은, 이 간결한 종교적 비유와 심층심리학에서 쓰이는 '빙산의 비유' 사이의 비슷함 때문이다. 비슷함이라느니보다 꼭 같다. 인간의 의식은 바다 위에 솟은 빙산의 꼭대기 같은 것이며, 그 거대한 뿌리는 물 밑 깊이 묻혀 있다는 학설. 이를테면 토끼가 빙산의 꼭대기, 말이 중턱, 코끼리 다리가 뿌리라는 식으로 풀이할 수 있다. 그러나 박사가 이 얘기에서 받은 충격은 이것 때문만이 아니다. 박사는 성인군자라기보다 역설과 아이러니의 세례를 받은 요즈음 사람이고 게다가 과학자다. 그는 두 가지 각도로 이 종교 얘기를 나누어 보는 것이다. 먼저 이 얘기는 성공한 때의 얘기다. 다시 말하면, 누가 더 고생했든 탈없이 강을 건넜다는 얘기다. 다음에 이 얘기의 인물상은 고전물리학적인 통일상이다. 건강한 따라서 자기분열이 없는 소박한 고대인의 그것이다. 토끼라 하고, 말이라 하고, 코끼리가 하지만 결국은 똑같은 인간형이다. 장삼(長三)이 이사(李四)보다 키가 한두 치 더 높고 낮다고 해서 그들의 우정에 무슨 변화가 있을 수는 없다. 그들은 '같은 무리', '한 가닥'인 것이다. 그러므로 이 얘기를 현대에 있어서도 뜻을 가지게 하자면, 얼마쯤의 보강 혹은 뜻을 넓힘이 마땅하다. 현대는 성공의 시대가 아니라 좌절의 시대며, 건너는 시대가 아니라 가라앉는 때며, 한마디로 난파의 계절이므로. 다음에 현대인의 인격적 상황은 극심한 자기분열이다. 오늘날 토끼란 동물은 존재치 않는다. 토끼의 뒷다리는 말의 뒷다리가 되고 싶은 욕망으로 중풍에 걸렸으며, 밤송이처럼 동그란 등은 집채 같은 코끼리 등이 되지 못한 열등감으로 애처롭게 꼬물거린다. 토끼는 이미 토끼가 아닌 것이다. 말의 멋없이 민숭한 낯짝은, 토끼같이 타고난 미모를 갖지 못한 불만으로 늘 괴롭고, 코끼리보다 모자란 무게와 그 가는 다리 때문에 그는 괴로운 짐승이다. 코끼리는 그만인가. 아니다. 그는, 자신의 병신스럽게 육중한 물체성에 구역질이 난다. 토끼 같은 깨끗한 가벼움이 부럽고, 말의 비할 수 없이 멋진 우아함에 대한 부러움으로 그의 기둥 다리는 짊어진 자학 때문에 오히려 무겁다. 오늘날 토끼, 말, 코끼리란 짐승은 없다. 다만 '토끼-말-코끼리' 혹은 '말-토끼-코끼리' 혹은 '코끼리-토끼-말'이란 짐승이 있을 뿐이다. 스스로에 만족한, 따라서 무자각한 인간이란 원리적으로는 현대와 가장 먼 것이다. 하기야 현대에도 소박한 인간이야 사실상 있긴 하지만, 조만간 진화(?)하게 마련이고, 안 그렇더라도 분열의 분위기는 널리 퍼져 있다.

이것이 박사의 의견이지만, 그는 이 얘기의 끝모를 깊이를 모른다 하지는 않는다. 풀기에 따라서는, 이 세 짐승은 한 인간의 각각의 구석을 나타낸다고 볼 수 있다. 한 인간의 여러 재질이 다함께 자라기는 어려우며, 그것은 그런대로 좋다는 말도 된다. 그러나 이같은 심리적 조작에 의한 체념이나, 칼빈적인 은총에 있어서의 hierarchy를 받아들이는 방법이 아니고, 처음부터 가라앉지 않도록 뜰주머니를 주고, 분열하지 않도록 코르셋을 주자는 것이 박사의 생각이다. 그런 뜻에서 박사는 어쩔 수 없이 과학자다. 만져보지 않고는 믿지 못한 도마의 형제다. 문제는 처음부터 어렵고, 갈피로 말하면 무한히 헝클어졌다. 세 짐승이 건넌 물과 현대인이 헤엄쳐야 할 물은 우선 그 복잡성에 있어서 견줄 바 안 된다. 바다처럼 방대한 조직과 풍문보다 불확실한 뉴스 문화의 홍수 속에서 개인의 해체를 막고 그의 허리를 꼭 죄어줌으로써, 한 자루의 대(竹) 빗자루처럼 핑 하니 설 수 있게 해줄 코르셋은 과연 무엇인가, 일을 더욱 어렵게 만드는 것은, 현대 속의 고대인이다. 배움도 적고 겪음의 너비도 좁은 사람들의 정신질환이다. 불경 얘기의 논리를 빌리면, 대학생의 정신병이든 유치원 신입생의 그것이든, 병리 현상 자체의 생김새는 마찬가지다. 그러나 과연 그런가? 자연과학의 법칙은 대상에 대하여 무차별적으로 타당하다. 정신현상에 있어서도 그러한 법칙이 가능한가. 정신병 환자더러 민간에서 귀신이 '들렸다'고 말하는데, 이 피동형의 의미는 중대한 것이 아닐까? 교양인은 스스로 마귀를 불러 '들이'고 소박한 인간들은 밖으로부터 '들리'는 것이 아닐까? 이 '피초대자'와 '불청객'은 같은 인물인가 혹은 다른 인물인가? 이른바 '문화'라는 것이 그 인물인가? 박사가 고안한 뜰 주머니는 자꾸 공기가 새고, 코르셋은 노상 터져왔다. 그럴 때마다 이 불경 얘기를 다시 집어들었다. 야릇한 일로는 그처럼 간결한 얘기가 읽을 때마다 새 짐작을 주는 사실이다. 종교적인 비유의 무한한 다의성(多義性), 혹은 미의성(迷義性). 아무려나 그것은 생각을 위한 최고의 발판 구실을 해주었다. 발판 없이는 아무도 뛸 수 없다. 신의 아들조차 십자 형틀을 가져야 했다.

인기척. 박사는 뒤돌아봤다. 조수였다. 빨간 넥타이가, 대학 갓 나온 풋내기 티를 더 돋우어준다. 박사는 이 청년이 수재임을 잘 알고 있었다. 게다가 아마추어 시인이라는 걸 알고 있는 박사는, 그 고상한 취미와 젊은이다운 순정 때문에 이 청년을 사랑하고 있었다. 어젯밤에도, 「해전」이라는 자작시를 들고 와서 비평을 졸라대는 통에 혼이 났다. 머리가 좋은 사람치고 인격적인 사랑스러움이 갖추어진 경우는 흔치 않은데, 이 청년은 그 드문 예외다. 나이 탓일까……. 아니. 사람은 바뀌지 않는다. 틀은 안 변해. 집채만해도 토끼는 토끼. 강아지만해도 코끼리는 코끼리. 나는 코끼리만한 토끼. 이 친구는 토끼만한 코끼리. 거토왜상(巨兎矮象)일까?

"자네 논문은 어떤가?"

"네…… 한 번쯤 더 해봤으면 싶은데, 확실치 않은 데가 있어서요."

"무얼 말인가?"

빨간 넥타이는 대답 대신에 손으로, 해부하는 시늉을 해보였다.

"왜, 하면 되잖나?"

"시체가 떨어졌습니다."

"그래?"

박사는 아직 그 보고를 받지 못하고 있었다. 그는 눈살을 찌푸렸다.

노크가 울렸다.

"들어오시오."

간호부장이었다. 환갑이 가까운 간호부장의, 카바이드처럼 바싹 마른 움푹한 눈은, 부하 간호사를 대할 때의 그 서슬은 간데없고, 원장 앞에 선 지금, 그녀는 견습 간호부처럼 수줍다.

"무슨 일이오?"

"제7병동 앞 벤치에서 동사자가 발견됐습니다."

"뭐? 입원환자란 말인가?"

"아닙니다. 외래인인 모양입니다."

"그럼, 경찰에 알려야지."

"지금 막 보고 돌아갔습니다."

"그래서?"

"밖에다 둘 수도 없고, 연락이 있을 때까지 시체실에 보관해 달라기에 지금 옮겨놓았습니다."

"그래 신원은?"

"네, 경관이 수색했을 때는 아무것도 없었는데, 지금 운반하는데 몸에서 이런 게 떨어졌어요."

간호부장은 신분증을 원장에게 건넨다.

"뭐, 독고민?"

조수가 기웃하고 들여다본다.

"네, 독고란 성이 있습니다. 희성이죠."

"그런데 어떻게 돼서 여기까지 왔을까? 환자도 아니라면⋯⋯."

"혹시 몽유병잔지 압니까?"

박사는 제자의 재치있는 농담에 껄껄 웃었다.

"직업이라⋯⋯ 무직⋯⋯ 가족이 없고⋯⋯ 본적이 황해도⋯⋯ 독신⋯⋯ 자네 뭐라고 했지? 몽유병자라구?"

그 순간 원장과 충실한 조수는 똑같이 어떤 생각을 했다. 바꾼 눈짓은 그 생각이 같은 내용이었다는 것을 말해 주었다.

"그럼, 제가 가보겠습니다."

빨간 넥타이는 간호부장을 앞세우고 부산스럽게 방을 나갔다.

일층에 내려와서 시체실과 해부실로 가는 T자 갈림길에서 빨간 넥타이는,

"먼저 가세요, 저 잠깐 들렀다 갈게요⋯⋯."

오른쪽으로 걸어갔다.

간호부장은 혼자서 왼쪽 복도를 지나 시체실에 들어섰다. 굳이 먼저 올 필요는 없는데 그녀는 그렇게 했고, 게다가 혼자 오게 된 것을 다행으로 여겼다. 까닭이 있다. 음지 쪽인 이 방은 본동에서 뚝 떨어진 외딴 채다. 지붕에 뚫린 빛받이 창에서, 가냘픈 겨울 아침의 햇살이 가난하게 비친다. 그녀는 시체 앞으로 걸어간다.

시체는 일어나 앉아 있었다.

벤치에 앉은 자세대로 얼어버린 몸은, 아무리 구부리려 해도 되지 않아서, 그대로 환자용 바퀴의자에다 담아온 것이다. 아까 여러 사람이 붐비는 사이에서 보던 때보다 시체는 어딘지 조용해진(?) 느낌이었다. 부스럭. 부장은 문간을 보았다. 견습 간호부였다. 학교를 갓 나온 풋내기다. 기웃이 들이민 동그란 얼굴 왼쪽 뺨에 까만 점이 귀엽다.

"부장님. 저 민 선생님이 오시래요."

"어디로?"

"해부실에 계세요."

부장은 잠깐 발부리를 내려다본다. 민 선생이란 빨간 넥타이다. 알았어 하면서 낯을 들었을 때는 벌써 까만 점은 사라진 후였다. 그녀들이 잠시라도 더 있고 싶을 곳은 아니다. 인부들 손에만 맡기게 되는 이 시체실은 늘 손질이 바쁘다. 부장은 시체 쪽으로 돌아섰다. 시체는 앉아 있다는 것 말고도 또 하나 몸매에 부자연한 것이 있다. 오른팔을 들어서 얼굴을 반쯤 가리듯 한 채 있는 것이다. 마치 애인의 첫키스를 막는 처녀의 자세처럼. 눈은 편히 떴다. 아까 첫눈에 그녀는 지난 4월에 잃은 아들을 보는 듯싶었다. 그녀의 외아들이었던, 서른둘에 낳은 유복자를 꼭 닮았다. 코 언저리며 어질디한 입매가 죽은 내 새끼를 닮았구나. 그녀는 손을 시체의 얼굴로 가져갔다. 괜히 뜬 눈꺼풀을 내리쓸었다. 몇 번 만에 눈은 감겨졌다. 관세음보살. 다음에 시체의 얼굴을 가린 팔을 아래로 당겨봤다. 시체는 완강하게 고집한다. 그녀는 가슴이 콱 막혔다. 얼른 돌아서서 방을 나왔다. 빗장을 지르고 자물쇠를 물렸다. 본관과 이어지는 복도를 하이힐을 조용히 울리며 걸어온다. 푸드득. 시체실 건물 지붕에서 비둘기 한 마리가 날아올라 본동 시계탑에 가 앉는다. 시계탑은 후면인 이쪽에도 문자판이 새겨져 있다. 그녀는 멍하니 쳐다본다.

그 4월. 줄이어 들이닥치는 부상자로 병실이 넘쳐서 복도까지 침대로 막히고. 바로 이 병원에서 숨을 거둔 그 애가 하던 말. "어머니 난 후회 없어요. 다만 어머니가 불쌍해……. 용서하세요. 네." 녀석은 여느 때 무슨 일을 저지른 다음, 어미를 얼렁뚱땅 속여넘길 때처럼 눈을 찔끔해 보일 속셈인 것 같았으나, 이미 얼굴 힘살은 제대로 말을 듣지 않았다. 그 침대 곁에서 금방 무너질 것 같던 가슴. 남편이 임종할 때 손을 내밀며 "재혼해…… 내 희망이야." 하던 때 슬프던 일도 그만은 못했다. "어머니, 나 연애해도 돼?" "원 누가 붙들던?" "괜히 질투하려구?" "저런 망나니 좀 봐." 신년 파티에서 돌아온 밤, 농담 같으면서 짐짓 그렇지도 않은 성싶던 암시. "그렇지만 안 할래." "왜?" "어머니가 울까봐." "일없다, 일없어. 어휴 음흉한 녀석……." 하면서도 덜컹 무엇인가 떨어져내리던 그녀의 가슴. "안심해. 나 어머니 돌아가실 때까진 결혼 안 할 테야." "원 점점 한다는 소리가. 빨리 죽으란 말이구나." "아니야 사실 어떻게 살아야 할지 모르겠어. 난 조그만 행복이면 만족해. 어머니 모시고 세상 한귀퉁이에서 찍 소리 않구 평범하게 살래." 고백하듯 침울하게 맺었다. 봄빛이 한창이던 4월의 그날, 환히 눈에 불을 켠 젊은이들이 캠퍼스에서 파도처럼 쏟아져나와, 병원 앞을 지나 시내로 향했다. 현관에서 구경하던 어머니 앞에 녀석은 불쑥 나타났다. 어머니를 한옆으로 끌고 가서 "우린 지금 가는 길이야. 가. 바빠. 어머니 우린 가. 알아주지 않아도 좋아. 아무도 몰라줘도 좋아. 우리도 뭐가 뭔지 모르겠어. 그저 가는 거야. 가서 말이야 하하하……." 갑자기 껄껄 웃으면서 그녀의 어깨를 두 손으로 잡고 되게 흔들어놓고는, 쉴 새 없이 밀려가는 파도 속으로 달려갔다. 내 것아. 내 귀중하던 망난이. 다시는 이 가슴에 돌아오지 않을 내 것아. 벌써 한 해. 곧 4월이 온다. 그 4월을 어떻게 참을까. 그 4월이 무엇 하러 또 오느냐.

그녀는 복도 난간에 엎드려 소리없이 흐느낀다. 빳빳하게 풀먹인 하얀 모자 아래로, 겨울 아침의 맵짠 바람을 안은 머리카락이 구름처럼 날린다.

이윽고 머리를 든다. 얼굴을 매만진다. 다시 걸음을 떼놓는다. 모퉁이를 돌아 사라진다.

비둘기는, 시계탑 꼭대기를 발톱으로 걷어차고 푸드득 날아오른다. 햇빛이 가득한 하늘로 높이높이 아스라이 솟아, 올라간다.

『아라비안 나이트』 속에 나오는 「아리바바와 40인의 도적」을 기억하시겠지요. 그 얘기 속에서 아리바바의 욕심쟁이 형이, 도적들에게 갈기갈기 찢겨 죽는데, 아리바바는 형의 시체를 찾아다 놓고 몹시 걱정하지만, 여종의 꾀로 탈없이 장례를 치르게 됩니다. 즉 신기료장수를 데려다 시체를 꿰매붙여서, 감쪽같이 사람들 눈을 속인 것입니다. 이 신기료장수는 해부사(解剖師)의 반대 작업을 한 것입니다. 조각을 이어붙여서 제 모습을 되살리는 것. 고고학이란 먼저 이렇게 알아두셔도 좋습니다.

죽음을 다루는 작업. 목숨의 궤적을 더듬는 작업. 그것이 고고학입니다. 우리들의 작업대 위에 놓이는 것은 시체가 아니면서 시체의 조각입니다. 사면장(死面匠). 박제사(剝製師). 우리의 이름입니다. 박제한 호랑이는 아무리 그럴듯하더라도 영원히 단 한 치를 움직이지 못할 것입니다. 그런 점으로 우리는 동상(凍傷) 취급잡니다. 우리들의 작품을 가리켜 생명에 넘쳤다느니, 창조적이라느니, 허구의 진실이라느니 하고 칭찬할 때는 사실 낯간지러워집니다. 고고학자란 목숨이 아니라 죽음을, 창조가 아니라 발굴, 예언이 아니라 독해(讀解)를 업으로 하는 사람입니다. 콜럼버스는 아메리카를 발명한 것이 아니라 발견했던 것입니다. 발명이란 것도 유(有)의 순열조합(順列組合) 놀이에 불과합니다. 쉽게 말해서 고고학자는 신이 아니라 인간이라는 말이지요. 시구(始球)는 늘 신에 의해서 던져집니다. 요사이는 인간들도 이 흉내를 냅니다. 야구공을 던지는 대통령의 사진을 뉴스 필름에서 보셨지요. 화 있을진저. 옛날 모든 여인들은 그 처녀성을 신에게 바친 시대가 있었는데, 이 종교적 의식이 나타낸 기막힌 상징성을 좀 보십시오. 우리가 하는 일은 신의 행위의 결과인 처녀막의 열상(裂傷)을 검증하는 일입니다. 우리 자신의 성기를 들이미는 일이 아닙니다. 역사란, 신이, 시간과 공간에 접하여 일으킨 열상의 무한한 연속입니다. 상처가 아물면서 결절(結節)한 자리를 시대 혹은 지층이라고 부릅니다. 이 속에 신의 사생아들이 묻혀 있습니다. 신은 배게 할 뿐. 우리들의 양육을 한 번도 맡는 일 없이 늘 내깔렸습니다. 우리가 하는 일은, 이 지층 깊이 묻힌 신의 사생아들의 굳은 돌을 파내는 것입니다. 캐어낸 화석들은 기형아가 대부분입니다. 그것도 토막토막난. 일반론과 용어풀이는 이쯤으로 그치겠습니다.

근래 고고학에 대한 인식이 차츰 높아지고, 따라서 눈여겨보는 분이 늘어가는 일은, 이 밭에서 밥을 먹는 본인들로서는 솔직히 흐뭇한 일이라 아니할 수 없습니다. 꽤 알려진 일이지만 한국의 유적은 그 황폐성과 뒤죽박죽으로써 이름이 있습니다. 폼페이를 파냈을 때, 그곳 전문가들도 놀랐다고 합니다. 그 너무나 말짱한 보존상태 때문에. 이 같은 이상적인 유적을 다룰 수 있는 그쪽 학자들의 처지는, 우리로서는 부럽기 짝 없는 이야깁니다. 우리의 유적은 제 꼴이 그대로 보존되고 있는 것은 거의 전무합니다. 그뿐 아니라. 햇수 짚어내기에 결정적인 요소의 하나인 매몰상태도 엉망입니다. 고석기 시대의 유물이 신생대에 파묻혀 있는가 하면, 그 바로 밑에는 아주 최근의 것과 닮은 기계붙이가 있는 형편입니다. 이것이 시대 가르기가 불가능한 경우인데, 난점은 한 시대의 유물 서로 사이에도 있습니다. 이를테면 변소지 자리에 고려자기가 놓여 있습니다. 어느 땐지 아직 밝히지 못하고 있으나, 불행한 우리 조상의 역사에 변소 기물까지 고려자기를 쓴 시대는 아마 없었을 것입니다. 그런가 하면, 성경책 속에 피임도구가 끼여 있는 화석이 나옵니다. 작전 서류 속에 연애편지가 섞여 있기도 합니다. 장군이 시장 앞에 서 있는 것은 어떻게 풀어야 할지 알쏭달쏭합니다. 발굴된 저 '베제상(像)'을 방불케 하는 남녀 포옹상(像)이, 최근 우리나라에서 나왔는데 한 팔로 남자의 목을 감고 입을 맞추고 있는 이 여인의 다른 손에는 비수가 들려 있고, 그 쇠붙이는 남자의 옆구리로 슬그머니 다가가는 몸매대로 굳어 있습니다. 이런 예를 들기로 치면 한이 없습니다. 그러나 뭐니뭐니해도 가장 난처한 것은, 전혀 성질이 다른 조각으로 이루어진 일기(一基)인 인물 화석입니다. 즉 머리는 신부. 얼굴은 배우. 가슴은 시인. 손은 기술자. 배는 자본가. 성기는 말의 그것. 발은 캥거루의 족부. 이 화석의 눈알이 무언지 아십니까? 웃지 마십시오. 아니 웃으십시오. 눈알이 있을 자리에는 현미경 렌즈가 박혀 있었습니다. 이것은 누가 보나 희극입니다. 그러나 우리로서는 그렇게만 보이지는 않습니다. 이 이지러지고, 우습게 겹치고, 거꾸로 붙은 화석은, 고난에 찬 시대를 살았던 우리 선조들의 서글픈 자세가 아니고 무엇이겠습니까? 우리 조상들의 역사는 생남(生男) 기념으로 아버지가 심어준 나무가 아름드리 노목으로 자란 뿌리 가에, 그 아들의 늙은 뼈가 묻히는 식의 역사도 아니었고, 한 도시의 아름다움을 보존하기 위하여 작전을 바꿨던 어떤 지역의 그것처럼, 복받은 역사가 아니었던 것입니다.

눈알 대신에 현미경 렌즈를 가진 이 상(像)이 던지는 문제는, 그러나 이런 감상만이 아닙니다. 이 화석은 그 흉측한 모양에도 불구하고, 그런대로의 통일감을 느끼게 한다는 사실입니다. 렌즈와 캥거루의 다리와의 결합이, 그냥 이질적인, 장소상의 접근이 아니고, 연속성을 가진 Gestalt로 보이게 하는 힘은 무엇인가, 다시 말하면 장미꽃과 돌멩이를 똑같이 올려놓는 손바닥은 과연 무엇인가 하는 문제입니다.

오늘 여러분이 보신 영화는, 고고학 입문 시리즈 가운데 한 편으로, 최근에 파낸 어느 도시의 전모입니다. 이 도시는 분명히 상고시대 어느 왕조의 서울로 짐작됩니다. 이 한 편을 특히 고른 것은, 그것이 아주 최근의 발굴이라는 것뿐 아니라, 아까 말씀드린 한국 유적이 모든 그런, 황폐성과 무질서성이 아주 본보기로 나타나 있는 까닭입니다. 그런 점에서 이 영화는 한국 고고학의 과제, 전망 및 골치를 한눈에 보여주고 있는 백미편(白眉篇)이라 하겠습니다. 이 영화는 학적(學的) 결벽성이 강한 분에게는 사도(邪道)로 비칠는지 모르나, 초보자를 위하여 어느 정도의 원형복구가 되어 있습니다만, 말할 것도 없이 전혀 가설적인 맞춤입니다. 그런 탓으로, 언제든지 다시 뗄 수 있게 하기 위하여, 질이 좋은 수용성 풀로 가볍게 붙여놓았으며, 화학처리, 원형변경 등은 아예 하지 않았습니다. 이렇게 함으로써, 학문적 임격성과 학문의 대중화라는 서로 달아나는 명제를 잠정적으로 붙들어 매느라 애썼습니다. 변명이 아닙니다만 이것은 과도기 속에서 삶을 받은 자의 슬픔이라 하겠습니다. 순수한 과학자치고 계몽에 손대기 좋아할 사람이 있겠습니까만, 이는 우리의 십자가인 것입니다. 보신 가운데 맞춤이 의아스러운 점이라든가, 다른 의견이 생각나시는 분은 본 학회에 알려주십시오. 아마 추어의 순수한 아이디어는, 전문가들에게는 숫처녀보다 더 귀중한 보뱁니다. 이 영화는 피사체 자신의 성질 탓에, 그리고 말씀드린 만들게 된 뜻에 따라, 비교적 느린 걸음을 썼으며, 클로즈업을 쉴 새 없이 끼워넣었고, 같은 장면의 되풀이 및 심지어는 영사기의 돌림을 멈추고, 중요한 화면을 정물사진으로 볼 수 있게 다루었습니다.

다음에 이 필름의 이름은 '조선 원인고(朝鮮原人考)'라 되어 있는데, 조선이라는 이름에는 아무 뜻도 없고, 우리나라의 옛 국호 가운데서 제비를 뽑아 골라진 기호에 지나지 않습니다. 연구가 다 끝나 그 연대가 다른 것으로 밝혀지더라도, 이 이름은 그대로 고유명사 취급을 하여, 바뀌어지지 않게 되기가 쉬울 것입니다. 마지막으로 원인고라 하였는데, 그야 유물은 사람뿐 아니라 거의 한 도시 모두를 이룰 건물 및 그 밖의 것들로 이루어져 있으나, 우리가 미술관에서 풍경화 속을 거닐다가도, 끝내는 초상화부 앞에 와서 제일 오래 머물게 되는 예로 보아, 원경고(遠景考)보다는 원인고를 택한 것이며, 인물 이외의 유물들의 값을 낮게 매긴 때문은 아닙니다. 그 증거로서 이 캐낸 도시는 빙하기의 것인데, 그것이 몇 번째의 빙하기냐 하는 점은 모르지만, 혹한기의 도시였다는 점을 나타내고자 적잖게 애를 쓴 자취를 느끼실 것입니다. 필름에는, 미루어본 그때 실내온도, 기온, 바람골, 강설량 등의 날씨 조건. 냉대 미생물. 극광 현상, 각 유물이 지닌 방사능의 비례표 등등이 밝혀져 있는 것을 보셨지요. 이것으로 성탄절 기념 초대 시사회를 마칩니다. (쿨룩쿨룩) 따르릉.

불이 켜졌다. 사람들은 우르르 일어서서 드나들문으로 천천히 밀려나온다. 그들은 깊은 감동을 애써 감추려 하지 않는 탓으로 오히려 침울하게 보이는 낯으로 말없이 회관을 빠져나갔다. 훈풍이 산들거리는 5월의 밤. 음력 4월 초파일이다. 성탄을 기리는 꽃불이 도시 하늘을 눈부시게 수놓았다. 음향 과제가 풀린 공기 속에는, 즐거운 가락이 안개처럼 울려퍼져 있다. 두 연인은 나란히 보도를 걸어간다. 가로등 빛에 박꽃처럼 환한 여자의 왼쪽 볼에 까만 점이 귀엽다. 남자는 빨간 넥타이를 맸다. 말없이 걷는다. 눈치가 말이 없게끔 된 사이다. 그들은 대승정 관음선사의 설법을 들으러 시민회관으로 갈 셈이었으나 걸음걸이로 봐서 시간 안에 댈 생각도 아닌 모양이다. 이런 친구들의 예정이 어떻게 바뀔는지는 관음선사도 짐작하시지 못할 거다. 바람이 플라타너스 앞을 사르르 흔들고 지나간다. 어디선가 밤노래가 흘러온다.

> 5월의 밤
> 가만히
> 귀를 기울이면
> 남몰래 다가드는
> 소리가 있다
>
> 또드락또드락 창틀에
> 간들간들 플라타너스 가지 끝에
> 멀리 흘러나와 부딪는 소리
> 아득한 옛날에서 부르는 소리
>
> 5월의 밤
> 아득한 목소리
> 듣고 있으면
> 이 내 맘 공연히
> 싱숭해지며
> 님이여 그립다는
> 편지를 쓴다

꽃불처럼 아름다운 소프라노다. 둥둥 치는 반주는 기타일 거다.
여자가 남자의 옆모습에 눈을 주며 입을 연다.
"민!"
"……."
이쪽은 말은 없이 눈으로 대답.

"그런 시대에도 사람들은 사랑했을까?"

남자는 그 물음에도 여전히 대답은 없이 우뚝 걸음을 멈춘다. 여자도 선다. 남자가 두 손으로 여자의 팔을 잡는다. 그녀의 눈동자를 들여다본다. 신기한 보물을 유심히 사랑스럽게 즐기듯.

"깡통. 말이라고 해? 끔찍한 소릴? 부지런히 사랑했을 거야. 미치도록. 그 밖에 뭘 할 수 있었겠어."

남자는 잡고 있던 여자의 겨드랑 밑으로 팔을 넣어, 등판으로 거슬러 올라가서, 두 손바닥으로 여자의 부드러운 뒤통수를 꼭 붙들어서 꼼짝 못하게 만든 다음, 입을 맞춘다. 오랫동안.

하늘에는 꽃불. 땅에는 훈풍과 아름다운 가락. 플라타너스 잔가지가 간들간들 흔들린다. 잎사귀가 사르르 손바닥을 비빈다.

그들의 입맞춤은 아직 끝나지 않았다.

공명(孔明)

　한밤중 잠에서 깬다. 방금 꿈속에 공명(孔明)을 보았다. 장수들이 앞뒤로 지킨 속에 수레를 타고 그는 들판을 가고 있었고 나는 어느 발치에서 그의 행렬을 본 것이다. 공명이 내게로 왔다거나 혹은 꿈에서 그를 만났다고 말하는 것도 합당하지는 않다. 꿈의 들판은 누구나가 다니는 길이기에 나도 그 길을 가다가 지나치는 길에 스쳤을 뿐이다.

　잠은 달아나고 간밤에 시작한 비는 연해 오는 기척인데 멀리서 봄 우레 소리. 나는 그것이 과연 저 바깥 하늘에서 나는 소린지 꿈속에서 공명이 타고 가던 수레 소린지 분간할 길이 없다. 멀리 우람하게 부드럽게 우르르 덜거덩하는 소리. 나는 몸을 돌려 배를 깔고 누워서 그의 이야기를 쓰기로 한다. 공명은 어떤 사람이던가. 「삼국지」에는 여러 사람이 나온다. 공명 편으로는 그의 임금인 유비(劉備)를 비롯 관우(關羽) · 장비(張飛) · 조운(趙雲) · 마초(馬超) 등과 그(공명)가 지휘한 촉(蜀)의 전 장병이고, 적 편으로는 조조(曹

操)·손권(孫權) 휘하의 전 인원이다. 공명은 「삼국지」의 처음부터 나오는 인물도 아니다. 유비가 그를 찾아가기는 대강 「삼국지」의 중간쯤 되는 대목으로 그때까지 그는 초려(草廬)에서 글을 읽고 있었다. 글이라고 하는 것은 무슨 소설책이나 시집 같은 것을 읽었다는 것이 아니고(그런 것도 읽었음에는 틀림없다), 주로 병서를 보았을 것이다. 거기에 유비가 찾아간다. 이 유비란 사람은 한(漢)나라의 왕손으로 「삼국지」의 세 기둥 가운데 하나인데 소설에 나타난 한에서는 큰 귀를 가지고 있다는 것과 성격이 우유부단하다는 것 말고는 별로 신통한 것이 없는 사람이다. 아무튼 그 유비가 찾아가서 공명에게 세상에 나오기를 권하는 것이다.

그런데 이 유비가 갈 때까지의 공명의 생활이 내게는 퍽 흥미가 있어 보인다. 앞서 말한 대로 그는 병서를 주로 읽은 것이라고 보아야겠는데 그 경우에 병서라는 것은 그에게 있어서 무엇이었을까, 하는 점이다. 요컨대 그것은 책이다. 그는 책을 읽은 것이다. 당시에는 이미 중국은 풍부한 생활의 경험이 고도의 반성과 사색을 통해서 저술이라는 형태로 저장되어 있었을 것이다. 공명은 그것을 읽은 것이다. 읽어서 때만 되면, 하는 생각은 없었다고 본다. 그것은 공명이라는 사람의 사람됨으로 미루어 그런 공리적 동기와 직결해서 움직이고 있었을까, 하는 점에 나는 의문을 가지고 있기 때문이다. 중국과 같이 그 국민사를 전개함에 있어서 광대한 지역에서 풍부한 인구를 가지고 할 수 있었던 종족의 경우에는 쉽사리 보편주의가 생리화될 수 있었을 것이다. 천하라고 하는 표현이 구체적으로 중국이라는 특정의 지역을 뜻하는 동시에 보편개념으로서의 세계를 뜻하고 있음을 천하라는 말이 쓰이고 있는 모든 경우에 비추어 분명하다. 이런 대국주의가 우리 같은 주변 약소민족에게 얼마나 치명적인 작용——주체성의 관념적 상실이라는 작용을 하였는가를 말하려는 것이 여기서는 나의 목적이 아니다. 그 당시 중국 속에 있었던 한 개인으로서는 그것은 넘어설 수 없는 벽이고 그렇기 때문에 당시의 지식인에게는 보편과 특수 사이의 조화감각이 있었으리라는 것을 가정하자는 것이다. 특수가 하나밖에 없는 섬에서는 세계지도가 섬의 지도요, 섬이 곧 세계다.

당시 중국의 지식인의 머리에는 중국이 그런 모습으로 있었을 것이라는 것이 나의 생각이다. 이것은 현실로 중국의 변방에 이(夷)가 있었고, 중국 사람들은 그것을 모르지 않았다는 사정에 의해서도 영향을 받지 않는다. 어느 시대나 자기 시대를 소유하는 것은 그 시대가 가능했던 관념적 정리력의 범위 안에서이지 물리적인 의미에서가 아니었다. 물론 정도의 문제다. 당시의 중국은 그 정도가 알맞게 이루어져 있었다. 이런 경우에는 관념은 밖에 대한 걱정을 버리고 안에서 세련과 체계화를 서두르고 거기에 전념한다. 이런 현상은 국토가 너무 작거나, 그 시대에서 이루어지는 지리적 발견이 너무 심하거나 하면 불가능하다. 이런 조건이 모두 적절하게 제의될 때 거기에 고도의 체계가 이루어지며 현실은 정신에 의해서 샅샅이 다듬어지고 정리되고 번호가 붙여진다. 현실은 바둑판처럼 한눈에 볼 수 있는 것이 되고, 어느 말을 움직이면 어디가 어떻게 된다는 것이 기술적으로 보이게 되는 것이다. 공명에게도 그것이 보였던 것이다. 유비가 찾아올 때까지 공명의 정신적 시력은 아마 완성돼 있었다. 그때 유비가 찾아왔다. 나는 유비의 청을 받은 공명의 당혹을 짐작할 수 있을 것 같다.

이 귀가 큰 장군은 대체 무슨 말을 하는 것인가. 이 귀가 큰 남자는 제갈공명이 그 나이에 이르러 비로소 얻은 평화를 깨뜨리기 위하여 그의 앞에 앉아서 그에게 결단을 요구했던 것이다. 유비는 세 번 공명을 찾았다. 공명은 정말 괴로웠을 것이다. 삼고초려(三顧草

廬)는 그 이후에는 야현이 출사할 때의 의례적 절차가 되었고 문학적 수식이 되었지만 공명의 경우에는 닥쳐든 현실이었다. 삼고초려는 문학이 아니라 현실이었던 것이다. 여기서도 우리는 모든 위대한 사람들의 경우처럼 그 행동 자체가 상징이 되는 그런 고압의 긴장으로 유지되는 행위를 해야 하는 사람을 만나게 된다. 공명의 정신적 완성이 낮은 것이라면, 또 간청하고 있는 사람이 보잘것없는 경우라면 감동은 훨씬 줄어든다. 그런데 최고의 정신에게 최고의 현실이 질문하고 있었던 것이 공명에서의 사정이었다. 그는 두 번 거절하였다. 두 번만 거절한 것도 아니고 세 번째를 위하여 거절한 것도 아니다. 그때마다 한사코 거절하기를 두 번씩 했던 것이다. 그와 같은 난세에 깊은 산속에서 책을 읽고 지내는 인간의 삶이 허락되었다는 것은 나에게는 놀라움이다. 더 문명이 발전했다고 하는 시절에 권력이 개인의 능력의 마지막 방울까지도 동원하고 싶어 하는 사정을 알고 있는 우리로서는 더욱 그렇다. 한 사람의 공명을 키우기 위해서 천하는 그렇게 어지러웠을 것은 아니겠지만 변화하는 자기 속에 변화의 원리를 자각하고 있는 한 개인을 가진 사회는 자랑스럽게 여겨도 좋을 것이다. 그것은 그 사회의 힘과 여유를 말해 주고, 그 사회가 결코 삶을 헛되게 낭비만 하지 않고 삶의 본질을 정리하고 축적했다는 것을 말해 주기 때문이다. 이것은 단순한 비유에서가 아니다.

만일 군왕의 부름에 응하지 않을 수도 있었다는 관례가 허락되지 않았다면 그런 개인의 생존방식은 불가능했을 테고 따라서 행복이 무너지면 그만이고 그 자리에는 관례 하나도 남지 못했을 것이다. 현실의 삶의 소용돌이를 자기 정신 속에서 진실하게 반영하면서도 그 소용돌이에서 직접적으로 비켜선 자리나 개인을 허락하는 것, 그것이 문화다. 권력의 편에서나 지식인의 편에서나 그것은 자기 희생을 요구한다. 삶의 모순과 인간의 불완전에 대한 겸손한 인식을 실천하는 힘, 도덕적 힘을 전제로 하는 현상이다. 이런 현상이 제갈공명의 시대에는 존재하였다. 유비는 세 번이나 공명을 찾았던 것이다. 물론 유비에게서 선거브로커를 찾아가는 입후보자의 이미지나, 소문난 점쟁이를 찾아가는 사업가의 이미지를 눈치채기는 어렵지 않다. 그것이 쓸모없는 것은 다름이 아니다. 그렇게 말한다면 삼라만상은 높고 낮음 없이 물리학의 운동으로 설명하는 편이 더욱 간편하다. 간편한 것이 제일 옳은 길이 아닌 것처럼, 공명의 괴로움도 그런 메타포에 관계없이 그 자신의 전 운명을 걸고 해결해야 할 일이었다.

공명의 문제를 나는 이렇게 요약하고 싶다. 그가 유비의 방문을 받는 순간까지는 그의 삶처럼 순수하고 완전한 삶이, 유비가 권하는 삶 속에서 이루어질 수 있을 것인가 하는 것이다. 그것은 다른 말로 하면 현실을 시처럼 살 수 있을 것인가 하는 것이었다. 하물며 그가 권고받고 있는 현실은 가짜 현실로서의 문학생활도 아니요, 어중간한 현실인 피치자(被治者)의 삶도 아니요, 현실의 에센스로서의 현실인 정치였던 것이다. 수락하든지 혹은 않든지, 수락하면 그 후의 삶을 어떤 원리로 이끌어갈 것인지, 공명은 이 갈림길에서 괴로웠기 때문에 귀가 큰 남자는 세 번이나 이 사람을 찾아야 했던 것이다. 마침내 그는 수락한다. 제갈공명은 동양화의 산수 속에서 걸어나와 화려하고도 장엄한 군담(軍談)의 주인공이 된다. 그의 순수행위의 첫째 형태, 책 읽기는 끝났다. 그는 제2의 삶을 어떤 원리로 이끌어나갔는가.

제갈공명은 싸웠다. 그리고 이겼다. 언제나 이겼고 가장 유려하게 이겼다. 패전도 없지 않지만 언제나 그의 부하들이 그의 작전지시를 어긴 데서 오는 패전이었고 그 자신의 위신에 직접적으로 타격을 주고 그의 머리에 둘려 있는 원광을 흐리게 할 만한 패전의 장면을 우리는 「삼국지」에서 찾아볼 수 없다. 「삼국지」의 그가 등장하기 이전까지의 부분에는 어느 인물도 그만큼 압도적 무게로 사건을 지배하는 인물은 없다. 『삼국지』 전 권을 통해 가장 뛰어난 전사인 여포(呂布)도 그 초인적 힘에도 불구하고 우리를 압도하지 못한다. 여포 한 사람을 상대로 유비 삼형제가 싸우는 장면은 여포라는 사람의 힘을 가장 단적으로 독자에게 알려준다. 그런데도 그에게서는 용렬하다는 인상을 받는다.

사람으로서 보잘것이 없고 바보인 것이다. 그 밖의 여러 인물들도 모두 상황에 대한 그들의 미치는 힘에 있어 부분적이며 약하다. 인생은 사실 그런 것이다. 자기 상황을 뚫어볼 수가 있을 리 없고 힘만 장사였다고, 또 꾀만 있다고 그들이 사건의 움직임에서 항상 이길 수도 없고 살아남을 수도 없다. 그들 등장인물들은 모두 단편적이고 우발적이고 역사의 큰 물결에 뜨고 가라앉는 다소간에 크고 작은 군상들이다. 그런 점에서 공명이 등장하기까지의 「삼국지」의 부분은 보다 사실주의적이고 서사적인 냉혹함을 지니고 있다. 그러나 공명이 등장하면서부터는 그렇지 않다. 먼저, 판도가 삼분되어 게임은 훨씬 뚜렷해진다. 마치 그 이전의 사건들은 이런 역동적인 국면으로 오기 위한 준비였던 것처럼. 그리고 공명 그 사람이 비교를 넘어선 슈퍼맨이다. 나는 그것이 근대소설에 젖은 우리가 얼핏 떠올리기 쉬운 뜻에서의 허구라고 생각할 수가 없다. 제갈공명의 출사 전의 연구와 완성을 우리는 깔보고 얕잡아볼 아무 근거를 가지고 있지 않기 때문이다.

그는 천문·지리·용병·목민·둔전·공학·화기학(火器學) 등 군사령관으로서 또 군정관으로서 정치가로서 필요한 해박한 지식을 종횡으로 부리고 있다. 그렇기 때문에 그가 등장하면서부터는 「삼국지」는 소설로서의 불투명의 매력, 물(物) 자체나 사건 자체의 예측불능한 면모를 반영하는 매력을 잃는다. 공명이 이기는 것은 정한 이치고 문제는 어떻게 이기는가만이 남는 것이다. 천재에게 방대한 현실적 동원력을 주어서 그의 행동의 장려함을 감상하는 입장에 서게 되는 것이다. 공명의 능력은 아무런 신비나 허황한 모습도 띠고 있지 않다. 분석적 머리를 갖고, 검박한 생활에서 축적된 정력이 넘치는 천재라면 그리되지 못할 리가 하나도 없는 그런 솜씨와 힘이다. 인간의 역사에는 인간의 꽃이라고 할 만한 인물이 얼마든지 있고 공명도 그런 사람 가운데 하나일 뿐이다. 그래서 공명의 등장 이후의 『삼국지』는 훨씬 로마네스크하고 심리소설적인 모습을 띤다. 이 비범한 인간을 매개로 하여 현실은 마침내 심리화되고 관념회되고 상징화된다. 공명이 세계이며 그의 일거수일투족은 별과 바람의 움직임과 하나가 된다. 공명이 자주 천문을 말하는 것은 『삼국지』 전 권을 통해 가장 아름답고 인상적이며 위기의 시간에 항상 그의 말은 자연을 매개로 하고 있다.

기계적 매커니즘이 아닌 정신적 정보조직의 틀이 그의 머릿속에 있어서 우주의 한쪽에서 일어난 일이 다른 한쪽인 공명의 그 틀에 진동을 줌으로써 사건을 전달했다는 것을 왜 믿지 말아야 할 것인가. 그것도 공명의 경우에는 신비한 수속에 의해서가 아니었다. 공명은 모든 정보를 손에 쥘 권한과 편리를 가진 자리에 있었다. 자기가 임명한 장수의 기질, 자기가 점검한 요새의 조건, 자기가 적대한 국가의 장수, 그가 끊임없이 밀정을 통해 동태를 파악하고 있던 상대국의 고관들의 움직임에 대하여, 건강상태에 관하여 그가 예견을 표시했다고 해서 과연 믿지 못할 일이라 해야 할 것인가. 그렇지 않다. 우리가 보고 있는 인물은 자질에 있어서 뛰어나고 국가의 최고의 공직을 차지하고 있는 인물로서 신문지 한 장으로 국내의 정세를 더듬어야 하는 현대소설의 주인공이 아니기 때문이다. 이런 모든 조건은 합쳐져서 더욱더 공명이라는 인간으로 하여금 뛰어난 행위를 가능케 한다. 그의 행위, 그것은 전쟁이다. 그의 초인적 능력때문에 전쟁의 기술과 과정은 합리화되고 투명해지고 상징화된다. 적벽(赤壁)의 싸움이 시를 위한 끊임없는 모티프가 되고 있는 것은 그 싸움이 시였기 때문이다. 그 싸움에서 전사한, 익사한 수많은 왕서방, 이 서방 들이 시였다는 것이 아니다. 공명이라는 실존한 허구의 프리즘의 매개 때문에 그 프리즘의 이쪽에 있는 독자인 우리에게는 왕 서방, 이 서방 들은 시로서 보이는 것이며 그들은 낭자하게 떨어지는 꽃이파리들로 보인다는 것이다. 좀 자장면 냄새는 나는 꽃이파리들이지만. 그러나 우리와 왕 서방들 사이에 위치한 프리즘인 공명 그 사람은 현실의 인간이면서 동시에 시다. 그 자신이 시인 것은 우리의 힘도 그의 부하들의 힘도 아닌 공명 자신의 현실적 능력 때문이다. 자기 자신의 현실적 능력으로, 시인의 문장의 힘으로서가 아닌 스스로의 능력으로 시가 되고 있는 인간, 소설 미학의 육화로서의 인간, 그것이 제갈공명이다.

이제야 나는 알 수 있다. 어느 눈 내리는 겨울 저녁에 그의 오막살이를 찾은 큰 귀를 가진 남자의 청을 받고 몇 날 며칠을 잠 못 이룬 끝에 마침내 그의 삶의 새 국면을 맞기로 했을 때 공명이 어떤 결심을 하였는가를. 그는 놀랍게도 현실을 시처럼 살리라는 결심을 유보조건으로 그 길을 택했던 것이다. 현실을——정치와 전쟁을 순수하게, 완전하게, 투명하게, 추상적으로, 상징적으로 살리라, 하는 이 놀라운 결심. 그 결심을 가능하게 한 맨 첫째 이유는 아마 자기 자신에 대한 믿음이었을 것이다. 자기 능력에 대한 믿음이라는 원시적 명쾌함의 감정을 그는 가지고 있었다고 봐야 하며, 회의하면서 미지의 운명에 도전한다는 생각은 없었다고 나는 생각한다.

자신이 없는데도 한다는 것은 원시적 · 고전적 인간인 공명에게
는 악덕 이외의 아무것도 아니었기가 쉬우며 우리들의 약점을 그에
게 돌려야 할 만큼 우리가 위선적일 필요는 없기 때문이다.

자기 한 몸에서 현실과 상징이 하나가 되었던 인간. 공명은 그런
사람이었다. 공명 이외의 어떤 인간도 이 이원(二元)을 그에게서처
럼 허심탄회하게 조화한 경우를 발견할 수 있는 예는 없다. 대부분
의 권력자는 그가 가진 권력이 아무리 강대했더라도 그들은 불안했
으며 자신이 없었다. 왜냐하면 그들은 공명만큼 명석한 정신을 갖
지 못했기 때문이다. 대부분의 문학자는 그의 문학적 재능이 아무
리 뛰어났어도 그들은 불안했으며 자신이 없었다. 왜냐하면 그들은
공명만큼 강대한 권력을 갖지 못했기 때문이다. 공명은 그 두 가지
를 다 가지고 있었다. 그가 가진 교양이 세계 최고의 것이었고, 그
가 가진 권력이 인신(人臣)으로 최고의 것이었고, 그가 기동한 공간
이 가장 넓은 것이었으므로 존재의 모든 음계는 공명을 동심원의
중심으로 하여 완전히 겹쳐 있었다. 그는 역사상 가장 행복한 지식
인이었다. 물론 공명이 지식인이라는 것은 우리들의 척도에서다.
그에게 있어서 경국(經國)은 일종의 순수행위였으며 우리말로 하면
앙가주망——그것도 회의 없는 앙가주망이었다고 나는 생각한다.
한 걸음마다 건다[賭], 그런 심리는 공명이 모르는 단 한 가지 일이
었다. 출사의 순간을 사이한 그 순간에만 망설임이 있었다. 그것도
망설임이다. 그러나 꽃망울 하나가 자기를 열 때에도 망설임은 있
는 것이다.

조조가 생전에 공명과 싸운 마지막 싸움에서 조조는 크게 졌다.
그의 군대는 흩어지고 그는 참모 몇 사람과 소대 정도의 병력을 데
리고 달아났다. 늘 하듯 공명은 그 퇴로에 복병을 두었다. 조조는

복병에서 간신히 빠져나오자 껄껄 웃으면서 지금 이 자리에 복병 한 부대만 더 두었더라면 나는 골로 갈 것인데 공명도 거기까지는 생각 못했다고 한다. 그 말이 떨어지기가 무섭게 복병 한 부대가 더 나타난다. 조조는 질겁해서 달아난다. 그러고는 또 공명을 비웃는다. 그때마다 또 복병이 나오고, 이러기를 몇 차례 끝에 부하는 정말 측근 두세 사람만 남는데 조조는 또 웃는다. 이때 측근자들은 조조가 죽이고 싶도록 미웠을 것이다. 그 방정맞은 웃음마다 복병을 불러냈으니 환장할 것이 아니겠는가. 진짜로 복병은 나타났다. 관운장(關雲長)이 그의 앞을 가로막고 조조를 잡으려 한다. 조조는 옛날에 자기가 관운장에게 베푼 호의를 들추면서 눈감아 주기를 빌붙는다. 옛날에 운운은 관운장의 단기천리(單騎千里)를 말하는 것으로 그때 조조는 그를 쫓지 않았던 것이다. 말인즉 틀리지 않기 때문에 관운장은 우물쭈물한다. 그사이에 조조는 달아나버린다. 공명은 관운장을 직무유기로 목을 베려 하나 유비의 간청으로 살려준다. 그런데 실은 관운장이 조조를 살려줄 것을 알고 그를 거기에 배치한 공명이었던 것이다.

조조는 운이 다하지 않았으므로 관운장에게 신세갚음이나 시키자는 것이다. 이쯤 되면 신선놀음이지 전쟁이 아니다. 여기서 공명의 전쟁관은 뚜렷하게 나타난다. 그런 중요한 목이면 막무가내한 콱 막힌 장수를 두어, 조조를 잡고 볼 일이지 관운장 같은 휴머니스트, 대중소설적 인물을 둘 것이 무엇이란 말인가. 오히려 직무유기를 따짐받을 사람은 공명이다. 공명의 말은 천문을 보니 조조의 운이 다하지 않았으므로 잡을래야 잡히지 않으리라는 것이다. 아마 그랬을 것이다. 그의 천문은 곧 인문을 곁들인 것이었을 테니 물러가는 길의 조건과 쫓는 부하들의 능력을 살핀 종합판단이니 천문에 나타나지 않았을 리가 없는 것이다. 우리 같으면 그렇더라도 그런 마음은 못 냈으리라. 공명은 냈다. 공명은 천문을 알고 있었기 때문이다. 그래 본 다음의 괘까지도 알고 있었기 때문이다. 그에게는 전쟁도 순수행위였던 것이다.

그는 멀리 남만(南蠻) 지방을 쳤을 때도 매우 야릇한 싸움을 하고 있다. 그는 토후들의 왕을 여러 번 사로잡는데 그때마다 놓아주는 것이다. 적으로 하여금 충분한 리턴 매치의 기회를 주는 선수권자의 모습이다. 이것도 고등전략이라면 그만이지만 실지로 그렇게 하기는 매우 어려운 일이다. 공명은 그렇게 하고 있다. 그에게는 충분한 정보와 힘이 있었을 것이고 싸움은 도박이 아니므로 몇 번을 하나 이길 건 틀림없었기 때문일 것이다. 그렇게 하고 있는 그에게 있어서의 전쟁이란 무엇을 뜻하는 것이었을까. 만일 저를 못 믿는 사람이라면 감히 그렇게 하지는 못했을 것이다. 비록 믿음이 있더라도 적을 부수는 것만이 속셈이라면 이런 번거로운 수속은 필요없었을 것이다.

정치에는 깊은 수(數)가 있어야 하는 것이지만 이것도 정도의 문제다. 공명은 결과와 과정을 똑같이 중요한 것으로 보고 우러나지 않은 충성이 무슨 충성이며, 기득권의 불양보에 입각한 겨룸이 무슨 평등인가고 그는 생각한다. 이것은 마키아벨리스트의 생각이 아니라 시인의 생각이다. 그런 생각이 시인으로 하여금 현실에서 지는 쪽에 서게 한다. 공명은 시인으로 행동하면서 이긴 오직 한 사람이다. 현실에서 지고 정신에서 이겼다느니 하는 궤변이 아니라 명실(名實) 더불어 이긴 것이다. 토인의 왕이라고 깔보아서 그렇게 한 것일까. 조조는 토인의 왕이 아니었다.

시인으로서의 공명의 면목은 출사표에서 전모를 드러낸다. 출사표를 읽고 울지 않으면 충신이 아니라 한다. 출사표를 충성 테스트를 위한 거짓말 탐지기처럼 여기는 것 같아 썩 좋은 말이라고는 못하겠지만 분명히 이것은 좋은 글이다. 그런데 이것은 '글' 일까?

아니다. 그것은 '행동' 이다. 공명은 '출사' 라는 시제로 글을 지어바친 것이 아니라 군사행동을 원하는 공문을 제출한 것이다. 행동을 요청하는 행동——그것이 출사표라는 행동이었던 것이다. 그것은 의사표시였던 것이다. 의사표시가 멋지다고 해서 그것이 의사표시임을 그치는 것일까.

그럴 리는 없다. 그의 출사표가 지금도 우리를 움직인다면 그것은 명문이어서가 아니라 그것이 '글' 과 '행위' 를 넘어선 현실 자체, 순수행위이기 때문이다. 그 시점에서 촉이라는 나라가 그 생명력을 모두 들여서 움직여야 할 일이 무엇인가를 뚜뚜하고 강력하게 발성한 인간의 육성이기 때문이다. 『삼국지』 전 권은 출사표 한 장으로 흘러들어 문맥 속에서 출사표는 빼도박도 못하는 흔들림 없는 주춧돌이다. 그것은 종이 한 장이 아니라 중국의 비바람이 거기에 뭉친 순수결정이다. 현실이 된 언어이며, 언어가 된 현실이다. 이것은 유비(類比)나 변증법적 반성으로 그렇게 풀이된다는 것이 아니고 사실이 그렇다는 것이다. 사실처럼 우리를 놀라게 하는 것은 없다. 행동이 시가 된 경우——출사표는 그래서 놀라운 '사실' 이다. 그것은 문학과 현실의 동떨어짐을 모르는 드물디드문 사람, 공명의 순수행위다. 그만큼 권력을 갖지 못했던 사람들은 그것을 명문이라 불렀고, 그만큼 글재주를 갖지 못했던 사람들은 그것을 충성이라고 불렀다. 그러나 공명에게는 그것은 행동이었다. 마치 그가 진중(陣中)에서 부대를 향해 지휘봉인 백우선(白羽扇)을 올리는 것이 에누리없는 행동인 것처럼, 그것은 공명에게는 가장 평범한 행동이었으나 우리에게는 철학과 문학의 기교를 다해도 늘 손가락 사이로 빠져나가는, 자기 그림자를 밟는 것 같은 못 이룰 술래잡기였으므로

선(禪)을 만들고 생불리슴을 만들었으나 끝내 객관적으로 정착시키지 못하는 요술에 속한다. 까닭은 쉽다. 우리가 공명이 아니기 때문이다.

오장원(五丈原)에서의 공명처럼 장엄한 인간이 또 있을까. 그는 늘 하듯 천문을 보고 자기 명운이 다하였음을 안다. 그는 제단을 쌓고 명을 연장하려 한다. 여기서 우리는 공명의 어쩔 수 없는 인간의 한계를 본다고 나는 해석하고 싶지 않다. 왜냐하면 공명에게 있어서 기도라는 것, 그 자신이 집전(執典)하는 그 기도라는 것은 그의 힘 밖에 있는 요행이 아니라 그의 능력 안에 있는 능력으로 천지를 향한 용병이기 때문이다. 그의 생애에서 그는 항상 대인(對人) 로켓, 대지(對地) 로켓만을 사용했으나 지금 처음으로 대천(對天) 로켓을, 그의 비밀무기를 쓰고자 한 것이다. 오늘날 원자무기를 가지고 있으면서도 함부로 쓰지 않는 것이나 다를 바가 없는 것이다. 어떤 바보 같은 그의 부하 장수가 보고하러 황급히 들어왔다가 그 제단의 불을 차 넘어뜨렸을 때 우리 가슴에도 분명히 불이 꺼진다. 그 어둠, 그 슬픔, 아니 우리 가슴에서가 아니다. 거기에, 암흑의 장중에서 우리는 한충무후(漢忠武侯) 제갈공명의 비통한 탄식을, 그 신음을 우리 귀로 듣는다. '대사(大事)는 끝났다' 사실로 끝난 것이다. 연극이 끝난 것이 아니라 사실이 사실로 끝난 것이다. 그의 순수행위의 둘째 형태, 행동은 끝났다.

제갈공명의 싸움은 그러나 다 끝난 것은 아니다. 그는 자기 군대가 흩어지지 말고 물러가기를 바랐다. 그의 적수였던 중달(仲達)이 물러가는 촉군을 쫓아갔을 때 길가의 산비탈에서 그는 이상한 축조를 보게 된다. 그것은 돌을 벌여놓아 병(兵)이 진을 치고 있는 형국을 만들어놓은 것이었다. 중달은 만류를 물리치고 그 위진(僞陣) 속으로 말을 몬다. 갑자기 먼지바람이 일며 한 떼의 군마가 그를 에워싸고 달려든다. 그는 이 진중에서 신병(神兵)들에게 이리저리 쫓기다가 겨우 어떤 노인의 안내로 그 속에서 빠져나온다. 노인의 말인즉 몇 해 전 공명이 이 진을 쳐놓으면서 뒷날 위나라 장수가 여기서 목숨을 잃을 테니 살려주지 말라 했다는 것이다. 공명은 이 노인이 자기 말대로 중달을 살리지 않으리라고 생각했을까. 관운장을 조조의 길목에 배치했던 공명이, 그때도 관운장더러 조조를 살려주지 말라고 각서까지 받았던 공명이. 중달은 더 쫓지 않았다. 우리래도 더 쫓을 수 있겠는가. 사마 중달에 대한 이 마지막 엄포가 공명의 마지막 행위였다. 이 마지막 행위는 마지막이라서가 아니라 아주 중요한 뜻을 지닌다. 이미 죽은 공명으로서 현실의 인간을 움직이는 행위를 한 것인데 그는 어떻게 하였는가.

몸을 잃어버린 마음은 어떻게 '행동'을 만들어냈는가. 유치한 유령들처럼 남의 꿈속에서나, 정신이 흐린 비몽사몽간에 산발하고 혀나 빼물고 놀래주는 그런 잡스러운 짓을 한충무후가 할 수 있었겠는가. 없다. 대신에 공명은 돌들을 행동시켰다. 돌들에게 미리 뜻을 주어 숨겨두었다가 그들의 D데이에 그대로 행동하도록 돌들을 정확히 짜놓은 것이다. 육체를 잃었을 때 공명의 순수행동은 더욱 뚜렷하게 완성된 것이다. 현실의 군병을 부릴 능력과 권리를 잃었을 때 그는 돌이라는 매재(媒材)에 의한 허구의 이미지를 지휘하여 행동한 것이다. 이것이 그의 전 생애의 맺음이자 그의 미학의 육화이며 불멸의 행동이었다.

행위의 셋째 형태, 허구도 끝났다. 원환(圓環)은 닫혔다. 행위와 시의 구별을 몰랐던 사람. 이 사람과 비슷한 유일한 국사상의 인물은 충무공 이순신뿐이다. 초인적인 능력, 인품의 공명정대함, 그리고 백의종군에서 나타난 그 비(非)마키아벨리스트로서의 면목이 두 사람의 친근성을 비춰준다. 그러나 다르다. 이순신은 공명만한 권력과 병력을 갖고 있지 않았다.

공명은 문자 그대로 출장입상했다. 촉 전군의 최고사령관이었다. 군기의 처음에서 끝까지 그의 한 손에 가지고 있었다. 이에 비해서 이순신은 수군사령관에 지나지 않았다. 다만 수군사령관, 야전의 지휘관이었다. 군략에 대해 온통 무식한 조정의 문관들의 말 한마디로 간단히 자리에서 물러나야 하는 문관정부 아래의 한낱 장수였다. 그의 위로 층층 어른을 모신 몸이었다. 공명 위에는 한 사람밖에 없었다. 일인지하만인지상(一人之下萬人之上)이다. 문무관리의 목을 붙이고 떼는 것은 그의 손이었다. 공명의, 신하로서의 이 같은 강대한 자리는 또 특별한 사성이 있다. 그는 창업지신(創業之臣)이다. 맨주먹으로 나서서 천하를 세 토막으로 갈라 하나를 차지하고 있는 지금의 나라는 누구에게서 물려받은 나라도 아니요, 태평세월에 그저 얻은 땅도 아니다. 비마키아벨리스트일 뿐 강력한 인간이랄 수 없는 유비에게 힘이 된 것이 공명이었다. 힘없는 정치가는 정치가가 아니다. 그 힘을 유비에게 준 것이 공명이었다. 공명의 강력한 인간적 힘이 적에게서 땅과 하늘과 사람을 뺏을 수 있었고 그 땅과 하늘과 사람이 촉이었다. 조강지처는 괄시 못하는 법이며 창업지신은 막 보지 못한다. 세속의 탈을 쓰기 전에 맨몸뚱어리와 몸뚱이를 서로 보인 사이, 인간의 비력(非力)의 심연을 나란히 서서 겪은 사이, 그것은 일종의 공범이다. 그들은 비단옷과 휘날리는 군기와 어마어마한 벼슬의 이름이 어디서 왔는가를 서로 알고 있다. 그것들이 태어날 수 있었던 피와 부끄러움과 허무함을 알고 있다. 서로가 알리라는 것을 서로가 알고 있다. 죽음에서 살아난 삶, 패전에서 이끌어낸 승리, 모든 있는 것은 없는 것에서부터 홀연히 나오더라는 그 실감. 심연의 그 어쩔한 다산의 태(胎) 같은 신비를 안 사람은 이 세상은 두렵고 아득한 것에 말미암는다는 사정을 알게 된다.

이런 경험을 더불어 겪은 사이 그것이 공범이다. 삶을 죽이는 공범만이 공범이 아니다. 삶을 살리는 짝패 그것도 공범이다. 범한다는 것은 누군가를 밀어낸다는 것이며 그것이 삶이다. 공명과 유비는 그런 사이였다. 이런 사람들은 막 보지 못한다. 동지이며, 군사(軍師)이며, 재상이며 했던 군신지간이란 신분사회에서 실존의 숨결이 살아 있을 수 있는 드문 경우 가운데 하나였을 것이다. 봉건사회의 저 번지르르한 대의명분의 실체를 이루고 있는 저 거짓에서 해방될 수 있는 행복을 공명은 가졌다. 그의 충절에는 구김살이 없다. 그에게 있어 그것은 관료의 자기기만적 환상의 이데올로기가 아니고 스스로 넘치고 솟구치는 목숨의 한 이름이었기 때문이다. 그 흔한 술수의 세계에서 단 한 번 모함에 든 적도 없다. 그것은 공명의 인간이 그의 능력이, 그의 성품의 절대함이 모든 약함에 뻗쳐와서 그 약한 삶조차 눌러 죽여버리는 음모를 튕겨버린 것이다. 이순신은 이 모든 행복한 조건들을 가지지 못했다. 이순신은 물론 비극의 사람이었다. 그의 비극은 사람이 만든 것이었다. 공명도 비극의 사람이었으나 그것은 하늘의 뜻이었다. 무슨 한을 말하겠는가.

그래서 그의 페어플레이는 적에게 베푸는 갤런트리로 나타나지 않고 적에게 당하는 순교로 나타났다. 공명의 생애의 어느 구석에도 순교자의 냄새는 없다. 그렇다면 이순신은 공명보다 우리들, 이 불초(不肖)의 우울한 근대적 지식인에 가깝다(충무공이여 실례를 요서하소서. 다만 '문학적' 비유에 '지나지 않습니다')고 할 것이다. 그것은 선조(宣祖)는 유현덕(劉玄德)이 아니었다는 말도 된다. 알겠다. 귀만 커서 왕이 됐을 리야 없다는 것을. 언젠가 커다란 귀를 가진 선조왕에게 이순신이 출사표를 바치는 꿈을 꾸어보는 하룻밤을 가져보고 싶은데 그것은 공명에게는 관계없는 일이고 그것보다 이 글을 맺으면서 무슨 결론 비슷한 말을 해야겠는데, 무슨 말을 할까. 별로 신통한 말이 없다. 신통한 행동 하나 없는 삶이니 당연하다. 그러면 그 대신 인사나 하자. 한충무후 제갈량 공명이여, 만수무강 하시라.

쓰기를 마치고 나는 바로눕는다. 고단하다. 아주 고단하다. 그렇다. 이 길로 그가 지나간 수렛자국이 남아 있을 그 들판으로 가서, 그 길목의 풀숲에 편히 앉아 내 글을 한번 읽어보기로 하자. 그런데. 나는 문득 놀란다. 아니다. 중달이 아니다. 위진 대목은 중달에 관한 게 아니었다는 것이 생각난다. 그것은 오나라 대장 육손에 대해서 어복포(魚腹浦)에서 쓴 계략이다. 분명히 그렇다. 그러나 인제사 졸음이 참을 수 없이 밀려온다. 생각을 지탱할 수 없다. 옳다. 거기서, 거기 가서 생각해 보자. 그 들판에서. 좀 전의. 수렛자국이. 남아 있을. 그.

가면고(假面考)

1

 분명히 처음 보는데 언젠가 한번 본 것만 같은 그런 얼굴이었다.
 삶의 언저리에서 가끔 일어나 짜증이 나게 마음을 헝클어놓기
일쑤인 기억의 환각……. 민은 그녀가 두어 정거장 앞에서 오른 때
부터, 그런 생각에 사로잡혀 있었다. 그는 시계를 들여다보았다. 아
마 이 전차가 마지막일 테지. 텅 빈 차 안에는 대여섯 사람이 앉았
을 뿐. 그러고 보면 요즈음에 전차를 탄 적이 얼마 없었다. 따져보
면 떠나고 닿는 사이가 전차와 버스 사이에 그리 큰 차가 지는 것도
아닐 테지만, 스탠드에서 표를 사는 일이, 유니폼을 입은 차장에게
표를 건넨다는 수속이, 또는 전차의 보다 큰 부피, 그런 것이 아마
쫓기고 늘 무거운 그의 마음에 짐스러운 탓인지 모른다. 밤 늦은 시
각에 버스를 타고 가다가 얼핏 엇갈려가는 전차 속 그 넓은 빈자리
에 띄엄띄엄 몇 사람의 고단한 얼굴이 을롱하게 흩어진 풍경을 그는

앞뒤가 잘린 토막난 필름을 보듯 야릇한 느낌으로 바라보곤 했다.

민은 내려뜨렸던 눈길을 들어, 다소곳이 앉은 그녀를 한 번 더 바라보고는 몸을 꼬아 창밖으로 눈길을 옮겼다. 부옇게 안개 끼듯이 내리는 빗속에 집들의 창에서 번지는 불빛으로 레일이 둔하게 빛을 내며 깔려나가고, 이따금 머리 위에선 전선이 팍, 팍 튀는 소리가 떨어져온다.

마음의 올은 맹랑한 것이어서, 지금 그는 그녀의 얼굴에 대해 골똘히 마음을 쓰고 있는 것은 아니었다. 한눈에 뜨끔하니 모질고 강한 인상을 받은 얼굴이었으나, 민은 그 얼굴의 머릿속에서 새김질하는 대신에 그 영상 때문에 움푹 패어진 마음의 어느 구멍에 느리고 짜증스러운 손짓으로 자꾸 흙을 퍼넣고 있었다. 어느 한모퉁이에 또 빈 자리가 늘어가는 것은 두려운 일이 아닌가. 그 빈 자리를 메우려고 또한 얼마나 귀찮은 바람이 스며올는지 모르는 일이다. 달팽이처럼 속으로 속으로 오므라들면서, 자기의 남모르는 일을 끝낼 때까지는 햇바퀴의 아름다움을 보지 않아도 그만이란 속셈에서였겠지만, 덜커덩 차가 흔들리는 참에, 퍼뜩 정신이 든 눈길이 자동 인형처럼 여자 쪽을 살피는 것을 깨닫고 민은 속으로 혀를 찼다.

그는 눈을 감았다. 감은 눈 속에서, 몇 해 전 그가 군에서 나오고 바로 겪었던 일이 먼 바닷가 밀물처럼 회상의 언저리를 적셔온다. 그 물결에 거슬러보는 뜻 없이 노력을 버리고 어느덧 발목에서 정강이로 느릿느릿 적셔오는 밀물에 발을 담그고 우두커니 서 있었다…….

「푸른 다뉴브의 물결」이 홀에 넘쳐흐르고 있었다.

초여름 밤의 훈훈한 기운이, 그를 흐뭇한 기쁨 속으로 몰아주는 까닭의 모두는 아니었다. 그는 즐거웠다. 조금도 서두를 까닭이 없었다. 새색시 의롱에서 잠든 저 많은 옷가지들처럼, 이제부터 하나하나 끄집어내서 그의 인생의 보람있는 장면을 채워줄 티없는 시간을 넉넉히 가지게 된 그였다. 퇴역. 그는 여자의 손에 약간 힘을 주어봤다. 꼭 같은 만큼의 운동이 거기서 되돌아왔다. 눈덩이처럼 흰 이브닝드레스에 싸인 그녀는 이런 화려한 데서도 십분 눈길을 끌 만하였다. 밴드에 맞추어 물결 타듯 가볍게 지나가면서 파트너의 어깨 너머 흘깃 던져오는 사나이들의 눈매가 그것을 다짐하고 있었다. 자리를 바꾸는 참에, 동성이기 때문에 거침없이 쏘아붙이며 대번에 이쪽 값어치를 셈해 내는 여자들의 눈이 그것을 말하고도 남는 것이었다. 그런 모든 일이 그를 즐겁게 했다. 그는 자랑스럽기까지 했다. 잡고 있는 여자의 손바닥이 촉촉이 젖어 있었다. 그의 손이 젖어 있는 것인지도 모른다. 그는 여자의 이름을 불러보았다. 그녀는 (……) 말없이 올려다본다. 두 개의 구슬 속에 차단한 불꽃이 어른거린다. 그 눈이 아름답다고 그는 생각했다.

곡이 끝났다. 그들은 자리로 돌아왔다. 그는 소다수를 시켰다. 그는 여자의 컵에 따라줄 때 잘못하여 가로 흘렸다. 여자는 나무라듯 살며시 흘겨보았다. 흠, 이 아가씨가? 평소에 몸가짐이 점잖은 여자가 지나친 몸짓을 해보이는 것은 사랑한다는 표시다. 당신에게만은 응석을 부리겠어요, 하는 몸짓이 아니고 무언가. 여자의 마음속 가장 깊은 곳에 숨은 가실 줄 모르는 바람은 다시 한번 그녀들의 황금시대로 돌아가고 싶다는 것. 아버지라는 시종무관의 무릎에서 세계의 이야기를 듣던, 그 시절로 시간의 바퀴를 되굴려 가보자는 소원이다. 물론 이때 아버지는 멋진 코밑수염을 어흠 손가락으로 토닥거려야 하는지를 알 만큼 눈부신 지성의 소유자여야 하며, 그러자면 그는 외국유학을 한 사람이어야 하고, 그의 집안은 부유한 봉건지주나 날치기 광산장이어야 하며, 외국에 가 있는 동안 어느덧 브나로드적 유행성 열병이 깨끗이 가라앉고, 돌아올 땐, 삯바느질한 어머니가 부쳐준 학비로 미술학교를 다니던 어떤 여류화가를

달고 와야 하며, 그렇게 살다 보니 서로 시들해져서 한국은 나를 알
아주지 않는다고 술타령과 기생오입의 도락삼매가 시작되어야 하
며, 이윽고 가산이 바닥나지 않는다는 것은 가을이 와도 나뭇잎은
머무르라 식인 영 말도 아닌 소릴 것이며, 천대와 괄시 속에서도 남
자를 사랑하지 않고서는 못 배기는——저 '노라' 양에게 뺨을 열두
번이나 얻어맞아도 장히 마땅할 그의 아내가, 자기 어머니의 고된
팔자를 이어 그 남편에게 커피값을 낸다는 대목에 이를 것이며, 드
디어 과로와 그보다도 식어버린 남편의 사랑에 상심하여 그녀가 죽
은 뒤에야 남편은 지금은 다시 뉘우칠 길도 없는 애인이 남기고 간
유산을 무릎에 앉히고 아버지는 정말은 어머니를 사랑했다는 거짓
말을 되풀이되풀이 이야기하는 가운데 그녀가 어머니를 대신하여
아버지의 고해성사를 밑아보면서부터 몸에 붙인 고백을 받는 기쁨
에까지 거슬러 올라갈 수 있다. 무엇을? 어 무슨 이야기가 이리도
길게 되었던가. 이게 나쁘다. 바로 이게 지옥이다. 군이여. 군은 이
자질구레한 장난, 계집애의 바느질 쌈지 속 같은 바글바글한 마음
의 장난을 하는 버릇을 아직도 떼지 못하였는가. 아니다. 너무 그리
까다롭게 따질 건 없잖아. 나는 다만 그 이름은 무어던가, 프랑스의
어떤 위대한 서정시인의 시 가운데 있는 구절——한 송이 국화꽃을
피우기 위하여 천둥은 그렇게 울었나 보다 하는, 한 가지 일이 있기
까지는 숱한 사실의 고리가 뒤에 있다는 메타포를 한국 근대 정신
에다 옮겨본 거지. 내 정신이 아직도 부드러운 상상력을 잃지 않았
는가 알아봤을 뿐이야……. 아무튼 그는 조금도 악의는 없었다. 다
만 흥겨울 뿐이었다.

누군가가 그들의 앞에 머물러 섰다.

그들은 머리를 들어 그 사람을 바라보았다. 홀쭉한 키에, 머리칼
을 길게 밀어붙이고, 나비넥타이를 매었다. 자식 가만있자, 독일어

에 있어서 물주 형용사와 인칭 대명사의 제2격과의 차이를 말해
봐, 아마 모르지? 홍 나는 박격포탄을 우박처럼 맞아도 하나도 잊어
버리지 않았어. 전쟁이 개인의 운명을 바꾸었느니, 전쟁이 기성질
서와 생활감정을 어쨌느니, 전쟁이 무엇을 무엇 했느니, 그래 전쟁
이 없었다면 네가 운동의 네 번째 법칙을 발견할 것을 못했단 말인
가. 전쟁통에 그만 배울 걸 제대로 배웠겠습니까 머리를 긁는 친구,
전쟁에 그만 깡그리 가산을 날리고 이러면서 소주잔을 비우는 빵
장수, 전쟁이 저를 이렇게 만들었어요. 당치도 않은 피해망상을 실
습해 보는 갈보의 센티멘털리즘, 거짓의 무리들이여 열세 번이나
지옥으로 가라. 만일 그대들의 말이 옳다면 나의 옆에 다소곳이 앉
은 이 여자의 눈이 보여주는, 저 순결성을 어떻게 풀이할 것인가.
그녀도 분명 전쟁을 나라 안에서 겪은 바에는. 전쟁은 게으른 자와
음탕한 자들에게만 핑계를 주었다. 그뿐.

　나비넥타이는 허리를 굽히며 그녀를 파트너로 소망하는 것이
었다.

　여자는 가볍게 거절했다. 얼음처럼 쌀쌀해 보였다. 그녀의 귀걸
이가 반짝 빛났다. 가볍게 고개를 움직인 거절의 동작이 그녀의 귀
에 달린 금붙이의 빛깔보다 차가웠다. 나비넥타이는 미안하다는 인
사를 남기며 떨어진 곳에 홀로 앉은 댄서 쪽으로 옮아갔다. 그가 고
개를 돌렸을 때, 여자의 장난꾸러기 같은 웃음을 머금은 눈이 그를
맞았다. 방금 보여준 그 쌀쌀한 얼음은 벌써 끄트머리도 없었다. 그
는 또 한번 느긋하지 않을 수 없었다. 그는 소다수를 마시는 그녀의
동그스름한 목이 보여주는 움직임을 보고 있었다. 그 목은, 희고 탄
력있는 부피가 차분히 오른 썩 잘된 조각 같았다. 어쩌면 그는 이
목 때문에 그녀에게 끌리기 시작했는지도 모른다. 그 목 아래, V자
로 팬 이브닝드레스의 가슴은, 오늘 저녁 처음 보는 부분이었다. 그

목에 의당 어울리는 좋은 가슴이었다. 그러나 그는 거기를 오래 보지는 않았다. 겸연쩍었기 때문에. 그는 무슨 말을 해야 하겠다고 생각했다.

"즐거우십니까?"

"선생님은?"

누가 가르쳐주었기에 이런 묘한 응답의 재주를 부리는 것일까? 그는 생각한다. 사랑? 아마. 사랑은 모든 것을 가르쳐주는 법이니까.

"이만하면 저도 꽤 용감하지요?"

"왜요?"

"왈츠 한 가지만 갖추고 싸움터에 나섰으니 말입니다."

그녀는 활짝 웃었다. 웃는 모습을 보고 그녀의 순결을 믿는다. 수줍은 여자일수록 한번 마음을 주면 쉽사리 참마음을 드러내는 것이라 생각한다. 단단히 오므라든 소라의 몸처럼, 섣불리 내밀지는 않지만, 깊은 바다풀의 그늘에서는 마음놓고 노는 것이라고, 사랑이란, 경계의 해제가 아닐 텐가. 모든 것이 그녀의 사랑과 순결을 나타내고 있었다. 그는 이 모든 것을 믿으리라 했다. 그는 이전에 얼마나 많은 어리석음을 저질렀던가. 다람쥐 쳇바퀴 타듯, 끝이 날 수도 없고, 끝이 난대야 어떨 것도 없는 망설임의 바퀴를 뱅뱅 돌리며, 세상을 보면서 살았던 그때. 한방에 있는 친구가 댄스를 배우러 나간 사이, 『대영백과사전』을 발바닥에 얹고 거꾸로서기 연습을 하면서, 친구의 경박성에 항의해 보았던 때, 그는 분명히 속이 좁았다. 다른 일은 다 제쳐놓고라도, 사람에 대해서 너무나 몰랐다. 더 테두리를 좁히면, 여자에 대하여 너무도 무지했다. 그는 여자를 깨우치려 들었다. 가르치려고 했다. 따지려 했다. 알아내려 했다. 심지어 존경하려고까지 했다. 사랑해야 하는 줄을 몰랐던 것이다. 사랑합니다, 하는 애인에게, 정말? 정말? 얼마나? 어떻게? 왜?를 캐고 또 캐어 끝내 진절머리가 나게 한 끝에, 그 파랑새를 홀랑 잃어버렸 거니. 사랑이란 무엇인가를 알기 위하여, 시험관 속에 넣고 쪼개보 면서, 어두운 방 안에서 허구한 시간을 없애다가, 아무런 마음의 다 짐도 없이 그는 전쟁에 나갔다. 아무렴 지금은 전쟁을 생각하기 위하여 여기 온 것이 아니다. 다시 전쟁이 일어나고, 다시 국가가 나를 부를 때 나는 또 한번 전쟁에 나갈 게다. 그러나 지금은 아니 다. 나는 한 가지밖에 없는 밑천, 왈츠가 울려나오기를 기다리고 앉 은 선량한 시민이다.

푸른 다뉴브가 다시금 물결쳐 흐르기 시작했다. 그들은 일어섰 다. 마주보고 웃었다. 두 사람만이 아는 웃음이 더욱 그들을 흐뭇하 게 했다. 사랑이란, 비밀을 나누어 가졌다는 공범의식이라 그는 생 각해 본다. 이번 춤은 아까보다 훨씬 즐거웠다. 그는 소년처럼 가볍 게 움직였다. 걸음마다 더 가벼워지는 듯했다. 왈츠만은 자신이 있 었다. 한 달 동안 왈츠만 익혔으니까. 그건 이 여자를 사랑한다는 말이 아니고 또 무엇일까. 그렇다. 군에서 사바세상에 나온 순간에, 내게 다가온 이 아름다운 운명을 소중히 여겨야 한다. 그 누군가가 나에게 보내주는 선물에 트집을 잡아서 그를 노엽게 해서는 안 된 다. 아 참 왈츠란 좋은 곡. 이놈이 나를 이렇듯 즐겁게 만드는 것이 구나. 다뉴브는 흐르고, 그 위에 내 모든 어두운 젊은 날도 실어보 내자. 다뉴브는 흐르고, 그 위에 내 모든 어두운 젊은 날도 실어보 내자. 다뉴브는 독일의 강 이름이 아니라 삶을 너그럽게 찬미하는 모든 사람의 가슴에서 흘러가는 기쁨의 강 이름. 삼박자로 고동치 는 젊은 피의 흐르는 소리일 게다. 그는 더욱 즐거웠다. 여자의 손 은 더욱 젖어온다. 여자는 웃고 있었다. 오늘 저녁 그녀를 입맞춰 주리라 결심한다. 귀여운 턱. 목. 환한 가슴. 그때 그는 한 가지 발 견을 했다. 그 발견은 처음에 노곤한 기쁨을 주었다. 그러나 아주 갑자기, 어떤 오래 잊었던 일이 빠르게 머리를 스치고 지나갔다. 그의 스텝에 헛갈림이 왔다. 여자는 상냥스레 주의를 주는 눈짓을 보낸다. 그래도 효험이 없었다. 어느덧 그녀가 이끌고 있었다. 그는 인형처럼 끌려서 돌았다.

눈보라가 휘몰아치는 산허리를 행군이 지나가고 있다.

밤.

춥다.

왜 이다지도 추운가. 떡떡 이 맞히는 턱을 악문다. 길게 꼬리를 끌며 바람소리가 떨어졌는가 하면, 금시 싸 하는 울음과 더불어 눈가루가 낯을 때린다. 그럴 때마다 숨이 턱턱 막힌다. 방어선이 뚫린 곳을 버리고 적의 포위를 피하여 산길을 타며 물러가는 부대의 길게 뻗친 대열 속에 그는 있었다. 퍼붓듯 걸차게 내리는 눈을 모진 바람이 가로채서는, 산허리를 안고 폭 좁은 벼랑길을 말없이 지나는 사람들의 낯이며, 어깨며, 발목에다 후려갈기는 것이다. 하얀 바람의 미친 듯한 춤. 춤다. 다 귀찮고 미친 듯 춤다. 그는 옆에 걸어오는 M소위를 옆눈으로 비쳐보았다. M소위가 번쩍 고개를 돌렸다. 그 얼굴을 보며 (……?)했다. M은 웃고 있었다. 웃는다. 녀석. 그뿐 그 웃음의 까닭을 캐기도 귀찮았다. 그는 아까부터 줄곧 생각하는 일이 있었다. 그건 불이었다. 다음 진지에 닿는 대로 장작을 산처럼 쌓아올리고, 휘발유를 끼얹어 시뻘건 불을 질러야지. 아니 빈 농가를 집째 태우는게 좋지. 얼마나 잘 탈까. 짚을 인 지붕이 공중으로 뿜어져오르겠지. 우지끈 하며 불기둥이 된 서까래가 불티를 날리며 무너져내린다. 야 그 불길이 굉장할 거야. 휘발유를 자꾸 붓는다. 자꾸자꾸. 싸, 바람이 더 한층 거세다. 눈앞이 보얗게 흐려온다. 그는 환상 속의 불길을 부채질하며, 이를 악물고 현실의 추위를 막아보는 노력을 하면서 걷고 있는 것이었다. 다른 생각을 하면 불이 꺼진다. M이 웃거나 말거나 그런 것에 마음을 둘 겨를이 없다. 불. 불. 그 불 곁에서 죽었으면. 그 뜨거운 불 옆에 조용히 팔다리를 펴고 드러누워 죽어가는 건 얼마나 좋을까. 참 좋을 거야. 거기서 죽었으면. 죽음을 장난처럼 희롱하며 불을 쬐는 기쁨과 바꾸어보는 것이다.

그때 M이 소리를 쳐왔다.

"여보게, 내가 무슨 생각을 하고 있는지 알겠나?"

"선생님, 무슨 생각을 하고 계셔요?"

"아 네 네……."

"이러심 싫어요. 그만두시겠어요?"

"아닙니다. 아니에요. 너무 행복해서……."

"어머나……."

그는 얼핏 그녀의 V자형 가슴의 골짜기를 바라보았다. 오 잘못 본 것이 아니었구나. 그렇다면…… 그러나 세상에 유독…… 다뉴브 강물 위에 눈이 날린다. 자욱한 눈이…….

"여보게, 내가 지금 무슨 생각을 하고 있는지 알겠나?"

M은 두 번째 소리친다. 내가 알 게 뭐람. 네가 속으로 무슨 생각을 하는지. 아 불이 그만 꺼졌다. 에이 망할 자식. 그는 다시 불을 일으키려고 애쓴다. 이런 때 공상도 마음대로 움직여주지 않는다. 불이 좀체로 살아나지 않는다는 말이다. 일듯 일듯 하다가도 사르르 꺼지곤 한다. 이런 일도 있을까.

"여보게 나는 지금 내 애인의 가슴을 생각하고 있네. 하얀 가슴이네. 참 얼마나 하얀 가슴이었던지……."

망할 자식. 망할 자식. 네놈 때문에 불이 꺼졌어.

"그 가슴 젖과 젖 사이에 말이야. 여보게, 까만 기미가 있단 말일세. 팥알만한 새까만 점 말이야."

꽁꽁 얼어붙었던 그의 가슴속에, 그 순간 M소위의 연인 가슴에 있다는 그 까만 점이 불씨처럼 뜨겁게 튀어들었다. 그러자 불은 다시 훨훨 타오르기 시작한다. 됐어, 됐어. 이젠 들어주지. 오라 네놈도 추위를 막느라고 여자의 가슴을 그려보며 걸어온 것이었구나.

"난 아까부터 줄곧 그 까만 기미를 그리면서 걸어오는 중이야. 이상스러워. 그러면 조금도 춥지 않아. 얼굴이 영 생각나질 않는 거야. 다만 기미만 하얀 바탕에 돋아나 보이는 거야."

그래? 애인의 몸의 비밀을 알려주면서까지 추위를 막아보자는 거지. 그 감격으로 그 폭로의 쾌락으로, 응? 좋다, 좋아. 하느님이라도 팔아서 불과 바꾸고 싶은 처지에. 아 추워. 어쩌면 이리도 추울까.

"이제 돌아가면, 나는 그 애를 정말 사랑할 수 있을 것 같아. 이렇게 눈 속에 떨면서, 그 애 가슴에 있는 까만 점을 머리에 그리며 추위 속을 걷고 있다는 사실이, 내게 권리를 줄 것 같아. 그 애를 떳떳이 사랑할 수 있다는 권리를. 눈. 이 하늘의 티끌이 내 가슴에 쌓이는군. 그러면 내 몸 밀도가 자꾸 진해지고…… 내 값어치가 자꾸 오른단 말일세. 그 애를 결코 남에게 빼앗기지 않을 수 있는 자격이 생기는 것 같아."

M의 이야기를 듣고 있는 그의 가슴은 오히려 점점 차 들어온다. 왜 이럴까? 질투. 아니다. 쩨쩨한…….

"사랑할 테야. 미치도록 사랑할 테야. 그 가슴은 뜨겁기도 하더니. 여보게 헤시가처럼 매끄럽고 따사했네. 내 발음이 이상하지? 입이 얼어서 발음이 제대로 안 돼. 페치카 페치카, 저 러시아 벽난로 말이야."

쏴, 한층 더 모진 바람이 덮쳐든다. M은 움찔하면서 말을 끊었다. 굽이를 돌아간다. 산꼭대기를 훑어내려온 바람이 그들의 어깨를 넘어 저 아래 끝이 보이지도 않는 낭떠러지의 바닥을 향하여, 피리소리처럼 날카로운 소리를 남기고 떨어져간다. 춥다.

"그 가슴의 기미는 내 십자가야. 내 깃발이야. 정말 더운 가슴이었어. 게다가 시인이었어. 펜네임이 설아라구 눈 설자에 아이라는 아자. 자네도 가슴이 더운 여자를 사랑하게. 실례했네. 물론 자네 애인도 가슴이 더울 테지. 그리고 까만 기미도?"

M은 그를 향하여 웃는 듯했다. 그의 가슴속에서 붙던 불이 M의 그 말이 끝나자 탁 꺼졌다. 그렇다. 그 불씨는 M의 것이지 내 해가 아니었구나. M이 가진 그 하얗고 매끄러운 페치카의 불티였구나. 그 페치카는 M의 것이지 내 해가 아니었구나. 내게는 까만 기미를 가진 더운 가슴이 없지. 그래서 추웠군. 너는 춥지 않을 만한 까닭이 있다, 암.

바람이 더욱 세차게 불어오자, 둘레는 갑자기 캄캄해졌다.

달이 넘어간 모양이다.

"안 되겠어요. 자리로 돌아가요."

푸른 다뉴브는 여전히 흐르고 있었다. 그는 여자가 이끄는 대로 자리에 돌아왔다. 이마에 땀이 배고 숨결이 거칠었다. 여자는 손수건을 내밀었다. 그는 말없이 받아서 이마를 닦았다. 열은 없이 차가웠다. 그는 오싹 몸을 떨었다.

"어디 편찮으신가 본데……."

그녀는 손수건을 받으며 수심스러운 낯을 지었다. 그는 손으로 테이블에 놓은 컵을 가리켰다. 그녀가 옮겨주는 컵을 받아 입 언저리로 가져온 채 이윽히 들여다보았다. 컵 속으로 눈이 떨어져온다. 바람이 분다. 물결이 인다.

……바람이 짐승처럼 짖어댄다. 여전히 어둡다. 발이 미끄럽다. 그가 벼랑으로 바싹 붙어서며 M을 잡아끌 셈으로 손을 내밀었을 때였다. "어?" 하는 낮은 소리와 함께 벼랑 밑으로 휘떨어져 가는

흰 그림자를 보았다. 방금 옆에 있던 M은 간 곳이 없다. 순식간에 일어난 일이었다. 그는 엉거주춤 골짜기를 굽어보았다. 춤추듯 설레는 눈바람이 눈앞을 가릴 뿐 더는 아무것도 보이지 않았다. 뒤에 오던 병사가 그에게 부딪쳤다. 그는 황급히 벼랑 반대편으로 몸을 붙였다…….

"돌아가시죠. 공연히 저 때문에…….."

그녀의 말은 걱정스러운 듯 다정하면서, 어딘가 서운한 마음을 감추지 못했다. 그는 컵의 물을 단숨에 들이켜고 벌떡 일어서면서 자기 손으로 다시 컵을 채웠다. 일어선 자세에서 그는 다시 한번 그녀의 가슴을 보았다. V자의 아래쪽 브로치 바로 뒤에 흰 살결 때문에 더욱 뚜렷한 까만 윤나는 기미. 그는 여자의 곁에 앉으며 손을 잡았다. 그녀는 말없이 그를 쳐다보았다. 고백을 기다리는 빛을 거기서 보고 그는 목이 잠긴다. 그러나…… 세상에 유독 M의 애인 가슴에만 기미가 있으란 법이…… 어쩌면 터무니없는 우연의 일치일 수도 있다. 말이 안 되지. 이쯤까지 마음이 가까워진다는 건 사람이 살아가면서 그리 흔하게 있는 게 아니야. 교양도 있고, 마음도 착한 사람들이 은근히 다가섰다가 너무 하찮은 실수로 엇갈려 버린 일이 얼마든지 있었다. 그러나 어떻게 확인하느냐…… 옳지 그렇다. 그는 태연해 보이게 애쓰면서 입을 열었다.

"혹시, 설아(雪兒)란 펜 네임으로……."

"어머나, 그걸 어떻게……."

또다시 푸른 다뉴브가 연주되기 시작했다. 그러나 그들은 추지 않았다. 그는 여자를 데리고 문 쪽으로 나오고 있었다. 그는 그녀가 전혀 눈치채지 못하게 여자를 상냥스레 이끌었다. 그는 입을 꽉 다물고 있었다. 그는 바빴다. 그녀를 얼른 바래다주고 빨리 혼자가 되어야 했다. 혼자서 화를 낼 수 있는 시간을 빨리 가져야 했다. 몇 번이라도 뜨거워질 수 있다는, 페치카의 참으로 나쁜 생김새를 위하여……

이후 그녀의 소식은 모른다.

그녀의 얼굴이 바로 저편에 앉은 여자의 얼굴과 닮은 데가 있었다. 그 사건은 무서운 결과를 가져왔다.

전차를 버리고 고궁의 담을 낀 어두운 길을 따라 걸음을 옮기면서 그는 생각한다. 전쟁. 남만큼은 어렵게 몸소 치른 그 전쟁이 얼마만큼이나 그 자신을 바꾸었을까 하고. 전쟁중 '진짜 그 자신'은 소리없이 숨어 있었다. 환경에 어울리기 위한 짐승의 슬기였다고 할까. 군이라는 테두리 밖으로 나오자마자 겪은 그 사건은 까불고 있는 그의 뒤통수를 쳤다.

군에서 나왔을 때 민은 너그러운 심경을 느끼고 있었다. 경풍에 걸린 젖먹이처럼 잔뜩 뒤로 자빠진 섣부른 '반항' 따위와는 아예 인연이 없는 마음이었다. 그는 오히려 조용히 웃고 싶었다. 빈정대는 웃음이 아니고, 열심히 살아보자는 담담한 생각이었다.

——포탄과 사람의 살점이 범벅이 돼서 몸부림치던 저 도살장 속에서 보낸 내 청춘을 헛되게 해서는 안 된다. 그 생활을 내 생애의 공백기간으로 셈할 것이 아니라, 천금을 주고도 사지 못할 비싼 겪음으로 살려야 한다. 아 나는 이 시대에 살 수 있는 세금을 치른 거지. 주둥아리 끝으로 치른 게 아냐. 몸으로, 몸으로 치른 거지. 그뿐이 아니야. 난 값을 치르었습네 하고 체험을 강매하지 않겠다 이런 말씀이거든. 그저 부듯해진 내 몸의 밀도만으로 족해. 이 수확만으로 세상을 사랑하면서 살 테야.

그의 결심은 이러했다. 백과사전을 발바닥에 얹어야만 했던, 고슴도치마냥 가시 돋친 가죽이 전쟁이란 호된 병을 겪고 순한 바탕으로 뱀처럼 허물을 벗었다고 믿었다.

'기미 있는 여자'의 사건이 일어난 것은 바로 이런 때였다.

그 사건은 어지간히 상징적인 공포를 그에게 안겨주었다. 어떤 일이 술술 풀려나갈 것처럼 보이다가도 중요한 매듭에 와서는 틀림없이 파장이 되고 만다는, 그런 악의에 찬 선고를 거기서 읽었었다.

다람쥐 쳇바퀴 타듯 한정없이 도는 의식의 바퀴를 타고 멀미가 나게 허덕이던 옛 '백과사전 시대'가 또다시 눈부신 망설임과 분영의 무지개에 싸여 그의 앞에 되살아오는 것을 보아야 했다.

아무것도 달라지지 않았던 것이다.

전쟁은 그에게 보태지도 빼지도 않았다는 증거가 거기 있었다.

왜?

그는 겉보기에 속았던 것이다.

숱하게 터져나가던 포탄들의 숫자를 그 자신의 인간수업의 수입란에다 염치없이 적어넣었었다. 숯덩이처럼 나동그라져 구르던 주검이며, 동강난 팔이며 다리들을 그 자신의 수난으로 셈한데 잘못이 있었다. 피를 부르며 부서지던 그 포탄들은 장군의 전황지도에 필경 가장 관계깊은 사실이었고, 동강난 팔과 다리는 '남'의 팔 '남'의 다리였지 '그'의 팔 '그'의 다리가 아니었다는 지극히 당연한 진실을 느지막이나마 깨닫고야 말았다. 그의 팔다리는 여전히 붙을 자리에 붙은 채 전쟁은 끝났던 게 아닌가. 그는 아무것도 잃지 않은 채 전쟁을 치른 것이다. 이 시대에 살 수 있는 세금을 치르지 못했을뿐더러 부듯해졌다고 생각했던 몸의 밀도는 바늘 끝으로 살짝 건드리면 소리만 요란스럽게 터지고 말 저 풍선의 밀도처럼 얄팍한 거짓이었다. 퇴역 후 의젓한 긍정의 기분에 싸일 수 있었다는 것도, 남들은 눈알을 뽑히고 다리를 날려보낸 그 끔찍한 도살장에서, 말끔한 몸으로 살아났다는 사실에서만 가능한 일이 아니었던

가. 긍정이라느니 차라리 까불싸한 맛조차 있었던 퇴역 직후의 그의 마음. 계집애들 분홍 손수건같이 반지레하던 그 느긋함 속에는, 남의 주검을 발돋움 삼아서 죽음의 골짜기를 빠져나온 자기 겸연쩍음을 얼버무리려고 자기를 속이는 빛은 없었던가.

따뜻한 페치카가 풍기는 따사로움을 솔직히 받아들일 수 있는 기회는, 그처럼, 상징적인 악의에 찬 우연의 장난 때문에 헛되이 지나가 버렸다.

어떤 여자의 과거를 찬찬히 캐어본다는 일도 없이, 미인도 아닌 얼굴의 어떤 윤곽이 마음에 든다는 이유 하나로 그녀가 순결하리라고 믿었다는 건, 암만해도 이 세상에는 죽을 고비를 열 번 넘어도 제 버릇 개 못 주는 족속이 있다는 증거인지도 몰랐다. 전쟁 같은 외적인 조건은 '사람'을 바꾸지 않는 성싶다. 아무리 방대하더라도 그 방대한 겉보기에 속아서 계산을 발라 맞춘다면, 그는 반드시 그 빼먹은 몫을 언젠가는 치러야 한다. 비록 처마 끝에서 떨어지는 물방울 하나라도, 어떤 사람의 마음이 그때 그 일을 맞이할 준비만 돼 있다면 잴 수 없이 깊은 인상을 줄 수도 있는 것이다. 그렇게 생각하는 것이 옳을 성싶었다.

'얼굴'에 대한 그의 미신은 뿌리가 있었다. 어떤 얼굴이냐고 묻는다면 정작 망설일 것이다. 둥글다든지, 갸름하다든지 하는 그런 형태적 기호를 말하는 것이 아니고, 얼굴이 통째로 풍기는 느낌이랄까. 민의 옛 '백과사전 시대'나 지금 겪고 있는 정신의 상태에서 바라볼 때, 체면없이 매달려 보고 싶어지는 얼굴의 본을 그는 가지고 있었다. 기미의 여자나 전철의 여자는 그런 본에 가까운 얼굴이었다. 민에게 그때나 지금이나 가장 뜻있기는 사람뿐이었다.

학교시절에 아마추어 천문가라 불리게 천문에 열중한 적이 있었다. 천문학의 입문서란 입문서는 모조리 사들이고, 구하기 힘든 망원경에까지 돈을 들인 정도였으나, 시들해진 지 벌써 오래다. 만일 화가가 된다면 풍경화가가 아니고 인물화가가 되려니 생각한다. 밖으로 쏠렸던 모든 관심이 안으로 초점을 옮겨 자기 자신의 완벽한 초상화를 갖고 싶다는 생각이었다. 자기를 보고 싶다는 욕망과는 거꾸로, '자기'는 자꾸 뒤로 물러가 버렸다. 자기의 얼굴을 다스리지 못하는 것은 마음이 덜 됨을 말하는 것이 아닌가. 어떤 미소를 짓고 난 후 다음 순간 그 부자연함과 섣부른 배우 같은 생경함에 얼굴을 붉히곤 한다. 가장 엄숙한 낯빛의 바로 등 뒤에서 혀를 날름하며 비웃는 '불성실한 방관자'를 붙잡아 목을 조르려는 애씀은, 더해지는 고달픔과 울화를 만들어낼 뿐, 얻음이 없었다. 표정과 감정 사이에 한 치의 겉돎도 없는 그런 비치는 얼굴의 소유자였으면 하는 욕망은, 자아 완성이라는 르네상스적 '개념'이 빈말이 아니라 어떤 시대 사람들의 '감각'이었다는 것을 알게 해줬다.

민은 걸음을 멈추고 앞뒤를 둘러보았다. 희부연 비안개가 온몸의 털구멍을 타고 흘러들어오는 듯한 막막한 환상에 사로잡힌다.

——왜 이런 처참한 기분을 치러야 하나. 아무렇지도 않아, 나는 아무 일도 없어…….

호주머니에 손을 지르고 머리를 흔들며, 같은 말을 몇 번이나 거듭 중얼거렸다.

자리에 들어서도 부스럭거리다가 종내 잠드는 것을 단념하고 일어나앉은 그는, 윗목에 걸린 거울 앞에 다가섰다. 거울 속에는 쫓기는 사람의 초조함을 숨기느라고 짐짓 평정을 꾸민 가짜 성자의 탈이 있었다. 신의 창조에 들러리 선 사람만이 가질 만한 자신을 꾸민 눈. 바로 그것을 어기고 있는 입의 선. 탈의 데생은 위태로워 어느 선 하나 차분함이 없다. 양식의 모방에 과장된 필체로 그려진 서투른 초상화였다. 저 탈을 피가 흐르도록 잡아 벗겼으면. 그 뒤에는 깨끗하고 탄력있는 살갗으로 싸인 얼굴이 분명 감춰진 것을 알고 있다. 그 탈을 떼내는 일에서 어딘가 민은 미지근하게 해왔음이 사실이었다. 용서 사정 없이 그 거짓의 얼굴 가죽을 벗겨내는 작업에 정실이 섞였다면 그것은 또 어찌 생각하면 그 탈이 벗겨진 다음의 맨얼굴을 은근히 두려워한 까닭이 아니었을까? 바싹 얼굴을 거울에 갖다대었다. 살눈썹이 날카로운 풀잎처럼 뻗어 보인다. 콧날이 육중히 돋아선 황소의 등뼈 언저리처럼 무딘 부피로 다가온다. 바른 각도로 들여다보아선 시선이 상쇄해서 저편 동공의 표정을 알 수 없다. 비스듬히 저편을 엿본다. 자연 저쪽의 동공도 움직인다.

　　──녀석 딴전을 부리누나.

　탈은 눈맞추기를 두려워한다. 그것이 바로 그가 좋지 못한 일을 하고 있는 뚜렷한 증거다.

　끝내 탈은 시선을 마주치기를 거부한다. 약간 사이를 두면 초점을 맞출 수 있으나, 그땐 탈은 이미 새침한 표정을 되찾고 있다. 저쪽을 모욕하기 위하여 일부러 눈을 찡그리고 입을 헤벌리며 머리를 갸우뚱하여, 만화를 만들어본다.

　　──보아라, 이놈…….

　민은 흠칫 놀라며 움직임을 멈추었다. 입을 쩍 벌리며 그를 비웃고 서 있는 한 사람의 얼굴을 거울 속에 본 것이다. 그는 휙 뒤를 돌아다보았다. 아무도 없다. 다시 거울을 들여다보았다. 선반 위에 진열된 수많은 인형 속에서 피에로가 그를 보고 웃고 있었다. 그는 쓴 침을 삼키며 자리로 돌아와서, 이불을 푹 뒤집어썼다.

　민이 재작년 가을 '현대 발레단' 으로부터 입단 교섭을 받은 것은, 그 사건이 있은 다음이었다. 어느 문예잡지에 실은 「무용론」이라는 글이 발레단의 연출자의 눈에 띄었던 것이다. 평소에 무용이라는 예술이, 사람의 몸이라는 원시의 수단을 가지고, 공간의 조형에다 시간까지를 포함시킨 점에 예술활동의 이상을 느껴오던 중, 그러한 무용의 상징성을 본으로 삼아 예술론을 펴보았다. 처음 입단 교섭이 있었을 때 그는 망설였다. 무용이론을 해볼 생각은 있었으나, 안무가가 될 생각은 없었다. 결국 언제든지 자유 행동을 해도 좋다는 조건은 붙였을망정 들어오고 만 것은, 참전용사의 훈장을 버리고 또다시 '발바닥에 얹은 백과사전'의 시대로 되돌아간 것을 뜻했다.

오늘 저녁, 연출자이며 주역무용수인 강 선생이 연습을 끝내고 그를 불러서 이런 말을 했다.

"자네가 가져온 각본 말일세. 아이디어는 좋은데 이번 공연에는 안 되겠어."

민은 전번에 그다지 신통치 않은 표정으로 돌려주면서 나중에 얘기하겠다던 일을 생각했다. 그래서 아무 말도 없이 잠자코 있으려니까, 이렇게 덧붙였다.

"정임이가 6월 말쯤에는 돌아올 거야."

그는 강 선생의 누이동생인 발레리나가 일본 어느 발레단을 그만두고 귀국한다는 이야기를 단원들에게서 들은 적이 있었으나, 지금 그들의 화제와의 연락을 얼핏 이을 수 없어서 어리둥절했다. 강 선생은 껄껄 웃으며 그의 팔을 잡아끌어서 자기와 나란히 앉히고 담배를 권했다.

"설명이 필요하군. 아까도 말했지만 그 각본의 아이디어는 찬성이란 말일세. 헌데 프리마 발레리나를 누구를 시키느냐 말이야. 이건 작자인 자네 자신이 사실은 더 잘 알는지도 몰라. 명앤 합당찮아. 헌데 작품의 이미지와 꼭 맞는 여자가 한 사람 있어. 그게 정임이란 말이야. 알겠어?"

"글쎄요……."

"글쎄요가 아니라, 하긴 정임일 아직 보지 못했으니까……. 그럼 명앤 자네 이미지와 맞아드나?"

민은 담배연기를 후 뿜으며 고개를 흔들었다.

"그것 봐. 그러니까 지금 당장은 실현 불가능이란 말이거든. 오히려 잘된 일인지 몰라. 막상 이제 레퍼토리로 채택한다손 치더라도 각본 하나가 있을 뿐이지 그 밖의 것이야 무어 하나 의논이 된 게 있어야지. 미술 관계만 해도 그렇지 않아?"

미술 관계란 말에 순간 미라를 생각했다. 아침의 장면을 생각하고 갑자기 기분이 엉망이 되어오는 것을 느꼈으나, 그런 빛을 강 선생이 잘못 볼까 싶어서 얼른 입을 열었다.

"그래요. 그런대로 한다면, 지금 있는 사람들 중에 한 사람쯤 고를 수 없는 것은 아니지만, 그렇다고 꼭 이 사람이면 하는 것도 물론 아니고……. 또 제 각본인데 저 자신으로서도 반드시 만족할 만한 것은 아닙니다. 시간이 허락된다면 좀 더 손을 대든지, 아주 고칠 생각입니다. 그런 뜻에서도 오히려 다행한 일인지도 모르지요."

그 말에 강 선생이 인사로나마 부정하는 이야기를 하지 않는 것은, 처음부터 각본 자체에 그대로 찬성하지는 않은 증거라고 볼 수 있었다. 강 선생이 나가버린 후, 그는 서너 사람이 난로를 둘러싸고 모여앉은 자리로 와 앉았다. 민의 각본이란, 그가 재학 시절에 쓴 벌써 오랜 것이었다. 소박한 성격이 현실에 부딪쳐 뚫고 나가려 하지만 결국 난파한다는 아이디어를 옛날얘기에 담은 것으로, 단순한 순박성은 구원이 못 된다는 데 강조가 놓여 있었다. 지금의 그로선 오히려 반대의 심경에 이르고 있었기 때문에, 강 선생에게 한 말은 퉁명스러운 심술만은 아니었다. (단순……) 또다시 오늘 새벽의 일이 떠오르며, 뒷머리가 바늘로 후비듯 저려왔다. 그는 그 사건과 두

개골의 동통을 한꺼번에 털어버리기나 할 것처럼 머리를 조용히 흔들었다. 그래도 아픔은 여전하였다. 안간힘에도 끈질기게 붙어오는 생각을 애써 털어버리려는 헛수고를 그만두고, 마음대로 머릿속에서 지근지근하게 버려둔 채 좌중의 이야기에 끼어들었다. 젊은 단원이 모이면 흔히 그렇듯이 무슨 논자 붙은 이야긴 모양이었다.

"뭐야 인생론인가?"

민은 일부러 들뜬 목소리였다.

그렇게라도 하지 않고선 배기지 못하게 울적하다.

"어, 인생론이란 것보다도…… 그렇군, 그렇게도 말할 수 있겠지만, 더 감각적인 이야기야."

그는 말은 끊고 민을 향하여 입맛을 다셨다.

"이렇게 도중에 뛰어들면 성가시단 말이야. 갈피를 모르니까, 문제가 어려울수록 빨리 알릴 수 없단 말일세. 자네 설명하게."

지명받은 미술반원은, 텁수룩한 턱밑수염을 쓱 문지르며 한참 꾸물거린 끝에, 입을 열었다.

"무어 간단한 이야기야. 이렇네. 열중하면서 사는 것은 어떡허면 가능한가?"

민은 엄지손가락을 세워 앞으로 쑥 밀어보였다.

"바로 그거야. 그것이 문제야. 내가 가르쳐준 기억은 분명히 없는데 누군가, 제안한 사람이?"

웃음이 일어났다.

"제길 의사방햌 하지 말아요"

"만담이 아닙니다."

"이야기가 자연히 흘러서 그렇게 된 거지 제의는 무슨 제입니까, 자, 조용히 조용히. 그러면 신참자도 논지를 이해했으니까 이야기를 계속해."

곧 말을 하는 사람은 아무도 없다.

"하던 무엇도 멍석을 깔면 안 한다더니, 왜 갑자기 벙어리가 됐나?"

민은 사실 미안해서였다. 텁석부리는 민을 째려보면서 자리에서 일어났다.

"자네 탓이야."

민은 정말 미안한 생각이 들었다.

"안 되겠는걸. 자 그럼 우리 그 얘긴 다음에 하기로 하고 내가 오늘 한잔 내겠어, 어때?"

딴 말이 있을 리 없어서, 한데 몰려서 시내로 나왔다. 그들의 연구소는 M동 산밑에 있는, 이전에 일본 절이던 자리를 개조한 곳이어서, 시내까지는 운행코스의 관계로 그렇지만 여하튼 버스를 두 번 갈아타야 할 거리였다. 몇 군데 술집을 돌아가다가 어느 좁은 골목에 들어섰을 때다. 거기는 골목이라기보다 빌딩 사이에 약간 사이를 띄어놓은 공간이었다. 뒷골목을 빠지다 보니 어떻게 그런 곳으로 접어들었던 것이다. 고개를 젖히면 하늘이 한 줄기 강물처럼 길게 흘렀다. 뒤에 떨어져서 걸어가던 민은 문득 발을 멈추었다. 보통 이런 틈바구니 양편은 시멘트를 입히지 않은 벽돌이 그대로 드러난 밋밋한 절벽으로 되어 있는 법인데, 그런 절벽에 문이 하나 나 있고, 희미한 문등이 달려 있었다. 거기까지는 좋으나 민이 발을 멈춘 것은 그 때문이 아니었다. 문등 아래 가로 걸린 글씨에, 취중에도 적이 흥미가 당겼다.

'THE PSYCHIC SOCIETY'

심령학회? 이런 단체도 있었던가?

그가 어렴풋한 불빛으로 문 안을 들여다보려고 할 때, 앞에 가던 친구들이 찾는 소리가 들려왔다. 민은 한번 더 미련쩍은 눈길을 뒤

로 남기며, 소리나는 쪽으로 달려갔다. 돌아올 땐, 영락없이 막 받
아마셨던 탓으로 흠뻑 취했었다. 그들과 갈라지고, 민은 잠깐 망설
였다.

미라한테로 간다?

전차 정류장에서 망설이면서 깊은 밤 여자의 몸을 생각하는 것
은 무언가 참담한 심정이었다. 쌍두의 뱀처럼 상대방을 물어뜯으면
서 자기 몸에 닥치는 자릿한 매저키즘을 즐기는, 저 밤의 일을 위하
여 인간이 한 몸이 된다는 것은 얼마나 괴로운 짐인가.

민은 발끝을 내려다보았다. 미라의 얼굴이 보도 위로 그 차단한
웃음을 머금은 채 피어오른다. 그녀는, 무엇이 불만일까. 한 사람에
게서만으로는 사랑을 채우지 못하는 그런 여자는 아니다. 미라도
역시, 그녀 사신의 '자기'를 버리지 못하는, 강한 것 같지만 제일
약한 여자들의 한 사람일까.

어젯밤 늦게 찾아간 민을 그녀는 아틀리에를 겸한 침실에서, 등
을 돌린 채 테이블 위에 얹은 토르소를 그리면서, 말없이 맞이하였
다. 두툼한 털실 스웨터를 걸쳤어도 그녀의 어깨는 까칠하게 모가
졌고, 아무렇게나 묶어서 내려뜨린 머리가 애처로워 보였다. 민은
그런 뒷모습이 그대로 그녀의 모두였으면 그들 사이는 잘돼 갈 것
이라 생각했다. 올해 국전에서 꼭 입선하고 말겠다는 그녀의 핏발
선 눈을 떠올리고 그는 또다시 쓸쓸해지면서 눈을 감았다. 자기 예
술의 눈에 보이는 성과를 향하여 허덕이는 그녀의 모습은, 민 자신
의 일을 늘 돌이켜보게 하는 두려운 거울이었다. 두 사람의 예술가
가 한 지붕 밑에 사는 것은 얼마나 꿈 같은 삶일까 싶었던 생각은,
그녀와의 서너 달 동안의 생활에서 산산이 부서지고 말았다. 의논
끝에 갈라진 후에도 가끔 민이 이렇게 찾아올 뿐 그녀가 제 쪽에서
만날 기연을 만드는 기맥은 보이지 않았다. 처음에는 섣부른 자존

심에서, 민은 그녀가 먼저 찾아오기를 버티었지만 마침내 지고 말았다. 그 졌다는 일이 사랑에 진 것인지, 몸의 외로움에 진 것인지 그 자신은 가늠할 수 없었다. 사랑이 따로 있고 몸이 따로 있다는 말은 어디까지 정말인가. 그녀와의 일에서 민은 온몸의 맥이 스르르 풀리는 그런 낯빛을 보곤 했다. 아무 염치도 없이 숨을 몰아쉬는 그런 때, 그녀는 오히려 먼 곳을 보는 눈치로 골똘히 생각에 잠긴 것을 문득 보는 때가 많았던 것이다.

"미라, 싫어?"

"아니에요."

"그럼 뭐야?"

"아무것도 아니에요……."

민은 그런 때 그녀가 미웠다. 강제가 아닌 바에야, 몸을 섞는 어느 한편이 다른 한쪽을 어색하게 해서는 안 된다. 한 움큼 모래를 씹는 텁텁한 노여움은 그를 몰아 거칠게 만들었다. 그녀가 차가우면 차가운 만큼 민은 설쳤다. 자기의 불로 저쪽의 불길을 불러일으키려는 것이겠지만 그 효험은 미상불 의심스러운 것이었다. 세상 남녀들이 모두 이쯤한 데서 얼버무리고 있는 것일까. 차분히 가라앉은 중년의 사랑이니 하는 것도 알고 보면, 감정의 불이 꺼져버린 사랑의 껍데기를 버릇이라는 페인트로 칠한 거짓인가. 그렇건 안 그렇건 지금 이 나이에야 그것은 안 될 일이다. 얼버무린다는 건 악덕이었다. 모든 타락의 어머니다. 다른 젊은 연인들의 애욕의 생리가 어떤 것인지 그런 가장 숨은 인간의 행위란 알 수도 없는 것이었고, 그런 이야기가 날 때마다 귀를 기울이는, 그 방면의 통이라는 선배들의 이야기는, 속담처럼 진리이기도 하고 진리 아니기도 한 일반론이었다. 그는 자기 자신이 남달리 강한 욕망을 가진 것인가도 생각해 보았다. 강하다는 것이 부끄러워야 한다는 느낌 속에, 그는 자기 속에 깊이 스민 거짓을 보았다.

"미라는 나 혼자만을 짐승을 만들어주려구 이 일을 하나?"

"왜 그런."

그녀는 몸을 벌떡 일으켜, 민의 가슴에 기대면서 오래 그의 입술을 빨았다. 침대 스프링이 가라앉았다가 되살아오는 것이 알린다. 그녀의 눈 속에는 헝클어진 빛이 있었다.

"제가 그렇게 못난 여자라면, 우선 제가 저 자신을 용서치 않을 거예요."

"교양이 있으면서도 꼬치꼬치 캐지 않는 순수한 여자가 있다면……."

"교양이 있으면서도 무사처럼 굵직한 선을 가진 남자가 있다면…… 하면 노여우실까?"

그녀의 말은 아마 정말이었다. 평소에 괴로워하던 일을 분명히 여자의 입에서 들을 때, 마음은 즐거울 수 없었다.

오늘 새벽까지의 지나간 일을 돌이켜보다가, 그의 작품에까지 생각이 미쳤을 때, 민은 뒤집어썼던 이불을 젖히고 일어나서, 테이블 서랍에서 한 뭉치의 원고를 끄집어내었다.

그는 황황 소리를 내면서 벌겋게 타는 난로 앞에, 두 손에 그 원고뭉치를 들고 우두커니 서 있었다. 마치 그 원고의 값을 선 자리에서 정해 버리려는 듯이. 한참 후에 그는 쇠꼬챙이로 난로 뚜껑을 열었다. 방 안이 환해지면서 후끈한 열기가 위로 뻗쳤다.

그는 하잘것없는 쓰레기를 버리듯, 몹시 게으른 손으로 그 뭉치를 불 속에 툭 집어넣고 뚜껑을 닫았다. 그런 후에 열렸던 난로 밑을 막고 자리에 돌아왔다. 그는 천장을 쳐다본 채 한참 누웠다가, 모로 돌아누우면서 다시 이불을 푹 뒤집어썼다.

이튿날 민은 일찌감치 연구소를 나와 시내 찻집에서 친구를 만났다. 친구라고는 하나 십 년 가까운 손위로, 어느 여학교에서 음악을 가르치는 여선생이었다. 그는 옛날부터 손위 친구들이 많았다. 그들과 같이 있으면 마음이 놓이고 그 자신도 적이 원만한 사교가가 되는 것을 느끼기 때문에 없지 못할 사귐이다. H선생도 그런 사람들 가운데 한 사람이다. 짙은 청흑색 투피스에 엷은 하늘빛 스웨터를 걸친 차림은 썩 어울려 보였다. 민은 호들갑스럽게 팔을 벌리며 놀라는 시늉을 했다.

"기맥힙니다. 솜털이 보송보송한 병아리들 댈 것이 못 되는군요."

그러나 H선생은 꿈쩍 않는다.

"실례지만 댁의 날갯죽지는 아직 마르지도 않은 것 같은데요?"

"네? 이건 너무하십니다……."

민은 큰 소리로 웃다가 H선생이 옆자리를 보면서 눈치를 보내는 바람에 간신히 웃음을 거뒀다. 젊은 여자랄 것도 없이, 미라에게만 하더라도, 이렇게 지분지분하고 소탈하게 굴 수만 있더라도 일은 훨씬 쉬울 것이 아닌가. 그러나 이런 소탈함은 몸에 힘주지 않아도 될 사이이기 때문에 되는 것이 아닌가. 이참에도 민은 그런 생각을 하고 있었다.

그녀가 갈라져서 전찻길로 나오다가 지금 걷고 있는 데가 어제 저녁 술 마신 언저리인 것을 깨닫고, 얼핏 'The Psychic Society'가 머리에 떠올랐다. 그러자 대뜸 거기를 찾아가 보기로 작정해 버리고 있었다. 술취했을 때 일이라, 별로 넓지도 않은 일대에서 그 골목을 찾아내기까지 좀 시간이 걸렸지만, 마침내 틀림없는 'The Psychic Society'의 문을 열고 들어섰다. 들어선 바로 거기는, 약 2평방미터가량 되는 칸이고 바로 눈앞에 또 하나 문이 있고, 그 위에 역시

'The Psychic Society' 란 패가 붙었다.

　문을 두드리니, 들어오시오 하는 낮은 응답이 있었다. 민은 어떤 신비한 실내 분위기를 은근히 그렸으나, 그 방은 형광등 조명이 조금 어두웠다는 것뿐 이상스러운 티를 자아낼 만한 아무것도 없는, 보통 응접실이었다. 안경을 쓰고 코밑수염을 기른 사나이가, 일어서지도 않은 채 손으로 의자를 권하였다. 막상 들어와 놓고 보니 말을 끄집어낼 아무 마련도 없었다.

　"어떻게 오셨습니까?"

　"네 우연히 지나치다가⋯⋯."

　코밑수염은 안경을 한 번 만지작거렸다.

　"사실은 전연 우연히는 아닙니다만⋯⋯."

　"무슨 소개라도⋯⋯?"

　"아닙니다. 그런 것이 필요한가요?"

　코밑수염은 머리를 저으며,

　"혹시 그런가 해서 여쭈어보았을 뿐입니다."

　"사실은 어제 여기를 지나다가 간판을 보았습니다. 저도 평소 이런 쪽에 몹시 흥미를 가졌던 터라, 달리는 알아볼 길도 없고 해서, 이처럼 대뜸 들어온 것입니다."

　"좋습니다. 좋습니다."

　코밑수염은 몇 번이나 고개를 끄덕이고 나서 단체의 윤곽을 알려주는 것이다.

　우리나라에서는 전혀 처녀지의 형편에 있지만, 심령학의 연구는 외국에서는 활발한 활동을 하고, 세계심령학회라는 조직이 뉴욕에 본부를 두고 있는데, 여기는 한국 지부라는 것이며, 입회원을 낸 지 일 년 안에는 회원이 될 수 없다는 것, 단 도서열람이나 정신 의료상의 상담에는 언제든지 응한다는 이야기였다. 그는 본부에서 내는 기관지를 내보였다. 《Psyche》라고 흰 글씨로 박히고 바탕은 검다. 몇 장 뒤적이다가 어떤 논문에 눈길이 못박혀졌다. 한 반 페이지나 정신없이 읽다가 그는 언뜻 큰 실례를 하고 있는 것을 깨닫고, 책을 덮는 시늉과 함께 코밑수염을 향하였더니, 그는 빙그레 웃고 나서 일어서서 옆방으로 들어가 버렸다.

족히 반 시간이나 걸려 논문을 읽고 나서 그는 멍한 채 앉아 있었다.

어떤 결정적인 말을 읽었을 때의 부듯함이었다. 불경의 어떤 구절처럼. 'Psycho—Humanism' 이란 제목이 붙은 그 논문에는, 아름다운 필체로 '시몬 밀러' 라 서명돼 있었다. 논지는——

현대사회에 있어서의 인간의 정신적 분열은, 세계관의 상실에 유래하는 윤리 감정의 결핍에서 오는 것인데, 이것을 구하기 위하여는 새로운 세계관을 준다는 방법으로써는 불가능하다. 왜냐하면 역사가 밝혔듯이 세계관이란 바뀌는 것이며, 인간은 변하는 것 위에서 마음놓을 수 없기 때문에. 종교도 또한 그 길이 못 된다. 종교의 핵심은 교리와 전설의 상징적 매개를 통하여 인간이 자기의 영혼 가운데서 획기적인 영혼의 혁명을 일으키는 데 있음에도 불구하고, 그런 행복한 성공이란, 저 '은총', '소명' 등의 말이 가리키듯이 어느 뛰어난 정신의 소유자에게, 그것도 아주 우연한 형태로 이루어지는 것이므로, 보통 사람에게는 바라볼 수 없는 귀족적 방법이라 할 수밖에 없다. 문제의 해결은 이 같은 영혼의 승리를, 밀교와 같은 신비주의로부터 대량적인 적용이 가능한 법칙성의 차원에까지 끌어내는 데 있다. 조잡한 표현이라 할는지 모르지만, 성자를 기계적으로 만들 수 있는, 영혼에 대한 기계적 조작법칙을 찾아내는 것이다. 인간의 얼굴을 기계적으로 미인을 만드는 방법과 같이, 영혼의 성형수술을 만들어내는 것이다. 역사적인 휴머니즘의 제 형태가 혹은 윤리를 혹은 가치를 그 중추로 한 순전히 공상적인 것이었다면, 우리가 주장하는 휴머니즘은 오늘날 과학의 세계에서 홀로 신비의 너울을 벗기지 않으려는 정신의 세계에까지 인간 자신의 창조적 노력을 들이대어, 어떤 우상——신이든, 가치든, 핏줄이든, 사연이든 간에——에도 기대지 않는 인류 자신의 손에 의한 인류의 건짐, 십자가에 달린 선의의 한 인물의 가슴 아픈 희극을 번연히 알면서 그 선의 속에 자학적인 신뢰를 건다는 저 사양이 이천 년 동안 받들어온 주술적 믿음 대신에, 이 영역에 있어서도 우리는 완전히 방법론상으로 자각적이어야 한다는 것이다. 우리의 모험은 그러나 인류 역사상 난데없는 것은 아니다. 이 길에도 빛나는 앞선 이들이 있다. 동양 고대의 성자들의 구도의식(求道意識)에 대한 알아보기 끝에 본인은 놀라움을 금치 못하였다. 거기에는 분명히 무엇인가가 있다. 먹지 못할 포도를 가리켜 시큼할 거야 해버리는 식의 무시를 허용하지 않는 무엇인가가 있다. 그러나 이 빛나는 무엇인가에도 불구하고 그들의 방법은 현대의 것이 될 수 없다.

그것은 너무나 시적인 비유와 고아한 역설에 넘친 영혼의 줄타기에 속하는 것이므로, 생각없는 눈에는 단순한 놀이로 비치거나 혹은 구원할 수 없는 자가류의 풀이에 빠질 우려가 있기 때문이다. 한마디로 말하면 빵집 아주머니 '엘자'나 담배가게 '조지'나 이발소집 '짐'에게는 감히 가까이 가볼 수 없는 귀족적 방법인 것이다. 그렇다. 제군이 즐기는 말을 빌린다면 동양의 방법은 민주주의적이 아닌 것이다. 동양은 영원히 민주주의를 모르는 것이다. 우리의 방법은 그와는 다르다. '엘자'도 '조지'도 '짐'도 익힐 수 있는 구원의 길을 심리학적 법칙성으로 터주자는 것이다. 만인이 쓸 수 있는 영혼의 공식을 알아내는 것이 우리의 목표다. 이 때문에 나는 우리의 주장을 가리켜 그 방법론적 자각성을 표시하는 Psycho를 머리에 붙여서 'Psycho-Humanism'이라 부르는 것이며, 사람이 달에 갈 수 있는 날이 다가선 오늘날에 있어서도 아직도 여전히 돈키호테적 꿈이라는 구박을 받기가 십상인 이러한 획기적 연구의 분야는, 불행하게도 또는 어떤 뜻에서는 다행스럽게도 오직 심령학만의 고투에 맡겨져 있음을 말하지 않을 수 없다. 영혼의 해탈의 비밀을 숨기고, 그 중세기적이며 수공업적인 명장의식(名匠意識)을 버리지 못하고 해탈을 위한 기계적 방법의 가능성에 대한 논의를 공격하는 수많은 종교가들의 경건한 체하는 표정 가운데는, 얼마나 너절한 직업적 두려움이 깃들여 있는 것인가. 마치 산업혁명 당시에의 영국 숙련공들이 새로 나온 '기계'를 저주했듯이. 그러나 끝내 그 기계가 이겼듯이 마지막 신비의 너울이 벗겨지는 날은 반드시 올 것이다. 그 싹은 심령학 속에 있으며, 그 방향은 'Psycho-Humanism' 위에 있다……

이런 문제에 대하여 이런 주장을 하는 그 논문의 중첩된 관계대명사와 꼬리를 문 형용절과 추근추근한 조건절에 휘감긴 그 구문 속에서, 민은 동양인의 두 배는 보통 되는 저 부하니 털이 있는 두툼한 손, 기름진 반들거리는 서양인의 육감적인 손이 자기의 목구멍에 밀려드는 환상을 보며 울컥 메스꺼워지는 것이었다. 로맨티시즘의 최후의 거점, 달로 인간의 비행기를 띄워보낸 저 서양인의 '기름진 손'을. 그렇다. 동양에 없는 것은 이 '기름진 손'이다.

"꽤 흥미가 있으신 모양이군요?"

그는 퍼뜩 명상에서 깨어났다.

"네…… 이 밀러란 사람은 어떤 사람입니까?"

"네……?"

코밑수염은 옆으로 다가와서 그 논문을 들여다보더니

"아, 이 사람 말입니까? 시카고 대학 안에 있는 심령학 연구회 지도교수입니다."

민은 자기가 느끼는 반발은 밀러 씨의 야유처럼 서민의식에서 오는 것일까 그렇지 않으면 논점을 선취당한 패배감일까 재어보았다. 아무러나 뻐근한 이야기였다. 성자의 대량생산. 빌어먹을. 서양놈이란 어디까지 기름진 욕망의 인종들인가.

"댁에서도 퍽 콤플렉스가 센 편인 것 같으신데, 어때요, 요사이 저희들이 해보고 있는 좋은 치료법이 있는데 받아보시지 않으시렵니까?"

민은 빙긋이 웃어보였다.

"성자가 되는 치료법입니까?"

이번에는 코밑수염이 웃었다.

"최면술의 힘을 빌려서 자유연상에다 일정한 암시를 주는 방법입니다."

민은 끌렸다.

"어쨌든 치료가 끝날 때까지는 방법에 대한 이야기를 털어놓으면 피치료자가 거기에 걸려서 효과가 재미없을 때가 많으니까요. 치료 후에 조금이라도 기분이 개운해지면 그건 효과가 있는 증겁니다. 해보시렵니까?"

그는 고개를 끄덕이고 일어나서 코밑수염이 가리키는 대로 옆방에 차려진 침대에 몸을 뉘었다. 코밑수염은 흰 빛의 알약을 권하면서 말하였다.

"자, 나를 보십시오."

민은 코밑수염과 눈길을 맞추었다.

"당신은 이 자리에서만은 자기의 신분을 속일 필요가 없습니다. 만일 그것을 말한다면 세상 사람들이 앙천대소하며 놀리려들 것이 뻔한, 당신의 정말 신분과 이야기를 나에게 들려주십시오. 세상의 속물들에게서 한때나마 떨어져서, 사람의 관심이란 정말은 무엇인가를, 말이 통하는 벗을 놓고 오순도순 말해 본다는 것은 얼마나 아름다운 유혹입니까. 사랑하는 사람의 유혹에는 넘어가 주는 것이 너그러운 마음 가진 자의 덕입니다. 믿는 벗의 농 섞인 조름에 짐짓 넘어가서, 사실은 혼자만 새기면서 죽어야 할 첫사랑의 이야기를 조용히 털어놓는 것은 사람을 파멸에서 건지는 길입니다…… 그렇지요?

"글세? 딴은, 그래서……?"

"자 우리는 저 오솔길을 압니다. 일상성의 틀을 살며시 밀어내면, 그 뒤에 숨겨진 영원으로의 입구를 우리는 압니다. 우리의 잃어버린 옛날로 길을 떠납시다. 우리는 왜 서투른 이 방에서 쑥스럽고 불편한 외국말로 이야기해야만 합니까? 우리말로 이야기합시다. 저 고귀한 영감으로 가득 찬 우리말로 고향의 정다운 사투리 속에서만 우리는 점잖음을 되찾을 것입니다. 외국말을 쓴다는 것은 발에다 쇠뭉치를 달고 뜀뛰기를 하는 것이나 다름없지요."

그건 그렇다. 옳은 말이다……. 무어 나는 숨기려는 게 아니야……. 통하기만 한다면 왜 대화를 마다하겠는가. 나는 침묵을 저주한다. 암…… 오해받기가 싫어서 뒤집어쓴 탈일 뿐이지…….

"정이 식은 애인이, 과대망상증이라는 딱지를 붙여서 소문을 퍼뜨리는 것이 두려워, 차마 애인에게도 말 못할 연혼의 고백을 들려주십시오. 세상이 메마르고 울화가 터질 꼬락서니가 거리에 넘쳐도 영원의 나라의 버릇을 그래도 잊지 않고 있는 사람 한둘은 씨가 마르지 않는 법입니다. 그까짓 여자의 세계. 사나이의 우정이란 시큼한 진실이 있는 법입니다."

그렇다. 그렇다.

"당신은 잊어버린 것이 아닙니다. 곁에 있는 사람이 넘겨다볼까 두려워서 깊이 감싼 것뿐입니다. 풀어놓으십시오."

오…… 그렇다…… 아마…….

"자 인제 생각나시지요? 당신이 누구인지."

……!……

"네 알겠습니다. 생각나는군요! 오 벵갈 평원이 보입니다. 나는 가바나(迦婆那)국의 왕잡니다. 이름은…… 이름은……."

코밑수염은 낮으나 힘있게 북돋는다.

"괜찮습니다. 왕자, 이름을 밝히십시오."

"내 이름은…… 가바나국의 왕자, 다문고(多聞苦). 삼천여 년 전 인도 북부에서 융성한 왕국 가바나의 왕자요. 나는 지금 침실에 있군요…… 그리고……."

코밑수염은 벽 한편에 친 커튼을 들쳤다. 그 자리에 숨겨진 문이 나타났다. 그가 문을 조심스레 열고 저편 방에 들어섰을 때, 거기에 세 사람의 인물이 앉아서 담배를 피우고 있었다. 그중 대머리가 벗어진 한 신사의 손에는 잡지 《Psyche》가 들려 있었다. 탁자 위에는 한 대의 소형 확성기가 놓여 있다. 코밑수염이 다가서서 스위치를 넣었다. 그러자 중얼거리듯, 망설이는 듯한, 무겁고 느릿한, 남자의 말소리가 흘러나오기 시작했다. 세 사람은 일제히 담뱃불을 비벼 끄고 귀를 기울인다.

……침상 머리맡에 놓인 키높이 황금 촛대에서 흐르는 불빛이, 흑단(黑檀) 침대에 부딪쳐서는, 창을 가린 벵갈 모시의 우아한 무늬 속으로 안개처럼 스며든다.

나는 내 팔을 베고 누운 궁녀 아라녀를 물끄러미 내려다보았다. 몸둘 바를 몰라서 금시 잦아들 듯싶은 몸매로 나의 방에 들어왔던 여자가, 지금은 이렇게 활개를 펴고 깊은 잠에 빠져 있다. 조금 벌린 입술 틈으로 이가 드러나 보인다. 고르고 흰 이다. "왕후마마의 분부로 왕자를 모시러 왔습니다." 저녁에 이렇게 말하며 이 방에 들어선 여자를, 나는 덤덤하게 받아들였다. 제왕의 당연한 풍류로 가볍게 여긴 탓일까. 아니다. 이 여자가 말하는 뜻을 알아차리자 나는 어머니의 당치 않은 오해에 노여움이 솟았다. 나의 일상의 우울을 그녀는 자기대로 풀이한 것에 대하 노여움이었다. 그러나 한편 모르는 것에 대한 충동이 나의 몸을 뜨겁게 한 것이다. 바라문의 성자들이 그렇게 경계하고 갖은 고행으로 억누른다고 하는 몸의 열반을, 스스로 가져보고 싶은 충동에서였다. 만일 그 기쁨이 그리도 강하고 끌리기 쉬운 힘을 가졌다면, 과연 지금의 나의 괴로움과 바꿀 만한 것인가 어떤가, 하는 점을 알아볼 생각에서.

결과는 부(否)였다.

황홀한 순간을 지난 지금, 나는 이제껏 겪지 않은 또 하나의 탈이 내 얼굴에 덧씌워지는 것을 느꼈다. 나는 아직 잠든 여자의 목덜미에 입술을 대었다. 따뜻한 부드러움이 내 입술을 맞이하는 것이었다. 나는 손을 들어 턱과 목을 만지다가, 희고 화려하게 솟은 가슴을 더듬었다. 아름다운 그릇이여, 나는 속으로 뇌었다. 이런 아름다운 그릇은, 그러나, 손을 뻗치면 어디나 언제나 있을 수 있는 것이었다. 그러나 이것은 아니었다. 분명코 이것이 아니었다. 내가 바라던 것은 이것이 아니었고, 또 내가 바라는 것이 이것으로 이루어질 수 있는 것도 아니었다. 나는 여자의 얼굴을 위에서 똑똑히 들여다보았다. 모든 것이 다 갖추어진 얼굴이었지만 한 가지가 모자랐다. 그 한 가지가 무엇인지 나도 모른다. 사람의 얼굴을 브라마(Brahma)와 하나를 만들어주는 그 '한 가지'가 무엇인지 모르기 때문에, 가바나성 제일의 미녀를 품에 안아도 나의 마음은 막막할 뿐이었다. 오히려 이런 아름다움에 만족하며 전쟁과 정치 속에 묻혀서 왕자답게 살 수 있기를 원했으나, 이제 와서는 벌써 내 힘으로써도 돌이킬 수 없이 마음에 파고든 구도(求道)라는 마(魔)는, 찰나의 안심도 나에게 주지 않는 것이다.

나의 소원은 브라마의 얼굴을 가지고 싶다는 것이다.

내가 그 그림을 본 것은 한 해 전 나의 스승이 떠나면서 잠깐 보여준 것이 처음이며 마지막이었다.

"이것이 브라마가 사람으로 나타난 모습입니다. 보시오. 이 두루 갖추고 굽어보는 얼굴을. 왕자가 일생을 두고 다듬어야 할 얼굴의 본이 바로 이것이오."

스승은 나의 앞에 한 폭의 그림을 펼쳐 보였었다. 그것을 들여다본 나는, 숨이 막혔다. 거룩한 아름다움, 그리고 무엇보다도 그 망설임을 넘어선 표정이었다. 모든 일을 따뜻이 끌어안으면서 온갖 것에서 훌훌히 떨어진 영원의 얼굴. 나는 그림의 자취를 눈으로 빨아들이기나 할 것처럼 보고 또 봤다. 잠시 눈을 감았다가도, 다시 들여다보았다. 그때부터 나의 머리에 그 영원의 얼굴이 뜨거운 인두로 지지듯 새겨졌다. 스승의 말이 아직도 쟁쟁히 울리며 내 귓전에 남아 있다.

"모든 사람의 얼굴은, 이 참다운 얼굴을 가리고 있는 탈이오. 모든 사람의 얼굴은, 이 브라마와 똑같이 거룩한 얼굴을 하고 있으나, 업(業)과 무명(無明)에 가리워 그 탈을 벗지 못하는 거요. 왕자, 이 일은 왕국보다도 중하오. 자기의 얼굴을 브라마의 얼굴로 만들 때까지 쉬지 마시오."

쉬지 말라 하였을 뿐, 스승은 그 얼굴을 가질 수 있는 아무런 길도 가르쳐주지 않고 떠나버렸다. 그러나 나는 모든 사람 속에 브라마가 숨겨져 있다는 가르침을 믿었다. 이 누리의 모든 비밀을 알고

난 다음에 비로소 그런 얼굴이 자기에게 주어지는 것이리라 생각했다. 가끔 지칠 때 피리를 부는 것뿐, 오늘까지 나는 서재에 파묻혀 살았다. 나의 서재에는 아무의 눈에도 띄지 않는 곳에 거울이 숨겨져 있다.

내가 그 거울을 들여다볼 때마다, 거기에는, 무엇인가에 쫓기는 자의 초조와 짐짓 평정을 꾸며보는 가짜 성자의 둔감이 하나로 엉겨붙은 탈이 비친다. 자신을 가장한 눈의 표정. 저 탈을 피가 흐르도록 벗겨냈으면. 그 뒤에 분명 숨겨진 깨끗하고 탄력있는 살갗의 얼굴을 가리고 있는 이 탈을 벗겨낼 수만 있다면. 나는 요사이 공포에 가까운 마음으로 눈치채고 있는 일이 있다. 날이 가면 갈수록, 나의 학문이 깊어지면 깊어질수록 내 얼굴이 오히려 그리는 얼굴에서 멀어져가고 있다는 일이다. 이 생각은 나를 미친 듯한 초조에 몰아넣는다. 깊은 학문을 하면 할수록, 내 표정은 점점 맑아가고 수정처럼 영롱해 가야 할 터인데, 그 반대로 되어가는 까닭은 무엇일까? 무지한 탓으로 소박한 표정을 가지는 것은 아무런 값이 없다. 들꽃이 자기 미모에 아무런 자랑도 가질 수 없음과 같다. 갠지스 강변의 모래알처럼 많은 슬픔과 기쁨을 안고 히말라야의 눈 덮인 언덕처럼 높고 맑은 슬기를 가졌으면서도, 마치 어는 바닷가 소금 굽는 어린 소녀와 같은 천진한 웃음을 지닐 수 있는 것, 이것이 아니면 안 된다. 무지한 데서 오는 단순하고 소박한 마음은, 악귀의 꾀임에 견딜 수 없고, 별처럼 숱한 이 세상 괴로움에 견딜 힘도 없다. 그러한 얼굴은 그저 '하나' 일 뿐이다. 겹겹의 업이 사무쳐 이루어진 '하나'가 아니다. 언뜻 보기에 물 긷는 소녀의 투명한 표정은 브라마의 저 투명한 표정과 닮았지만, 하나는 광물처럼 무기(無機)한 영혼의 타면(墮眠)이며 하나는 불꽃을 겪고 나온 영원의 원면(原面)이다. 학문을 깊이 해서 나쁠 까닭이 없다. 학문은 불꽃이며 인간의 괴로움을 풀이하고 가늠하는 힘을 준다. 소금 굽는 소녀의 투명함이 그대로는 아무런 값이 없는 캄캄한 밤이라면, 남은 길은 브라마의 이법을 캐고 모든 학문을 내 것으로 만든 다음에 오는 저 아침으로 가는 길밖에 또 무엇이 있을까.

그러나 거울을 볼 때마다 탈은 더욱더 굳어가고, 그늘이 짙고, 흠이 패가면서, 투명한 얼굴의 바닥이 자꾸 뒤로 숨어들어가는 것은 어떻게 된 일일까. 산호의 수풀과 진주의 벌판을 간직한 채, 한 빛깔 담담한 푸른 빛으로 웃음짓는, 저 인도양의 물 같은 얼굴은, 어찌하면 가지게 되는가. 이빨을 가는 표범과 굶주림에 울부짖는 늑대를 가슴에 품은 채, 한 빛깔 눈부신 흰빛으로 푸른 하늘을 우러러보는 저 히말라야의 낯빛을 어찌하면 닮을 수 있을까. 이 서로 어긋나는 두 극이 부드럽게 입맞추게 할 수 있는 그 비법은 무엇일까.

나의 괴로움은 여기 있다.

나는 가끔 자기의 방법에 무슨 잘못이 있는 게 아닌가 그렇게 생각해 본다. 나의 얼굴에 씌워진 이 탈을 벗자면, 그 위에 새겨진 그늘과 흠을 영혼의 힘을 가지고 하나하나 지워나가는 것, 또는 하나하나 다듬어나가는 길 밖에 다른 도리란 생각할 수 없는 일이다. 사람의 영혼이란, 브라마가 그 그늘을 던지는 못과 같으며 얼굴은 그 겉면인 것이다. 물속에 아름답고 빛나는 것을 간직하면 할수록, 겉에 어리는 그림자는 그윽할 것이다. 이 얼의 깊은 늪에 산호를 가꾸고, 진주를 배게 하고, 빛깔 고운 조개를 벌여놓아 물결을 헤살짓지 않고 바람이 일으키는 물결을 어루만져 물을 제자리에 가라앉히는 버릇을 가진 고기떼들을 기르는 일이, 바로 구도가 아니고 무엇인가.

그러나 내 얼굴에 씌워진 탈을 벗겼다고 생각하는 순간 벌써 탈은 뒤로 물러나 여전히 도사리는 것이었으며, 그 탈을 한 번 더 벗기면 또 뒤로 물러난다. 마치 그림자를 밟을 때와 같은 술래잡기——끝없는 술래잡기다. 이쪽이 가만있으면 저쪽도 안 움직인다. 이것이 무한지옥이라는 것일까. 사람으로 태어나, 가장 보람있고 가장 복된 자아완성의 길에 든 내가, 이런 끔찍한 삶을 맛보아야 한다는 것은 말이 되지 않는다. 원만하고 부드러운 심경으로 느긋이 거니는 봄날의 시골길같이 평화스러운 것이 자아완성의 길이어야만 할 것 같은데, 풍족한 느낌 대신에 굶주린 도깨비처럼 헉헉한 가슴을 쥐어뜯으며, 핏발선 눈으로 새벽을 맞는 것이 브라마의 길이어야 한다는 것은 모순이었다. 흙탕 속에서 꽃이 피어나는 그런 역설일까. 그렇다 하더라도 이 길은 어디까지 가야 할지 알 수 없는 일이었다. 어디서 그치는 길이며, 이 싫은 탈이 떨어지고, 저 깔끔한 얼굴이 내 것이 되는 날이 그 언제일까를 생각할 때, 나는 자기가 돌이킬 수 없는 손해를 저지르고 있는 것이 아닌지 어두운 마음을 걷잡을 수 없다. 지금에 와서 이 괴로운 길을 버릴 수는 없다. 그것은 무슨 전공이 아깝다느니 하는 장사치의 속셈에서 나온 결심이 아니다. 이 길에 든 나의 마음은 벌써 비탈을 구르기 시작한 돌덩이처럼 내 힘으로도 어찌할 수 없다. 나의 마음속에 끈질긴 사로잡힘의 뱀이 든든히 내 얼을 휘감아 끼고, 끝없는 이 길로 나를 다그치는 것이다.

여색의 길만은 내가 아직 알지 못한 세계였다. 이 세계를 이루고 있는 모든 것을 알고 말겠다는 것이 나의 욕망이며, 그렇게 함으로써만 이 탈을 벗을 수 있다면 여인도 또한 피할 수 없는 것이다. 더욱, 중들이 그처럼 멀리한 것이라면, 그만큼 알아볼 값이 있는 것이었다. 궁녀 아라녀를 아무 말 없이 받아들인 나의 마음에는 이런 속셈이 있었던 것이다. 이것도 뚜렷한 한 가지 기쁨이다. 목이 메도록 슬프고 기쁜 일임에는 틀림없었다. 오히려 모든 학문에 비겨서, 그

직접적이고 단적인 점으로 사람이 이때만은 티없는 자기 자신이 될 수 있다는 커다란 발견을 한 것이었다. 그러나 너무나 짧았다. 이 긴장이 거짓이라는 표는 바로 그곳에 있었다. 그 견줄 데 없이 티없고 맑은 데 비하여, 행위 이전보다도 더 큰 허무의 주름이 나의 탈에 깊이 새겨지는 것은 이 길이 순수하면 할수록, 거짓에 가깝다는 증거 이외의 아무것도 아니었다. 그 녹을 듯한 기쁨, 그러곤 허전함, 인간의 가죽을 벗고 싶은 시들한 뒷맛은 무슨 까닭인가. 사람과 사람이 더욱더 상처를 주고받고, 더욱더 탈을 깊이 도사려 쓰게 하는 누군가에게 속고 난 다음 같다.

나에게는 한 여인을, 목적이 아니라 수단으로 다룬 하룻밤에 대하여 인간적인 죄악감 같은 것은 조금도 없다. 다만 나의 실험이 헛되었다는 실책감만이 덩그러니 남아서 뜬눈을 감지 못하고 엎치락뒤치락하는 것이었다……. 그 기척에, 잠들었던 여자가 부스스 눈을 뜨면서, 팔을 들어 내 목에 감아왔다. 그 몸짓이 지극히 태연스럽고 버젓한 체하는 것으로 보이면서, 나는 순간 어떤 불결한 상상이 떠올랐다. 아…… 하는 절반은 아직도 졸음에 묻힌 비명을 끌다가, 이번에는 분명히 잠에서 깬 눈으로 나를 쳐다보는 것이다. 그 눈을 보고 놀랐다. 여태껏 나를 이렇게 바로볼 수 있는 사람은 두 사람밖에 없었다. 아버지와 어머니와. 거리낌없이 눈길을 얽어오는 궁녀의 눈에서 나는 처음으로, 이 여인과 나 사이에 벌어졌던 일의 뜻을 똑똑히 알았던 것이다. 나는 다른 탈 하나가 떨어질 수 없이 튼튼히 내 살갗에 엉겨붙는 것을 느꼈다. 나는 그 탈을 힘껏 잡아떼려고 손에 힘을 주었다. 결과는, 여자의 입에서 더 깊은 고통의 신음이 그러나 소리를 죽이며 흘러나왔다.

……얼마나 지났을까. 민은 차츰 걷히는 마음의 안개 속에서 저를 되찾아갔다. 노동을 마치고 난 고달픔이 있었으나, 무거운 것은

아니고, 어딘지 후련한 느낌을 지니고 있었다. 깨고 싶지 않은 꿈을 보았을 때처럼, 단맛이 가물가물 남아 있었으나 그 꿈의 안속은 단 한 자리도 떠올릴 수 없는 게 아쉽다. 그는 눈을 번쩍 떴다. 코밑수염이 들여다보고 서 있다.

"그동안 잠이 들었던가요?"

"그렇습니다."

"그럼, 잠 재우는 게 치료군요?"

"잠도 잠이지만, 좋은 꿈을 꾸면서 즐기는 잠이지요."

"전혀 기억하지 못하겠는데요?"

"그것이, 좋은 꿈입니다. 보통, 꿈이 없는 잠이 단잠이라고 하지만, 그 꿈을 기억하지 못하는 것뿐입니다. 사람은 늘 꿈을 꿉니다. 분열이 없이 순수하게 활동할 때는, 영혼은 고달픔을 느끼지 않는 법입니다. 왜 무슨 일을 열중해서 할 때는 고단한 줄 모르지 않아요? 그런 다음에 오는 피로를 그 활동의 결과라고 함은 근거없는 말입니다. 오히려 그런 순수한 활동의 중단에서 오는 좌절감이, 곧 피로라는 현상이지요. 말을 바꾸면, 열중할 생활 내용이 없을 때, 사람은 늘 피로한 겁니다. 과로란 말은 자발성이 없는 데서 오는 것입니다."

"보통 이론과는 반대군요."

"그렇게 됩니다."

"아니 좀 이상한데……"

"뭐가요?"

"아무도 모르는, 본인도 모르는 꿈을 과연 꾸었는지, 안 꾸었는지, 어떻게 꾸었다고 단정하느냐 말입니다."

코밑수염은 소리를 내어 웃었다.

"간단하지요. 의식이 활동할 때의 대뇌피질의 주파수와 잠잘 때의 주파수를 비교해 보면 됩니다. 본인은 기억하지 못한다는 경우에도, 기계장치의 바늘은 나타내고 있는 것으로써 알 수 있지 않습니까?"

"그러면 본인도 기억 못하는 그 꿈은 누가 꾸는 것일까요?"

코밑수염은 두 번째 웃었다.

"자격이 있으십니다. 그러나 유감스럽게도 연구가 아직 거기까지는 미치지 못했습니다. 다만 가설을 말씀드리는 것이 용서된다면 아마 어느 근원적인 '나' 혹은 '우리'가 꾸는 것이겠지요. 개개의 '나'나, 추상적인 '우리' 이전의 말씀이에요."

민은 시를 듣고 있는 기분이었다. 그러자 또 한 가지 생각이 나서 그는 물었다.

"최면술이라 하셨지만, 약품으로 잠을 자게 한 것이 아닙니까?"

"그렇지 않습니다. 약품은 기분 조정에 쓴 내과적인 처방이었을 뿐입니다. 시술한 부분을 기억 못하시는 것은 그것이 바로 최면술인 까닭입니다."

거기에는 민도 할 말이 없었다.

돌아서 나올 때 코밑수염은 생각나는 대로 찾아와서 다시 한번 치료를 받으라고 이르면서, 그에게 기관지 《Psyche》를 빌려주었다.

이른 봄의 궂은비가 지척지척 내리고 있었다. 외투깃을 세워서 목으로 떨어져오는 비를 막으며, 민은 지금 자기가 품고 나오는 상쾌감의 까닭을 꿈결처럼 생각해 보는 것이었다.

2

5월이 되자, 민은 철이 바뀔 때마다 겪게 마련인 뒤숭숭한 느낌에 겹쳐서, 현실적으로 초조해야 할 여러 가지 문제가 한꺼번에 몰려드는 것을 보아야 했다.

먼저 작품의 문제가 있었다. 무어니 무어니 해도, 예술가로서의 자기 재능에 자신이 있는 동안에는 결정적인 파국은 피할 수 있는 것이었기 때문에, 그런 좋은 작품을 쓴다는 것은 유력한 자기구원의 길이었다. 먼젓번 원고를 태워버리고 나서 몇 번이나 붓을 들어보았지만, 막연한 감동에 끌려 원고지를 대하곤 할 때마다, 번번이, 형상화하기까지에는 너무나 약한 모티프였던 것을 느끼게 되기가 일쑤였다. 게다가 강 선생이 다음 레퍼토리로 그 작품을 쓰자고 부쩍 열을 내기 시작한 후부터는, 기분에 따라 언제든지 쓰려니 하는 셈으로 나갈 수는 없는 것이었다. 민이 벌써부터 쓴웃음으로 느껴온 바지만, 어찌 보면 민에게는 신념을 가진 사람이나 훨씬 나이먹은 사람의 원만한 평정이라고 잘못 알 만한 풍모가 있었다. 서른이나 그만한 나이에 달관이란 것이 도대체 원리적(?)으로 될 일이 아닐 텐데, 다른 사람들은 민에게서 젊은 나이에 된 사람이라는 인상을 받는 것이었다. 그런 치명적인 오해는, 그럴수록 민의 행동에 올가미를 씌웠고 자아기만과 그에 대한 반발이라는 바싹 마음을 썩이는 악순환을 가져왔다.

이런 모든 의식의 고통을, 작품을 쓴다는 일로 다스려보자는 그의 생각은 틀린 것이 아닌지도 모르지만, 작품은 그런 바람대로 움직여주질 않았다. 영감이 우선 오는 것인지 모르지만, 그저 그뿐이었다. 시작이 반이란 말은, 예술의 세계에서는 거짓말이었다. 이렇게 일이 안 되고 보면, 안 된다는 사실을 지나서 재능을 의심한다는 참기 어려운 괴로움을 불러낸다. 물론 자기 힘을 의심해 본다는 일은 나쁘지 않은 일이지만, 그보다 어두운 절망과 짜증이 앞서는 것은 역시 참을 줄 모르는 젊음의 탓이었을까. 그는 당장 자기 재능에 대한 보장을 눈앞에 볼 수 있다면, 단두대라도 사양치 않을 것 같았다. 인생을 두고 한 개 한 개 벽돌을 쌓아올리는 식이 아니고, 해가 떨어지면 횃불을 켜들고라도 하룻밤 사이에 성을 쌓아버린 다음, 나머지 기나긴 세월을, 완성의 다음에 오는 저 느긋함과 덤비지 않는 의젓한 얼굴을 가지고 살고 싶었다. 마음의 완성 없이 인생을 산다는 것은, 화장하지 않고 무대에 서는 것이나 다름없다 싶었다. '마지막 것'을 잡지 못하고는 단잠을 자지 못하겠다는 상태는, 결론광이라고나 할까. 겉으로 보이지 않는, 그것은 고요한 광기였는지 모른다.

미라와의 사이만 해도 그랬다. 어떤 격렬한 마지막 것을 바랐다. 마지막 것을 일시에 가지고 싶다는 것은, 죽음을 앞에 둔 사람이 느끼는 초조감이 아닐까. 싹이 트고, 그 위에 비이슬이 스미고, 해가 쬐며, 줄기가 자라 잎이 열린 후, 열매가 드디어 맺는, '과정'은, 다만 발을 구르고 싶도록 안타까운 헛일처럼 여겨졌다. 그런 낭비를 모조리 젖혀버리고, 단숨에 빛나는 핵심을 쥐고 싶었다. 선고를 받은 사람이, 촉박한 가운데 처리할 수 있는 껏 많은 양을, 되도록 빠른 시간 안에 해치우자는 심정. 다시 못 올 먼 길을 떠나는 사람이, 아무것도 모르는 가족들의 늘어진 움직임에서 받게 되는 짜증스러운 야속함 같은 것, 문밖에 희미하게 들리는 어느 사람의 발자국이 출발을 다그치는데, 집안 사람들은 아무도 그 낌새를 눈치채지 못할 때 당자가 느끼는 미칠 듯한 마음. 그러면 사랑이란, 죽음의 선뜻한 냉기를 눈치챈 자의 채난(採暖) 작업이랄까. 서로 몸을 오그려 붙이며 하얀 얼음판 위에서, 처음, 몸과 몸으로 비벼댄 빙하시대의 불씨의 이름을 사랑이라 하는가. 그렇게 알아낸 불씨를, 사람들은 몸에서 몸으로 전해 오는 것이지. 불씨를 하늘의 동정자가 갖다주었다는 말은 그릇 전해진 것이다. 이 사랑이란 불씨는, 사람들이 어

쩌지 못할 죽음의 냉기를 막기 위하여 만들어낸 인간 자신의 재산
이다. 온대에 사는 신의 나라에 사랑이 있었을 리 없다. 삶을 위하
여 추위 속에서 태어난 인간의 발명품이다. 사랑이 아무리 불타도,
눈이 닿는 곳까지 허허한 얼음벌판의 추위를 막을 수는 없었을 게
다. 그러나 사람들은 태우고 또 태웠다. 지구의 양 꼭지에만 남기고
대부분은 땅을 녹여버린 것은, 그 얼마나 많은 세월을 사람들이 태
워온 사랑의 열매일까.

그러나 지구는 또다시 얼어붙기 시작했다. 이 눈에 보이지 않는
얼음은 더욱 차갑다. 눈에 보이지 않는 탓으로 우리는 옛날 사람들
보다 불씨를 허술히 다룬다. 휘몰아치는 바람 속에, 깊은 얼음구멍
속에, 우리의 불씨를 빠뜨렸을 때, 우리는 얼어죽는다. 춥다. 현대
는 정말 춥다. 혼자서는 불을 못 피운다. 바람을 막으며 손바닥만한
얼음 위에 불을 피우려면 두 사람이어야 한다. 작업에는 짝패가 필
요한 것이다. 어느 일에나 그렇지만, 짝을 잘못 만나면 일을 망친
다. 한눈을 팔지 말아야 한다. 남의 모닥불을 탐내어 한눈을 팔 때,
다시 없는 불씨는 꺼지고 만다. 남의 불도 다 그렇고 그런 것. 남에
게서 꾸어올 수는 없는 불씨고 보면, 함부로 불 댕길 수는 없다. 이
거다 싶은 짝을 만났을 때 그들은 시간을 낭비해서는 안 된다. 실수
없이 강렬한 목숨의 보람을 불태우는 작업을 서두르는 데 그의 광
기가 있는 것일까.

안심이란 게 없는 그러한 마음 한편 구석에는, 순교자의 자학적
기쁨과 의젓한 자랑스러움이 없는 것도 아니었다. 가끔 생각한다.

왜 지근지근 쑤시는 이마에 싸늘한 손끝을 씹으며 살아야 하나.
마치 세계의 열쇠를 자기가 쥔 듯이 느끼는 절박감은 못난 망상이
아닌가.

내가 완성을 이루든 그르치든, 저기 흘러가는 저 생활의 강물은

여전히 흐르는 것이다. 내 혼자의 초라한 초조를 무슨 사명감으로 자부하려 들면 안 돼. 내가 정말 바라는 것은 무엇일까? 그러나 한 번 눈을 뜬 모나드는 마치 체념의 재무덤에서 날개를 떨며 날아오르는 불새처럼, 새로운 회의의 하늘로 솟아오르는 것이었다. 그의 마음속에서 퍼덕이는 이 마(魔)의 새는, 아류적인 체념의 잿더미에 파묻히지 않는 고집을 가진 새였다. 털끝만한 거짓에도 날카로운 힐난의 울음을 질러대면서 몸부림치는 것이었다. 이 새의 목을 비틀어 파묻어 버리려면, 얼버무리거나 속임이 아닌 그 어떤 틀림없는 것이 있어야 했다.

그것이 무엇일까.

작품이 굼벵이걸음을 치는 세월을 그는 'The Psychic Society'에서 빌려온 잡지를 읽는 일로 거의 보냈다. 미라의 생각이 퍼뜩 들 때면, 웬만큼 늦은 시각이 아니면 그 길로 달려가곤 했다. 상큼하니 도사린 것 같으면서, 겉보기만큼 무정하지는 않은 그녀를 애인으로 가지고 있는 것은, 짐은 되면서도 버릴 수 없는 짐이었다. 그녀의 말대로 문화를 모르는 여자를 데리고 살지 않는 한 길은 한 가지, 서로 잘해 보는 길밖에는 없다.

5월의 훈풍을 안고 기폭처럼 날리는 커튼이, 높이 뛰어올라, 선반에 얹힌 인형들이 발목이나 허리며 어깨 언저리에서 헤살짓고 있다. 민은 일어서서 인형들 앞에 섰다. 꽤 많은 수가 얼굴만 있고 몸뚱어리는 막대기로 대신한 것들이다. 얼굴만 보여주고 나머지는 둥근 막대 하나로 때워버린 이 스타일의 창시자는 분명 천재였음에 틀림없다. 이 스타일의 원류는 옛날 중국 무덤에 있는 조각이 다른 문물의 전래에 섞여서 일본으로 건너가서 암시된 게 아닌가 하는 게 학자들 말이다. 서양 인형들, 말하자면 피에로 같은 것은 흥겨운 기분이 순간적으로 잡힌 느낌이었지만 중국, 일본, 한국의 그것은 유형의 것이 그 형을 서서히 읽어가는 마지막 순간인 양 싸늘하게 도사리고 있다. 인형의 표정과 어린애들, 또는 짐승의 그것 사이에는 닮은 데가 있다. 얼굴이 하나밖에 없다. 그런 표정은 민처럼 두개 세 개의 얼굴의 스페어를 가진 사람에게 무어랄까, 빌붙어 볼 수 없는 쌀쌀한 슬픔과 닮고 싶은 사랑을 함께 불러일으켰다. 그는 밀러 씨의 성자 생산론을 생각했다. 성자들의 얼굴은 아마 이런 것이리라. 나는 성자가 되고 싶은 것이다. 성자가 되고 싶다는 이 우스꽝스러운 욕망의 또 한꺼풀 뒤의 마음은? 남을 위해서가 아니라 나를 위해서. 처음에 인형 모으기를 시작했을 때는, 재미로 한 것이었지만, 그들을 보고 지내면서 그런 여러 가지를 생각하게 됐다. 며칠 전 다니는 가게에 들러서 새로 들어온 것이나 없을까 보고 있는데,

"여기는 어떻게 오셨습니까?"

돌아다보니 H선생이었다.

"지나다 보니 아무래도 그런데, 설마 인형 사러 들어올 것 같지는 않고……"

"왜요. 사러 들어왔는데요……"

"저런 귀여운 취미를 가지셨군요."

"귀엽다구요?"

민은 웃었다.

"아니 인형 모으는 취미에도 무슨 어려운 내력이 있는가요?"

"하긴, 그렇습니다."

그런 일이 있었다.

민은 그 인형의 얼굴에 미라의 얼굴을 겹쳐보았다. 그녀의 성미의 다양성과 이 인형들의 순수함이 하나가 된, 그 영혼의 몽타주는, 황홀한 아름다움을 지닌 얼굴이었다. 그녀가 이런 여자가 되어주었으면. 둔한 여자는 필요치 않았다. 사람의 마음을 건축에 비긴다면,

먼저 튼튼한 돌이나 벽돌집이어야 한다. 발코니를 인 돌기둥이 받치는 현관. 현관의 문은 두껍고 굵직한 참나무로 짜이고 그 위에 엷은 부조가 있다. 문을 열고 들어서면 정면과 좌우로 또다시 세 개의 문이 있다. 정면의 문을 열면 이층으로 오르는 계단이 나타나고 좌우편 문을 열면 거실과 식당으로 가는 복도가 나타난다. 꾸밈새는 문과 낭하를 될수록 많이 써서 폐쇄적인 안정성을 가지게 한다. 다시 밖으로 나와서 북쪽과 서쪽에 백엽과 벚나무를 드문드문 심은 넓은 뜰이 있다. 전체로 이 집은 풍부한 다양성과 그것을 부드럽게 묶고 있는 양식의 통일성이 육중한 양감에 싸여 있는 것이다.

민에게 있어서 자아의 완성이란 몸과 마음이 다같이 살 수 있는 단 하나의 구원이었다. 이런 자기의 문제를 일반성에까지 높인 작품을 만들어보려는 것이 오랜 꿈이었으나 문제가 미묘한 것과 무용이 레퍼토리로 씌어진다는 조건이 곱빼기 어려움을 만들고 있었다.

민은 시계를 들여다보았다. 아홉시 십분. 미라는 지금 무얼 하고 있을까. 그렇게 생각하자 요 며칠 만나지 못한 그녀가 불현듯 보고 싶어졌다.

──아무리 붙잡고 앉아도 한 줄도 쓸 수 없는 바에야…… 그는 방에 쇠를 잠그고 거리로 나섰다.

캔버스에는, 두 사람의 인물이 얽혀서 허우적이는 발 아래 질펀한 진흙탕이 펼쳐진 모양이, 반쯤 색칠이 돼 있다.

그녀는 칠을 깎고 다시 바르고 하면서, 민에게는 말을 건네지 않았다. 걷어올린 팔뚝에 정맥이 푸르다.

──여자가 예술을 한다는 건 과연 행복한 일일까. 이런 생각은 물론 봉건이야 봉건…….

민은, 오랜 시간 그녀가 그려가는 모습을 보고 있으면서도 별로 지루한 줄을 몰랐다. 그녀를 만나러 와서 하릴없이 기다리면서 지루하게 느끼지 않는 것은, 다만 그녀는 소재로서 필요할 뿐 여기서도 민은 '나'를 생각하고 있는 때문이었다. 어떤 사람과 이야기할 때 정녕 흥미가 없어질 때가 있어서 눈만은 어울리면서도 전혀 딴 궁리를 하는 경우가 많았지만, 저쪽은 오히려 고즈넉이 듣거니 알고 있음을 퍼뜩 깨달으며, 적이 미안해지는 일 같은 것도 나쁜 버릇이었다. 민은 방을 둘러봤다. 지금 미라가 앉은 쪽은, 방을 반으로 잘라서 창에 가까운 쪽이고, 나머지 반 오른편 벽에 붙어서 침대가 놓였다. 그는 침대에 가 누우면서 눈을 감았다. 사각사각 그림을 다듬고 지우는 소리. 이따금 전차가 지나는 쇳소리가 거리 때문에 둔하게 닳아져 흘러온다. 그 틈틈이 자동차의 혼 소리. 저 소리는 화음이라……. 그는 뒤숭숭한 생각을 시작한다. 화성학…… 대위법…… 소리의 평면적 공감, 소리의 입체적 배열…… 그렇다, 그런데…… 무어야 이건……? 무슨 생각을…… 하자는 건가……? ……하자는.

민이 눈을 떴을 때 그녀는 여전히 캔버스 앞에 앉아 있었다. 그동안 깜빡 잠이 들었던 모양이다. 어느새 비가 오기 시작했는지 뚝뚝 낙숫물 지는 소리가 들린다.

조용하다.

민은 메스꺼운 덩어리가 가슴 언저리에서 푸들푸들 움직이면서 그것을 그대로 쏟으면 어린애처럼 으앙 소리 나는 울음으로 터질 것 같았다.

그는 벌떡 일어나, 그녀의 등 뒤로 다가서면서, 목에다 팔을 감고 그녀의 머리카락 속에 얼굴을 묻었다. 어찔한 냄새가 코에 스민다. 이게 미라의 냄새? ……이게 ……미라? 그는 더욱 팔에 힘을 주었다. 미라는 조용히 몸을 비틀어 그를 향하여 돌아앉았다. 그 눈 속에 민은 자기 것과 똑같은 초조의 빛을 보았다. 왜? ……그림이 뜻

대로 안 돼서? ……암 그렇지. 누가 뭐랬어? 내가 찾아온 동기가 불
순한 바에야 나무랄 자격이 나한테 있어? 그의 팔의 힘이 더해진
다. 아…… 신음이 흘러나오는 입술이 푸르르 떨린다. 죽이진 않아,
너를 죽이면 돼……? 사랑해…… 나는 바보야, 어떻게 사랑하면 되
는지 몰라서…….

민은 그녀의 목에서 팔을 풀고 그 자리에 꿇어앉았다.

"미라, 어떻게 하면 사랑할 수 있어? 우린 이대로 가면 안 돼."

"왜 그래요?"

"아무 말이라도 좋아. 아무렇게라도 대답을 해줘."

"아무렇게나?"

"아무렇게나. 누군 별말을 했어? 아무 말이나 한 놈이 통한 거
야. 아무렇게나 한 놈이 기억되거야. 제일 좋은 일을 하려다 우리는
아무것도 못하고 마는 게 아니야? 제일 아름다운 말을 하려다, 아무
말도 못하고 마는 게 아니야?"

"그래도, 자기를 속이는 건 아무런 해결도 안 돼요."

"아니야. 속았느냐 안 속았느냐는 종이 한 장 사이야."

"그 한 장이 모두예요."

민은 벌떡 몸을 일으키며 옆에 놓인 칼을 집어들었다. 미라는 외
마디 소리를 지르며 뒤로 물러섰다. 그러나 민이 움직인 건 반대편
이었다. 그는 미완성의 그림 위에 나이프를 비껴들고 미라를 보았
다. 금시 그녀의 얼굴이 파랗게 질리며 눈을 부릅떴다. 공포와 놀라
움에 질린 얼굴.

"그 얼굴. 바로 그런 얼굴. 미라와 내가 짐승이 될 때 왜 그렇지
못해? 왜 나만 동물을 만들어?"

이번에는 그녀가 꿇어앉았다.

"제발 그 칼을 버려주어요. 그림을 다치지 말아요 제발."

민은 캔버스에 나이프를 푹 꽂아서, 크게 ㄱ자로 꺾어 내리훑었다.

진흙탕에서 서로 얽혔던 그림 속의 남녀 중에서 여자가 힘없이 펄럭, 저쪽으로 넘어졌다.

퍼뜩 잠이 깼다.

퍼뜩 잠이 깼다.

우선 찡한 시장기가 온다. 옆에 앉았던 노인은 벌써 내린 모양이다. 민은 유리창에 얼굴을 대고 역 이름을 본다.

P역.

우동이라도 먹어야지.

그는 띄엄띄엄 자리잡은 손님들이 곤히 잠든 틈을 빠져서 플랫폼에 내려섰다. 내린 사람들은 벌써 저편 개찰구로 몰려서 빠져나가고 있었고, 그가 선 곳으로부터 너댓 개 떨어진 차량 앞에 있는 구내 가게 앞에 그와 같이 시장기를 풀려는 사람들이 웅기중기 모여서 그릇들을 입에 대고 있는 모양이 바라보인다. 워낙 작은 가게를 일고여덟이 둘러서면 나머지는 뒤에서 기다려야 했고, 그래도 판매원은 바쁘게 돌아간다. 민은 저만큼 한 사람이 비워놓은 자리로 끼어들어, 판자에 팔꿈치를 올려놓다가 흘깃 옆에 선 사람을 보고는,

"아 이거……."

저편도 못지않은 반색을 하는 H선생을 보았다. 식사를 마치고, H선생의 짐을 거들어 민이 앉은 칸으로 옮기고 그들은 나란히 앉았다.

"같은 차였군요."

그들은 서로 차를 탄 내력을 짧게 주고받았다. 선생은 고향에 볼일이 있어서 다녀오는 길이라 한다.

민은 먼젓번 미라와의 일이 있은 후 곧 지방에 어느 친구가 오라

314

는 대로 보름 동안 그의 시골집에서 쉬다가 돌아오는 길이었다. 민은 내려와 보고 잘 왔다 했다. 고원지방의 서늘한 공기는, 벌써 뜨거운 햇빛이 귀찮아지기 시작한 서울에서 내려온 그에겐, 다른 세계처럼 시원했다. 게다가 아주 농촌도 아니고 그렇다고 도회는 더구나 아닌 이 고을에서 시를 공부하고 있다든가 연극을 공부한다는 그룹들과 만나서 이야기도 하면서, 민 자신은 도회인다운 은근한 우월감을 보류한 채 긴박할 필요가 없는 관찰을 즐겨보는 것은, 바른 예의는 아니나마 뒤쫓기는 듯한 경쟁 속에서 빠져나온 마음에는 휴식이었다.

산중턱 풀이 우거진 벼랑에 기어올라, 풀냄새를 맡으며, 구름이 오락가락하는 양을 바라보고 누워 있으면, 스르르 눈 감기는 부드러운 졸림 속에서 문득 자기가 지금 이런 때 이런 자리에 누워 있다는 우연이, 마치 겨울날 신선한 과일의 선뜻한 닿음새처럼 새삼 느껴진다든지, 처음 한 주일쯤은 옳게 값있는 나날을 보냈으나, 두 주일째부터는 벌써 지루하기 시작했다. 막상 시달릴 대로 시달린 끝에 빠져나온 서울이었건만, 이렇게 내려와 놓고 보니, 자기가 없는 서울에서 자기를 빼놓은 채 무슨 큰일이 그동안 되어가고 있는지도 모른다는, 참으로 어이없는 생각이 성화같이 치미는 것이었다.

무슨 새 일이 일어났을 리 만무였다. 우선 미라만 하더라도, 자기가 찢어버린 그림을 그만큼까지는 아직 그리지 못했을 테고, 민이 내려오기 직전에 여름공연이 끝난 단에서도 별일이 있었을 리 없고, 그렇다고 서울에 혁명이 일어나지 않은 것은 신문을 보면 확실한 일이었다. 아무리 따져보아도 민이 그때 그 자리에 있지 못한 것을 평생 한으로 삼을 만한 일이 그 동안 서울에서 일어날 확률은 0에 가까운 것인데 민이 돌아가고 싶다는 생각은 누그러지지 않았다. 이것을 가리켜 귀심여시(歸心如矢)라 했던가. 이 한자 숙어의 평범한 겉모양 밑에 압축된 강력한 감각을 처음 알아보는 듯한 심정이었다. 그렇다면, 출장을 내려온 것도 아니요, 보따리를 싸고 일어섰으면 그만이었겠으나, 이것도 야릇한 말이지만, 민은 버티었던 것이다. 하야한 현자가, 수삼차에 걸친 조정의 귀경 독촉에 좀체로 차일피일하면서 응하지 않았던 고전적 드라마를 혼자서 세 사람 노릇 하는 역의 심리극으로 되풀이해 보는 어이없는 꼬락서니였다.

그는 일부러 속 편한 듯한 투의 편지를 강 선생에게 보냈으나, 꿩 구워먹은 소식이었다. 제법 정다운 말로 전번의 추태를 사과하고 제작의 진전상태를 묻는 편지를 낸 미라에게서도, 가타부타 말이 없었다. 그들에게 써보낸 편지 내용이 문제였던 것이 아니다. 강 선생에게 떠운 편지에다 그는, 자기 작품의 새로운 구상을 익히고 있다는 것, 돌아오는 가을공연에 늦지 않게 될수록 빨리 끝내야 하겠다는 것, 정임이는 예정대로 귀국하는 것이 틀림없느냐는 등 써보냈지만, 모두 속에 없는 말이었다. 인제 그만하고 빨리 오너라, 이곳에 자네가 없는 탓으로 밀린 일이 많으니까, 하는 말을 듣고 싶은 속셈에서였을 뿐이다. 이런 혼자 속 승강이 끝에, 더 참을 수 없어서 올라오는 길이었다. 잠도 오지 않고 모처럼 긴 여행에서 만난 자리를 잠으로 때우고 싶지 않은 그들은, 이 이야기 저 이야기 심심하지 않았다.

"H선생 같은 분에게 이런 말을 하는 건 건방진 이야기 같지만, 사람과 사람의 사이라는 것, 특히 이성간의 문제란 참 어렵습니다."

"글쎄요, 쉽게 생각하면 되지 않을까요?"

"그렇게 말해 버리면 그만이지만, 그게 그렇게 쉽지 않은 것 같아서……."

"그야 물론 그렇지요. 성격에도 관계되구……."

"아니 제 얘기는 성격상으로 어떻다는 말이 아니라, 원래 문제

자체가 쉽지 않다는 것입니다."

"그럴까요? 저는 오히려 보다 많이 성격의 문제라고 생각하는데…… 성격이란 참 편리한 말이에요. 성격이 다른 곳의 공통의 원리란 있을 수 없잖아요? 성격이 곧 원리란 것이지요. 이를테면, 별로 따지지 않고 살아가는 경우에도 그것이 반드시 무자각하다느니 적당주의니 하고 탓할 것만은 아니라고 생각해요. 제가 보아오는 많은 예로, 군말이 많은 편보다는 말없이 애정을 쌓아가는 편이 실속은 더 있는 게 아닌가 합니다."

"비극을 성격비극으로 번역하는 근대적 사고이신데, 성격이란 개념을 믿지 못하겠어요. 성격이란 마치 요즘 사람의 전매특허구 옛날 사람에겐 성격이 없었던 것처럼 일쑤 말하는데, 사회적인 신분관계로 겉에서 분방하게 주장될 수 있었으냐 없었느냐가 문제지, 예나 지금이나 사람의 문제는 극한에까지 밀고 가면 결국 마찬가지가 아닙니까? 예수보다 철저한 이상주의자가 누구며 공자보다 엄격한 리얼리스트가 누굽니까. 문제를 바로보면 늘 물음은 같은 것이 아닐까요? 스커트가 무르팍을 덮느냐 안 덮느냐, 허리를 파느냐 밋밋하니 뽑느냐 하는 것은, 문제가 아니잖아요? 홍수처럼 설득하려 드는 저널리즘의 베스트셀러 식 사상에 장단을 맞추느라구 시대사상의 스타일북을 쫓아다니는 사이에, 허심탄회하게 본론을 생각하며 보냈어야 할 시간을 허비하고 싶지 않아요. 다만 껍질이 다를 뿐 원형은 같다, 이 말이에요. 그렇지 않고서야 전통이니 유산이니 하는 말의 뜻이 없는 것이 아닙니까?"

"굉장히 어려워져서 잘 모르겠지만, 어디 그런 추상론보다 자신의 케이스를 말해 보세요. 그쪽이 이 얘기를 진행하기가 쉬우니까."

"자신의 문제란 건……."

"연애는 비밀로 아름답다는 순정파이신가?"

민은 웃고 나서,

"글쎄요, 어쩌면 고전파인지 모르죠. 때에 뒤지지는 말아야겠지만 해묵은 것도 간직하자는 것이 소원이니까. 작품도 역시."

"결국 최고를 노리는 것이군요. 교양도 있구, 얼굴도 이쁘구, 성격 또한 좋아야 한다?"

"이해하시는 품이 퍽 구체적이시군요. 글쎄 그렇게 풀어놓고 보면 해묵은 이야기가 되고 마는군요."

"해묵구 아니구는 문제가 아니라고 방금 말씀하시구서……. 해묵었단 말이나 영원이란 말이나, 마찬가지 아니에요?"

"이거 어떻게 이야기가 자꾸 격이 떨어집니다."

"미안해요. 같은 문제도 다루는 사람 따라 오르기도 하고 내리기도 하게 마련이니까. 우리같이 다 된 사람 보고, 젊은 양반이 의논할 게 무어 있어요? 혼자서 찾아보는 겁니다. 이렇구 저렇구 이렇습니다, 하고 손금 가리키듯 못하는 게 인생일진대, 만져보고 아픈 줄을 아는 길밖엔 없겠지요. 아무튼 근래에 보기 드문 청년이야."

"역시 통하는군요. 솜털이 보송보송한 병아리들 낼 것이 아니란 말입니다."

"또, 패전지장을 놀리는 게 아닙니다."

그 말끝에 어딘가 쓸쓸한 것이 있어서 민은 거기서 말을 끊었다. 그는 앞을 물끄러미 바라보고 앉은 H선생의 얼굴에서 몹시 고달픈 빛을 볼 수 있다고 생각했다. 평소 여자치고 소탈한 그녀의 거조도, 겪고 지친 지난날이 가져오는 허세였던가 싶어지며, 비감한 기분이 들었다. 시골에 무슨 일로 다녀오는지. 남에게 동정을 일으킨다면 약자인 징조다. 사랑은 동정이 아니다. 사랑은 싸움이어야 한다. 아무런 핸디캡도 없는 잔인한 싸움에서만 흔들리지 않는 사랑의 질서가 설 텐데. 두루뭉실이나 눈가림은 파멸을 늦추고 급기야 파멸이 올 때 그것이 더욱 보기 싫게 하는 것뿐이다. 미라, 그녀는 분명한 호적수였다. 핸디캡을 수락하기를 마다하는 긍지 높고 칼칼한 검객이라 할까, 지지 않겠다고 바득바득 기를 쓰며 달려드는 그녀에게서 느끼는 그의 불만은 남자는 피고, 여자는 죽어달라는 오랜 타성의 게으른 투정이 아니고 무엇인가. 그녀에게 백치를 요구할 것이 아니라, 싸워서 이겨야 한다. 그녀에게도 칼을 주고 당당히 겨루어오게.

H선생은 어느덧 잠들어 있었다. 이마에 걸린 머리카락과 눈시울에서 흘러나간 감출 수 없는 주름을 바라보다가 민은 자신을 힐난하면서 눈길을 돌렸다.

서울역에서 H선생과 갈라져, 민은 차를 몰아 어둑어둑한 이른 새벽의 거리를 미라의 하숙으로 달렸다. 민이 놀란 일로는 그녀는 벌써 일어나서 화가에 마주앉아 있다가, 오래간만인 그의 때아닌 방문에도 돌아보려 하지도 않았다.

그녀의 어깨 언저리는 스웨터를 걸쳤던 지난봄보다 더욱 야위어 보였다.

전번 일에 미안했던 것이며, 여행의 뒤끝에 어리는 아무나 그리운 마음을 안고, 이른 새벽 고단하면서도 부푼 가슴으로 달려온 민에게는, 미라의 그런 쌀쌀한 모습은, 응석을 섞어 내민 입술을 손바닥으로 되밀린 부끄러움을 주는 것이었다. 민은 말없이 침대에 가 누웠다.

——아직도 우리는 사랑하는 것일까…….

불에 얹힌 송진처럼 지글지글 번지는 생각을 발로 짓이기며, 엎치락뒤치락 보람도 없는 풋잠을 얼마나 잔 때였는지, 흠칫 민은 이상한 느낌에 몸을 오그라뜨렸다. 등 뒤에서 보고 있는 남의 눈길을 느끼고 획 돌아보면 틀림없을 때의 감각이었다. 민은 정신을 가다듬으며, 기척없이 약간 고개를 들어 발치를 내려다보았다. 미라는 이쪽으로 등을 보이고 민의 발쪽을 향하여 쭈그리고 앉았다. 그녀의 손 언저리를 눈으로 더듬어가다가 민은 숨이 막혔다. 미라의 스케치북에 그려져가고 있는 민 자신의 마른 나뭇가지처럼 초라한 맨발.

다음 순간, 그는 욱 하니 자리에서 일어나며 그녀의 손에서 그림을 빼앗아 갈기갈기 찢고 있었다.

그 길로 단에 나온 민에게 강 선생은 손바닥을 내밀었다. 달라는 거다.

"조금만 더……. 약간씩만 손을 대면 인제 되겠습니다."

"아니야. 그 각본이 완전해야 할 필요는 없어. 해나가노라면 자연 고치기도 하고 할 테니까."

"일주일만. 어김없이……."

강 선생은 고개를 갸우뚱하다가,

"좋아…… 그럴 것까진 없는데."

사정을 모르는 강 선생은 민이 까다롭게 군다고 생각하는 모양이었다. 집으로 오면서 민은 한 주일이라고 한 약속을 뉘우쳤다. 강 선생은 민의 등에 대고, 프리마 발레리나가 드디어 25일에 온다는 연락이 왔으니까 알아서 해 한 것이다. 그는 또다시 어지러운 도시의 소음 속에서 일에 쓰일 기한부 아이디어의 주문에 쫓기는 자기를 깨닫는다.

민은 버스를 기다리다가 마침 닿은 전차에 올랐다. 웬일인지 닿아야 할 버스가 꽤 기다렸는데도 오지 않은 탓이었다. 사람들이 다 앉고도 드문드문 자리가 비어 있었다. 전차가 떠날 때 창으로 내다보니 버스가 막 닿는 것이 보인다. 쳇.

민은 언젠가 늦은 전차를 탔다가 만났던 여자 생각이 났다. 그 얼굴 위로 미라의 얼굴이 겹친다. 미라와 싸우는 날마다 공교롭게 전차를 타게 되는 우연이 까닭없이 불길하게 여겨졌다. 쓸데없는 생각, 그는 속으로 침을 세 번 뱉었다. 불길한 징조가 있을 때마다 사람이란 저마다 과학을 가지고 있는 법이다. 아침에 길을 나설 때 고양이가 가로질러 간다든지, 까마귀가 머리 위에서 울든지 하면 불길한 걸로 되어 있다. 그런 것들은 보이지 않는 요술옷을 입고 악의를 비수처럼 품고 사람의 뒤를 밟아다니는 악마의 그림자. 아마 그 요술의 옷에 단추가 하나 끌러지든지 소매에 실밥이 터지든지 하면, 그런 새로 비죽이 비치는 마물(魔物)의 살갗의 한 군데가 그렇게 나타나는 것이다. 마술이야기는 참 좋다. 그리스신화에 나오는 마물들은 조금도 무섭지 않다. 마물이 풍기는 어둠은 없다. 유럽의 전설에 등장하는 마물은 그렇지 않다. 그들은 어둡다. 러시아의 밤하늘을 나는, 스웨덴의 수풀의 밤 속을 걸어다니는 마물들은 그 하늘보다 음울하고 그 밤보다 진하다. 동양에서도 마찬가지다. 인도의 마귀는 사람을 놀라게는 해도 으스스하게 만들지는 않는다. 중국 괴담이 풍기는 저 썩은 시체의 냄새 같은 물컥한 오한. 그 속에는 분명히 세계의 뿌리에 엉킨 악의의 냄새가 난다. 어쩌면 이 세계의 뿌리에는 원통하게 죽은 여자의 뼈가 묻혀 있는지도 모른다. 그 독즙이 줄기와 가지를 좀먹어 올 때 나무는 넘어지고 잎사귀는 시드는 것이다. 시인은 황금의 계절을 노래하고 물론 태양을 고려해야 한다. 나무는 태양을 향하여 애원의 손을 뻗친다. 나뭇가지들은 모두 남향하지 않는가. 이런 발상법은 시인에게는 용서될 수 있는 일이다. 이 세계는 저주를 받은 공주와 같다. 씩씩한 기사인 태양에게 악마를 물리치고 자기를 살려주기를 비는 나무의 몸짓, 그렇다, 이편이 훨씬 합리적이다. 인간을 죄인이라 하고 처참한 심판의 학살 다음에 신을 위하여 지하운동 한 혁명가들만 거둔다는 헤브라이의 비뚤어진 세계관보다, 유럽 동화가 거듭거듭 채택하는 모티프——아름답고 선량한 공주가 나쁜 악마의 저주로 불행해진 다음, 씩씩한 기사의 힘으로 구원된다는 사상이 더 깊다. 더 합리적이다. 이것이 어쩌면 모든 예술의 원형이다. 모든 예술은 이 원형에다 때와 곳과 소재라는, 다를 수밖에 없는 옷을 입힌 변주곡이 아닌가. 인간이 악이면서 선이란 건 아무리 해도 우습다. 인간이 악하기 때문에 신은 더욱 사랑한다는 건 아무래도 수상하다. 인간은 원래 가련한 공주처럼 아름답고 착하다. 흉악한 마귀할미가 그녀를 저주하여 불행하게 만든다. 착한 기사가 씩씩하게 구원한다. 이거야 이거. 이편이 훨씬 씨가 먹혔다. 가만있자, 그러면 공주는 결국 악과 선 사이에서 자기는 아무 참여 없이 운명에 주물리는 무엇이 되고 말지 않는가. 자유의지며 주체성이 없지 않은가. 역시 헤브라이의 인격주의가 더 깊다. 불쌍한 공주와 기사 얘기는 중세의 페미니즘과 북방민족의 유치한 괴기 취미와의 결합 이외의 아무것도 아니다. 정말? 정말 그런가? 그렇지 않을걸. 바이블의 알맹이가 인간을 신의 종이라고 보는 데 있다면 인간의 주체성이란 무슨 말인가. 이놈아 주체성이란 회개의 주체성 말이다. 오라, 자수의 자유 말이지. 노예의 권리 말이지? 신은 입법하고 인간은 범죄, 준수, 혹은 자수한다는 자유의지 말이지? 그렇다면 악신과 선신 사이에서 몸부림치는 공주가 가진 슬픔의 자유와 오십 보 백 보 아닌가? 일그러진 입술과 풀린 눈으로 표상되는 범죄인의 얼굴보다, 등에 굽이치는 금발과 슬픔에 잠긴 고귀한 눈과 구원을 비는 대리석 같은 손목이 더 좋지 않아. 제라서 구질구질한 매저키즘의 초상화를 택할 게 뭐람. 같은 값에 다홍치마. 인생이란 엄숙한 거야. 메르헨의 센티멘털리즘이 아니다라고? 에끼 수작 마라. 악마가 금방 기름가마를 펄펄 끓이며, 얘 공주야, 너 손 좀 내봐, 어디 얼마나 살이 올랐나 하는 판에 고기 뼈다귀를 내 보이는 공주의 상황은 엄숙하지 않단 말이야? 저 국민학교 일학년생 똘똘이에게 물어보아라. 막달라 마리아가 더 불쌍하냐 백설공주가 더 불쌍하냐구. 손오공 얘기를 봐. 그책을 읽을 때마다 왜 그렇게 흐뭇한가. 현장법사가 공주이기 때문이다. 동양 사람은 페미니스트가 아니었기 때문에 공주 대신에 덕 높은 중으로 대신한 것뿐이다. 미남 기사 대신에 원숭이 난봉꾼일 뿐. 어쩌면 털털한 맛이 이편이 낫다. 손오공처럼 유머러스한 녀석을 어느 문학이 지어냈나. 톰소여? 톰소여는 어림도 없다. 톰소여는 손오공 밑에서 분대장 노릇도 못 한다. 고상(!)하게 말하면 신들메도 못 푼다. 「서유기」는 기막힌 책이다. 아무리 낮게 매겨도 바이블의 네 배하고 반은 나간다. 복숭아를 따먹고 천제와의 옥신각신 끝에 벌받는 것은, 에덴동산의 훔쳐먹기 이야기가 아니고 무엇이며, 서역으로 가는 도중의 모험은, 다시 에호바에게 돌아가기 위한 구약의 의인들의 이야기가 아니고 무엇일까. 부처님 손가락에 글씨가 써 있던 이야기는, 저 벽 앞에 나타난 손이 쓴 글씨가 아니고 무엇이며, 드디어 뜻을 이루고 극락왕생함은, 구주에 의한 보속이 아니고 무엇인가. 괴테의 「파우스트」가 와서 발바닥을 좀 핥게 해달라고 한대도 「서유기」는 마다할 게다. 세계관에는 분명 두 가지 본이 있다. 헤브라이즘과 헬레니즘이 아니다. 헤브라이즘과 페어리 테일이즘이다. 헬레니즘엔 어둠이 없다. 너무 밝다. 악마들도 너무 뻔하다. 페어리 테일의 악마들은 무섭다. 요기가 있다. 느닷없는 사건전개와 전혀 우연의 연쇄인 등장인물들의 행동은 무설명이 주는 심미감으로 가득 차 있다. 악이라 하고 요귀라 할 때, 같은 내용을 하나는 윤리의 안경으로 보고 하나는 미학의 손으로 만진 것이다. 윤리는 예술일 수 없다. 그대로는. 그렇다면 내 작품도 한번 이런 쪽으로 잡아보면 어떨까. 무용 레퍼토리로 고전이 될 수 있는 그런. 남들은 전깃줄과 기계를 무대장치로 쓰는 세상에 옛날얘기를 하다니 하는 걱정은 말 것. 다들 모더니즘을 할 때, 옛날 옛적에—
하는 편이 뼈 있는 노릇이 아닌가. 모더니스트들이 이 사람 무슨 소
리야. 내가 언제 모더니스트였단 말인가, 하고 비슬비슬 책임회피
를 하게 되는 날부터 모더니즘을 시작하는 게 정말 멋이다. 그렇지.
어쩌면 농담이 아니라 그 작품을 이런 방향으로 뽑아본다……?

"종점입니다."

민은 그 소리에 생각에서 퍼뜩 깨어났다. 그는 얼결에 고개를 기
웃하여 창밖으로 눈길을 주며 닿은 데를 가늠해 보는 몸짓을 하면
서, 사람들 틈에 끼여 전차를 내렸다. 그는 길에 내려서면서 손목시
계를 들여다보았다. 아홉시. 그런 다음 발길을 떼어놓으려고 고개
를 들자, 그는 우뚝 서 버렸다.

?……?……?

여기가 어딘가? 방향을 모르겠다. 사방을 휘둘러보았다. 눈 익은
집이 하나도 없다. 무심히 내렸지만 그가 내려야 할 곳을 지나쳐온
것이 분명했다. 그러고 보면 아까 버스를 기다리다 전차를 잡아탈
때 그는 방향만 보고 올랐을 뿐이었다. 말할 수 없는 공포가 그를
사로잡았다. 어떡허나…… 어떡헌담……. 그는 태연하게 걸음을
옮기기 시작했다. 지금 걸어가고 있는 쪽이 북인지 남인지도 모르
겠다. 거리를 지나는 사람들이 자기를 유심히 쳐다보는 듯싶어 얼
굴이 화끈거린다. 불이 환히 켜지고 문이 열린 점포들의 깊숙한 속
이, 껄껄 웃어대는 어느 커다란 목구멍 같다. 길이며 사람들이며
늘어선 건물들이 금시 자기를 손가락질하며 왈칵 웃음을 터뜨릴
것 같은 무서운 부끄럼이 덮친다. 여기가 어디쯤 될까. 가만있
자…… 무얼 무어가 어쨌단 말이야. 여기가 어디쯤…… 전찻길이
바뀐 건가. 민은 태연하게 걸으려고 애쓰면 애쓸수록 발길이 뒤뚝
거려지고 거북한 몰골이 자주 드러나는 것 같았다.

머리는 더 헛갈려온다. 누구한테 물어본다……? 절박한 마음의 또 한편에는 전혀 어긋나는 게으름이 머리를 쳐든다. 사형수가 막상 단두대에 오를 때 느낌이 이런 것이 아닐까. 노곤하다. 그렇다. 자꾸 걸어가노라면 눈익은 곳이 나타나겠지. 그는 마치 바쁜 볼일을 가진 사람처럼 발을 잽싸게 놀리며 좌우편에는 한눈도 팔지 않고 걸었다. 갈수록 곳은 낯설어만 온다. 민은 그 자리에 쭈그려앉거나 길 옆 가로수에 머리를 기대고 소리를 터뜨려 울고 싶었다. 눈앞에 아물아물 모습이 나타난다.

앙상한 맨발.

그 발이 무엇인가를 자꾸 걷어차고 있다. 미라의 어깨다. 그녀의 까칠한 어깨는 채이면서도 비웃듯 이죽대고 있다. 발길은 자꾸 헛나간다. 어깨는 오히려 들이대듯 비죽거린다. 하얀 발바닥이 퍼뜩퍼뜩 뒤집히며 허공을 찬다. 어디선지 소리가 들린다. 어린애들 노랫가락 같은 자꾸 되풀이하는 후렴 같은 약오르으지이 약오르으지이 약오르으지이 약오르으지이 가만히 귀를 기울이면 그렇게 들린다. 한 사람의 목소리 같기도 하고 그런가 하면, 여러 사람의 목소리 같기도 하다. 미라의 목소린가 하면 민의 목소리 비슷하고, 또는 아무 목소리 같지도 않다. 약오르으지이 장단에 맞추어 이죽대는 어깨, 헛차는 발길. 민은 누군가와 쾅 부딪쳤다. 그는 바쁜 사람이 하듯 두서너 번 꾸벅거려보이고 더 빨리 걸어간다. 원 아가씨도 제가 불한당인 줄 아십니까. 뭐 그렇게 돌아서서 노려보실 것까지야. 자 그만 갈 길을 가시오. 바이바이, 왜 자꾸 우스워진다. 그렇지, 불행을 이런 식으로 웃어줘야지. 여기서 지면 안 된다. 가만있어. 까불 게 아니라. 너도 이렇게 까불 줄 알아?

이제 마음이 좀 가라앉은 모양이구나.

저기 또 아가씨가 온다. 옳지, 저분에게 길을 물어야지.

"실례합니다. 여기가 어딥니까?"

아니 저런. 거들떠보지도 않고 휙 지나가시다니. 원 난 이래 봬도 애인도 있어요. 누가 뭐랬나. 사람 웃기지 마라. 가만있어. 가만있어. 이놈아 점점 네놈이 실없어지는구나. 재즈 악단의 트럼펫 부는 녀석처럼 신명이 나서 까부는구나. 좋다, 좋아. 모르면 대수냐. 여기는 서울이겠지, 기껏해야. 그는 하늘을 쳐다보았다. 노리끼리한 달이 빌딩 어깨에 걸렸다. 그럼. 그리고 지구에 있는 것은 틀림없고. 그렇다. 얼마나 좋은 밤인가. 산책을 위하여 이보다 더 좋은 밤은 없다. 치우친 산속이나 벌판에서 풀줄기를 훑으며 걷는다는 건 옛날 멋이다. 전차와 네온과 상점과 시끄러울 대로 시끄러운 도시의 한복판에서, 길을 잃은 사막의 나그네처럼 걸어간다는 게 새로운 멋이 되어야지. 이게 사막이지 따로 있어? 한국이 좁아서 큰 기운을 기르지 못하겠다는 게 무슨 소리야. 보라 이렇게 허허벌판이 끝없이 나가고 있지 않아? 저 신기루의 집들을 보라. 대도시의 생활에서 전차의 패를 똑똑히 보지 못했다는 이 간단한 실수로 순간에 연관(聯關)의 테두리 밖으로 밀려나올 때 이 도시가 사막과 어디가 다를 게 있느냐 말이외다. 사막. 참 좋은 말이구나. 자 나는 사막에 와 있다. 사막의 길을 걸어가자. 이 집들이 모두 신기루란 말이지. 이 사람들이 모두 걸어다니는 식물들이군. 자 사막의 순례다. 옳지. 저기 저 큼직한 선인장 곁으로 가보자. 선인장 속에 불이 켜졌구나. 담배. 껌. 초콜릿이 놓였구나. 그리고 사람 모양을 한 식물이 그 뒤에 앉아 있고. 그걸 하나 줘. 그 담배 비슷한 것 말이야. 아마 여기는 이 사막에 마련해 놓은 선물가게인 모양이군. 고 인형 참 잘 만들었다. 꼭 사람 같아. 게다가 말까지 하고, 거스름을 바꾸고 살짝 웃기까지 하네. 이런 인형을 만들기에는 얼마나 희한한 기술과 감이 들었을까. 웃음 웃는 것도 백 환짜리 손님과 이백 환짜리 손님과는 매듭을 짓도록 만들었을 테니 말이오. 사막이란 이렇게 풍부한 곳이던가. 사막의 풍경은 이렇게도 사람 사는 도시와 닮았구나. 지리학 교과서는 모두 거짓말이었군. 그 어여쁘고 상냥하던 국민학교 때 담임선생이 거짓말을 했다니, 아니 그녀도 사막에는 와보지 못하고 책에서 읽었을 뿐이겠지. 보지도 못한 걸 너무 알고 있다는 게 나쁜 거야. 자기 것도 아닌 그 보배들이, 알고 보면 보배가 아니고 한 번만 실수하면 와르르 무너지는 모래 위에 지은 집. 사막에는 집을 짓느니 낙타의 두 개의 혹 사이 움푹 팬 홈이 더 믿음직하다. 내가 몸담을 낙타의 혹은 어디 있는가.

인제 그만.

민은 저 혼자 정색을 하며 머리를 뚝 떨어뜨렸다. 그는 걸음을 훨씬 늦추고 천천히 걸어갔다.

이윽고 눈익은 로터리가 나타났다.

붉은 신호등. 잠시 후 푸른빛. 둥글고 불룩한 모양이 꼭 낙타의 혹. 그 혹이 '가라' 한다. 그는 크게 발을 떼어놓았다…….

어느새 'The Psychic Society'의 앞문을 열었다. 코밑수염. 민은 두 손바닥을 겹쳐 머리에 대는 시늉을 했다. 지쳤다. 쓰러져 자고 싶다. 주검 옆에서라도.

"네, 네. 그럼 저리로……."

코밑수염도 군말없이 알아차리고, 그 알약을 준 다음 시술(施術)로 들어갔다. 오 분도 지나지 않아 민은 벌써 꿈속에 있었다. 코밑수염은 일어서서 민의 머리 쪽 벽에 달린 단추를 눌렀다.

그러자,

——침상 머리맡에 놓인 키높이 황금촛대에서 흐르는 불빛이, 흑단침대에 부딪쳐서는 창을 가린 벵갈 모시의 우아한 무늬 속으로 안개마냥 스며든다. 나는 내 팔을 베고 누운 궁녀 아라녀를 물끄러

미 내려다보았다.

전번에 민이 말한 이야기가 녹음기를 통하여 흘러나왔다. 민은 조용히 듣고 있었다. 몸은 조금도 움직이지 않는다.

녹음이 다했다.

코밑수염이 입을 연다.

"왕자 다문고."

"네."

"전번에 여기까지 말씀해 주셨지요? 자 그다음을 말씀해 주십시오."

"네. 알았습니다."

코밑수염은 조심스럽게 일어나서 옆방으로 들어왔다. 전번과 똑같이, 세 사람이 확성기를 둘러앉아 담배를 피우고 있었다. 코밑수염은 대머리의 귀에 대고 무엇인가 속삭였다. 대머리는 고개를 끄덕끄덕하였다.

민의 독백이 이윽고 시작되었다.

어느 날 밤, 자리를 같이한 아라녀로부터 나는 어떤 마술사의 이야기를 들었다. 그녀는 자기가 병들었을 때 그 마술사의 기도로 나은 적이 있다는 것이며, 떠도는 소문으로는 죽은 사람을 살리기까지 했다는 것이다. 그러면서 나더러도 한 번 치료를 받으면 그 무엇인지 자기는 알 수 없으나, 왕자의 병도 나을 것이라고 덧붙였다. 그때는 무심히 지나쳤으나 문득 어떤 생각이 들어서 부다가라는 이름의 그 마술사를 불러들여, 내 방에서 단둘이 만났다. 나는 내 소원을 그에게 말해 주고 어떤 비법이 있느냐고 물어보았다. 내가 그를 만나보았을 무렵에는 나는 벌써 예전의 내가 아니었던 모양이다. 사람이란 몹시 진지해야 할 순간에 느닷없이 우스운 일이 생각나서 픽 웃음을 흘린다든가, 하는 일이 있지만, 그런 때는 흔히 그 사람이 몹시 허해빠진 경우가 많다. 마술이 큰 힘을 가진 것을 모르는 바는 아니었으나, 이전의 나였다면, 마음의 밀실에서 아무도 모르는 은밀한 조작과 실험을 통해서만 가능한 그런 주체적인 문제를, 이런 방향으로 풀어볼 생각은 감히 안 했을 것이다. 나는 내 일을 성급하게 말해 주고는,

"들으니, 그대는 누리의 움직임에 통하였다 하는데, 무슨 좋은 비법이 있느냐. 만일 없다면 너는 거짓을 퍼뜨리고 다니는 놈. 응분의 벌을 짐작하라."

나의 눈에는 핏발이 서 있었으리라. 마술사는 흘깃 눈을 들었다가, 다시 눈을 아래로 깔았다.

"아뢰옵기 두렵사오나, 왕자께서 바라시는 것은, 가장 높은 것과 낮은 것이 합하여 하나가 된, 바라문의 얼굴을 가지고자, 지금 쓰고 계신 탈을 벗으실 길은 없는가 하는 물음이시옵니까?"

"그렇다. 바로 그것이다."

마술사는 다시 말을 끊고 한참 침묵하였다.

"왜 대답이 없는가?"

재촉하는 나의 목소리에 비웃음에 가까운 울림이 있었다.

"네 있사옵니다."

나는 그의 입을 지켜볼 뿐이다. 눈으로는 여전히 비웃으면서.

"있사옵니다. 그러나 왕자께서 여태껏 하신 방법과는 전혀 다른 방법이옵니다."

이 말에는 나도 움직였다.

"내 방법과 다르다?"

"그렇습니다. 왕자께서는 전혀 상극이 되는 두 가지를 안에서 맺으심으로써 탈을 벗으시고자 하였으나, 저의 방법은 그 두 가지를 밖에서 묶는 것이옵니다."

"무슨 뜻인가……?"

"지금 왕자께서는 가장 높으신 것을 가졌으되 가장 낮은 것을 갖지 못하셨습니다."

"오, 그렇다. 그 가장 낮은 것이 문제다."

"그것은, 배움을 가진 사람에게는 마침내 가질 수 없는 물건입니다. 그것은 다만 일생을 배움을 모르고 지낸 자, 혹은 전혀 배움과는 떨어진 자리에 있는 여인에게만 있는 것입니다."

"옳다…… 말하라."

"그러므로, 다문고 왕자께옵서 갖지 못한 그 한 가지를 왕자의 얼굴에 보태시면, 소원이 이루어질 것이 아닙니까. 얼굴을 벗는 것과 전혀 거꾸로 가는 길입니다."

"그 길을 묻고 있는 것이어늘!"

"네, 그것은……."

"무엇인가 빨리 말하라!"

"네, 그것은 그러한 가장 낮은 것을 지닌 사람의 얼굴 가죽을 벗겨서, 왕자의 얼굴에 붙이는 것입니다."

나는 뚫어질 듯이 마술사를 노려보다가, 어느덧 눈길은 곳 아닌 한 곳을 헤매고 있었다.

"그럴 수 있는가?"

"있사옵니다. 이는 오랜 비법이오며, 그 옛날 마하나니 왕이 그 죽은 왕비의 얼굴을 자기 시녀의 얼굴에 씌워서 오래 기쁨을 누린 것은, 알려진 이야기옵니다. 다만 한 가지, 왕자께서 가지신 높은 것과 벗긴 얼굴의 주인이 가진 낮은 것이 서로 빈틈없이 그 높음과 낮음의 도가 똑같은 경우에만 비법이 힘을 쓰게 돼, 벗겨낸 얼굴이 왕자의 얼굴에 붙게 되는 것입니다."

이때 나는 자기가 찾던 것이 분명히 손아귀에 잡혀지는 것을 느졌다.

높은 코, 둥그런 눈썹, 꽃잎사귀처럼 도톰하고 바른 입술, 부드러운 턱의 선을 가진 그 낯가죽은, 손에 받친 초의 힘으로 싱싱하게 살아 있는 듯하였다. 쟁반에 담긴 이 벗겨진 사람의 탈을 나는 숨을 죽이고 들여다보았다. 마술사 부다가는 덤덤하였다. 그의 마음속은 알 수 없다. 이 처음 실험에 바쳐진 낯가죽을 벗겨낸 솜씨는 놀라웠다. 얼굴 살갗의 어느 한 부분도 다친 데가 없었다. 향료와 방부제로 처리한 이 낯가죽은, 그 살갗이 본래 빛깔을 간직한 채 오랫동안 저장할 수 있는 것이라고 그는 말하였다. 눈은 감았으나 그 뒤로 둥그스럼하게 바친 초의 부피로 갈 데 없이 잠든 얼굴의 봉긋한 눈 모습이었다.

"자 시작합시다."

그 소리에 나는 소스라치며, 부다가를 쳐다보았다. 내 눈은 두려운 무엇 앞에 떠는 노예의 빛이 있었으리라.

"어떻게⋯⋯?"

"이 가죽을 얼굴에 쓰시고 침상에 누워 계시면, 다음은 제가 하라는 대로만 하십시오."

"오호, 이것을 얼굴에 써야만 하는가?"

부다가는 말없이 머리를 조아렸다. 그는 방 한쪽에 놓인 침상으로 다가가서 자리를 고치고, 몸을 돌이켜 나를 재촉하는 눈짓을 보냈다. 나는 그대로 한참이나 박힌 듯이 앉았다가, 벌떡 일어나서 침상으로 달려가자, 넘어지듯 몸을 뉘었다. 부다가는 여전히 표정이 없는 얼굴인 채, 쟁반의 얼굴을 틀에서 벗기면서 나에게 작은 알약을 주었다. 나는 말없이 그것을 받아먹었다. 그런 다음에 부다가는 벗겨든 가죽을 나의 얼굴에 덮어씌웠다. 이를 악문 나의 얼굴이 푹 가려지고 살아 있는 듯한 마스크의 인물이 되었다. 한참 후에 나는 흐릿한 의식 속에, 중얼거리듯 뇌는 부다가의 말을 듣고 있었다.

——왕자, 모든 것을 버리시오. 그대가 태어나기 이전의, 저 어슴 푸레한 해질녘의 그늘을 생각하십시오. 생각이 없었으므로 그대가 신과 하나였던 그때를 떠올리십시오. 독 묻은 화살처럼 마음에 꽂혀오는 생각을 버리고, 히말라야를 타고 감도는 흰 구름가에, 깊이 잠드십시오. 그곳이 그대의 고향입니다. 처음에 그대는 그 나라의 이름없는 물방울이었습니다. 무엇을 탐내어 그대는 가도 가도 끝이 없는 생각의 수풀 속을 헤매어 들어왔습니까. 아, 아름다운 나라, 생각이 없는 투명한 큰 냇물, 번뇌의 조약돌들이 연기처럼 풀려서 없어지는 강 밑바닥에, 죽은 듯이 몸을 뉘십시오.

나는 점점 가물거려오는 의식 속에서, 기쁨에 찬 가슴으로 이 넋두리를 듣고 있었다. 부다가의 소리는 이어진다.

——죽으십시오. 당신은 머나먼 찾음의 길에서 문득 아스라이 죽어가고 싶던 북받침을 기억하지 못합니까. 그것입니다. 비오듯 하는 하늘의 보석들도 억겁의 세월을 앉아서 죽는 날을 기다리는 넋들입니다. 왜 히말라야의 눈빛과 인도양의 물빛이 그토록 그리웠겠습니까. 그들은 죽어가는 넋의 눈빛이기 때문입니다. 죽으십시오. 고요히 아름다이 죽으십시오…….

나는 죽음의 벼랑에서 기쁨과 아쉬움에 떨면서 서성거리는 나를 깨닫는다.

——무엇을 망설이십니까. 당신께 아쉬운 무엇이 이 세상에 있단 말입니까. 당신은 모든 배움을 구했습니다. 그래도 당신은 기쁘지 못했습니다. 당신은 여인을 품었습니다. 그래도 당신은 기쁘지 못했습니다. 깊이 얼굴에 새겨진 업의 탈을 벗고 이 맑은 얼굴 속에 마음을 파묻으십시오. 이 얼굴의 임자는 생각을 모르고 살아온, 히말라야의 나무꾼입니다. 당신이 아트만을 찾으려 먼 길을 두루 헤

맬 때, 이 사람은 아트만에게 가장 가까운 자리에서 머문 채 한 발도 움직이지 않으며 죽음의 날을 기다린, 이 인간의 슬기를 안아들이십시오. 이 가장 낮은 것과 순순히 결혼하십시오. 당신의 몸을 돌려 등 뒤에 기다리는 당신의 반쪽을 맞이하십시오.

나는 히말라야 깊은 오막살이 속에서, 때를 모르는 나무꾼의 삶을 좇고 있었다. 아득히 불어가는 눈바람 소리. 유리처럼 푸른 하늘. 천천히 타오르는 노변의 붉은빛.

이러한 첫 번째 실험에 이어 두 번째 세 번째…… 오늘까지 벌써 몇 차례가 되는지 모른다. 왜냐하면 첫 번을 비롯하여 모든 실험이 실패로 돌아갔기 때문이다. 내가 의식을 되찾고 얼굴에 씌워진 탈을 손으로 당겼을 때 그것들은 힘없이 떨어져나왔기 때문이다. 죽음으로써 호령하는 나에게 마술사 부다가는, 차갑게 대답하는 것이었다. 제가 무어라고 처음에 여쭈었습니까. 왕자의 가장 높은 것과 그 낯가죽 임자들의 가장 낮은 것이 한 치 어긋남도 없이 들어맞는 때에만 엉겨붙는다고 말씀드리지 않았습니까.

나는, 그의 말을 믿는 나를 가끔 돌이켜보았다. 그러나 그를 죽이지는 않았다. 무서운 굿을 몇 번이나 거듭하는 가운데, 못된 기쁨이 그 속에 있는 것을 알았으며, 그것이 나를 사로잡고 놓지 않을 뿐더러, 마법사 부다가의 조형적 논리 속에는 지금의 나로선 끝까지 매달리고 싶어지는 힘과 설득성이 있었다. 나의 방법은 무형적인 것이었다. 부다가의 방법은 뚜렷한 목표가 있었다. 사막의 신기루처럼 자꾸 달아나면서도, 여전히 뚜렷한 목표임에는 틀림없었다.

어느 날, 시종 한 사람만 데리고 사람이 끓는 장터 거리를 걷고 있었다. 즐비한 천막가게에는 여러 가지 물건이 쌓여 있었다. 댓집 이은 포목전을 지나쳐 다음으로 옮아갈 때였다. 나를 향하여 애원

하는 소리에 발을 멈추었다. 항아리들만 길이 넘게 쌓아올린 도가
니집 처마 밑에, 눈먼 거지 계집애가 앉아서 구걸하고 있다. 그녀의
얼굴을 들여다본 나는 적이 놀랐다. 자기가 찾아내고 있는 그 얼굴
에 족히 견줄 만큼 아름다운 얼굴이었기 때문이다. 옷이랄 수 없는
그 남루한 누더기에는 파리들이 쉴 새 없이 날아와 앉았다가는, 가
끔 적선을 베푸는 사람이 가까이 오면 왕 소리를 내며 한꺼번에 날
아갔다가 또다시 달라붙는다. 내가 문득 정신을 차리고 둘러보았을
때 가까운 가게에서 호기심에 찬 눈들이 나에게 쏠리고 있는 것을
알았다. 나는 자기가 너무 오래 서 있었던 것을 깨달으며, 조금 당
황해지면서 얼른 지나치려다가 다시 발을 멈추었다.
　"지나가시는 나으리 마나님들, 적선합쇼. 자비하신 나으리 마나
님들, 적선하고 극락에 갑쇼."
　나는 그녀의 얼굴을 뚫어지게 뜯어보았다. 탐나는 얼굴이었다.
부다가에게 한마디만 일러주면 내일은 저것을 써볼 수 있으리라.
그때 무엇에 놀랐는지 파리떼가 또다시 왕 하는 소리와 더불어 한
꺼번에 날아왔다. 그녀의 일으켜 세운 무르팍에는 넓적하니 곪긴
공기에서 누르끄레한 고름이 굵은 줄을 지어 한 치쯤 쭉 흘러내려
번들거리고 있었다. 참혹하고 혐오스러운 생각에 싸이면서 나는 얼
결에 자신의 팔에서 황금팔찌를 끌러 그녀 앞으로 던져주었다. 둘
레에서 웅성임이 일어났다. 저런, 하는 소리가 들린다. 걸인 소녀의
무릎 앞에 떨어진 팔찌는 금테두리 겉쪽에, 군데군데 금강석을 박
은 것이었으므로, 그런 값비싼 보물이 걸인에게 던져졌으니 사람들
이 놀랄 만도 한 일이었다. 나는 사람들이 웅성대는 틈을 타서 도망
치듯 그 자리를 피하였다. 이 일이 얼마 가지 않아 서울은 말할 것
없고 온 나라 안에 쫙 퍼졌다. 이 사건은 나의 둘레에 오해의 벽을
쌓고, 나의 얼굴에는 거짓의 탈을 덧씌웠다. 옆사람들이 성자 대하

듯 하기 시작했고, 나 자신은 적어도 그런 눈들에 어울리도록 몸을 가져야 했기 때문이다.

장마철이 시작되면서 나는 몸이 불편하여 자리에 눕는 일이 많았다. 아플 때에는, 약도 약이려니와 무엇보다 마음을 평안히 가지는 것과 잠을 잘 자야 하는 것이지만, 그중 어느 하나도 내게는 주어지지 않았다. 어렴풋이 잠들었는가 하면 무서운 꿈을 꾸고 후딱 잠을 깨곤 하였다.

꿈의 내용은 거의 몸뚱이 없는 얼굴에 대한 것이었다. 그런 얼굴들이 보통 악몽에서처럼 달려든다든지 하는 것이 아니고, 벽이며 마루며 천장이며 온통 사람의 얼굴로 꽉 차서 말없이 나를 쳐다보는 것이다. 한번 부다가의 말을 받아들여 인간의 낯가죽을 얼굴에 쓴다는 방법을 택한 후, 나는 사실상 그 이전처럼 책을 읽고 궁리하는 제대로 된 학자의 나날을 거의 버리고 있었다. 나의 속에서는 언제부터인가, 책과 연구를 통한 자아의 완성이라는 것은 불가능한 일이라는 마음이 싹트고 있었다. 하루의 모두를 갈피없는 망상 속에 보냈다. 과제적인 연구의 엄격성을 떠난 마음은, 엄한 지아비의 슬하를 벗어난 방탕한 천성의 여인 모양, 게으르고 멋대로 놀아나는 것이었다. 나에게 지금 남은 것은 감각뿐이었다.

얼굴에 무엇인가 덧씌워져 있는 듯한 이물감이라는 형태로 나의 구도의식은 감각화되고 있었다.

이 근질근질한 닿음새, 끈적거리고 꺼림한 얼굴의 이물감 때문에, 나는 지랄처럼 손을 들어 이마에 열 개의 손톱을 박아 얼굴을 벗겨내는 시늉을 한 탓으로, 이마에 가끔 찍힌 자국이 생겼지만, 이 일은 아라녀도 알지 못하였다. 어머니인 왕후가 찾아오는 일이 있었으나 그런 때 나는 오히려 달래 보내는 게 일쑤였다. 둘레 사람들에게 될 수 있는 데까지 평정을 꾸미는 노력을 저도 모르게 해내고 있는 것이었다. 겉으로 보기에 우울한 기질의 사람일 뿐, 나는 아주 조용하고 다정하기까지 한 사람이었다. 어느 날, 시녀의 한 사람이 내가 늘 사랑하던 수정항아리를 잘못하여 깨뜨린 일이 있었다. 나는 물끄러미 깨어진 그릇을 내려다보고 서 있었다. 그녀는 너무도 커다란 실수에 넋을 읽고 그 자리에 엎드린 채 죽은 듯이 벌을 기다리고 있었다. 아무리 기다려도 그녀에게 곧장 떨어져야 할 꾸지람도, 매도 내리지 않았다. 그녀가 간신히 머리를 들었을 때, 나는 이미 그곳에 없었던 것이다. 이 말도 곧 퍼졌다. 찾아온 모후가 이 말을 끄집어내자 나는 눈썹을 찌푸렸다. 그때 나는 터지려는 노여움을 간신히 참았던 것이다. 그 자리에 그대로 서 있으면 무슨 일을 저지를지 모르겠기에, 자리를 떴던 것이 사실의 모두였다. 모든 사람이 나를 완성의 군자로 잘못 아는 것이 나를 더욱 괴롭혔다. 어머니조차 그것을 모를 때, 그런 그녀에게 위안이나 응석 바라지를 찾을 마음이 나지 않았다. 앎이 월등하게 낮은 한 여인에게, 다만 생물적인 근원에 의지하여 쉴 데를 찾는다는 것은, 나 같은 따위 사람에게는 처음부터 못하는 일이었다. 이 많은 궁중의 사람이 있으나 나는 늘 혼자였다.

지금 나에게 가장 가까운 사람이라면, 그는 마술사 부다가였다. 나의 어두운 집념의 과제를 잔인한 냉정함을 가지고, 묵묵히 도울 뿐, 나를 건드려 살생의 가책에 마음을 쓰게 될 섣부른 흉내를 내지 않았다. 지금 필요한 사람은 부다가 같은 사람이었다. 사람의 껍질을 자기 얼굴에 붙이겠다는 생각은 지금 나에게는 단 하나의 삶의 과제였다. 언제 끝날지 모르나, 아무튼 이 일을 빼앗는다면, 그 순간 나의 존재는 텅 빈 물질의 껍데기가 되고 말 것을 알고 있었다. 처음의 출발과 동기 같은 것이 지금은 훨씬 멀리 사라져가고, 다만 브라마의 얼굴을 가지고 싶다는 그 한 가지 소원뿐이었다. 브라마의 얼굴은 다만 완성된 자아의 표정으로서만 뜻이 있을 것인데도 지금의 나는, 이 분열된 나의 얼굴에 어느 빛나는 남의 얼굴을 덧붙인다는 일 그 자체에 더욱 매달리고 있었다. 거꾸로 선 그런 마음속에서 가끔, 퍼뜩 얼이 돌아올 때가 없는 것은 아니었으나, 나는 두려운 듯 그런 귀찮은 생각에서 도망쳐나왔다. 많은 세월과 신경을 발기발기 찢어 세우는 생각의 골짜기를 거쳐서 내가 마지막으로 이른 쉽고 조형적인 방법——그것이 곧 사람의 낯가죽을 쓴다는 방법이었다. 그 방법을 다시금 방법론적 회의의 도마에 올리기를 나는 두려워했다. 어렴풋이 벼랑을 앞에 느끼면서도, 눈을 감고 그쪽으로 달음질을 멈추지 않는 저 망하고자 마음먹은 사람의 무서운 게으름과도 같았다.

나는 가끔 부다가의 집으로 나갔다. 부다가는 그의 방 안에 초틀에 담긴 얼굴들을, 네 벽에 돌아가면서 시렁을 만들고 그 위에 얹어놓았다.

얼굴의 방.

처음 이 방에 발을 들여놓았을 때, 나는 쭈뼛한 귀기가 덮침을 느꼈다. 소박하고 투명한 얼굴들이 조용히 눈을 감고 있는 이 방은, 마치 세계가 이곳에서 숨을 거둔 마지막 자리 같았다. 그럼에도 불구하고 나는 거기서 발길을 돌이키지는 않았다. 사람이 느끼는 뉘우침의 불길보다도, 내 속에 도사린 집념에 어린 뱀의 눈알이 더 차가웠던 때문이다. 오히려 대결하듯이 죽은 얼굴들을 바라보라고 가리키는 손가락이 있어 나의 눈길은 뚫어지듯 얼굴들로 쏠리고 있었다.

이렇게 보면 그 많은 얼굴은, 어느 하나 같은 것이라곤 없었다. 작은 다름. 또는 비슷한 것 같으면서도 전혀 다른 바탕. 살갗의 색깔. 이마의 넓이. 코의 높이. 입술의 부피. 턱의 퍼진 정도, 얼굴의 앞쪽과 옆대기의 비례. 코와 입술 사이의 홈의 깊이. 그런 다름으로 말미암아 그들 얼굴은, 쉽게 갈라놓을 수 있는, 다른 얼굴과 얼굴이었다.

단순함에도 이렇게 많은 층계가 있는가.

그 얼굴들은 단순함이 가지는 계급을 뚜렷이 보여주고 있었다.

부다가가 말한 것은 바로 이게 아닌가. 이 층계의 어느 하나에도 다양성이 들어맞지 않는단 말이지. 그렇다면…… 나는 몸을 떨었다. 지금 이 방과 같은 얼굴의 방이 자꾸 불어가고 그 방마다, 채곡이 얹힌 얼굴 얼굴 얼굴……의 환상이 나를 떨게 하였다.

그 떨림 속에는 '그래서는 안 된다' 하는 뉘우침 대신 '그렇더라도 그렇더라도' 하는 저 차가운 눈이 있었으므로, 그 생각이 더욱 나를 떨게 하였다. 나는 두 손을 모아잡고 바로 눈앞의 얼굴을 다시 보았다. 그것은 여자의 얼굴이었다. 몇 번째부턴지 부다가가 가져오는 얼굴 속에는 여자의 얼굴이 섞여 있었던 것이다. 내가 마주보고 있는 얼굴은, 많은 얼굴 가운데서도 가장 끌린 얼굴이었다. 거의 안전에 가까운 좋은 얼굴이 그 얼굴이었다. 손을 들어 그 얼굴의 살갗을 만져보았다. 차가운 초의 닳음새와 조금도 다름이 없었다.

사람의 얼굴이란 참으로 신비한 것이다. 그들은 어찌하여 이런 얼굴을 가질 수 있었던가. 브라마와 가장 먼 자들이…… 나는 그 순간 이름 모를 미움이 솟구쳐옴을 느꼈다. 나의 마음을 늘 어둡게 하여오던 자기 행위에 대한 깊은 가책이 사라지고, 또다시 조용한 미친 불길이 가슴속에 타오르는 것을 보았다.

그렇다. 이것들은 그 아름다운 탈을 자랑할 아무 턱도 없다. 그들은 오직 무지한 탓으로 조용했을 뿐이다. 오직 무지한 탓으로 가장 높은 것과 맺어져서 영원의 얼굴을 이루는 것은 그들에게 영광이어야 한다. 비록 성공하지 못하였을망정, 그 실험의 자리에 오를 수 있었던 것만으로도 그들에게는 영광이어야 한다.

이렇게 생각하면서 얼굴들을 돌아보았을 때, 지금까지 생생한 부피로 맞서오던 그 많던 얼굴들은, 흙과 아교로 빚어놓은 한갓 '물체'로밖에는 보이지 않았다.

나는 눈앞의 얼굴을 집어들었다.

이제 아무 값도 목숨도 없어진 이 정밀한 자연의 가공물. 이것들이 몸통에 붙어 있던 때라 한들 정작 지금과 견주어 얼마나 더한 값이 있었단 말일까. 자기를 모르고, 아트만을 찾는 일도 없이 살아온 삶은 짐승과 무엇이 다를 바가 있는가. 나는 얼굴을 제자리에 놓고 방을 나오면서 부다가를 불렀다.

어느새 부다가가 곁에 와 서 있었다. 그는 언제나 그러하듯이 주인의 곁에 다가붙은 고즈넉한 개처럼, 될수록 자기의 속은 감추고, 내가 그의 있음에 조금도 마음을 쓰지 않아도 될 몸가짐을 알고 있었다. 부다가는 조심스럽게 이런 말을 했다.

"다문고 왕자. 신은 발원(發願)한 자에게는 반드시 응답이 있을 테지요?"

나는 그를 쳐다보았다. 왜 갑자기 이런 말을 할까 싶어서였다. 여태껏 나의 손발처럼 일해 왔으나, 나는 이 늙은이에게는 공범자를 대하는 불쾌함밖에는 더 느끼지 못하는 터였다. 문득, 은근한 투로 자기의 마음의 아픈 곳을 건드려오는 것이 기이했던 것이다. 부다가의 굵은 주름이 잡힌 눈시울에 어쩐지 부드러운 기운이 어린 듯했다.

"나는 지금 그런 것을 생각할 겨를이 없다. 낸들 알 수 있느냐."

부다가는 그 말에 고개를 숙이고 잠깐 말이 없다. 나는 그를 거느리고 뜰로 내려섰다. 이 뜰은 시가의 끝에 있는 이 집 뒤뜰이었으나 높은 담에 가려서 그 너머 있을 벌판은 보이지 않고, 군데군데 구름이 떠도는 하늘이 있을 뿐이었다.

나는 오래 그 자리에 서 있었다.

나의 눈은 구름을 좇고 있었다. 번쩍이는 빛에 싸여서 부드럽게 흘러가는 하늘의 흰 조각들은, 내 마음에 부드러운 그리움을 채웠다. 구름이 흐르듯 헤매고 싶은 마음이 솟아오르며, 그 구름의 아랑곳없는 움직임 속에 순례자의 마음의 비밀을 읽을 수 있을 성싶었다.

차분히 가라앉은 마음이 되어 무심히 부다가를 돌이켜보았을 때, 나는 지금까지의 기분을 대번에 깨뜨려버리는 광경을 보았다. 부다가는 아까부터 나를 지켜보고 있는 듯했다. 그 눈빛은 복종과 무관심으로 일관했던 늘 보던 그것이 아니고, 어떤 동정의 눈매였다. 나는 가라앉으려 하던 무엇이 딱 움직임을 멈추며 또다시 솟구쳐오르는 소리를 들었다. 한때나마 이 징그러운 늙은이에게 틈을 보인 것을 뉘우치면서 부다가를 노려보았다.

나의 갑작스러운 변화에 따라 부다가의 얼굴에는 뚜렷한 실망의 빛이 보였다.

"얼굴을 벗겨들어라. 또, 또, 몇백 장, 몇천 장이라도."

부다가는 대답 대신에 품속에서 그림 한 장을 꺼내어 말없이 펼쳐 보였다. 그 그림을 본 나는 외마디 소리를 질렀다. 나는 그림을 움켜쥐고 부르짖었다.

"이것이다. 이것이다. 이것을 벗기라. 이걸."

흥분이 가라앉았을 때 나는 물었다.

"이것이 누군가?"

부다가는 잠자코 나를 쳐다보더니 무겁게 입을 열었다.

"다비라국의 왕녀 마가녀이옵니다. 온 인도가 두려워하는 저 코끼리떼를 거느리는 여인입니다. 그녀의 얼굴을 무슨 재주로 벗기겠습니까?"

내 손에서 그림이 떨어졌다.

나는 고개를 떨어뜨리고 눈을 감았다. 이윽고 다시 눈을 떴을 때, 흰 코끼리 위에서 빙긋 웃고 있는 다비라국의 왕녀 마가녀의 얼굴이 발끝에 있었다.

부다가는 나의 소매를 끌고 방안으로 들어와 발을 내렸다.

3

팽팽하던 줄이 뚝 끊어지듯, 웅성임이 멎었다.

스타트였다.

흑, 백, 갈색의 싱싱한 물체들이 엷은 안개처럼 감도는 주로의 아지랑이 속으로 튕겨지듯 내달았다. 말과 기수는 빠름이 더해짐에 따라 차츰 부피를 잃어간다. 가벼운, 잠자리가 날 듯, 움직인다느니보다 둥실하게 떠 보인다.

민은 힐긋, 옆에 선 정임을 보다가 그녀의 손에 눈길이 갔다.

오른손 다섯손가락은 쥐가 일었을 때처럼 한 가닥 한 가닥이 갈고리 꾸부러지듯 하고, 오른 발꿈치가 약간 들리고 왼손은 주먹을 만들어 가슴에 붙인 온몸의 균형이 앞으로 굽힐싸한 그녀의 얼굴은 빛나고, 놀란 사슴을 닮아 코 언저리가 시큰하였다. 민은 그녀가 눈치채지 못하게 조금 뒤로 물러서면서 그녀의 온몸을 다시 한번 훑어보았다.

싱싱한 사슴이다.

그는 옆을 둘러보았다. 뒤켠에 자리잡은 그의 둘레는 빼곡이 사람이 들어찬 방 속처럼 답답하지는 않았으나 그보다 더 진하고 육중한 '열중' 의 벽이 훈훈히 둘러싸고 있었다.

모든 눈이 주로를 보고 있었다.

모든 몸이 주로를 보고 있었다.

그 가운데서 정임의 몸이, 직업이 직업인지라 가장 티없는 '열중' 의 본을 이루고 있는 것뿐이었다.

모든 사람이 하나가 된 이 공감의 터에서 민은 자장(磁場)을 어기고 외톨로 뒹구는 쇳가루 같은 외몫으로 난 헛헛함에 발버둥치는 것이었다.

이것이다…… 아마 이거야……. 왜 여기에 휩쓸리지 못하는가. 무엇 때문에 물러서는가. 피에로가 되는 순간의 겸연쩍음에 애당초 대처하기 위하여……? 거부당했을 때의 절망이 두려워서 고백을 미루는…… 아서라…… 아서…… 정임이를 처음 보았을 때 나를 때리던 느낌도 이것이었다. 저 갈고리진 손의 힘, 시큼하게시리 긴장한 코 언저리를 가진 저 얼굴이 나타냈던, 그 숨김없는 얼굴이었다. 그 첫눈의 느낌, 그 강렬한 첫 보기의 느낌을 왜 믿지 못하는가. 왜 그것을 계시로 받아들이는 데 망설이는가.

남모를 밀실의 기도 속에서 계시가 주어지던 고전의 시대는 지났다. 우리는 자기대로의 수법으로 어디서나 굴러다니는 계시를 놓치지 말아야 한다.

비 오는 날 어느 모퉁이 길에서 문득 발 끝에 채이는 빈 깡통의 더러운 레테르 위에서, 늦은 전차에 탄 여인의 지친 살눈썹 속에서 방향치(方向痴)가 되어 사막을 걷던 밤, 도시의 하늘에 빛나던 낙타의 푸른 혹에서, 여름 풀이 우거진 먼 교외의 비탈에 선 햇빛에 익은 고압선의 부피 속에서, 도시의 창자를 흘러가는 구정물의 철떡이는 소리에, 은회색 스탠드의 매표구에서 십오 환짜리 보통권을 내미는 손의 까칠한 살갗에서 우리는 무엇인가를 잡아야 한다.

그렇다면 젊은 다리를 감싼 발레리나의 토슈즈의 발끝에서 무엇인가를 읽는 데 망설일 무슨 까닭이 있는가? 정임이와의 그 첫 장면에서…….

그때 그는 강 선생에게서, 그녀가 분장실에 있다는 말을 듣고 손에 담배를 붙여든 채 노크도 없이 문을 열었었다.

자기가 오늘부터 부려먹을 애숭이에게, 들어가도 좋습니까 하는 따위 짓을 하는 일이 징글맞은 허례라는 상투쟁이 생각에서가 아니라, 저 혼자라고 마음껏 방심하고 있는 현장을 슬쩍 보고 싶은 호기심이었다.

그녀의 귀국에 관심이 없었던 듯이 보였던 자기가 사실은 꽤 신경을 써왔고 마음 깊은 데서 어떤 촉박한 기대를 품어온 터이라는 사실을 그 순간 그는 절실히 느꼈다.

두터운 방음재료로 만든 문 때문에 소리가 나지 않았던 탓인지, 방 안의 인물은 그가 들어온 것을 몰랐다.

한 발은 뒤에서 앞으로 당기다 말고 뒤꿈치가 들린 채 그 자리에 머물렀고, 쳐든 턱 끝에 한 송이 꽃을 두 손으로 받쳐들고 있다. 가운데가 휘어져 앞으로 나간 몸집 위에서 장난치다 어떻게 그런 몸짓이 된 어린애처럼 무심한 얼굴이, 꽃을 보고 있었다.

이런 발레리나를 민은 처음 보았다. 몸크기의 잘된 인형을 보는 느낌이었다.

낮게 소리를 지르며 그녀는 이편을 보았다. 그녀는 꽃에서 한 손을 떼고 무릎을 꺾으며 발레리나의 인사를 하였다.

민은 그녀의 손을 잡아일으켰다.

"어려운 분이시라구요?"

"네?"

그녀는 웃음을 참느라고 꽃을 깨물고, 민은 그 모양을 바보처럼 보고만 있었다.

쯧쯧, 이게 무슨 꼴이람……. 내가 시킬 탓으로 움직일 인형…… 그는 자기 방 시렁 위에 얹힌 인형들을 얼핏 떠올렸다.

그러나 얼마나 잘 만든 인형인가? 말도 하고 웃기도 하고…… 어쩌면…… 그의 머릿속에서는 사연있는 필름의 맨 마지막 어떤 장면이 예언처럼 흘러갔다. 그때 그는 자신을 저주하면서 그런 환상을 물리쳤다. 그녀의 모습에서 창작의욕이 건드려진 것뿐이라고 생각하려 들었다.

그날 밤 집에 돌아오는 대로 시작하여 그의 오랜 계획이던 작품을 끝만 빼고 거의 마쳤다.

신데렐라 공주 이야기를 뜯어고쳤다. 서양의 콩쥐팥쥐 이야기인 이 옛날얘기에서 계모와 의붓자식인 신데렐라 사이의 갈등을 그 원래대로의 비중을 깎아버리고, 원 얘기에서는 외적 행복의 상징으로만 나오는 왕자를 앞으로 가져온다. 그는 얘기를 이렇게 바꾸었다.

어떤 성의 왕자가 마술사의 저주로 얼굴에 탈이 씌워져 벗겨지지 않는다. 마술사는 이 세상에서 제일 아름다운 여자가 왕자를 사랑하게 될 때까지는 그 탈이 벗겨지지 않을 것을 예언한 것이다. 왕자는 고민 끝에 모든 나라의 공주들에게 초청장을 보내 색시를 고르기 위한 춤잔치를 연다. 제1막은 신데렐라의 집, 그녀의 이복형제가 계모의 도움을 받으며 춤잔치에 갈 채비에 바쁘다. 아름답고 건방진 여성의 본보기. 그녀는 신데렐라에게 짜증을 부리며 어머니를 들볶는다. 이 어머니가 다름아닌 마술사다. 아름다운 자기 딸을 왕비로 삼기 위한 계획이었다. 화장을 마친 신데렐라의 이복형제가 왕자를 유혹하러 떠나기 직전의 설레임과 다가올 행복에 취한 마음을 나타내는 혼자춤. 신데렐라는 뒤쪽으로 물러가서 부러워하는 몸짓을 되풀이한다. 마술사는 딸의 둘레를 춤추어 돌면서 이기적인 어머니의 마음을 나타낸다. 이때까지는 마술사는 계모라는 유형적 악역을 통념 정도로 보여줄 뿐, 후에 가서 드러나는 마성(魔性)은 엿볼 수 없다. 딸에게 은근히 부모의 얼굴이 깎여지지 않을 정도로 꾀를 불어넣어, 잘사는 집 아들을 후려내게 하는 현대 부르주아 집 안의 어머니나 마찬가지 정도의 악성뿐. 이윽고 모녀 춤잔치로 떠남. 홀로 남은 부엌데기 신데렐라. 곧은 마음의 아름다움을 지닌 그녀의 솔직한 슬픔의 춤. 이런 때 슬프지 않은 체하는 탈의 연기를 모르는 곳에 바로, 이 무용극의 매듭을 푸는 열쇠를 준 작자의 뜻이 있다. 어느덧, 춤에 취한다. 그녀의 낯빛이 밝아가고 우아한 턴과 경쾌한 도약이 미어진 기쁨의 솔로로 바뀜. 불행 속에 구질구질 얽히지 않고 그것을 뚫고 밝음으로까지 자기를 높이는 그녀의 성격을 나타내는 보기. 밝게 웃는 신데렐라의 얼굴에 스포트라이트를 주어 관중에게 다시 한번 그녀를 기억시킨 다음, 무대 암전. 제2막, 왕자의 춤잔치. 좌우로 벌려선 여성 용수들, 가운데 탈을 쓴 왕자. 탈을 벗으려는 고민과 간절한 사랑을 찾는 왕자의 춤. 메르헨적인 당돌성과 무설명 속에 인간의 운명이 외적인 조건 때문에 휘둘리는 분위기와 그에 대한 왕자 편의 안타까움과 반항의 심리과정이 우러나오도록. 배경으로 물러나 늘어선 여성 용수들 한 사람씩 나와 왕자의 탈 벗기를 돕는 듀엣. 실패의 연속. 마지막으로 나오는 신데렐라의 이복형제 두 사람만 남기고 모두 나간 가운데, 온 장면 중 가장 눈부시고 육감적인 듀엣. 춤을 마친 마술사의 딸. 자신에 넘친 손으로 왕자의 탈을 벗기려 다가옴. 바람에 찬 왕자. 꿇어앉아 그녀를 맞는다. 실패. 탈은 꿈쩍도 않는다. 절망하여 무대에 쓰러지는 왕자. 불빛 푸름으로 바뀌며 마녀 등장. 풀어헤친 머리. 1막에선 보이지 않던 비죽이 드러난 뾰족한 덧니. 푸른 불빛 속에 '원 이럴 수도 있담……?'을 감추지도 못하고 드러낸, 망연자실한 악마의 애교있는 모습. 그녀의 예언은 그녀 자신의 뜻을 벗어난 다른 현실성을 숨기고 있었던 것이다. 다음 순간 악마 모녀의, 저희들의 실패에 대한 노여움과 저주에 찬 미친 듯한 춤. 비바람 치는 음악. 모녀 춤에 지쳐 무대에 쓰러진다. 무대에는 왕자와 모녀와 음악. 희망과 가능성을 예고하는 달콤하고 고요한. 그 소리에 살며시 일어나는 왕자. 기쁨과 기대와 떨림에 넘친 몸짓. 위기적인 전환을 가능케 하는 어떤 일의 다가섬을 예상시키는 무드로 무대와 음악이 바뀜. 눈부신 품위를 지니며 신데렐라 나옴…….

터지는 외침과 더불어 정임은 민의 팔에 매달리면서 뛰어올랐다.

"보세요. 5번이 이겼어요."

깃대처럼 흔들어대는 그녀의 팔 끝 펴진 주먹 속에서 No. 5 경마권이 그녀의 이마처럼 젖어 있다.

경마장에서 점심을 마치고 비원에 들어와서도 얼마나 자기가 말에 대해서는 익숙한 감식가인가를 늘어놓기에 정임은 세월이 없었다.

"제가 무어랬어요. 그 갈색 말이 꼭 이긴다고 하지 않았어요? 흰말이 보기에는 그럴듯해도 뒷다리가 엉거주춤한 거랑 그 자세가 틀렸거든요. 인제 제 실력을 알만하죠."

그녀는 정말 즐거운 모양이었다. 어린애처럼 다짐받으려 들었다.

여인이여 무슨 실력 말인가? 그대의 No. 5 살러 브렛이 우승하고 나의 백마가 진다는 사실을 예언한 그 위대한 투시력 말인가……?

"스타트라인에 선 모양만 봐도 안답니다. 우물쭈물하는 빛이 있는 건 안 돼."

옳다. 행동과 심리 사이에 틈이 있을 때 그는 지는 거야. 빈틈없는 열중만이 삶의 보람을 느끼는 길이지. 출발선에서 망설인 자는 벌써 진 것이다. 말이든 사람이든.

"근데 저만 공연히 흥분하네……. 선생님은 경마엔 흥미가 없으신가봐."

민은 문득 미라를 생각했다. 그녀라면 이 뜰에서 무슨 말을 느낄 것인가. 그러고 보면 민은 그녀를 경마에 이끌었거나 비원에 데리고 온 기억은 없었다. 늘 새 아틀리에를 가졌으면 좋겠다는 그 채광이 나쁜 아틀리에에서 지루한 신경전을 강요한 것밖에 또 무엇이 있었던가? 그 까칠한 목을 죄고, 밤을 새면서 그려놓은 출품작품을 칼로 찢어버리는 것이 사랑이었을까. 역설로 나타난 사랑? 잔소리 마라. 왜 순순히는 사랑을 나타내지 못해. 네가 인형을 사랑할 때 인형의 팔을 분질러야 사랑의 표시가 되나. 다치기 쉬운 것을 함부로 다루는 건 멋도 아니고 사랑의 역설도 아니야. 그러나…… 무엇을 또 꾸미려 드느냐. 왜 그렇게 자주 '그러나'를 가져오느냐. 선뜻 피리어드를 찍는 그러한 사나이가 왜 못 돼. 그것은 옳다. 그러나…… 잠깐만…… 그러나, 그녀는, 미라는 과연 '다치기 쉬운 것'으로 자기를 받아주기를 바라는 것인가. 자기가 인형처럼 다루어지기를 바라겠는가. '물건'으로 다루어지기를 바랄는지. 아니다. 경마를 권유한다면 그녀는, 가엾은 듯한 웃음을 지은 얼굴로 묵묵히 팔레트에 붓을 이기며 고개를 흔들 테지. 비원에 가자면 케이스에 가득히 스케치북을 메고 와서 나를 절망시키겠지.

정임은 화제야 어떻든 자기 세계를 고집하지 않고 나와의 대화를 늘 바란다. 어쩌면 나는 대화를 할 줄 모르는 놈인가. 늘 독백만 하고 귀를 기울여 고즈넉이 들으며 다정히 응답하는 대화의 예절을 모르는 나.

"아니야 난 정임이하고 이야기하는 게 좋아."

정말이다. 적어도 반은 정말이다. '반은'이란 말에 고까워 마라.

나는 노력하고 싶다.

"제 이야기가요, 정말?"

그녀는 활짝 웃는다.

"정말이야."

이번도 정말이다. 나는 어쩌면 너한테서 빛을 찾고 있는지도 몰라. 내가 쓴 저 작품의 끝이 너에게서 나올지도 몰라. 어쨌든 그건 너에게 관계없는 일. 자꾸 말하여 다오. 왕들이 살림하던 옛 자리에서 살러 브렛 품평회란 얼마나 좋아. 오직 그 풍류를 네가 알기까지 한다면 오죽 좋으랴만.

"말 얘기만 했네요……."

무슨 소리를. 그것이 네 매력인 줄 모르느냐. 나도 노력하고 싶다. 열심히 약한 마음이 앓는 신경쇠약에다 이러쿵저러쿵 하는 탈을 뒤집어씌운 거지. 제 손으로 쓴 그 탈이 손오공의 머리테처럼 빠지지 않아서 이 꼴이지. 제 손으로 썼으니 제 손으로 벗으려고 노력하고 싶다, 아가야.

"정임이, 타고난 선인은 애쓴 끝의 성자보다 복된 거야. 힘쓰지 않고 착하다면 군소리가 무슨 소용이야?"

이것은 정말 정말이다. 너는 이 말이 얼마나 정말 정말인지 모를 거야. 모르는 게 너의 매력이고 모르는 게 단 한 가지 흠이지만.

"사실은 저를 깔보시는 거 아니야요?"

쳇. 언제 그런 말을 배웠소. 그런 말을 배우면 못써요. 그런 투를 배우기 시작하면 너는 마력을 잃은 불쌍한 마녀처럼 동리 사람들에게 학살당하는 거야. 자의식이라는 동리 사람에게 때려잡히는 거야.

"정임이, 내가 지금 지도하는 레퍼토리는 다만 정임이 하나를 보고 하는 거야. 아직 끝맺지 못한 채 연습을 시작한 건 가을 공연에 늦

지 않기 위해서고, 정임이 이미지에 반해서 이 작품을 쓴 건 잘 알잖
어? 정임이 우리가 늘 이렇게 같이 일한다면 행복할 것 같아?'

네 눈이 빛나누나. 그렇다. 나는 정임이를 적어도 공연날 밤까지
는 사랑할 필요가 있다. 그녀의 이미지를 허물지 않기 위하여. 미라
에게 죄 될 것은 조금도 없다. 정임이 같은 애숭이를 미라와 바꿀까
보냐. 내 여자는 미라다. 미라를 잘 길들이는 길만이 뜻이 있다. 문
제를 가지지 않는 여자를 사랑하는 것은 해결이 아니고 회피다.

그녀를 안심시켜야 한다. 민은 비로소 정임이를 대할 때마다 치
미는 심술의 까닭을 안다. 그와 정임 사이에는 저 여윈 어깨, 미라
의 어깨가 가로막고 있다. 정임에게 향하는 호의가 그 어깨에 걸려
서 자꾸 비뚜로 달아난 것이었다. 미라, 아무것도 아니야. 나는 배
반하지 않아. 나는 미라를 통해서만 행복하고 싶어. 정임이는 나의
예술을 위해 필요한 수단이고.

그들은 왕과 왕비의 침실 앞까지 와 있었다. 이 살림살이는 한말
에 일본서 주문한 것이리라. 금박이 입혀진, 왕조풍의 것들이다. 천
장이 나지막한 기와집 방 안에 놓여진 그 양식 살림들은, 왕자의 으
리으리한 살림 자리라기보다는 동화극 속의 조촐한 장치 같았다.

민은 농담을 하는 것이었다.

"저기 가 한번 앉아볼까 부다……."

민은 다리가 맵시있게 구부러진 의자를 가리키며 둘레를 둘러보
았다. 안내인은 보이지 않는다. 신성한 것을 버려주는 기쁨이 있을
것만 같았다.

그 말이 채 끝나기 전에, 정임은 막아놓은 줄을 발레 동작으로 가
볍게 넘기며 그대로 스텝을 밟아 의자로 가서, 사뿐 올라앉았다. 금
빛 의자에 바른 몸매로 앉은 그녀는 여왕보다 고와 보였다.

그녀는 민의 말을 받아 그런 자그마하나마 충분한 민에 대한 응

석을 나타낸 모험을 하고 있는 것이 즐거운 모양으로, 익살을 부리는 것이었다. 싱글싱글 웃으면서.

"경은 어려워 말고 가까이 오라. 짐은 심히 즐겁도다. 내 사랑을 물리치지 말라."

이상한 일이 민의 가슴속에서 일어났다. 떼를 쓰는 어린이가 생트집으로 어머니더러 보기 싫다고 방에서 나가 나가 하며 발버둥쳐 놓고는, 막상 어머니 치마꼬리가 문틈으로 빠지기 무섭게 와 울음을 터뜨릴 때의 마음과 꼭 같은 틀에서 부어져나온 것만은 틀림없으나, 달리 표현할 수 없는 무엇이 불끈 가슴에 솟아난 것이다.

민은 펄쩍 줄을 뛰어넘었다.

의자에 앉은 그녀에게 달려가자, 다짜고짜로 그녀의 비스듬히 모로 꼰 발목을 사정없이 낚아챈다.

"바보 어디라고 이런……."

비명을 지르며 마룻바닥에 엉덩방아를 찧었다가, 재빨리 일어서면서 그를 노려본 정임의 눈에서 떨어지는 눈물을 보자, 그는 눈을 감았다.

네놈이야말로 희극이다. 그리고 악당이다.

민은 이를 악물고 그 소리를 거부했다.

플라타너스 잎이 길에 널리기 시작할 무렵, 현대 발레단 가을 공연 「신데렐라 공주」 상연 날짜가 하루하루 다가오고 있었다.

넉 달 동안 민은 정임과 자기 사이에 놓인 미라의 어깨에 걸려 엎어지면서, 눈 가리고 아웅하는 광대 노릇을 해왔다. 미라는 그가 찾아가면 덤덤히 앉은 채 전혀 상대를 하지 않았다. 오면 오는가, 가면 가는가, 바람보다 더는 그를 여기지 않는 듯한 태도였다.

국전 개전이 가까워오면서 더 심해지는 듯했다.

일부러 민을 사로잡기 위해서였다면 그녀의 수법은 큰 성공이었다.

몸과 마음을 안고 뒹굴던 여자의 그런 덤덤한 반응은, 민을 무섭게 만들었다. 버림받는 것. 인간이 싫어졌다고 쓴웃음으로 버림받는 것은 지옥이었다. 하느님은 몰라도 좋지만 너만은 알아달라고 염치를 버리고 매달리고 싶었다. 그런데도, 그런 곧은 길로 나가지는 않았다.

민은 아직도 어느 날 새벽 자기의 앙상한 발목을 그리고 앉았던 그녀의 싸늘한 눈초리에 막혀 있었다. 어쩌면 마지막 승부에서 써먹을 패 쪽지로서 쓰기 위하여 짐짓 막힌 체하는지도 모른다.

그의 일기장에 적힌 토막글들은 그간 그 자신의 마음의 어수선한 그림이다. 내용이야 무엇이든.

독백(獨白)은 자음(自淫)이요 대화는 사랑이다.

자기 결함을 안다는 일이 덕이 될 수는 없다. 자백은 면죄를 성립시키는 것이 아니므로.

서양철학이란, 바이블이 너무 알기 쉽기 때문에 될수록 어렵게 옮겨놓은 것이다. 다만 그리스는 빼고.

여자가 약한 것이 아니라 사랑에 빠진 여자만 약하다. 그 나머지는…….

여기가 로도스 섬이다. 여기서 해보란 말은 틀렸다. 왜냐하면 여기는 로도스 섬이 아니므로.

역설이란 것이 근대 이후에 사랑을 받기 시작한 것은, 인간의 사상의 순열조합이 가능한 형태는 다 끝났기 때문에, 이번에는 한번 한 말을 뒤집어놓기 시작한 데 까닭이 있다. 아무튼 말은 해야 했으므로. 예수의 역설이 무어냐구? 신에게는 역설이 없답니다. 역설이란, 신이 인간과 상의함이 없이 저지른 단독계약에 대해 인간이 투덜대는 피해의식입니다, 갚음을 청구할 수 없는.

울어야 할 때 웃는 것이 감동적이라는 것을 알았을 때 인간은 연극을 발명했을 것이다.

울어야 할 때 우는 것은 극이 아니므로.

동양의 할아버지들은 이후의 모든 후손에게 불초(不肖) 두 자만을 유산으로 남겨주었다.

모든 인간이 양반이 되고자 하는 것.

또는 양반이 되려는 것을 적어도 막을 수 없다는 것.

(민주주의!)

그런데 결국 그들은 양반이 될 수 없다는 것(족보가 없으므로), 바로 현대의 골치아픔의 까닭.

이상주의가 낡은 옷 같아 보이는 시대에, 공동사회적 연대의식은 과연 언제까지 지탱할까?

어떤 나라의 청년은 전통도 없이 주먹질만 한다는 소문이 있다. 공중에 대고. 이렇게 말하는 경우 나는 물론 전통을 서구적 문화라고 새기고 아무 회의도 느끼지 않는 사대주의자요 문화적 식민지 주민이다.

동양에 관한 말에 관심을 가진 척해서는 안 된다. 교양있는 신사들이 그대의 최신형 헤어스타일 속에 아득한 상투의 환상을 대번 때올릴 것이며, 사실 그것들은 거들떠볼 값도 없는, 멸망하는 자의 노랫가락이며, 썩어빠진 것이므로.

장사는 긴 목이다.

알면서 입을 다무는 것과 몰라서 그러는 것은 다르다. 이 비약을 서양인은 영원히 구별 못한다. 그들은 생략법을 모른다. 이 까닭에 서양인에겐 동양의 달관은 영원히 엑조틱한 스핑크스일 뿐이다.

한시(漢詩)의 거시성(巨視性)에서 현대시에 대한 구원을 보는 것은?

서양은 늘 그 변두리에 풀이 못할 어떤 것을 남긴다. 이 어떤 것이 동양의 재산이다. 서양이라는 등기소(登記所)는 이 재산의 등록을 거부한다. 왜냐하면 근대라는 물권법에는 그런 재산에 대한 항목이 없기 때문이다. 이리하여 동양은 이 창피한 유산을 엑조티시즘을 거래하는 서양 상인에게 헐값으로 팔아버린다.

니힐리즘이란, 기권을 선언하고서도 여전히 경기장에 남아서 이러쿵저러쿵 하는 경기자의 알쏭달쏭한 미련과 같다.

삶은 양배추를 닮았다.
벗기고 벗기면 몽땅 그런 심지가 떨어질 뿐.

현대인에게 정공법(正攻法)은 통하지 않는다. 그에게 무엇을 설득하려면 위계(詭計)를 써야 한다. 정공법은 그에게 경계심을 일으키므로.

참나무처럼 단단한 경건의 줄기에, 목련처럼 풍부한 감각을 꽃피우는 것.

참나무처럼 고루한 형식의 줄기에, 목련처럼 부화한 허무를 꽃피우는 것이라고 뒤집고 싶지?
너는 악마의 몇째 아들이냐?

'파리'와 같은 진짜 허무가 없다고 열등감을 느끼는 식민주의자들이 있다. 마치 뉴욕의 갱에 비하면 한국의 깡패는 어린이 장난이야 하고 어깨를 으쓱해 보이며 비관하듯이. 소름끼치도록 딱한 아저씨들.

예수는 한 번 십자가에 달린 것으로 넉넉하다. 석가는 한 번 바늘방석에 앉은 것으로 됐다. 현대인은 자기의 건망증을 핑계로 예수가 수없이 십자가에 오르기를, 부처님이 수없이 바늘방석에 앉기를 청한다.
기합술사에게 한 번 더를 요구하듯.

현대인은 바이블의 역사적 진리성을 자아의 심리적 바탕으로 옮긴다. 제목이 붙은 그림을 옮겨, 무제의 음악을 만든다.

고지식한 자는 구원된다.
지방 자치법은 정신생활에 더욱 필요한 입법이다.
천재들이 자살한 까닭은 그들이 걸작을 쓴 이튿날에도 해가 동에서 떴기 때문이다.

광학(光學)에는 한 가지 백색만 있다.
마음에는 두 가지 백색이 있다.
원래부터가 백색인 경우와
흡수해서 백색인 경우와.

이것을 구별해야 한다. 그러나 정말 고백하면, 똑같다. 뿐만 아니라 하느님께선 앞의 것을 편애하신다는 소문조차 있다.

우주여행의 결과 신이 사탄의 맏아들이었다는 것이 밝혀지는 날, 모든 긍정론은 만화가 되겠지.

슬픔을 가장하는 자는 복수당한다. 거짓말하던 아이가 이리에 잡혀먹혔듯이.

무어라구?
지금은 달나라에 가는 때가 아니냐구? 눈을 크게 뜨고 우주를 보라구? 알았어. 헌데 저리 좀 비켜주게나.

현대인을 건지는 단 한 가지 길을 나는 알고 있다. 그러나 차마 입밖에 내지는 않겠다. 네가 배를 쥐고 웃을 테니까. 무어 정말 안 웃을 테야? 그럼…….
사랑하면서 열심히 살라 이거야. 이 악마 같은 놈아. 웃지 않겠다고 하고서.
주여 그는 저의 하는 소행을 알지 못하오니…….

헤매는 대철인보다 타고나기를 착한 사람을 택하겠다.

개념과 논리의 헛갈림으로 뒤얽힌 인간의 논쟁을 수식으로 보기 쉽게 풀 수 있는 마음의 수학.

자기의 불면증의 이유도 모르고서 남의 위암을 고쳐주겠다는 사람이 얼마나 많은가. 그들이야말로 살인광이다.

단순만으로는 안 되고 다양으로도 안 된다.

침묵과 웅변의 합금을 만들 줄 아는 요술쟁이는 어디 있는가?

현대는 말하기 어려운 때다. 인간과 인간의 오감이 끊어진 시대, 그러므로 현대에서 말을 하려고 한다는 사실만으로서도 덕이라 불려야 하며, 동시에 악덕 혹은 악취미라 불려야 한다.

한 사람의 연인을 가진다는 것은 현대에서 가능한 최대한의 정의 실현이 아닐까?

기다림도 또한 덕이 아닌가. 누리를 가로지르는 성운(星雲)에 참가할 때까지, 내 자신의 모나드의 창가에 경건한 촛불을 켜놓고 연인의 꿈을 꾸는 것으로 만족하자.

교외전차의 운전사가 플라톤의 독자일 수 있고 버스 여차장이 보바리의 애독자일 수 있다는 데 미상불 모든 악은 있다. 신분과 교양이 일치했던 오호 흘러간 황금시대여,

Cynicism을 목졸라 죽이고 겸허라는 무기감방(無期監房)에 살고 싶다는 것이 원.

달밤이었다.

지붕에서 굽어보는 눈에 로터리는 둥글게 둘러선 고층건물에 싸인 깊은 우물의 물 빠진 밑바닥처럼 보인다.

관객들이 말끔히 흩어진 극장 앞 광장, 총총한 가로등 빛을 받아 조금 물기 있게 빛나는 보도와, 건물의 육중한 벽으로 싸인 그 마당은 사람들이 돌아간 또 하나의 극장무대 같다.

공연이 끝나자 그는 이 옥상으로 와버렸다.

신데렐라 공주의 피날레.

예고와 희망에 찬 음악을 타고 신데렐라 나옴.

왕자의 기쁨에 넘친 구원에의 욕망과 프리마 발레리나의 헌신과 사랑을 나타내는 듀엣.

배경 속에서 서서히 일어나는 마녀 어미 딸.

음악은 숨가쁜 승리와 해결로 접어든다. 모녀의 방해를 굳세게 물리치고 사랑을 고백하는 신데렐라.

외적 운명이 내적 필연으로 바뀜.

마침내 떨어지는 탈.

천천히 퇴장하는 모녀. 악마가 자포자기한 묘한 해학의 몸짓으로. 무대에 남은 주역 용수 두 사람의 승리의 춤.

처음에 그는 실팬가? 하였다.

막이 내렸는데 박수가 없었다.

눈앞이 캄캄해졌다. 그러자 터질 듯한 갈채가 터졌다. 주역인 강선생과 정임이 몇 번씩 무대에 나가서 환호에 답례했다. 흥분한 단원들이 어깨를 부딪히며 이리 뛰고 저리 뛰는 속에서 단원의 한 사람이 꽃다발과 쪽지를 민에게 전했다. 그 쪽지를 훑어 읽자 민은 이쪽으로 걸어오는 정임을 스치며 문을 박차고 극장 입구로 달려 갔다.

"아무도 나간 사람 없소? 지금 막."

"네, 어떤 부인이……."

"베레모를 쓴?"

"네, 네, 방금 어떤 신사 분과 차로 떠나셨습니다."

"……."

그 길로 그는 옥상에 올라와 버린 것이다.

──전략. 저를 마녀의 딸로 만들어버린 건 너무하시잖아요. 이 건 농담. 반갑습니다. 현대 발레단의 앞날을 축복합니다. 저는 프 랑스로 부임하는 오빠의 권대로 파리로 떠납니다. 사랑했습니다.

쪽지의 문장이 머리에서 꿀벌처럼 윙윙거린다. '했습니다' 라고 한 과거형 속에, 민은 그녀의 마음을 읽었다. 그녀가 지난번 국전에 들기만 했대도 지금의 이 어두운 느낌은 없을 것을.

민은 돌아다보았다. 마지막 장면의 옷 그대로인 정임이, 옥상 어귀에서 이쪽을 기웃하니 보고 있다. 그녀는 민의 곁으로 다가와 서 그의 얼굴을 들여다보다가, 아직도 움켜쥔 미라의 쪽지를 그의 손에서 뽑아 달빛에 대고 읽었다. 민은 그 자리에 주저앉아 무릎을 세우고 팔로 감싸안았다. 무릎 새에 머리를 묻었다.

곁에 있던 정임이 푸르르 달려가는 기척에, 민은 퍼뜩 머리를 들 었다가, 얼어붙은 듯 숨을 죽였다. 달무리진 하늘을 뒤로 옥상의 흰 칠한 난간 위에 발끝으로 선 정임의 둥실한 포즈를 거기 본 것이다.

로터리의 희뿌연 보도를 향하여 나비처럼 떨어져가는 그녀의 환 상이 머리를 스쳐갔다. 침착하게…… 서둘지 말고…….

"알았어. 알았다니까……."

속에서 타는 감동을 한껏 감추며, 아무렇지도 않은 듯이, 가볍게 무슨 장난이야 하는 기분이 풍기게 소리냈다. 그러나 그렇게 말했을 뿐, 민은 한 발도 움직이기는커녕 손의 자리도 바꾸지 못했다. 만일 자기가 조금이라도 움직이면 그녀의 균형이 무너질 것 같았다. 자꾸 머리가 어지러워온다. 자기만 '사람'이고 다른 사람은 인형으로 알고 살아오던 사람이, 처음으로 또 다른 자기 밖의 '사람'을 발견한 현장에서 느끼는 멀미였다. 사막과 인형들을 상대로 저 혼자만의 독백을 노래하며, 포탄이 찢어진 '남의 팔다리'를 가로채면서 살아온 자에게는, 지금 테라스 위에서 맞서오는 '사람'의 모습은 어지러웠다. '사람'이란 이렇게 무서운 것…….

툭.

그 기척에 바짝 정신을 차렸을 때, 정임은 사뿐히 뛰어내려 그의 옆에 서 있었다.

고꾸라지듯 다가서는 민의 손을 잡으며 그녀는 웃고 있었다.

누군가 계단을 뛰어올라오고 있다.

4

나는 일이 이렇게 쉽사리 이루어지리라곤 생각지 않았다.

잘못 되면 죽음까지 각오한 터였으나, 이처럼 순수히 계획한 대로 들어맞았을 때는 오히려 신기했다. 나는 옆에 놓아둔 피리를 집어들었다. 오래 손에 잡아본 적이 없었던 이 피리가 큰 몫을 할 줄이야. 이곳 다비라국의 서울까지 숨어든 나와 마술사 부다가는, 낮 동안에 왕녀가 코끼리 부대를 조련하고 있는 벌판까지 나가서 형세를 살펴보았다. 처음 보는 눈에 조련하는 모습은 큰 구경거리였다. 이백 마리를 헤아리는 코끼리들이, 등에 무사를 태우고 옆으로 줄을 지어 전후 좌우로 자욱한 먼지를 일으키며 달리고 있다. 그 대형의 가운데 한층 큰 흰 코끼리 위에 눈부신 바구니 속에 앉아서 지휘하는 왕녀 마가녀는, 민첩하게 운동하는 인물이 자아내는 건강하고 싱싱한 아름다움으로 빛나고 있었다. 나는 여태껏 찾아온 얼굴——저 브라마의 얼굴이, 살아 있는 팔다리에 붙어서 움직이는 모습을 내 눈으로 똑똑히 보았다.

해 질 무렵이 되어 조련이 끝나자, 웅장한 대열이 시가를 향하여 행군해 올 때, 나와 부다가는 대열을 거슬러 모습을 나타냈다. 나는 떠도는 바라문으로 차리고 있었다. 나는 피리를 불며 의젓이 걸어 나갔다. 긴 행렬의 가운데쯤에 이르렀을 때, 나는 코끼리 위에 탄 왕녀의 눈길이 내 위에 주어지는 것을 알 수 있었으나 여전히 유유한 걸음을 옮겨갔다. 대열의 마지막쯤에 이르렀을 때 왕녀가 탄 흰 코끼리가 이편으로 돌아져 오는 것을 보고, 나는 만족한 웃음을 지그시 눌렀다. 내 옆에서 머문 코끼리 위에서 그녀는 나의 피리를 칭찬하고, 하룻밤 자고 갈 데를 주겠노라고 했다.

소문에 들은 마가녀의 피리 부는 취미에 맞춘 꾀가 들어맞은 것이었다.

융숭한 대접을 받고 잠자리로 물러나올 때 그녀는, 만일 나만 좋다면 며칠이라도 묵어 가라고 말했다. 이렇게 쉽게 되다니. 나는 갑자기 하루의 피로가 덮치면서 잠이 몰려왔다. 나의 잠들어 가는 의식 속에 고귀한 웃음을 품은 왕녀의 얼굴이 떴다 가라앉았다 한다, 내가 벗겨내야 할 얼굴이.

바라문이라는 신분에, 피리라는 취미와 그보다도 왕녀의 거침없는 성격이 우리를 빨리 가깝게 했다. 나는 피리 가락에는 자부하고 있었으나, 왕녀의 그것도 더불어 즐길 만했다. 다만 이내 알 수 있는 것은, 이 왕녀가 고귀한 신분과 총명에도 불구하고 전혀 배움은 없다는 사실이었다. 나는 여태껏 이처럼 자유자재한 몸짓의 인간을 보지 못했다. 그녀의 마음과 얼굴은 하나였다. 마음이 웃는 것은 얼굴이 웃는 것이며, 얼굴 밑에 숨겨진 아무것도 없었다. 밤이 미지 때문에 신비하다면, 창창한 대낮은 그 너무나 투명한 폭로 때문에 오히려 신비한 것이 아닐까. 내가 밤이라면 그녀는 낮이었다. 그녀의 웃음과 이야기는, 거침없는 사람의 아름다움이었다. 혼돈을 모르는 데서 오는 힘이 넘치고 있었다. 그러한 그녀의 얼굴은, 한 번 본 이래 나의 마음에 자리잡고, 무한한 뒤쫓음으로 나를 몰아넣고 있는, 저 브라마의 얼굴에 대한 쌍둥이 꼴이었다.

나는 그 얼굴을 가질 때의 기쁨을 생각했다. 마침내 목표에 지척의 거리까지 다다른 것이다. 그러나 여기서 한 팔을 뻗치는 것은 아주 위험했다. 무모하다는 것이 낫다. 첩첩이 쌓인 적 중에서 적의 왕녀에게 해를 가한다는 건 있을 수 없는 일이었다. 그녀를 나라 밖으로 꾀어내는 일이 남은 일이었다. 나는 요즘 그녀의 점점 가까워 오는 마음을 싸늘하게 재어보고 있었다. 어제 저녁 늦은 시각에 뜰을 거닐며 하던 그녀의 말이 생각난다.

"바라문은 환속할 수 없습니까?"

나는 그녀의 물음에 고개를 끄덕였다.

"있단 말씀이시군요."

그녀는 잠깐 생각하는 듯하더니, 이내 옆에 있는 무화과 열매를 따서 연꽃으로 온통 뒤덮인 못 위에 던지고 던지고 하면서, 코끼리 이야기를 했다. 지금 그녀가 타고 다니는 코끼리가 몇 살이라는 것. 코끼리들은 사람의 마음을 다 꿰뚫어 알기 때문에, 자신이 없는 사람이 부리면 잘 따르지 않는다는 얘기. 자기가 늘 이상하게 생각하는 일은 큰 허우대에 비해서 그들은 대단히 소심한 편인데 왜 그런지 알 수 있느냐고 물어올 때, 나는 착잡한 마음으로 실소했다. 사람이 이렇게 어이없고 단순한 관심의 세계에서도 살 수 있다는 데 놀랐다. 가령 그녀에게, 누리에 넘친 아트만의 이법을 말한다 할지라도 통하지 않을 것을 알았다. 그녀의 영혼의 생김새는 그렇게 깊은 문제를 다루도록 만들어져 있지 않는 듯하였다. 영혼이 없는지도 몰랐다. 그녀가 가진 것은 얼굴뿐이 아니었을까. 내가 그녀에게서 얻을 수 있는 것은 그 얼굴뿐이라 생각했다. 그 얼굴을 뺏는 것, 뺏어서 나의 얼굴을 완성하는 도구가 되는 것만이, 그 여자가 할 수 있는 일이라 믿었다. 나는 마술사 부다가의 말에 따라, 어느 날 밤, 늘 하듯 뜰을 거니는 참에 잎이 무성한 보리수 그늘에서 그녀의 입술을 범하였다. 나는 바라문의 길을 버리고 환속하겠노라 말했다.

그녀와 갈라져 잠자리로 돌아온 후에, 끝내 잠을 이루지 못한 나는, 뜰로 나갔다. 나의 발길은 무심결에, 방금 아까까지 마가녀와 더불어 앉아 있던 그 자리로 향하고 있는 것을 다 와서야 깨달았다. 그 자리에 누군가 서 있는 기척을 느끼고, 잠시 발을 멈추었다.

"누구요?"

대답이 없다.

나는 긴장해서 잠시 그곳을 들여다본 후, 다시 걸음을 옮겨 걸치는 나뭇가지와 넓은 잎사귀들을 젖히면서 걸어갔다.

"아, 돌아가지 않고……."

뜻밖이었다. 마가녀 공주는 마치 이 자리에서 다시 만나기를 약속이나 했던 사람처럼, 다소곳이 앉아 있을 뿐, 머리도 들지 않았다. 복잡한 마음의 실마리가 한꺼번에 뒤엉키는 대로 한다면, 그녀를 와락 끌어안고 싶었으나, 이런 때에도 자유스러운 동작에 오금을 박는 어떤 악랄한 것이 있었다. 말을 하여야 쓸데없는 줄 깨닫고, 또 할 말도 떠오르지 않았다. 그녀의 앞으로 다가가 멈춰섰다. 달이 이미 기울어진 때여서, 더군다나 우리의 둘레에 엉키고 덮인

수목과 키 높은 꽃나무들 때문에, 아까 처음에 기척을 느꼈을 때에
도 그녀를 알아보지는 못했던 것이다. 늘 어찔한 멀미를 느끼며 그
녀의 얼굴을 대해 온 나에게는, 여태껏 마가녀는 곧 얼굴이었으며
그 팔과 다리와 몸뚱이를 마음에 둔 적은 없었다. 지금, 짙은 어둠
속에서 보는 그녀는, 얼굴을 가려 볼 수 없고, 다만 사람 크기의 부
드러운 그림자의 덩어리였다. 지금의 그녀를 의식하는 것은 시각으
로는 불가능한 일이었다. 나는 두 손바닥으로 그녀의 턱을 받쳐서
위로 향하게 했다. 얼굴이 있을 데가 알릴락말락 보얀 원을 이루었
을 뿐 '그녀의 얼굴'을 볼 수는 없었다. 나는 어둠 속에서 눈을 홉
뜨고 얼굴을 찾았으나 헛수고였다. 분명히 손아귀에 받들고 있는
물체를 눈으로 볼 수 없다는 일이, 무언가 참을 수 없는 조바심을
자아냈다. 그 느낌은 왜 그런지, 노여움에 가까운 것이었다. 나는
거칠게 그녀를 껴안았다. 그래도 왕녀는 여전히 뿌리치지도 않고
그저 고스란히 몸과 마음의 침묵을 지킬 뿐이었다. 나는 양팔에 든
그녀를 좌우로 뒤채며 이름을 불렀다. 그래도 반응이 없었다. 안고
있는 몸이 전하는 따뜻한 기운을 느끼자, 한꺼번에 몸속을 몰아치
는 욕망의 바람이 지나갔다. 얼굴도 볼 수 없고, 말도 없는, 이 따뜻
하고 부드러운 덩어리는, 그 속으로 들어가지 못할 물체가 일으키
는 짜증을 부른 것이었다. 나는 마가녀에게서 어떤 저항을 느껴본
적은 없었다. 그녀는 투명 자체이며, 그 투명성이 낮의 빽빽한 투명
성처럼 오히려 미지의 신비를 자아낸다고 생각하긴 했으나, 그렇다
고 이쪽의 침투를 밀어내는 것이라곤 여기지 않았으며, 오히려 나
자신의 자아가 마음대로 개척할 수 있는 무기(無記)의 빈칸이라고
믿어왔다. 그런 탓으로, 그녀 자신을 인격으로 대하는 대신, 그녀에
게 비치는 자기 자신을 상대해 왔던 것이다. 비록 그녀가 나의 말
에 응답한다손 치더라도, 그 말은, 내가 던진 말의 메아리였다. 지

금 얼굴도 보이지 않고, 말도 없는 마가녀는, 나로서는 모든 공격의 수단이 거부된 튼튼한 요새였다. 나는 이런 사태가 나 자신의 문제와 얼마나 깊게 얽혀 있는가를 미처 생각 못하고 있었다. 그저, 더욱 도가 거세어가는 짜증과 노여움이 있었다.

확실히 손아귀에 잡았다고 생각했던 물건이, 뜻밖에 엄연한 자기의 존재를 주장한 데서 온 일방적인 감정이었다. 그런 감정은 이 경우 욕정으로 표현을 얻고 있었다. 나는 마가녀의 입술을 미친 듯 찾았다. 입술에도 감각이 없는 듯했다. 열렬히 되받는 입술이 아니고, 여전히 의사표시를 버린 입술. 무서운 욕망의 불길이 누를 수 없이 몸을 불태웠다.

그때.

여럿이 떠들면서 이편으로 오는 기척이 났다. 왕녀의 시녀들이었다. 마가녀는 또 한 번 나를 배반했다.

"인제 오느냐. 지금 막 돌아가려던 참인데."

그녀의 소리가 귓속에서 우레 소리처럼 울었다. 나는 그녀를 안았던 팔을 풀었다. 자연히 왕녀와 손을 맞추기나 하듯, 소리를 죽이는 나 자신의 동작이 나를 슬프게 했다. 귀를 기울여 그들이 돌아가는 발자취 소리를 들으면서, 닭 쫓던 개 같은 느낌이 나를 괴롭혔다. 만일 왕녀가 부르지 않았다면, 시녀들은 이 어둠 속에서 그들을 찾아내지는 못했으리라. 그녀는 나를 사랑하지 않고 있었던가? 이런 생각을 하다가, 나는 적이 놀랐다. 그녀와의 사이는 오로지 계략에 불과한 것이 아니었던가. 흉내를 내고 있을 뿐이었을 터였다. 하긴 나의 목적이 이루어지려면 그녀의 마음만은 정말이어야 한다. 그러나 지금 내가 문득 그녀는 나를 사랑한 것이 아니었던가 하고 생각한 것은, 내 계획에 대한 걱정에서 나온 순전히 타산적인 뜻에서만은 아니었기 때문에 나를 놀라게 했다. 그녀의 알 수 없는 침묵과 시녀들에게 기적을 내어 마지막 대목에서 몸을 뺀 일은, 나를 두 가지로 괴롭혔다. 왕녀가 나에게 열중하지 않고 있는 증거라면 나의 지금까지 쌓아온 노력은 허탕이 될뿐더러, 위험까지도 닥칠 염려가 있다는 걱정 때문이었다. 다른 한 가지에 대하여 나는 못 본 체하려 들었다. 나는 좀 더 악랄해져야 한다. 생각할 틈을 줄 때, 나는 그녀를 잃을 것이다. 그녀는 지금 무언가 생각하고 있다. 위험한 일이다. 또 그녀의 얼굴이 저 생각의 흉한 그림자를 지니게 하는 것도 안 될 말이다. 내 연기가 부족했다면, 더 잘된 연기를 보여야 한다. 내가 그녀를 사랑하는 것이 목적이 아닌 바에는, 아무리 진실에 가까운 사랑의 연기를 한다손 치더라도 조금도 부끄러울 것이 없다.

이튿날 나는 아프다는 핑계로 종일 누워서 지냈다. 핑계로 누운 것이었지만, 몸과 마음이 몹시 지쳐 있는 것도 사실이었다. 잠을 청하였지만 생각은 구름처럼 일어, 오정쯤 됐을 때는, 더 누워 있을 수 없었다. 나는 부다가를 시켜서 왕녀가 궁 안에 있는지 알아보게 했다. 부다가는 돌아와서, 마가녀 공주는 아침 일찍부터 조련장에 나갔다 한다. 그 말이 또 나를 때렸다. 지난 밤 그런 일이 있었다면, 오늘 하루쯤은 자기 방에서 번민의 시간을 가지는 것이 사랑하는 여인의 통상이 아닐까 생각할 때 나는 새삼 그녀의 마음속에 어느 만큼이나 한 영토를 얻는 데 성공했던가 의심할 수밖에 없었다. 높은 천장과 방의 넓이에도 불구하고 답답하고 무더웠다. 나는 부다가를 데리고 조련장으로 나갔다. 우리의 모습을 보고 코끼리를 몰아온 그녀의 얼굴을 보자, 나는 또 한 번 의아한 마음을 누르지 못하였다. 어젯밤 일을 까맣게 잊은 듯한 무심한 얼굴.

그녀와 같이 탄 코끼리의 잔등에서 둘러보았을 때, 시야에 들어온 것은 육중한 잿빛 물체들이 치열히 움직이는 물결이었다. 집채

만한 몸뚱이가 땀과 기름에 번들거리며, 뜨거운 햇살 아래 거센 숨을 내뿜으며 치닫는 먼지바람 속에서, 나는 짐승들의 훅훅 끼치는 살냄새에 현기증이 났다. 나는 왕녀를 보았다. 그녀의 눈빛은 뜨거운 흥분으로 빛나고 있는 이런 때에도 더욱 맑았다. 수백 마리의 육체가 흐느끼는 이 장대한 운동의 마당에서도, 나의 관심은 이런 분방한 운동의 초점에 몸을 둔 한 인간의 얼굴이 보여주는, 놀라운 무잡성(無雜性)에 있었다. 저런 얼굴. 브라마의 이법에 아랑곳없이 살아온 이 여인이 눈앞에서 보여주는 얼굴은 나에게 치욕을 느끼게 했다. 나는 발버둥쳤다. 이 빛나는 얼굴은 그녀의 공이 아니다. 애쓰지 않은 완성은 그것 스스로는 값없는 것이다. 그것은 완성이 아니라 출발하지 않은 것이다. 바라문의 전통인 구도정신의 고귀함을 믿고, 인간이란 오직 그 길을 거쳐서만 아트만을 내 것으로 만들 수 있다고 배워온 나에게는, 그녀의 얼굴에 반하면 할수록 그 얼굴의 임자를 낮춰보려 애썼다.

어느 날 밤 우리는, 관목이 우거진 속에 파묻힌 정자 속에 앉아 있었다. 신명이 나서 혼자서 말하고 있던 왕녀가 말을 뚝 그치며 나를 쳐다보았다.

"바라문, 언제나 이야기하는 건 저뿐 당신은 듣고만 계십니다."

갑자기 들이대는 그 말에 나는 당황했다. 늘 거짓의 몸짓을 짓다 보니 어느덧 그런 몫을 맡고 있었던가. 진실을 말할 수 없다면, 침묵이란, 최소한의 예의였는지 모른다. 또 이 여인과 더불어 열을 올릴 수 있는 화제가 대체 무엇일까. 그 많은 사람들이 쉴 새 없이 죽을 때까지 떠드는 말의 부피가 나에게는 어리석어 보였다. 정녕 어쩌지 못하여 내는 말이 그렇게 많을 수 있을는지 의심해 왔다.

"저…… 나는 왕녀의 이야기를 듣고 있으면 재미있을 뿐이죠."

정말이다. 나는 자기가 진정한 감정표시를 한 사실을 느낀다.

"제 이야기가요? 정말일까?"

마가녀 공주는 두 손을 모아잡고 적이 행복한 낯을 지었다. 그렇다. 여인이여, 너의 이야기를 듣고 있으면, 그 자질구레한 일상의 일에 대한 진술 속에서, 나는 어떤 해방감을 느끼는 거다. 굉장히 부지런한 사람이 게으른 사람을 보고 숨이 열리듯이. 여인이여, 네 말이 옳다. 자꾸 이야기해 다오.

"정말입니다, 왕녀. 당신의 이야기를 듣고 있으면 나에게는 모든 것이 다 잊혀집니다."

이번도 진실이다. 너의 밝은 다변으로 나의 탈을 벗겨줄 수 있느냐. 허심탄회 코끼리의 소식(小食)에 맞장구를 칠 수 있는 사람을 만들어줄 수 있느냐.

"그렇지만 저는 아무것도 아는 것이 없어서 바라문처럼 학문이 높은 분하고도 코끼리 얘기밖에는 늘 하는 것이 없고, 그 생각이 지금 퍼뜩 들었어요."

아니다. 아니다. 내가 거기 끌리는 줄을 모르느냐.

"마가녀. 사람이란 깨끗해질수록 이야기의 내용이 간결해지는 법이요. 말이란 간결할수록 좋고 어려운 이야기란 안 해도 된다면 안 할수록 좋은 것입니다."

이것도 틀림없는 진실이다. 얼굴도 그렇다. 얼굴…….

"바라문 당신은 정말 나를 사랑하는 것입니까?"

이건 또 무슨 소린가. 이 여자의 마음속에 무슨 그늘이 지기 시작했는가. 사랑이 그녀에게 의심을 가르쳐주었는가.

"마가녀, 의심하면 행복은 달아납니다."

옳다. 이런 적당한 말을 재빨리 생각해 내다니.

"그래도. 웬일일까요. 자꾸 무언지 두려워져요."

나는 일어서서 그녀의 앞에 섰다. 그녀는 얼굴을 들어 나를 쳐다보았다. 살눈썹이 젖어 있었다. 나는 거기서 인간이 사랑할 때의 얼굴을 보는 대신, 또 한 번 틀림없는 목표를 확인했다고 믿었다. 이 얼굴만이 필요했다.

"마가녀, 나를 사랑합니까?"

대답 대신에 꽃망울이 열리면서 이슬이 밀려나오듯 거침없이 눈물이 흘러내린다.

"그렇다면 나를 위해서 모든 것을 버릴 수 있겠습니까?"

"모든 것을!"

"부모와 나라까지도?"

"네, 부모까지도?"

단순한 동물이여, 너는 지금 나이에 부모란 벌써 가장 가까운 사람들의 자리에서 물러나야 한다는 것을 모르느냐. 하물며 왕국이랴.

"그렇습니다. 부모까지도."

나는, 그녀의 어깨에 얹었던 손을 내리며, 한 발 물러섰다.

"바라문, 그 사람들을 버리지 않고 우리가 행복할 수 있는 길은 없습니까?"

"없습니다. 당신은 둘 중의 하나를 고를 수 있을 뿐입니다. 망설이면 행복은 지나갑니다. 망설이면 코끼리들이 헝클어지듯이."

"오, 그렇습니다."

나는 조급히 굴지 않고, 늦추지도 않았다. 먹이를 던지고 지켜볼 뿐이었다.

"우리가 같이 살면 행복할 것 같습니까? 마가녀 공주."

"바라문, 더할 수 없이 행복할 것 같아요."

"그래도 그들을 버릴 수 없습니까?"

갑자기, 나뭇가지 사이로 달빛이 바로 흘러들었다.

마가녀의 눈에는 벌써 눈물이 없었다.

그녀는 결심한 것이다.

벵갈 벌판의 하늘에는 백금 도가니를 닮은 태양이 지글지글 타고 있었다.

싸움의 대세는 이미 드러나 있었다.

다비라 군의 코끼리 부대는, 그래도 처음에는, 줄을 지어 가바나 군을 짓밟아왔다. 계략대로 나뭇가지에 붙인 무수한 유황불이 던져지자, 걷잡을 수 없는 혼란이 동물들 사이에 일어났다. 지리멸렬이 된 채 날뛰는 코끼리떼는 몸에 엉켜붙은 뜨거운 유황덩이를 뿌리칠 생각으로 거대한 몸을 뒤채이며 일제히 방향을 돌렸다. 그 힘은 무엇으로서도 막을 것 같지 않았다. 다음에는 저항없는 일방적인 사냥이나 다름없었다. 싸움이란 그런 것이다. 해가 들판의 저편으로 떨어졌을 때는 이미 싸움은 끝나고, 왕과 장군들의 천막을 둘러싸고 벌판에는 불기둥이 줄느런히 일어났다. 이긴 가바나 군이 피우는 모닥불이었다.

낮의 싸움에서 나의 행동은 전군의 사기를 돋우는 가장 큰 힘이었다. 왕과 장군들이 보내는 치하 속에서 나는 그저 우두커니 아래를 보고 섰을 뿐이었다. 어느 장군은 나를 가리켜 전 인도 제일의 용사라고 불렀다. 손꼽는 다비라 군의 장수가 내 칼 아래 쓰러진 수가 열 명은 넘을 것이라고 그는 말했다. 용맹이 아니라 목숨이 귀찮아서 아무렇게나 움직이는 사람만이 가지는 허무한 난폭성이 있었으나 이 살벌한 행동의 마당에서 그런 미묘한 심리적 굴곡을 알아본 사람이 없었다. 드디어 내가 두려워하면서 기다리던 일이 일어났다. 참패한 다비라 국왕과 왕비가 부왕 앞에 끌려온 것이다. 왕비와 눈길을 마주치는 순간 나는 고개를 숙여버렸다. 그녀의 얼굴이 살아 있었을 때의 왕녀 마가녀와 너무도 닮은 때문이었으며, 다음에는 나를 알아본 왕비의 눈빛 때문이었다.

나는 부왕 앞으로 조용히 걸어나갔다.

"대왕. 오늘 싸움에 이긴 원인이 천 분의 일이라도, 만일, 저에게 있다고 하신 아까의 말씀이 참말씀이라면 간곡한 청을 하나 들어주십시오."

부왕은 만족스러운 얼굴로 나를 바라보았다.

"좋고말고. 오늘 싸움의 으뜸 공을 세운 자의 청, 못 들어줄 일이 무엇인가? 말하라."

"다비라 국왕과 그 왕후의 목숨을 살려주십시오. 이것이 청입니다."

부왕을 비롯하여 늘어선 사람들이 조용한 채 아무 말도 없었다. 나는 부왕을 바라보았다. 나는 다시 한 번 간청했다.

"싸움에 공이 있는 자의 청은 들어주는 것이 법도입니다. 그들에게 제가 많은 은혜를 입은 바 있습니다. 굳이 소원합니다."

말이 없던 부왕은 자리에서 일어나면서 높은 소리로 외치듯 말했다.

"왕자의 청을 들어주노라. 쓸데없는 살생을 피함은 왕자의 덕이로다. 다비라 국왕과 왕후를 손님으로 모셔라."

말을 맺고 부왕은, 다음 천막에 마련된 잔치 자리로 장군들을 거느리고 옮아갔다. 이윽고 떠들썩한 환성과 악기의 드높은 가락이 터질 듯 일어났다.

그 무렵 나는 서울을 향하여 달리고 있었다. 마치, 한때 육체의 열반에서 허무를 느꼈던 것처럼 전쟁의 흥분도 허무를 메우지 못하는 것을 나는 마지막으로 알았다. 싸움이 끝났을 때 나는 천막으로 돌아와서 거울을 들여다보았다. 짐승이 보였다. 휘번뜩이는 눈과 부푼 콧구멍과 더 한층 거짓이 짙게 새겨진 그 탈이 더욱 흉하게 그곳에 어리어 있었다.

달리는 말 위에서 나는 눈을 감았다. 감은 눈 속에 살아 있던 때의 마가녀 공주의 얼굴이 환히 떠올랐다. 쟁반에 담겨왔던 그녀의 얼굴은 웃고 있었다. 그때까지도 나는 모진 마음이 허물어지지 않았다고 생각했다. 드디어 바람이 이루어지는 기쁨에 목이 메어 있는 것이라고, 내 가슴의 격동을 자신있게 일러줬었다. 그 얼굴을 아주 내가 가지는 것으로 그녀에 대한 사람으로서의 빚을 넉넉히 갚을 수 있다고 다짐하려 들었다. 그 얼굴을 쓴 순간의 기쁨과 두려움.

그리고 떨리는 손으로 다시 그 얼굴을 당겼을 때, 힘없이 손을 따라 묻어나온 얼굴을 두 손바닥에 받았을 때 내게는 모든 것이 마침내 끝났던 것이다.

머리를 곱게 빗고 금방 부스스 눈을 뜰 듯이 웃음 띠운 그 얼굴은, 목숨을 모독당한 그 자리에서까지도 끊임없이 소리없는 사랑을 호소하고 있는, 사람 얼굴의 모양을 하고 쟁반에 담겨진 사랑의 모형이었다. 나는 오늘 싸움에서 죽음을 바랐다. 그러나 죽지 못하고 다시 한번 흥분 뒤에 오는 덩그런 허전함을 겪었다. 이제는 스스로 죽는 길만이 남아 있었다. 죽기 전에 한 가지 할 일이 있었다.

그 일을 마치려고 나는 서울로 달리고 있었다.

마술사 부다가의 집에 닿았을 때는 새벽이 가까웠다.

나는 말에서 내려 문을 두드렸다.

한참 만에, 문이 열리며 등불을 한 손에 든 부다가의 모습이 문간에 나타났다. 나는 말없이 집 안으로 들어서서 뒤에 남아 있는 빗장을 잠그는 부다가를 기다리지 않고 '얼굴의 방'으로 걸어갔다. 기다란 복도에는 아직 바깥의 흐릿한 새벽빛이 들어오지 못하고 있었다.

나는 문을 열고 방에 들어섰다. 전혀 앞이 안 보이게 캄캄하였다. 나는 마가녀의 얼굴이 놓였을 자리를 어림하여 눈을 돌렸다. 부다가가 걸어오는 소리가 들린다. 그가 문을 열면 그 손에 들린 횃불이 말없는 얼굴들을 대뜸 밝혀줄 게다.

나는 마루에 풀썩 무릎을 꿇으며 두 손으로 낯을 가렸다. 처음으로 이 많은 얼굴들에 대한 공포가 덮쳐들었다. 나는 죄어드는 가슴과 찢어질 듯한 머리의 아픔 때문에 신음했다. 방 안에 부다가가 들어서는 기척이 나고, 낯을 가린 내 손가락 사이로 붉은 기운이 흘러들었다.

나는 오래 그런 대로 앉아서 두려운 듯이 조금씩 손을 아래로 물러내리다가 홱 손을 떼버리며 앞을 바라보았다. 행여나 사라졌을까 한, 턱없는 내 바람에 아랑곳없이 바로 앞에는 시렁의 맨 마지막 자리에서 마가녀 공주의 얼굴이 웃고 있었다. 나는 고개를 돌려 얼굴들을 차례로 훑어보았다. 모든 얼굴이 금시 눈을 뜨고 '여보시오!' 하면서 말을 걸어올 것 같다. 나는 낯을 가리며 신음했다. 내 등 뒤에서 마술사 부다가의 말소리가 들려왔다.

"왕자, 후회하십니까?"

나는 벌떡 일어나며 부르짖었다.

"후회한다……."

나는 숨을 모으기 위하여 잠깐 말을 끊었다.

"내 탈을 벗지 못해도 좋다. 영원히 깨닫지 못한 채 저주스러운 탈을 쓰고 살아도 좋다. 만일 이 끔찍한 일을 하지만 않았다면, 이 죄만 없어진다면……."

나는 칼을 뽑아들고 마술사 부다가에게 달려들다가 문득 그 자리에 서버렸다.

부다가는 손에 든 횃불을 왕녀 마가녀의 얼굴에 바싹 들이댄 것이다.

어찌 된 일일까? 그 얼굴은 금시 얼음 녹듯 철철 녹아내려 그 뒤에 받친 틀과 더불어 질펀히 괸 촛물이 되고 말았다. 부다가는 그 다음 얼굴도, 또 그다음도 돌아가면서 방 안에 있는 모든 얼굴을 모조리 녹이고 있었다.

처음에 나의 머릿속에서 불덩이가 어지럽고 뜨겁게 맴돌아 가다가 마술사 부다가가 일을 거의 끝낼 무렵에는 그 덩어리에 한 표현을 주고 있었다.

──가짜, 가짜였구나!

그 생각은 입으로 그대로 흘러나왔다. 부다가는 천천히 이편을 바라보았다.

"그렇소, 왕자. 이 얼굴들은 모두 가짜요. 아교와 초로 잘 만든 탈바가지들이오."

나는 짐승소리를 질렀다.

"저기를 보시오."

마술사 부다가가 가리키는 쪽 문이 열리고, 왕녀 마가녀가 두 팔을 벌리며 걸어들어오고 있었다.

상상을 벗어난 일에 얼이 빠진 나는 떨리는 손으로 왕녀의 따뜻한 몸을 자꾸 쓸어보았다. 그녀의 목에 걸린 눈익은 진주목걸이를 몇 번이나 만져보았다. 그러다가 퍼뜩 마술사 부다가 쪽으로 몸을 돌렸다.

"오 당신은……."

내 말과 동시에 우리 두 사람의 눈앞에는 허리가 꾸부정하던 마술사 부다가는 처음에 옛 스승 사리감으로 모습이 바뀌고 다시 변신하여 저 그림 속에서 본 브라마의 신으로 바뀌었다.

"왕자 다문고. 너의 한마디가 너의 업을 치렀다. 탈은 벗겨졌다."

나는 발밑에 떨어진 것을 보았다. 흉하게 일그러진, 주름으로 얽히고 떨어지면서 비틀려 오그라진 나 자신의 업의 탈을.

민은 눈을 떴다.

의식을 되찾은 것을 보자 코밑수염은 그의 어깨를 부축해 일으키면서

"오 이번에는 정말 곤히 주무시더군. 좋은 꿈 보셨는지, 웃음을 지으시더니."

"아닙니다. 아무 꿈도……."

민은 옆방에서 기다리게 한 정임을 생각하고, 침대에서 내려섰다. 공연이 끝난 후 한 달이 지난 어느 날 오후였다.

그들은 이 근처로 지나가다 정임의 호기심을 풀어주느라고 들렀던 것이다. 그가 시술받고 독백하는 동안에 옆방에서는 오늘 이야기와 함께 먼저 녹음한 것까지도 정임이가 모조리 들은 일을 그는 알아차리지 못하였다. 본인도 모르는 '더 깊은 그' 자신의 소리를, 그의 연인이 다소곳이 빼지 않고 들었다.

"한동안 신세질 일이 없을 것 같습니다."

민의 말에 코밑수염은 천만에 천만에를 해보았다.

"그건 우리가 바라는 바입니다. 부디."

코밑수염은 추위에 떠는 어린애 손을 손여주듯 그의 손을 자기의 두 손바닥 사이에 한참이나 품었다.

서로의 외투의 어깨를 비비며 문을 나서는 두 사람을 문틈으로 내다보고 있던 옆방의 도청자들은 그들의 모습이 문밖으로 아주 사라지자, 조용히 응접실로 밀려나왔다.

오랫동안 그들은 감동을 지그시 즐기고 있는 사람들처럼 부드러운 웃음을 지으며 담배를 피울 뿐 말이 없었다.

대머리가 벗겨지고 무테 안경을 쓴 신사가, 코밑수염을 건너다보며 생각난 듯이 말했다.

"내일 안으로 복사한 녹음을 뉴욕으로 보내시오. 케이스에 대한 해설과 함께."

"결론은 그대로 둡니까?"

"그러면?"

"'본 케이스는 청년기의 보상의식의 나타남으로써 싸움에 다녀온 젊은이들이 그동안의 공백기간을 무엇인가 값있는 어떤 것을 빨리 얻음으로써 메워보려는 정신현상의 하나임' 이 대목 말입니다."

"그 대목에 약간 불만이 있으시다 그런 얘긴가요?"

"이를테면…… 모든 사람의 정신활동을 이처럼 환경과 그에 대한 '대응'의 두 가지로 나누어버리면 결국은 인간을 해체한다는 거나 다름이 없지 않을까 하는 생각입니다. 제일 과학적인 방법으로 인간을 연구한다는 노력이 마지막에는 인간의 파편을 한아름 얻었을 뿐, 살아 있는 인간을 잃어버리는 결과가 된다는 건, 방법론 자체에 커다란 모순이 있는 것으로 여겨집니다. '환경', '대응' 그리고 제3요소가 필요합니다. '꿈'이랄지, '명예'랄지. 물리학은 환경과 반작용으로 충분히 세계를 설명하지요. 그러나 인간을 설명할 때는 또 하나의 제3의 계기가 반드시 필요하지 않을까요? 그렇지 않고서야 운동과 행위를 구별할 수 없지요."

"찬성입니다. 동시에 불찬성입니다. 찬성이란 건 서양식 학문이 방법론상으로 결함이 있다는 걸 시인하는 뜻에서 그렇고 불찬성이란 귀하가 우리 협회의 뜻을 잘못 아신 데서 그렇습니다. 우리는 철학을 하려고 모인 게 아닙니다. 사람의 행위에 가치론의 메스를 대려는 게 아니지요. 그런 기도는 너무도 많았고 또 다른 사람들의 손에 의해서 앞으로 얼마든지 계획이 될 겁니다. 우리는 영혼의 생태학을 수립하기 위한 기초적인 법칙을 세우기 위해서 자료를 모으는 일입니다. 케이스에 대한 개별적인 감동이라든지, 그런 것에 유혹

돼서는 안 될 줄로 압니다. 해부학자가 실험용 동물에게 불교도의 자비심을 베푼다면 그는 다지요. 학문에 감상이 섞여서야 될 말인가요? 우리는 인정이 너무 많아서 망한 거지요. 자기를 속이는 인정이……."

코밑수염은 손바닥으로 머리를 때리며 단단히 코를 떼었다는 시늉을 호들갑스레 몸짓으로 나타냈다.

"지금까지는 지부 책임자로서의 공식적인 말입니다. 그 소위 '제3의 계기'에 대해서는 이런 방법으로 전폭적인 지지를 나타내고자 합니다."

대머리는 이렇게 말하며 찬장에서 한 병의 양주와 사람 수대로 글라스를 꺼내 회원에게 죽 부어놓고 선창했다.

"다문고 왕자를 기념하여."

높이 들린 글라스 속 불그무레한 액체가 희미한 형광등 빛을 번쩍 되비쳤다.

느릅나무가 있는 풍경

    1969년이 다 가는, 동짓날 그믐께를 며칠 앞둔 어느 날 아침, 소설가 구보 씨는 잠에서 깼다. 잠에서 깨는 참에 그의 머릿속에 무엇인가 두루마리 같은 것이 두르르 펼쳐졌다가 곧 사라졌다. 구보 씨는 그것을 곧 알아보았다. 그것은, 오늘 하루 그가 치러야 할 일과였다. 다른 누구도 알아보랄 것 없고 구보 씨만 알면 그만이었던 만큼 그 두루마리는 눈 깜짝할 사이에 사라졌다. 구보 씨는 잠에서 깬 다음에도 그대로 침대에 누워 있었다. 쨱쨱쨱 하고 까치가 운다. 침대에서 서너 걸음 떨어진 창문 밖에서 이 아파트의 잔디밭에 몇 그루 심어놓은 오동나무의, 지금은 잎 떨어진 가지 끝에 앉아서 목청이 울릴 때마다 꼬리를 까딱까딱 하고 있을 그 새의 모습을 구보 씨는 떠올렸다. 그러자 역시 늘 그런 것처럼 구보 씨는 서글퍼졌다. 구보 씨는 대단히 과학적인 소설가였는데도 아침에 우는 까치 소리에는 매우 미신적이었다. 구보 씨는 시골에서 자란 것도 아닌 자기가 그와 같은 토속의 마음을 가지고 있는 것은 어쩐 일인가 하고 생각하였다. 그러자 서글펐던 마음은 사라지고 말았다. 늘 이렇단 말이야 하고 구보 씨는 다른 모양의 서글픔을 느꼈다. 까치소리가 서글프다는 것은 이런 뜻이었다. 까치가 울면 좋은 일이 있다고 한다.

구보 씨는 까치소리를 들을 때마다 기계적으로, 언제나, 틀림없이 그 생각이 떠오른다. 떠오른다기보다 절로 그렇게 된다. 그 느낌은 구보 씨의 어떤 사상보다도 뚜렷하다. 자기가 정말 믿고 있는 것이란 까치소리 하나뿐인지도 모른다, 하는 감상적인 생각을 그때마다 하는데, 영락없이 그러면 구보 씨는 가슴인가 머릿속인가 어느 한군데에 까치알만한 구멍이 뽀곡 뚫리면서 그 사이로 송진 같은 싸아한 슬픔이 풍겨나오는 것을 맡는 것이었다. 이런 감상을 생활에 그대로 옮기려고 할 만큼 구보 씨는 젊지도 않고, 그렇게까지 비과학적인 사람은 아니었으므로 그 슬픔은 그저 그만한 것에 지나지 않았고 별 탈이 없는 것이었다. 그런데 그만한 미신까지도 캐어내 보면서 내 속의 토속은, 하고야 마는 또 한 사람의 구보 씨의 차가운 마음이, 다른 한 사람의 구보 씨를 슬프게 한 것이었다. 벌거숭이 된 내 마음, 진실이란 병에 걸려 벌거숭이 된 내 마음, 하고 구보 씨는 중얼거렸다. 그만하자. 구보 씨는 오늘 하루에 기다리고 있는 많은 일을 생각하고, 아침의 이때를 더는 까다로운 생각의 놀이를 위해 쓰지는 말기로 마음먹었다. 그는 침대머리에 붙은 시렁 위에서 청자갑을 집어서 한 대를 피워 물었다. 대한민국 전매청은 백 원에 스무 개비의 그 맛 속에서 아직은 공신력을 지키려는 안간힘을 보여주고 있었다. 구보 씨는 오 원어치의 연기를 조심스럽게 점검하면서 민주국가의 시민다운 책임감을 가지고, 오 원어치의 테두리 안에서 전매행정에 대한 비판을 즐겼다. 별다른 탈이 없었으므로 그는 전매청을 용서할 수밖에 없다고 생각하였다. 지난밤, 걷어놓지 않은 커튼 사이로 별이 반짝이던 창가에는 이 아침, 미안하리만큼 새파란 하늘이 가득히 채워져 있었다. 구보 씨는 눈을 한 번 감았다가 떴다. 좋은 눈약을 한 방울 떨어뜨린 다음처럼. 그리고 하느님도 용서할 수밖에 없다고 생각하였다.

이처럼 자기를 다스리면서 화해에 가득찬 마음으로 아침을 맞은 구보 씨는 아파트를 나와 버스정류장에 닿았을 때 이미, 그와 같은 너그러운 마음으로 이 하루를 보내기가 힘들리라는 것을 깨달았다. 구보 씨와 마찬가지로 급히 어디론가 가야 할 권리를 가지고 있는 많은 사람들이 그를 제쳐놓고 좌석버스란 이름의 입석 버스를 타고 수없이 떠났는데도 구보 씨는 좀처럼 차를 잡을 수 없었다. 왜 전차를 없애야 했을까 하고 구보 씨는 생각하였다. 대형전차를 더 늘리는 것이 이 교통난을 푸는 길이 아니었을까. 또 자동차만 하더라도 택시 대신에 이층버스 같은 것을 만들어 쓴다면 이렇게 거리가 자동차로 꽉 차지는 않을 것이 아닌가. 아니 전차의 대수를 자동차의 몇 분지 일만 늘렸더라면 이 버스와 택시는 없어도 됐을 것이다. 그러면 떠들썩한 소리와 매캐한 냄새를 맡지 않아도 됐을 것이 아닌가. 전차만 해도 평등, 공적인 터—그런 느낌을 가지게 해주었다. 그러나 이 자동차란 것은 남을 밟지 않고선 살지 못한다는 마음보를 가르치는 데 꼭 알맞을 만큼밖에는 넓지도 않고 좁지도 않다. 자동차는 앓는 이, 불난 데, 싸움터·짐 싣기, 이런 것에만 쓰면 될 것이 아닌가. 나머지 사람은 모두 전차를 타면 된다. 대통령에서 유치원 어린이까지 전차를 타고 다닌다면 세상살이도 썩 부드러워질 것이 아닌가. 이런 생각을 하고 있었기 때문에 구보 씨는 더욱 뒤로 처졌다. 마침내 그는 허둥거렸다. 열시까지 자광(慈光)대학에 닿지 않으면 안 되었다. 그 대학의 문학과 학생들에게 강연을 하기로 돼 있다. 여기서 자광대학까지 차로 가면 십 분이면 될 것이었고, 지금 시각은 아홉시 반이니 아직 늦은 것은 아니지만 이렇게 하다가는 언제가 될지 몰랐다. 그는 택시를 기다리는 줄에 들어섰다. 길게 뻗은 그 줄도 구보 씨를 넉넉히 절망시켰지만 그래도 여기는 질서가 있었다. 더구나 택시조차도 어울려 탄다는 그 운전사와 손님 사이의 야합의 버릇 덕으로 구보 씨는 이윽고 시간에 늦지 않고 자광대학에 닿을 수 있었다. 그는 학보사를 찾아서 이 신문의 주필이며 시인인 친구 오적(吳赤)을 만났다. 오적은 그 자광(慈光) 어린 부드러운 얼굴로 그를 맞으면서 바쁠 텐데 와주어서 고맙다고 했다. 그는 오적과 둘이 마주앉아 전기난로를 쬐면서 친구들 소식이며 문단 얘기를 주고받았다. 오랫동안 만나지 못했지만 곧 어제도 만났던 것 같은 느낌이 들었고 그래서 궁금하던 일도 대단치 않은 것이 되고 말았다. 그러는데 다른 연사 두 사람이 왔다. 시인이며 평론가인 이동기(李桐基) 씨와 김관(金管) 씨. 시간이 되었으므로 그들은 강당으로 갔다. 강연장소는 이 대학의 대학극장이었다. 그것은 약 백 자리가량의 작은 굿터였다.

김관 씨부터 시작했다. 그는 육십년대에 나온 신인들의 문학세계를 솜씨있게 소개하였다. 육십년대. 십 년이 지났으면 이제 어떤 형태로든 마무리를 할 수는 있을 만한 일이었다. 김관 씨는 그 자신이 뒷받침한 십 년의 시간을 '감수성의 혁명', '의식의 의식화', '자아의 확산' 따위의, 구보 씨로서는 익히 알 수밖에 없는 말을 써가면서 풀이하고 있었다. 구보 씨는 이 자기보다 약간 후배이지만 거의 문단생활을 같이 시작한 프랑스문학 전공의 비평가를 새삼스레 쳐다보았다. 그러나 그는 십 년 전보다는 훨씬 책임있는 말을 해야 하는 자리에 있었다. 그는 이론적 이상으로서의 주장과 그와 같은 이상을 옮긴 예로서 그가 옹호한 작가들의 업적 사이의 미묘한 거리를 지적하면서 이야기를 끝냈다.

다음에는 이동기 시인이 했다. 그는 지난 십 년의 한국시가 여러

문학세대의 연립이었다고 말하면서, 자기로서는 그 어느 하나가 다른 것을 넘어설 수 있었다고는 보지 않는다고 말했다. 사실상 어느 시대에나 있게 마련인 양식상의 대립과 양식상의 대립보다 더 포괄적인 세대간의 대립이 구별되어야 하며, 같은 세대간에서의 양식상의 대립은 다른 세대간의 양식상의 동일성보다 더 가까운 입장이라고 말했다.

다음이 구보의 차례였다. 구보는 정작, 지난 십 년에 관한 한 앞의 두 사람의 얘기보다 훨씬 다른 어떤 얘기를 할 수는 없었다. 그래서 그는 행동주의 심리학에서의 환경론의 기본입장을 설명하고 문학의 미학적 구조는 영원불변하지만 그와 같은 구조에 이르게 하는 매개체인 환경은 바뀌기 때문에 작가는 이 환경에 대한 앎이 있어야 하며, 그 지식 자체는 문학이 아니기 때문에 작가는 환경에 대한 정보를 익힌 다음에는 그것을 노래로 바꾸어내는 노력을 해야 한다고 끝맺었다.

강연이 끝나고 질문이 있었다. 김관 씨보다 별로 더 늙게는 보이지 않는 한 학생이 일어났다. 그는 김관 씨의 주장 가운데에서 '감수성'의 내포에 대한 꽤 날카로운 질문을 던지면서 구보 씨에 대해서도 아픈 데를 찔렀다. '감수성'이란 것이 문학의 경우, 순수한 감각의 뜻에만 머물 수는 없고 '윤리'에까지 나가야 된다고 생각되는데 과연 어떤 혁명이 있었단 말인가 하는 것이었고, 그 질문 속에서 구보 씨는 요즈음 신비주의적인 경향이 있는데라고 지나가는 말로 인사를 한 것이었다. 김관 씨는 자기는 동시대의 신인들의 문학적 성격을 뚜렷이 하기 위하여 방법적 도식화를 하는 과정에 어쩔 수 없는 과장이 있었는지는 모르겠으나 아까도 얘기한 것처럼 그 문제는 그들 신인들이 앞으로 풀어야 할 과제라고 생각한다고 답변했다. 구보는 자기에 대한 언급은 대답할 성질이 아니라고 생각했기에 가만히 있었다. 구보는 학생들이 일어서서 나가는 사이를 의자에 앉아 기다리면서 창밖을 내다보았다. 스님 차림을 한 사람이 뜰을 지나간다. 이 학교는 불교재단이 움직이는 학교였다. 구보는 불교 하고 뇌어봤다. 그 정묘한 관념의 체계의 한 부분을 가지고 그럼 직한 미학의 이론 하나 만든 사람이 없다는 것을 생각해 본다. 천년이요, 이천 년이요를 들여 몸에 익힌 버릇에서 실오라기 하나 건지지 못하고 시대가 바뀌면 미련없이 '팔만대장경'을 나일론 팬티하나와 바꿔버리는 풍토. 구보는 문득 부끄러움을 느꼈다. 벌거숭이 된 내 마음. 오, 초토(焦土)에서, 이방인들의 넝마라도 주워입어야 했던, 벌거숭이 된 내 마음. 문화사적인 분노의 전사라는 포즈를 지어보는 감상에 젖으면서 구보는 겨우 그 부끄러움에서 빠져나왔다. 어쩌란 말인가. 그렇지 못할 내 인연이기에 이렇게 법의 울타리 밖에서 그나마 멀리 우러러보는 것으로 용서해 달라. 그는 적반하장을 샤카무니에게 슬쩍 들어 보였다.

대학을 나와 세 사람은 퇴계로 어느 음식점으로 갔다. 점심 먹을 때가 되었던 것이다. 가져온 음식은 맛이 없었으나 사람이 붐비지 않아서 얘기하기에는 좋았다. 거기서 그들은 몸을 녹이고 밖으로 나왔다. 세 사람은 저마다 갈 데로 헤어졌다. 구보는 그들이 가는 모습을 보았다. 매우 점잖은 어투로 십 년의 시간에 대해서 이러저러하게 이야기한 사람들이 그 시간이 지나자 뒤도 돌아보지 않고 뿔뿔이 갈라진다는 사실이 어쩐지 섬뜩했다. 어쩌란 말인가. 강연을 같이했다고 해서 의형제라도 맺어야 한단 말인가. 에잇, 구보는 보이지 않는 칼을 들어 마치 백정처럼 사정없이 자기의 그, 독신자다운 어리광의 미간을 푹 찔렀다. 소는 원망스러운 눈을 치뜨면서 매짠 동짓달 그믐 무렵의 바람 속에 산화(散華)했다.

그는 가까운 다방으로 들어갔다. 그것은 충무로와 퇴계로를 잇

는 골목에 있는 '커피숍'이라고 간판을 단 다방이었다. 불빛이 어
두웠다. 전에 한번 들른 적에도 그랬던 것 같지만 밖에서 갑자기 들
어온 눈에는 아주 캄캄할 지경이었다. 잘 보이지 않는 자리를 찾던
그는 이층계단을 올라갔다. 거기도 어둡기는 매한가지였지만, 눈이
익어서 좀 나았다. 그는 창 옆자리에 가 앉았다. 한시까지 틈이 있
었다. 한시에 월간잡지인 《여성낙원》사에 가서 현상소설 당선자를
뽑아야 했다. 고개를 돌리면 창밖으로 저 아래를 그 좁은 거리가 미
어져라 사람이 지나간다.

물론 그들에게는 구보 자기와 마찬가지로 그렇게 바쁘게 다닐
권리가 있는 것이었다. 그는 눈을 돌려 다방 안을 보았다. 거기에도
역시 구보 자기와 다름없이 그렇게 앉아서 한 잔의 차를 마실 권리
가 있는 사람들이 혼자서, 둘이서 혹은 셋이서, 이야기하고 혹은 가
만히 앉아 있었다. 그들과 자기와의 사이에 있는 공간이 깊은 낭떠
러지처럼 아래와 위로 벌어지는 것을 구보는 보았다. 그들이 저 겨
울옷 속에 지니고 있는 시간. 그리고 구보의 시간. 그 사이에는 아
무 관련이 없었다. 구보야, 너는 아까 어린 학생들 앞에서 우리들은
모두 떨어질 수 없는 연대 속에 살고 있으며, 인간의 일은 모든 인
간에게 무관할 수 없다고 하지 않았느냐. 물론. 물론 그렇게 말했
다. 그러나 이것은 다르다. 무엇이 다르단 말인가. 학교의 강연에
서와 너의 마음속의 진실은 다르단 말인가. 아니다. 말해 봐. 구보
는 다그치는 물음에 약간 비켜서는 투로 차를 한 모금 마셨다. 내가
말하는 것은 하고 구보는 천천히 생각했다. 내가 말하는 것은 무슨
어렵지도 신기하지도 않은 이야기다. 동네 시어머니란 말이 있지
않은가. 인간은 어울릴 수 있는 것과 없는 것이 있다. 아니, 어울림
속에 끊어짐을 가지고 있다고나 할까. 아니 끊어져 있기 때문에 이
어지는 것이라고나 할까. 혹은 커다란 연대 속에 작은 단절이 들어

가 있다고나 할까. 이 작은 단절은 집단 속에서의 공상의 한때일 수
도 있고 또는 심하면 죽음일 수도 있다. 공상과 죽음은 집단으로서
는 어찌할 수 없지 않은가. 공상과 죽음이라는 단절 위에서의 연
대——그게 사람의 어울림이다. 그것을 바로 본 위에서의 연대가 정
말 어른스러운 연대다. 한 발 잘못하면 자기뿐만 아니라 남까지도
그 허무의 공간 속에 떨어지게 할 위험을 막기 위한 약속——그게
연대다. 목숨의 이어짐? 자연의 뜻에 의해 이미 연대되어 있지 않
느냐고? 그런 '밖' 의 이어짐. '나' 와 상의함이 없이 그 옛날 누군
가가 팽이에 시동(始動)을 주듯이 결정해 버린 목숨의 타성——그것
은 '나' 가 아니다. '나' 는 그 목숨의 연속의 밖에 있는 어떤 '깨어
남' 이다. 그 목숨의 겨울, 그림자다. 목숨이 있는 것처럼 그림자도
'있다'. '나' 란 그렇게 약하고 아슬아슬하다. 약하고 아슬아슬한
것이 발을 헛디디지 않으려면 굳세고 든든하게 되어야 할 것이 아
닌가. 물론. 그런데. 그 굳세고 든든하다는 것은 '소망' 이긴 하지
만, 결코 그 '소망' 만큼한 '실현' 은 없는 법이다. 덜 이룬 '실현' 을
다 이룬 '소망' 의 실현이라고 우긴다면 하루이틀이면 몰라도 너무
오래면 그것은 틀림없이 탈이 된다. 할 수 있는 테두리에서의 정의
를. 그런 정의가 무서운 정의다. 나머지 정의는 시에서 위안받는 길
밖에 없다. 칼빛에 어리는 안개——그게 시다. 칼이 없는 시도 가짜
고, 시가 없는 칼도 가짜다——여기까지 말을 쫓아가다 말에 쫓겨
온 구보는 문득 제정신이 들었다. 그리고 이러한 생각을 하고 있는
동안의 자기의 얼굴은 틀림없이 미친 사람 아니면 살인범의 표정을
지니고 있었으리라고 생각했다. 그것은 그가 바라는 바가 아니었
다. 그는 담배를 꺼내서 불을 붙였다. 그 가냘픈 연기의 건너편으로
구보는 무서운 말이 빚어낸 그 어질머리와 섬뜩함을 건너다보았다.
그 순수한 것들은 연기를 싫어하는 모양인지 잠시 머뭇거리다가 흩

어져버렸다. 구보는 그런 말들과 놀다가 이제는 꼼짝없이 그것들에게 잡혀버린 자기의 지난 십 년을 생각했다. 비록 지금, 담배연기 때문에 사라졌을망정 말들은 결코 그를 떠나지 않을 것이었다. 신이 내려버린 무당처럼 돈도 받는 것이었다. 그의 안주머니에는 얼마 안 된다고 하면서 오적이 건네준 오천 원이 들어 있었다. 내가 그 대학에서 지내고 온 굿은 무슨 굿인가. 그러자 아까 그 학생이 요즈음 구보 씨의 소설은 신비적인——하던 말이 언뜻 생각났다. 얼마나 잘 맞춘 말인가. 맞춘다? 그러면 그 학생도 무당이란 말인가. 그는 갑자기 우스워졌다.

그렇게 놀랄 일도 아니었다. 예술의 발생사가 가리키듯이 그것은 사실이다. 내가 아까 말한 이론을 따른다면 환경에 바르게 계산해 내는 무당이면 될 것이 아닌가. 미의 사제——라고 하면 그럴듯한데 미의 무당이라고 하면 섬뜩한 것은 무슨 까닭인가. 아마 이 땅의 무당들이 게을렀기 때문이었으리라. 집단과 더불어 힘들여 자라는 힘을 가지지 못한 탓이었으리라. 그래서 죽은 돼지 대가리나 겨누었지, 그 칼춤은 아무도 두렵게 하지 못한 것이리라. 흠, 또 칼이다. 또 칼의 그림자구나. 죽은 돼지 대가리보다 훨씬 그럴만한 대가리를 겨누는 칼춤을 추면 되겠지. 그래, 무당이라. 그는 푸닥거리를 마치고 난 무당처럼 남아 있는 커피를 조금씩 마셔가면서 목을 축였다. 이런 순간에 그는 자기 자신의 현실적 신분을 그다지 염려할 필요는 없었다. 한 월남 피난민으로서, 서른다섯 살이며, 홀아비고, 십 년의 경력을 가진 소설가라는 그의 현실적 신분보다 훨씬 높은 데를 걸어갈 수 있는 시간이었다. 그것은, 모든 직업인이 자기 일에 들어서는 참에 갖추어지게 마련인, 어떤 엄숙함의 분위기였다. 그런 분위기 속에 그는 말려들어갔다. 그러자 언제나처럼 그 '말의 공간'은 노동자의 일터처럼 그에게 든든함을 주었다. 그는 한참 후에 일어서서 변소로 갔다. 이 다방의 변소는 아래층에 있었다. 그는 소변을 보고 올라오다가 문득 걸음을 멈췄다. 구보 씨가 걸음을 멈춘 곳은 계단의 꺾임목이었다. 거기에 난 창문으로 구보 씨는 한 풍경을 보았다. 그곳은 자리로 보아서 화교 국민학교의 뒷마당임이 분명하였다. 이층 시멘트집의 뒷모습이 보이고 작은 창고 같은 집이 있고, 느릅나무 큰 그루가 몇 서 있었다. 구보가 놀란 것은 그 풍경이 그의 북한 고향의 그가 다니던 국민학교 뒤뜰과 너무도 닮았기 때문이었다. 그의 옆으로 여러 번 사람이 지나갔지만 그는 그대로 서 있었다. 많은 세월을 사이에 두고 문득 마술처럼 눈앞에 나타난 풍경에 구보 씨는 홀렸던 것이다. 그는 다방에 올라가서 자리를 옮겼다. 그쪽에 붙은 창문으로 그는 지금 발견한 풍경을 볼 수 있었다. 진작 이 자리에 오지 않았던 것을 뉘우치면서 그는 뒷마당을 내려다보았다. 구보 씨의 고향은 동해안의 이름난 항구 완산(完山)이다. 전쟁이 났을 때 그는 고등학교 일학년이었다. 전쟁이란, 거의 모든 사람에게 그런 것이지만 고등학교 일학년짜리에게는 그것은 어떤 어질머리였다. 피난. 월남. 이십 년의 세월. 그 이십 년은 구보에게 있어서 그 어질머리의 실마리를 풀어가는 일이었다. 어질머리. 삶은 어질머리를 가만히 앉아서 풀어가는 가내수공업 센터 같은 것이 아닌 것도 사실이긴 하였다. 풀어간다는 것도 살면서 풀어가는 것이고, 산다는 일은 어질머리를 보태는 일이었다.

밑 빠진 독에 물 붓는 콩쥐의 일감. 어느 사람이 이 어질머리에서 풀려난단 말인가. 사람들은 그래서 사노라면 어느덧 누에처럼 그 어질머리 속에 들어앉아 버린다. 그러나 불행하게도 구보의 경우에는 그럴 수 없었다. 그는 어질머리라는 누에집을 풀어서 그것이 대체 어떤 까닭으로 그렇게 얽혔는가를 알아보아야 했다. 그것이 소설이라는 것이라고 그는 생각했으므로. 그는 자기 집을 헐고 자기 껍질을 벗겨서 따져보는 그러한 누에였다. 벌거숭이 된 내 마음. 오 진실을 찾다가 벌거숭이 된 내 마음. 그 어질머리가 자기의 한 군데라는 것을 알았을 때는 이미 자기 몫의 어질머리를 갈가리 찢어발겨 놓은 다음이라는 발견. 모든 슬픈 사람들이 뒷사람을 위해 충고의 말을 적어놓았음에도 불구하고, 자기가 겪지 않고는 풀어읽지 못하는 너무나 단순한 비문. 그런데 여기 그의 어린 시간이 있었다. 어질머리를 어질머리로서 살 수 있는 오직 한 번의 기회로서의 한 사람의 소년의 시간. 그는 세계라는 어질머리와 자기 사이에 책이라는 완충기를 가지고 있었다. 그는 책을 음악처럼 읽었다. 등장인물이라는 이름의 선율들이 그의 책의 페이지 위에서 아름다운 어질머리를 풀어나갔다. 아름다움을 남보다 더 누린 사람은 반드시 그 갚음을 해야 한다. 월남 후 그는 그 갚음을 하기에 이십 년을 허비했다. 그가 아름다움이라고 생각했던 것이 슬픔이었고, 그가 어질머리라 생각했던 것이 무서움임을 알고 있는 지금으로서는 구보에게는 이 삶은 한 견딤, 한 수고였다. 그는 눈 아래 뜰에 선 느릅나무의 헐벗은 가지를 바라보았다. 보고 있자니 그의 눈에는 그 가지들이 담뿍 잎이 달려 보였다. 속삭이는 듯한 모양의 그 독특한 느릅나무 잎새가 간간이 바람에 날리는 모양도 보였다.

한시에 구보 씨는 여성낙원사에 닿았다. 함께 심사를 맡은 이홍철(李洪鐵) 씨도 와 있었다. 구보 씨는 이 동향의 선배를 오랜만에 만났으므로 반가웠다. 구보 씨는 이홍철 씨에게 당선이 될 만한 것이 있더냐고 물어보았다. 편집장은 자리를 옮기자고 말했다. 그들은 회의실인 듯한 방으로 안내되었다. 스팀이 들어와서 훈훈한 방이었다. 구보·이홍철·편집장 세 사람은 가운데 놓인 넓고 긴 탁자의 한 모서리에 자리를 잡았다. 한 사원이 차를 가져왔다. 책상 위

에는 응모소설 원고가 놓였다. 그것은, 구보가 먼저 읽고 이홍철 씨
가 받아읽은 다음 오늘 가지고 나온 원고였다.
　"어떻습니까? 뭐 좋은 거 있습니까?"
하고 편집장이 한 손으로 듭시다 하는 시늉을 하면서 다른 손으로
자기 찻잔을 들며 말하였다.
　구보는, 먼저 쉬운 일부터 마친다는 듯이 찻잔을 들어 상징적으
로 마시는 시늉을 한 다음, 말하였다.
　"글쎄요, 이형은……."
　이홍철은 한번 웃더니 입을 꽉 다물었다가 말하였다.
　"네, 이거……."
하면서 원고뭉치에서 하나를 뽑아냈다. 구보와 편집장은 한 구유에
머리를 디미는 돼지새끼들처럼 동시에 원고를 들여다보았다. 그것
은 「검은 에덴」이라는 소설이었다. 구보도 별다른 의견이 없으면
그것이리라 한 소설이었다. 구보는 말하였다.
　"그렇겠군요."
　"그래요?"
　편집장은 원고를 넘겨보면서 또 말하였다.
　"어떤 소설입니까?"
　"근친상간 얘기예요."
하고 이홍철 씨가 말하였다.
　"근친상간요?"
　편집장은 이홍철 씨가 근친상간을 했다는 고백이나 한 듯이 물
었다. 그것이 우스웠으므로 구보 씨는 어허허 하고 웃었다.
　"괜찮아요."
하고 이홍철 씨가 근친상간이 괜찮다는 듯이 말하였다.
　"하긴, 근친상간도 다루기 나름이지만."

하고 편집장은 좀 생각하다가,

"우리 잡지가 여성지라, 상식적으로 너무 동떨어진 건……."

"말씀대로 다루기 나름이지요."

하고 이홍철 씨가 말하였다. 그리고 그들은 「검은 에덴」에 대하여 다음과 같은 의견을 주고받았다.

"쪽 빠졌잖아."

"그래."

"이야기가 확실해."

"검은 에덴이라고 제목을 붙인 걸로 작가의 판단은 들어 있는 셈이지."

"그런데 좀 생각하게 하더군."

"뭐요?"

"옛날 소설가 같으면 간통이야기를 다룰 때 이런 분위기가 되지 않겠소? 그런데 지금은 근친상간이나 해야 옛날 간통만한 분위기가 되는 거구나 이런 생각 말이오."

"저항력이 생겨서 옛날 십만 단위가——백만 단위가 된 거지 뭐."

"뜨끔한 일 아니오?"

"어제오늘 일인가 하, 구보 씨 꽤 낡은데."

"낡다니?"

"그러니 구보 씨는 아직 장가도 못 갔단 말이오."

"아니 내가 낡았으면 누가 새롭겠소?"

"현재 얘긴즉 그렇지 않소?"

"그럴까?"

"형편없어요. 싹 썩었어요. 문드러지기 일보 직전에 흐물흐물하는 바닥이야."

"바닥?"

"이 바닥 말이야."

"흐음."

"그러니까 소재는 근친상간이지만 작가는 그걸 비판하고 있다. 이런 얘기가······."

"그렇죠."

"그럼 상관없겠군요."

"상관없다니깐요."

"네, 상관없습니다."

"그럼 결정된 걸로 하겠습니다."

일을 끝내고 그들은 잡담을 하였다. 이홍철 씨는 자기가 구상하고 있는 역사소설에 대해서 얘기했다. 그는 전에도 역사소설을 쓴 적이 있었는데 구보는 대단히 부럽게 생각했다. 그 어질머리를 용케 풀어서 앞뒤를 맞춘다고 생각하였던 것이다. 역사소설에 대한 얘기가 발전해서 소설과 역사의 본질론으로 나갔다. 이홍철 씨는 자기 생각을 말하였다. 대체로 역사와 소설이 엄청나게 달라지고 그 둘 사이에 차별이 문제시되는 시대는 지배계급이 정치에 대한 믿음을 잃고 미래에 대한 믿음을 가지지 못하는 시대다. 왕조의 양반계급은 역사 외에 가공의 진실이라는 소설을 필요로 하지 않았다. 지금 소설이라고 부르는 예술의 몫을 맡은 것은 시였는데 그들은 시에서 굳이 역사를 주장하지 않았으며 완전히 현실의 짐에서 벗어난 놀이로 생각했다. 그들은 사서(史書)를 읽는 것으로 족히 현실에 대한 눈과 책임을 느꼈기 때문에 거짓말 역사로서의 소설이란 것을 생각할 수 없었다. 그것이 사실은 건강한 것이 아닌가. 오늘날처럼 정치와 예술의 분열이 없었던 것이다──이홍철 씨는 이렇게 말하였다. 구보 씨는 거기다 자기 의견을 말하였다. 사실과 오락을 그렇게 두부모 자르듯 가른다는 것은 그들 양반계급이 자기들의 세습적 신분에 대해서 거의 의사자연(擬似自然)적인 안전감을 가진 탓이었겠지. 그러나 세습적 지위라는 것이 원칙적으로 인정되지 않는 근대 이후의 세계에서는, 사실과 상상 사이에 그와 같은 구별은 있을 수 없지. 20세기 문학의 상징적 경향은 그것이 결과적으로 폐단도 있겠지만 사실은 이 세상에 단단한 것은 없다는 세계관의 표현으로서, 사람이 늘 거기서부터 출발하고 거기로 돌아가야 할 발판이 아닐까. 아니 '발판 없음의 인식'이 아닐까? 구보 씨는 이렇게 말하였다. 이런 얘기를 한 다음 그들은 심사료 각 ×만 원씩을 받아들고 잡지사를 나왔다. 이 잡지사는 대법원 골목에 있었는데, 그들은 덕수궁 뒷담을 오른편에 보면서 광화문 쪽으로 고개를 넘어갔다. 덕수궁 뒷문 앞을 지날 때 열린 문 사이로 석조전 오른쪽 옆구리가 보였다. 그러자 구보는 문득 오래된 기억을 떠올렸다. 그때 구보는 어떤 여자와 이 길을 가다가 꼭 지금처럼 그 석조전을 들여다봤던 것이다. 그의 기억의 앙금으로 가라앉아 있는 서울의 한 건물이 있다는 사실이 그에게 어떤 감회를 안겼다. 이렇게 한 도시는 사람들의 기억 속에 가라앉아 있고, 기억의 눈길에 얽혀 있으려니 생각하였다. 마치 밤하늘에서 비행기를 잡는 탐조등처럼 사람들은 그렇게 그들의 기억의 하늘에서 집을, 거리를, 나무를, 우체통을, 어느 다방을 밝혀내는 것이라고 생각하였다. 그리고 그 사람이 죽으면, 그 사람이 바라보던 머릿속의 풍물은 전류가 끊긴 전기알처럼 물질의 백치로 돌아가는 것이리라. 구보는 중얼거렸다. 대단한 일이야. 산다는 건 대단한 일이야. 이홍철 씨가 "뭐야?" 하고 물었다. 구보는 머저리처럼 웃었다. 이홍철 씨도 머저리처럼 웃었다. 구보는 그 웃음이 이홍철 씨의 몇 년 전까지만 해도 잡지 같은 데 나던 사진, 그의 이십대의, 좀 마른 얼굴에 어려 있던 웃음 같다고 생각하였다. 그가 고등학교의 선배라는 실감이 났다. 고등학교.

그때의 고등학교라는 그 이상한 삶을 지금으로서는 거의 떠올릴 수 없다. 아무것도 몰랐다는 것. 아무것도 모르면서 삶을 시작해야 한다는, 삶의 이 불량소녀 같은 엉터리 없음. 그들은 구세군 서대문 본영을 지나 경기고녀와 덕수국민학교 앞을 지나서 광화문으로 나왔다.

"약속 있어?"

하고 이홍철 씨가 물었다.

"없어."

하고 구보는 대답하였다.

"9(나인)에 가 볼까?"

"그러지."

'9' 다방은 소설가 남정우(南丁愚)가 가끔씩 들르는 곳이었다. 그들은 구름다리를 올라가서 건너편에 내려섰다. 남정우는 혼자 앉아 있었다. 남정우는 「정토(淨土)」라는 소설을 써서 재판을 받고 있는 중이었다.

"어서 와."

남정우 씨는 자기 집처럼 말했다. 아마 자주 오는 집이어서 집처럼 생각하는 모양이었다.

"어디서 오는 길이야, 둘이서?"

"음, 병아리 감별을 하고 오는 길이야."

"뭐?"

"병아리 암수 가리는 것 있잖아."

하고 이홍철 씨가 말했다.

"뭐?"

"응, 저, 현상소설 심사를 하고 오는 길이야."

"아, 그래."

"암컷인가 수컷인가, 레그혼인가 토종인가, 잘 크겠나 못 크겠나."

하고 이홍철 씨가 말했다.

"허, 과연 그래."

하고 남정우 씨가 가장 유쾌한 일 다 듣겠다는 것처럼 웃었다. 구보 씨는 그 순간 확 풍기는 닭똥 냄새를 맡았다. 과연 그래. 그는 넌지시 손을 코에 갖다댔다. 훅 끼치는 닭똥 냄새. 그럴 것이었다. 껍질을 깨고 나와서 살겠다고 비악비악거리는 숱한 병아리들을 만지지 않았는가. 현상소설의 원고지 사이에서 풍겨나오는 그 비릿한 냄새는 분명히 닭똥 냄새였다. 자 이번에는 병아리 감별사가 됐군.

구보 씨는 '9'에서 두 사람과 헤어져 나와 광화문 지하도 쪽으로 가다가 극작가 배걸(裵傑) 씨를 만났다. 지하도 입구 신문팔이 옆에서 그들은 악수를 나누고, 오랜만이니 어디 가서 얘기를 하기로 하자고 뜻이 맞았다. 구보 씨와 배걸은 지하도를 내려가 동아일보사 앞에서 땅 위로 올라왔다. 그들은 오른쪽으로 걸어가서 길을 건너 소방서 앞을 지나 '궁(宮)' 다방 모퉁이를 돌아서 골목으로 들어갔다. 조금 가면 중국집이 있었다. 여기가 좋겠다고 끄덕이면서 그들은 안으로 들어갔다. 홀을 지나 깊숙한 통로로 그들은 안에 있는 방으로 들어갔다. 좀 이르지만 배갈을 좀 하기로 했다. 그들은 배갈을 마시면서 연극 얘기를 했다.

"베케트가 탔지."

"음."

"알아주는 모양이지."

"그야."

"연극 어때?"

"연극."

"맘대로 되나."

"연극적 감수성이 문제야."

"자네 거 좋더군."

"뭐."

"대사 주고받는 식은 곤란하지."

"대사?"

"응."

"안 되지. 극적 공간의 조형, 그게 있어야지."

"극적 시간의 전달."

"그래그래. 조형된 시간을 주고."

"받는다?"

"그럼. 자 받아."

"천천히 하지 그래."

"응."

"사실극의 밑거름도 없는데 좀 무리하잖을까?"

"뭐 농사짓는 건가?"

"농사야 농사지."

"공간을 간다[耕]?"

"갈아〔改〕야지."

"공간."

"인간적 공간."

"──을 가는 거지."

"간[行]다?"

"응 밀어가며, 미는 거야, 밀어내는 거야."

"그 저항이 응?"

"그럼, 그럼."

"타인의 인식, 그 사이."

"옳지, 사이와 사이의 골짜기."

"뛰어넘는 거야."

"빈 골짜기지?"

"비었구말구. 차 있다고 생각하는 게 통속이야."

"옳지, 그렇게 규정하면 되겠군."

"암만. 비었다, 어질머리, 아무것도."

"아무것도 없다——."

"없다?"

"없지. 그걸 온몸으로."

"온몸으로 말이지——."

"미는 거야."

"맨몸으로."

"맨몸이지. 뭘 입었다고 생각하면 안 돼."

"알몸으로?"

"벌거숭이지."

"벌거숭이. 벌거숭이 된 내 마음."

"그래그래. 벌거숭이 된 마음이 벌거숭이의 공간을 밀고 나가는 거야."

"밀고 나간다?"

"나가야지."

"괴롭군."

"살아보니 그렇잖아?"

"그래그래. 그런데 괴롭다고 징징 우는 게 죄가 된다니 괴롭지?"

"징징거리는 건 안 돼."

"그럼."

"괴로운 건 괴로운 거야. 그러나 징징 짜는 건 안 돼."

"안 되긴 안 되지."

"안 돼."

"왜 안 돼?"

"짜증이 나잖아?"

"아니 왜 죄가 되냐 말이야?"

"징징거리면서 일은 언제 해? 징징거릴 시간을 착취하고 있는거야."

"착취?"

"그럼. 먹어야 쌀 거 아냐? 남도 울고 싶단 말이야."

"맞았어 맞았어. 실연하고 하소연하는 거 말이야."

"그래그래, 죽이고 싶지."

"죽여야 돼, 죽여야 돼."

"그런데 베케트처럼 안 해도 되잖아?"

"어떻게?"

"체호프처럼."

"그건 달라."

"달라?"

"다르고말구. 끝까지 가면 베케트가 되는 거야."

"흠."

"돼. 그렇잖아? 예술이 예술을 의식하게 되면 그리되는 거지."

"그게 예술이 쇠약해진 증거가 아니야?"

"에이 시시한 소리 말어. 왁친을 연구하기 위해 제 몸에 실험을 하는 게 생명력이 약해서 그런 거야?"

"왁친이라──."

"병균을 제 몸에 심는 의학자는 왜 과학이구, 박애구, 순수정신을 제 몸에 심는 예술가는 왜 타락이야?"

"순수──."

"순수를 남에게 심어보려는 게 나쁘지."

"남에게──라?"

"남이지. 남에게만 세균을 넣고 자긴 말짱하고. 죽어야 돼."

"남이라. 취하지?"

"하나 더 할까?"

"그만해."

"그만?"

"하나 더 할까?"

"하나 더?"

"하나만 더 해."

손뼉을 친다. "부르셨습니까." 하면서 문이 열리고 심부름하는 아이가 얼굴을 들이민다.

"하나" "네." 소년의, 나이에 비해 잘 발달한 손이 술병을 받아 가지고 문을 닫는다.

"가만, 식사할까?"

"천천히 하지 뭐, 바빠?"

"아니야, 이따 저녁에 약속이 있어."

"여자야?"

"아니야. 『성남동 까치』라구──."

"응, 김광섭(金廣攝) 씨 시집?"

"그래. 출판기념회가 있어."

"건강이?"

"응, 나도 잘 모르는데, 그동안 병문안도 못했고."

"그렇겠군. 평이 좋지?"

"안 읽었나?"

"응."

"서로 좀 읽고 했음 좋겠어."

"그렇구말구."

구보 씨나 배걸 씨나 모두 술을 잘하는 편은 못 되고 말 안주로 삼는 편이었기 때문에 지금 마시고 있는 병이 두 번째였다. 그들은 계속해서 대략 다음과 같은 얘기를 했다.

추상(抽象)과 구상(具象)은 서로 배척할 것이 아니라 공존해야 한다는 것/시대에 따라서 역사는 열려 있는 것처럼도 보이고 닫혀 있는 것처럼도 보이지만, 현대인간의 문명은 그러한 명암이 이항 대립 식으로 널뛰기를 하면서 번갈아 집권한다는 표현을 하기에 어울리는 고비는 지났다는 것/추상과 구상도 한 시공에 동시에 존재하는 생의 얼굴이라고 봐야지 한쪽만으로 결판내려면 생을 일그러뜨릴 수밖에 없다는 것/일그러뜨릴 때는 그것이 언어의 전개형태인 계기적(繼起的) 서술의 한계에서 오는 방법적 단순화임을 자각하는 여유가 있으면 좋지만 그런 허구의 조작을 실체화하려 들면 교조주의가 된다는 것/예술은 현대문명에서 단일한 의식을 가질 수 없다는 것/의식전범(儀式典範)을 통일하려 할 것이 아니라 분파가 택한 전범(典範) 각기(各己)의 테두리 안에서 얼마나 감상을 극복했는가를 가지고 신심을 저울질하는 길밖에 없다는 것/문학이 그 가운데서도 특별한 장벽을 가진 것은 인정해야 한다는 것/감각예술과 같은 순수한 음계의 설정이 불가능하다는 것/문학의 음계는 복합음계로서 풍속의 지시를 포함하지 않을 수 없다는 것/그러나 예술이

라는 이름으로 묶인다면 다른 예술과 다름이 있을 수 없다는 것/아
마 시심의 높이가 그 가름대일 것이라는 것/명월이나 오동나무에
는 발정하는 시심이 인사(人事)의 정사(正邪)에는 발정하지 말아야
한다는 것은 원리의 일관성에 모순된다는 것/현실의 어느 당파를
지지할 것이냐 하는 입장을 버리고 가장 높은 시심의 영역에서 추
한 것은 무차별 사격할 것/우군의 행동 한계선이라도 해서 사격을
연신(延伸)하지 말고 시심이 허락할 수 없는 지대에는 융단폭격을
가하여 이기심에 대한 살상지역을 조형할 것/그렇게 해서 시가 인
사를 두려워할 것이 아니라 인사가 시를 두려워하게 할 것/읍참마
속(泣斬馬謖)에서 읍(泣)도 버리지 말고 참(斬)도 버리지 말 것/읍은
조강지처에게 참은 참(斬) 망나니 수(手)에게 돌리고 공명(孔明)은
읍참할 뿐이라는 것/예술은 인간이다, 라는 까닭에서가 아니고 예
술이라는 칼을 들었으면 칼이 가자는 데로 가야 한다는 것/그런 장
인의식/인연으로 흐린 자기의 이해타산의 눈을 스스로 안맹케 하
여 실명을 얻은 다음 시의 물레를 돌릴 것/눈먼 손이 뽑은 시의 명
주실을 풀리는 대로 버려둘 것/그러면 카이저의 몫은 카이저가 가
져갈 것이고 하느님의 몫은 하느님이, 이방인들과 단군 열두 지파
도 제 길이만큼 잘라갈 것이라는 것/그런 물레질.

구보 씨는 다섯시 반에 성북동에 있는 '유정'이라는 술집에 닿
았다. 거기가 『성남동 까치』 출판기념회 자리였다. 여느 술집과 마
찬가지로, 가로가 긴 아크릴 간판을 단 한옥이었다. 이 집의 위치를
초청장 뒤에 그린 지도를 보고 찾아왔던 것인데 쉽게 찾았다. 쉽게
못 찾을 만하면 하긴 술집도 아닐 것이었다. 벌써 와 있는 사람이
많이 있었다. 구보 씨는 앉은 사람 모두에 대하여 막연히 인사하고
빈자리에 가 앉았다. 대청마루와 건넌방 사이의 문을 걷어내고 상

을 여러 개 붙여놓은 자리에 앉아서 살펴보니, 둘러앉은 얼굴은 모두 선배들이었다. 사람들이 이어 들어왔다. 새로 온 사람들이 자리에 앉다가 말고 김광섭 씨에게 인사하러 가는 것을 보고서야 구보 씨는 김광섭 씨가 아까부터 자리에 있었다는 것을 알았다. 공교롭게 그가 앉은 줄 몇 사람 건너에 앉아 있어서 알아보지 못했던 것이다. 인사하러 가야 했으나 이미 사람이 들어찬 자리가 몹시 좁아져 있었으므로 그는 그만뒀다.

상을 둘러앉았다기보다 상과 뒤 미닫이 사이에 끼여앉았다는 것이 마땅할 만큼 좁았던 것이다. 그 있지도 않은 등과 뒤 미닫이 사이를 음식을 든 술치는 여자들이 다니면서 시중을 들었다. 구보 씨는 한옆에 시인 윤석경(尹石經) 씨, 다른 쪽에 시인 한유학(韓有學) 씨 사이에 끼여앉았는데 사람들이 연이어 들어서고 자리는 그때마다 좁아졌다. 구보 씨는 가끔 몸을 돌릴 때마다 옆으로 김광섭 씨를 바라보았다. 김광섭 씨는 머리가 아주 백발이었고 두루마기를 입은 모습은 딴 사람 같았다. 술이 돌아가고 농담이 돌아가고 하는 사이에도 그의 목소리는 한 번도 들리지 않았다. 이만한 부드러운 모임에도 간신히 견디고 있다는 느낌이었다. 아무도 술을 권하지 않았다. 그것도 보통 술자리와의 대조를 뚜렷하게 만들어주었다. 그는 김광섭 씨가 건강하던 때 모습을 떠올렸다. 느리고 완강한 데가 있어 보이는 얼굴이었다. 언젠가 명동의 '바 다비아'에 데리고 가주던 일을 구보는 떠올렸다. 웬일인지 그때 그 바의 풍경이며 마담의 얼굴이 너무 확실하게 떠올랐다. 그때 마담은 김광섭 씨더러 무정한 애인이라고 하면서 외상술 마실 때만 오느냐고 했다. 김광섭 씨는 외상이 아니라 오늘은 공짜라고 하였다. 마담은 공짜라도 좋으니 매일 오라고 하였다. 그때 구보 씨는 저만한 시인이 되면 명동의 이만한 바의 마담을 애인으로 가지고 있는 법이고 술도 여자 쪽에

서 대는 것이구나 하고 몹시 감동했다. 십 년 전 구보 씨가 처음 소
설을 쓰고 김광섭 씨가 내는 잡지에 실었을 때의 일이었다. 구보 씨
는 술집에서의 그 흔한 농담의 정석(定石)을 실전처럼 생각한 자기
의 그때 젊음보다, 그런 자기를 데리고 술집에 가준 씨의 젊음을 생
각하고 조금 슬퍼졌다. 씨의 지금 얼굴은 사실은 없어도 좋은 여러
선들을 지우개로 모두 지워버린 다음 같은 그런 느낌이었다. 그는
『성남동 까치』에 실린 시들을 생각하였다. 그 시들에게는 말로만
듣던, 삶의 겨울의 그 무서움이 있었다. 닳아빠지도록 징징 운 적이
없는 사람이 나 정말 봤소 하고 보고하는 그 사람의 겨울의 얼굴이
있었다——옆에 앉았던 한유학 씨는 거의 구보의 무릎 위에 앉아 있
었다. 구보는 일어나서 안방으로 들어갔다. 거기에는 슬기롭게도
일찌감치 선배들에게 자리를 내주고 나온 이철봉(李鐵棒) 씨가 마
담을 데리고 무슨 얘기를 하고 앉아 있었다.

  "여기가 편하군."

  "응, 성황이어서 잘됐어."

  구보 씨는 이철봉 씨가 앉아 있는 아랫목 벽장 아래 가 앉았다.
그 옆으로 사진사가 둘, 보자기를 씌운 사진기를 옆에 세워놓고 앉
아 있다. 대청과 방은 미닫이로 막혀 있어서 보이지 않았다.

  "이봐."

하고 이철봉 씨가 마담에게 말했다.

  "여기도 한 상 차려와."

  "곧 가져옵니다. 미안합니다."

  "어딜 가는 거야?"

  "네, 다른 방에 좀."

  "다른 방?"

  "네."

"돌려보내, 돌려보내."

"어머 거기도 손님인데."

"손님? 아무튼 여기 빨리 가져와. 자리가 없어 나앉았는데 술까지 나앉으란 말이야?"

작은 자개상에 술과 생선 구운 것이 얹혀서 왔다.

"이거 뭐 행랑아범 상 같잖아?"

"아이 무슨 말씀을."

"회계는 내가 하는 거야."

하고 이철봉 씨는 마담의 어깨를 안았다.

"응, 돈은 이 양반이 가졌어."

하고 구보 씨도 무책임한 거짓말을 했다. 마담은 그래서만도 아니고 이철봉 씨의 평론가다운 고상한 풍모 때문이기도 하겠지만 윗몸을 맡기고 가만히 있었다.

"마담 몇 살이야."

하고 철봉 씨가 물었다.

"맞춰보세요."

"글쎄."

하고 철봉 씨는 나이 맞춰보는 건 양보해도 좋다는 듯이 구보 씨를 돌아보며 마담을 좀 더 겨드랑 밑에 집어넣었다. 구보 씨는 마담 얼굴을 바라보았다. 거기도 한 얼굴이 있었다. 그것은 얼굴을 이루는 많은 선들이 어디로 갈지 몰라서 제자리에서 잠깐씩 망설이고 있는 듯이 보이는 얼굴이었는데 눈을 가운데로 삼은 부분이 비옥해 보였다. 눈의 흰자위가 성(性)의 비곗살처럼 살쪄 보였다.

"글쎄."

하고 구보 씨가 모처럼의 권리를 낭비해 버렸다. 그러자,

"서른다섯."

하고 철봉 씨.

"꼭 맞췄어요."

마담은 서른다섯 살을 철봉 씨가 주기나 한 것처럼 반가워했다. 그것으로 봐서 몇 살 더 먹었을 것이라고 구보 씨는 생각했다.

"서른 살쯤이 아닐까?"

"그러면 좋게요."

하고 마담은 말하면서 일어서려고 했다.

"어딜 가는 거야?"

"좀 나가봐야죠."

하고 마담이 대청마루 쪽을 눈으로 가리켰다.

"애들이 있잖아?"

철봉 씨가 그렇게 말했으나 마담은 잠깐만이라고 손가락 하나를 들어 표시를 하면서 일어서 나갔다. 대청마루에서는 돌아가면서 축사를 하는 중인 모양이었다. '까치' '까치' 하는 소리가 말 가운데서 자주 들렸다.

"늙었지?"

하고 철봉 씨가 말했다.

"응, 머리가 다 세었다."

"머리는 갑자기 세는 것이라는군."

"응."

"『성남동 까치』 좋지?"

"응."

'성남동 까치'는 이번에 나온 시집의 이름이자 그 속에 실린 한 편의 이름이었다. 김광섭 씨의 앓기 전의 시는 존 던을 연상케 하는 '형이상학(形而上學)의 기사(騎士)'가 투구를 쓰고 움직이는 듯한 느낌이 있었다. 기생방 병풍 냄새 같은 것이라든지, 청상의 안쓰러움 같은 것이 대체로 주류를 이룬 시단에서 그의 시풍은 쇳소리가 울리는 특이한 것이었다. 그런데 이번 시집에서 그는 투구를 벗고 있었다. 그리고 구보가 놀란 것은 투구를 벗은 그의 머리가 그사이에 세어 있었다는 사실이었다. 그 투구 안에서 그는 다른 싸움을 싸웠던 모양이었다. 모든 사람들이, 그가 투병하는 동안 그에게 씌우고 있었던 옛날의 그의 시풍의 투구를 그는 스스로 벗고, 지금도 그러리라고 생각해 온 그와는 너무 다른 얼굴을 드러냈던 것이다. 투구보다는 더 튼튼한 그러나 가벼운, 싸움을 치른 그의 체력도 견딜 수 있는, 튼튼함과 무게 사이의 비례 관계를 벗어난 그런 옷을 입고 그는 서 있었다. 아니 저기 앉아 있다.

"당신들 여기 있었군."

사회를 보고 있는 시인 김정문(金正文) 씨가 들어서면서 말했다.

"자리를 내드리느라구."

하고 구보가 말했다.

"자 당신들두 한마디 하시오."

하고 그는 구보 씨와 철봉 씨를 두 마리의 까치새끼처럼 손바닥으로 몰아가지고 대청으로 나왔다.

구보는 이런 얘기를 했다.

——김광섭 선생의 『성남동 까치』는 60년대의 끝에 와서 문득 우리 문학의 하늘에 울린 길한 소리였습니다. 우리는 헤매는 한국 시가 어디로 가는 것인지 알지 못합니다.

그러나 한국시는, 거짓을 버린다는 이름으로, 우리가 시라고 생각하던 옷을 하나씩 벗어왔습니다. 그러나 우리는 한국시가 저 옛 얘기의 벌거숭이 임금님이 되기는 원치 않습니다. 임금님은 임금다운 옷을 입어야 합니다. 벌거숭이냐, 옷이냐 하는 양자택일적인 물음이 사실상 감상에 지나지 않음을 우리는 보아왔습니다.

선택은 벌거숭이와 옷 사이에 있지 않고, 어떤 옷과 어떤 옷 사이에 있습니다. 『성남동 까치』는 시에게 위엄과 점잖음의 옷을 되찾아 주었습니다. 그러나 그 옷은 번쩍거리지도 절그럭거리지도 않는——목숨처럼 자유무애하고 자유인답게 점잖은 그런 옷입니다. 우리가 할 일은 그러나 김 선생님의 옷을 뺏아입는 것은 아닐 것입니다. 또 뺏아지지도 않습니다. 이 시인의 싸움을 우리도 싸우는 것, 그렇게 해서 우리도 자유인이 되는 일이라 믿습니다. 무엇보다 선생님의 건강을 빌어 마지 않습니다.

이철봉 씨는 보다 간단한 그러나 정에 넘친 연설을 하고 나서, 구보 씨와 철봉 씨는 다시 별실로 왔다. 그때 구보 씨는 자기가 각설이타령을 하고 나오는 거지처럼 느껴졌다. 그럴싸한 일이었다. 음식을 한 상 받고 앉은 대감들 앞에서 각설이타령을 한마디 하고 별실에 물러나와 한 상 얻어먹는 거지 같다고 생각하고 구보 씨는 슬퍼졌다.

이번에는 거지가 됐군 하고 구보 씨는 생각했다.

대감들 방에서는 노래가 시작됐다. 이제 남은 일은 기념사진을 찍는 일뿐이었다.

"이형은 집이 어디요?"

하고 구보가 물었다.

"여기서 가까워."

"자기 집이지?"

"응."

"용한데."

"오막살이야 오막살이."

"아무튼."

"애기 둘이랬지?"

"둘이야."

"더 낳을 생각인가?"

"응 길러보니 하나쯤 더 있어도 좋을 것도 같고."

"둘이면 되잖을까?"

"남의 걱정 말고 자넨 뭐야?"

"응 나야 뭐."

"뭐라니?"

그들은 내년 PEN대회에 대한 얘기를 했다. 나쁠 것은 없다는 것이 두 사람의 의견이었다. 자본이건 정치건 국제적인 '백'이 있어야 하는 세상에 문학에도 그런 게 있어서 나쁘기까지야 하겠는가 하는 점에 그들은 의견을 같이 했다. 그것이 과연 '백' 구실을 할 수 있을까 하는 것이 의심스럽다는 점에 대해서도.

여덟시에 기념촬영을 하고 모임이 끝났다.

구보 씨는 버스정류장에서 혼자 차를 기다렸다. 낮에도 매짠 날씨더니 지금은 어지간히 떨렸다. 한 시인을 축하하고 사람들은 뿔뿔이 흩어지고. 에익, 또. 구보 씨는 사랑에 굶주린 거지 같은 자기 몰골을 생각하고 화가 났다. 벌거숭이 된 내 마음. 오 거지 같은 내 마음. 그는 하늘을 쳐다봤다. 까맣게 갠 하늘에서 벌거숭이의 그 숱한 것들은 그래도 고왔다. 사람도, 헐벗으면서도 저럴 수 있다고 잘못 알고 얼마나 많은 사람들이 무모한 짓을 하다가 삶의 이 엄동설한에 얼어죽었을까 하고 구보 씨는 생각하였다. 빛나는, 하늘의 그 고운 것들 사이에 놓인 공간이 아름다움이면서 무서움인 것처럼, 한 시인을 축하한 사랑은 뿔뿔이 흩어져야 하는 무서움이기도 하다는 것을 생각한다.

"아저씨." 누가 옆에 와 선다. 그는 돌아보았다. 머리끝이 쭈뼛했다. 정말 헐벗은 한 여자가 그에게, 밤처럼 캄캄한 손을 내밀고 있었다. 어쩐 일이었던지, 그 여자의 얼굴에서, 벌써 옛날에 갈라진 한 여자를 보았다고 헛갈린 것이다. 그는 백 원짜리 한 장을 꺼내주었다. 죄인처럼. "고마워요." 그녀가 말했다. 비웃음처럼.

버스가 왔다.

구보 씨는 황황히 이십 원 길의 나그네가 되어 밤 속으로 외마디 소리처럼 사라졌다.

몽유의 형식과 의식의 고고학
──최인훈 문학의 재인식

이광호

1 최인훈론의 반성

그를 '전후 최대의 작가'라고 일컫기도 하지만, 엄밀하게 말하면 이러한 비평적 수사는 공허하다. 우리는 왜 최인훈이 '전후 최대의 작가'인가에 대한 설득력 있는 비평적 해명을 아직 만나지 못했다. 그렇기 때문에 안타깝게도 그는 아직도 '전후 최대의 작가'가 되지 못하고 있다. 이 글 역시 그 안타까움 안에 머물러 있다. 나는 단지 최인훈론에 대한 반성과 최인훈 문학의 현재성에 대한 재인식이라는 입장에서 몇 가지 문제 제기를 해보려 한다.

우리 현대 문학사에서 최인훈 문학의 영토는 쉽게 측량하기 어렵다. 그의 문학은 다양한 영역과 층위를 포함하기 때문에 그의 문학 전체에 대한 비평적 규정은 용이하지 않다. 이런 이유로 지금까지의 최인훈에 대한 비평과 연구들은 최인훈 문학의 한 국면을 나름대로 짚어내고 있으면서도 그의 문학 전체에 대한 장악력을 보여주지 못한다. 그것은 물론 최인훈 문학의 가늠하기 힘든 폭에 기인하는 것이지만, 최인훈 문학을 보는 관점의 편협성 혹은 편향성에도 관련된다. 여기에는 우선 현대 소설을 이해하는 틀로서의 리얼리즘에 대한 경직된 이해, 그리고 편내용주의적 해석체계가 작동하고 있다.

최인훈 문학을 분류하는 기준으로 흔히 제시되는 사실주의 계열 작품과 비사실주의 혹은 실험소설 계열 작품이라는 이분법 역시 최인훈 문학에 대한 이해보다는 오해를 가중시킬 우려를 낳는다. 특히 이러한 부류는 최인훈 작품에 대한 가치 평가의 한 고리가 되고 있기 때문에 면밀한 검토를 요구한다. 그의 소설의 관념성과 난해성에 대한 부정적 평가 역시 이러한 분류법과 연결되어 있다. 이와 같은 분류법은 '소설이 현실 세계를 다루는가 아니면 환상 세계를 다루는가.'라는 단순한 기계적 도식에 근거한다. 하지만 이렇게 현실과 환상을 구분하고 사실주의와 비사실주의를 가치 평가적으로 구별하는 데서 최인훈 문학에 대한 총체적인 조망은 한계에 봉착하게 된다. 최인훈 문학에는 오히려 실제와 환상, 구체와 관념이 어떻게 맞물려 인간적 현실을 구성하는가를 보여준다는 측면에서 문제적이다.

여러 편의 최인훈 문학을 경험한 독자들은 아마도 한 작가가 그토록 다양한 형식과 문체를 보여줄 수 있다는 사실에 놀랄지도 모른다. 심지어 그는 한 작품에서도 다층적인 양식과 문체를 선보이거나, 상황과 문체 사이의 배반을 통해 텍스트의 의미 공간을 다원화하는 양상을 보여준다. 비극적 상황의 설정 속에서 작용하는 그의 요설적 문체, 시적 문체, 희극적 문체, 혹은 에세이적 문체는 독특한 울림을 부여한다. 이러한 측면은 작가 최인훈의 문학적 역량을 보여주는 것이면서 동시에 그가 얼마나 서사 양식에 대한 치열한 자의식의 소유자인가를 말해 주는 것이다. 최인훈의 문학에서는 담론의 형식과 방법론 자체가 세계에 대한 증언과 발언이 된다. 이런 맥락에서 최인훈은 문학의 형식이 문학의 내용이라는 명제, 내용이 퇴적된 것으로서의 형식이라는 명제, 작가의 직접적 표현을 빌리면 '형식 자체가 내용이 되고 내용은 결과적으로 그런 형식에 유인되어' 간다는 명제에 대한 우리 현대 문학사의 빛나는 사례이다. 이런 맥락에서 최인훈 문학의 형식과 양식을 문제 삼지 않고 그 안에 담겨 있는 현실 경험과 메시지만을 문제 삼는다는 것은 불가능한 일이다.

가령, 최인훈 문학의 중심에서 항상 논의되는 「광장」과 같은 작품 역시 그것이 분단 현실에 대한 비판이라는 비평적 이해의 수준에서 해방되어야 한다. 「광장」은 단순히 분단 현실에 대한 최초의 객관적인 비판이라는 정도에서 의미 있는 문학작품은 아니다. 「광장」에는 남북한의 체제가 비슷한 강도로 비판되고 있다는 그 점에 있어서의 객관성을 문제 삼는다면, 이러한 객관성은 현시점에 있어 크게 의미 있는 것은 아니다. 문학의 층위에서 그러한 의의는 부분적인 것일지도 모른다. 「광장」에서 작가의 시선의 주된 대상이 되고 있는 것은 당대의 물질세계나 풍속과 체제도 아니다. 작가의 시선에는 이명준으로 대표되는 분단 시대의 지식인의 내면 의식이 문제된다. 이 소설에서 중요한 것은 분단이 고착화되는 격변의 시대를 살았던 한 불우한 지식인의 자의식과 심리적 현실을 그려내는 작업이다. 이 작품에서 이명준의 의식은 분단 현실에 대한 고통스러운 실감을 우리에게 제공한다. 이러한 맥락에서 「광장」은 분단 상황에 대한 개념적인 비판 이상의 문학적 증언과 전망을 포함한다. 물론 그러한 증언과 전망이 충분한 현재성을 갖고 있다. 분단 체제가 극복되고 있지 않은 상황에서 여전히 중요한 것은 그 체제가 인간의 의식을 어떻게 규정하는가에 대한 문학적 탐구이기 때문이다. 물론 최인훈의 초기작인 「광장」은 문학 형식과 문학 언어에 대한 탐구와 자각이라는 측면에서 그 이후에 쓰여진 작품들에 비해 상대적으로 덜 성숙된 모습을 보여준다. 「광장」의 개작 역시 단순히 작품의 메시지를 가다듬는 것으로 이해할 수만은 없다. 우리는 「광장」의 개작도 문학형식에 대한 자의식의 심화라는 측면에서 바라볼 필요가 있다.

2 환각과 환청의 경험

최인훈의 소설에서는 인물이 처한 시대적 환경과 외적 경험 그리고 인물의 내적인 경험이 모두 중시된다. 오히려 이러한 두 가지 층위의 경험이 얼마나 밀접하게 연관되어 있는가를 보여주고 있다. 이런 맥락에서 우리는 최인훈 문학에 나타난 환상적인 요소들을 검토할 수 있다. 정도의 차이는 있지만 최인훈 문학에서 환상적인 요소가 개입하지 않는 작품은 거의 없다. 주인공은 환각과 환청을 경험하기도 하며, 소설 전체가 일종의 몽유로 구성된 경우도 있다. 상대적으로 덜 환상적인 「광장」을 다시 검토해 보자. 소설의 마지막 장면은 이 소설의 메시지를 이해하는 고리라는 측면에서 많은 주목을 받아왔고, 작가의 개작 작업이 이루어진 곳 중의 하나이다.

자기가 무엇에 홀려 있음을 깨닫는다. 그 넉넉한 뱃길에 여태껏 알아보지 못하고, 숨바꼭질을 하고, 피하려 하고 총으로 쏘려고까지 한 일을 생각하면, 무엇에 씌었던 게 틀림없다. 큰일날 뻔했다. 큰 새 작은 새는 좋아서 미칠 듯이, 물속에 가라앉을 듯, 탁 스치고 지

나가는가 하면, 되돌아오면서, 바다와 놀고 있다. 무덤을 이기고 온,
못 잊을 고운 각씨들이, 손짓해 부른다. 내 딸아. 비로소 마음이 놓
인다. 옛날, 어느 벌판에서 겪은 신내림이, 문득 떠오른다. 그러자,
언젠가 전에, 이렇게 이 배를 타고 가다가, 그 벌판을 지금처럼 떠올
린 일이, 그리고 딸을 부르던 일이, 이렇게 마음이 놓이던 일이 떠올
랐다. 거울 속에 비친 남자는 활짝 웃고 있다.

——「광장」(1976)

우리는 여기서 이명준의 심정적 자각이 어떤 환각을 통해 나타
나고 있는 점에 주목할 필요가 있다. 위의 예문에서도 나타나는 것
처럼 갈매기를 단순히 갈매기로 보지 않고 거기에서 사랑하는 여인
과 딸의 영상을 보는 것은 일종의 환각이다. 위에서 갈매기를 총으
로 쏘려 했던 자신을 무엇에 씌었던 것으로 표현하고 있지만, 갈매
기를 자신의 여자와 딸로 보는 것이야말로 무엇에 쓴 것이라고 할
수 있다. 여기에는 어떤 전도가 있다. 갈매기를 갈매기로 보는 것이
착란이며, 갈매기를 그의 여자와 딸로 보는 것이 그 착란을 벗어나
는 일이 된다. 이러한 주인공의 이러한 환각은 그의 소설에서 문학
적 상징성을 심화하는 계기가 된다.

최인훈 문학에서 이러한 환각과 환청은 소설의 중요한 모티브를
이룬다. 그의 초기 단편인 「웃음소리」를 보자. 이 작품에서 애인과
사랑을 나누던 곳을 죽을 장소로 선택하여 찾아간 주인공은 남녀
한 쌍이 그곳에서 사랑을 속삭이는 것을 듣고 목격한다. 그녀는 다
음 날도 이러한 장면을 목격하고 그들을 자신과 자신의 애인으로
동일시하는 심리 상태를 보여준다. 하지만, 그것이 환각이고 환청
이었음이 소설의 마지막에서 드러난다. 그 연인들은 죽은 지 일주
일이나 되었기 때문이다. 이러한 환각과 환청은 주인공의 심리 상

태와 내면적 현실을 드러내준다.

   빈터에 정답게 누운 남녀를 보는 순간 그녀는 환각이라고 의심하
였다. 자기와 '그'가 거기 누워 있었으므로. 그것은 기쁨의 환각이
었고 그 환각과 죽음은 맞먹었다. 바로 다음 순간에 환각은 깨어지
고 그녀는 허망하게 떨어졌다. 그때 그녀는 그 떨어짐의 뜻을 알고
있었다. 다만 생각하고 싶지 않았을 뿐이었다. 지금은 모든 것이 환
하였다. 그녀는 사랑했던 것이다.

                                        ──「웃음소리」

   그녀는 환각과 꿈을 통해 자기 내부의 한 숨은 장면을 발견한다.
그녀에게 환각과 환청은 자신의 내면적 진실을 확인하는 계기로 작
용한다. 그녀는 꿈을 통해 자기 안에 웅크리고 있던 심리적 진실을
만나는 것이다. 환청으로 들은 죽은 여자의 웃음소리가 바로 그녀
자신의 웃음소리라는 것을 깨닫는 과정이 바로 그것이다. 그의 또
다른 대표작의 하나로 일컬어지는 「총독의 소리」는 독특한 형식으
로 구성되어 있다. 이 작품은 어떤 사건이 없이 한 가상적인 인물의
담화 내용으로 구성되어 있다. 이 소설에는 현재 한국 내부에 조선
총독부의 비밀 조직이 남아 있고 이 단체에서 총독의 담화를 방송
하는 상황이 설정된다. 소설은 바로 총독의 담화를 기술하는 것으
로 되어 있다. 이 독특한 양식은 물론 실제의 역사 상황과 배치된
다. 여기에 중요한 것은 총독의 담화를 통해 역설적으로 비판되는
한국의 정치 현실이지만, 우리는 이 소설 전체가 하나의 환청으로
구성되어 있다는 것에 주목해야 한다. 그 환청은 물론 실제 현실에
부합되는 것은 아니지만, 오히려 그것은 은폐된 현실의 모순을 일
깨우는 진실의 계기를 담고 있다.

3 패러디와 몽유의 형식

최인훈 문학은 현대문학에서의 패러디 기법의 한 문제적인 사례를 보여주고 있다. 패러디는 고전에 대한 단순한 모방과 풍자가 아니다. 여기에는 예술 형식과 기법 그리고 예술의 사회적 존재 양식에 대한 미적 자의식이 개입한다. 그래서 보다 적극적인 패러디는 동일화보다는 차별화, 모방보다는 창조의 작업이다. 때문에 성공적인 패러디는 고전보다도 오히려 예각적인 현재성을 가지고 보다 풍요로운 의미 공간을 구성할 수 있다. 고전에 대한 최인훈의 패러디는 그의 희곡 작업에서도 나타나듯이 고전이 가지고 있는 초월적 화해의 가능성을 뒤집어서 그것을 탈신화화함으로써 현실의 모순을 더욱 날카롭게 부각시킨다. 이런 맥락에서 최인훈이 고전이 가진 원형적인 동일성에 기대기보다는 현재 상황에서의 그것의 좌절과 분영을 더욱 부각시킨다. 이러한 측면은 작가가 오늘의 사회 상황에 얼마나 예민한 촉수를 드리우고 있는가를 예증하는 것이다.

「소설가 구보 씨의 일일」은 박태원의 작품에 대한 패러디이다. 물론 이 작품은 1930년대가 아닌 최인훈이 처한 1970년대의 소설가 구보의 내적 의식을 드러낸다. 이 과정에서 최인훈은 박태원보다 다양하고 유연한 소설 쓰기를 보여준다. 작가가 경험하는 세속 세계에 대한 관찰만을 보여주는 것이 아니라, 소설에 대한 관념을 삽입하고 꿈과 환상을 개입시켜 메타적인 성격을 심화시킨다. 이 연작은 소설가가 주인공으로 등장하여 그의 하루를 기술하고 그 내면 의식을 드러내는 작품이기 때문에, 소설에 대한 자의식 자체가 소설의 중심을 이루는 자기 반영적 형식을 보여준다. 구보 씨의 하루에 대한 자잘한 기록에는 그의 내면적 행적이 기록되어 있으며, 작가는 삶과 문학에 대한 자신의 관념을 끊임없이 노출시킨다. 작가는 분단이라는 상황 속에 살아가는 실존으로서, 그리고 예술가로서의 자신의 존재 의미를 묻고 있다. 그래서 이 소설은 한 작가의 일상을 통해 한 시대를 견디며 살아갈 수밖에 없는 예술가의 우울한 자의식을 섬세하게 그려낸다. 이 연작에서도 물론 주인공의 의식의 내부와 그가 경험하는 환상은 중요한 모티브가 되고 있다.

1) 이층 시멘트집의 뒷모습이 보이고 작은 창고 같은 집이 있고, 느릅나무 큰 그루가 몇 서 있었다. 구보가 놀란 것은 그 풍경이 그의 북한 고향의 그가 다니던 초등학교 뒤뜰과 너무도 닮았기 때문이었다. 그의 옆으로 여러 번 사람이 지나갔지만 그는 그대로 서 있었다. 많은 세월을 사이에 두고 문득 마술처럼 눈앞에 나타난 풍경에 구보 씨는 홀렸던 것이다.

2) "아저씨." 누가 옆에 와 선다. 그는 돌아보았다. 머리끝이 쭈뼛했다. 정말 헐벗은 한 여자가 그에게, 밤처럼 캄캄한 손을 내밀고 있었다. 어쩐 일이었던지, 그 여자의 얼굴에서, 벌써 옛날에 갈라진 한 여자를 보았다고 헷갈린 것이다.
—「느릅나무가 있는 풍경」

마술처럼 나타난 느릅나무가 있는 풍경은 피난민으로의 자신의 처지를 환기시켜 주고 상황을 어렵게 견디며 소설 쓰기를 밀고 나가야 하는 자신의 초상과 동일시된다. 갑자기 나타난 헐벗은 여자 역시 과거에 대한 환각을 보게 만든다. 물론 이러한 환각은 상황과 개인의 문제, 그리고 개인의 자기 정체성에 대한 질문을 상기시키는 계기로 작용한다.
최인훈 문학에서 환상적인 기법이 보다 깊게 동원된 것은 「가면고」, 「구운몽」, 「열하일기」, 「회색인」, 「서유기」 등의 작품들이다. 이러한 소설에 대한 적극적인 이해와 평가가 소원한 것은 소박한 리얼리즘의 잣대로 볼 때 이 작품들이 이해하기 쉽지 않기 때문이다. 최인훈 문학의 관념성과 난해성이라는 오해는 많은 부분 이러한 작품 군에 대한 소극적인 이해에 기인한다. 그리고 이러한 작품 군에 대한 보다 적극적인 비평 작업은 이들 작품에 나타는 환상적인 요소의 문제를 초현실주의 기법이라는 측면에서 분석하고 있다. 하지만 최인훈 문학의 환상적인 요소와 내면 심리에 대한 묘사를 단지 초현실주의라는 특정 문예사조와 문학 기법에 한정하는 것은 최인훈 문학에 대한 이해를 제한할 가능성이 있다. 우리에게는 최인훈 문학에서 왜 환상적인 요소가 도입되고 있는가의 문제를 그의 다른 텍스트들과의 관련 속에서 해명하려는 작업이 필요하다.

「구운몽」의 경우를 보자. 이 소설은 동명의 몽자류 소설을 패러디했다. 이 소설은 그 환상적인 요소와 인과율을 벗어난 플롯의 전개가 독자들을 당혹스럽게 만든다. 이 작품에서 주인공의 의식과 소설 구성은 해체된 채 파편화되어 있다. 이 소설에서 상황은 주인공을 끊임없이 당황하게 만들고 주인공을 몰아댄다. 상황은 주인에게 일종의 폭력이다. 주인공은 끊임없이 무언가를 찾아 헤매지만, 그것에는 결코 이르지 못하고 닫힌 상황에 봉착한다. 주인공은 이 상황을 타개할 주체적인 노력을 봉쇄당한 채 끊임없이 쫓기고 그 과정에서 이질적인 여러 집단을 경험한다. 이러한 경험은 현실의 여러 단면에 대한 경험이라고 할 수 있다. 그것을 통해 소설은 혼돈의 상황과 경험의 도착을 동시에 보여준다.

관 속에 누워 있다. 미라. 관 속은 태(胎)집보다 어둡다. 그리고 춥다. 그는 하릴없이 뻔히 알면서 눈을 뜨고 누군가를 기다리고 있다. 몸을 비틀어 돌아눕는다. 벌써 얼마를 소리없이 기다리고 있다. 몇 해가 되는지 혹은 몇 시간인지 벌써 가리지 못한다. 혹은 몇 분밖에 안 된 것인지도 모른다. 똑똑. 누군가 관뚜껑을 두드리고 있다.

———「구운몽(九雲夢)」

주인공의 의식은 소설의 출발부터 이미 몽롱한 상태에 있다. 서술자는 주인공이 처한 상황에 대한 구체적이고 사실적인 정보를 제공하지 않고, 불투명한 환상의 공간으로 독자를 이끌어간다. 이 작품에서 현실과 환상의 구분은 애초에 지워져 있다. 이 소설 전체는 일종의 몽유의 경험을 보여준다. 우리는 이 소설을 콘텍스트를 고려하면서 이해하지 않으면 안 된다. 이 소설은 1960년대 초반의 한국의 정치상황과 연관되어 있다. 4·19의 좌절과 5·16으로 인한 권력 구도의 변화는 개인의 주체적 자기실현의 가능성을 회의하게 만드는 상황이다. 역사 경험의 진실이라는 문제 역시 혼돈 속에 내던져져 있다. 역사의 혼돈은 개인의 분열을 조건 짓는다. 그래서 현실은 악몽과도 같다. 이때 소설 쓰기란 이러한 몽염의 현실에 대한 탐색일 뿐이다. 이 탐색은 그러한 현실로부터의 도피도 아니며 그 현실의 극복도 아니다. 이러한 글쓰기는 그 악몽을 살아내는 방식으로써의 글쓰기이다.

4 글쓰기의 자의식과 의식의 고고학

최인훈의 소설에서 환상이 주인공으로 하여금 어떤 심리적·정신적 자각에 이르는 계기가 된다고 하더라도, 그것은 상황의 맥락과 절연되어 있는 것은 아니다. 그의 주인공들의 환상은 실존적·역사적

내용을 담고 있다. 김인환의 최인훈론의 적절한 분석을 빌리면, 최인훈 소설은 내외 공간이 모순으로 가득 차 있다는 작가 의식에서 비롯된다. 외적 모순이 한국인의 주체적 대응 능력을 파괴해 놓은 분단 상황 등의 역사적 불공정성이 외공간의 균형을 파괴한 데서 기인한다면, 내적 모순은 허용과 금기가 얼크러진 가운데 환상과 규범을 통어 못하는 인간 내부의 갈등에서 비롯된다. 이러한 논의의 연장선에서 최인훈 문학의 환상적 요소는 이러한 외적 모순이 내면화된 형태로서의 내적 모순의 한 국면을 예각적으로 드러내는 것이다. 그래서 환상과 꿈은 현실의 저편에 있는 것이 아니라 모순된 현실 경험의 중요한 일부이다. 물론 이러한 환상의 경험은 닫힌 세계에서의 좌절된 개인에게서 나타날 수 있는 경험일 것이다. 하지만 그에게 환상은 현실의 도피가 아니라 현실에의 깊은 체험이다. 그래서 소설 속의 인물들의 몽유는 현실의 밖에 있는 것이 아니라, 그 자체로 서늘한 현실성을 담고 있다. 그렇다면 최인훈 문학의 이러한 경험과 형식을 가능하게 하는 작가 의식이란 무엇인가?

이러한 형식은 작가의 글쓰기 자체에 대한 질문과 깊게 연루되어 있다고 할 수 있다. 그의 문학에서 자의식의 과잉과 나르시시즘을 비판적으로 보는 논의들이 있지만, 그것의 그의 문학의 한계를 결정짓는다고 보기는 힘들다. 자의식과 나르시시즘이란 현대문학의 중요한 특성이며, 많은 경우 현대문학의 실패는 문학적 자의식의 미달과 방법적 탐구의 누락에 기인하기 때문이다.

그러나 세습적 지위라는 것이 원칙적으로 인정되지 않는 근대 이후의 세계에서는, 사실과 상상 사이의 그와 같은 구별은 있을 수 없지. 20세기 문학의 상징적 경향은 그것이 결과적으로 폐단도 있겠지만, 사실은 이 세상에 단단한 것은 없다는 세계관의 표현으로서, 사람이 늘 거기에서 출발하고 거기로 돌아가야 할 발판이 아닐까. 아니 '발판 없음의 인식'이 아닐까.

——「느릅나무가 있는 풍경」

이런 맥락에서 그는 근대 세계에서의 문학과 예술의 존재 방식에 대해 누구보다도 치열한 탐구를 보여준 작가라고 할 수 있다. 마르크스는 근대 세계는 '단단한 것은 모두 녹아 날아가는' 것으로 표현했지만, '이 세상에 단단한 것은 없다는 세계관' 이야말로 근대적 경험이 가져다준 것이 아닌가. 모순으로 가득 찬 유동적인 삶으로서의 근대적 경험은 최인훈 문학의 한 중심을 이루며, 그의 소설의 환상적인 요소들은 우리의 삶의 불확실성에 대한 인식의 길을 열어준다. 꿈과 현실의 경계를 가늠할 수 없는 사태는 삶의 불확정성의 경험이다. 작가는 이미 주어진 현실을 재현하거나 반영하는 것이 아니라 현실 자체를 글쓰기의 모험을 통해 재구성해 나간다. 그래서 그의 소설은 어떤 특정한 명제로 환원될 수 없는 다층적인 의미공간과 문학적 모순을 포함한다. 때문에 그의 문학에서 어떤 특정한 이데올로기적 입장은 스스로 정당성의 근거를 마련할 수 없다. 이러한 탈중심화된 형식은 삶의 준거가 상실된 시대의 소설 쓰기의 한 중요한 가능성을 타진한다. 「구운몽」에서 작가가 던진 질문은 이러한 맥락에서 의미심장하다.

이와 같은 일의 테두리를 넓힌다면 개인의 유일성과 동일성이 뿌리에서 다시 살펴져야 한다. A는 A이면서 A가 아니다? 그것은 인간은 '현재'와 '여기'라는 시간과 공간의 두 축으로 완고하게 자리 매겨진 좌표로부터, 허의 진공 속으로 내놓음을 말한다. 그리고 개인은 시공에 매임 없이, 인류가 겪은 얼마인지도 모를 기억의 두께 속에 가라앉아, 급기야 그 개인성을 잃고 만다. 바다에 떨어진 한 방울의 물처럼, 그것은 미궁 속에 빠진 몽유병자 같은 상태일 거다. 그 속에서 끝까지 개체의 통일성을 지킬 수 있는 힘은 무엇일까.

——「구운몽(九雲夢)」

개인의 유일성과 동일성에 대한 회의는 근대 세계의 도래 이후 인간에 대한 질문의 한 중요한 일부였지만, 근대 세계의 모순이 누적된 지금에도 그 질문은 새삼스러운 절실함을 얻고 있다. 여기에는 확정적인 시공간 속에 현존하는 개인성에 대한 회의뿐만 아니라 글쓰기의 주체와 그 정체성에 대한 질문 역시 포함되어 있다. 이런 맥락에서 그의 작품이 현존의 신화와 주체의 형이상학에 대한 근본적인 질문을 포함한다. 문학과 예술의 현대성에 대한 깊은 자각을 통해 그는 한국 문학의 근대성을 심화시키고 근대소설 이후의 가능성까지도 보여주고 있다.

죽음을 다루는 작업. 목숨의 궤적을 더듬는 작업. 그것이 고고학입니다. 우리들의 작업대 위에 놓이는 것은 시체가 아니면 시체의 조각입니다. (중략) 우리들의 작품을 가리켜 생명이 넘쳤다느니, 창조적이라느니, 허구의 진실이라느니 하고 칭찬할 때는 사실 낯간지러집니다. 고고학자란 목숨이 아니라 죽음을, 창조가 아니라 발굴, 예언이 아니라 독해를 업으로 하는 사람입니다. (중략) 역사란, 신이, 시간과 공간에 접하여 일으킨 열상(裂傷)의 무한한 연속입니다. 상처가 아물면 결절(結節)한 자리를 시대 혹은 지층이라고 부릅니다. 이 속에 신의 사생아들이 묻혀 있습니다. 신은 배게 할 뿐. 아이들의 양육을 한 번도 맡은 일 없이 늘 내깔렸습니다. 우리가 하는 일은, 이 지층 깊이 묻힌 신의 사생아들의 굳은 돌을 파내는 일입니다.

캐어낸 화석들은 기형아가 대부분입니다. 그것도 토막토막난.

——「구운몽(九雲夢)」

　우리는 이 고고학에 대한 진술을 당대에 대한 소설적 작업의 비유로 읽을 수 있다. 최인훈 문학을 통해 한국 근대소설은 의식의 고고학이라고 불릴 수 있는 어떤 단계를 성취한다. 고고학이란 무엇인가? 푸코적인 의미에서 말할 때, 그것은 동일성이 지배하는 공식적인 역사의 뒷면을 발굴하는 작업이다. 역사는 어떤 지배적인 의미화를 제사하지 못하는 행위와 담화를 비이성이라는 죄목으로 배제하는 결정 위에 기초한다. 인간이 경험하는 설명되지 않는 환상과 착란적 언어는 역사의 지평에서 거부될 수 있지만, 이것은 공식적인 역사보다도 더욱 중요한 문학적 증언일 수 있다. 최인훈의 소설 속 주인공들의 환각, 환청 혹은 몽유의 경험과 착란적인 언어는 바로 시대의 지층에서 발굴해 낸 조각난 화석이다. 그는 탈중심화된 글쓰기를 통해 리얼리즘이라는 틀로 전체화되지 않는 당대의 정신의 유적을 발굴하고 현실의 모순을 탐사한다. 더불어 그는 담화적인 영역이 어떻게 당대의 사회 상황과 관련 맺고 있는지를 글쓰기의 모험을 통해 보여준다. 그를 통해 우리는 현대 한국 사회 속의 인간의 내적 경험을 보다 깊게 인식할 수 있게 되었다. 이런 맥락에서 그의 문학은 아도르노가 말한 '무의식적 역사소설'의 한 중요한 사례가 아닐까. 어쩌면 한국 소설은 최인훈이 경험한 몽유의 의미에서 출발하지 않으면 안 될 것이다. 최인훈의 인물들이 체험한 모순과 혼돈의 세계는 분단과 근대화 과정에서의 개인의 운명을 생생하게 양각한다. 여기에 최인훈 문학의 무시무시한 현재성이 있다.

(문학평론가)

작가 연보

1936년 함북 회령에서 태어남.

1959년 「GREY 구락부 전말기」, 「라울전」이 안수길 선생에 의해
《자유문학》에 추천되어 문단에 나옴.

1960년 「9월 달리아」, 「우상의 집」, 「가면고」, 「광장」 발표.

1961년 『광장』 출간. 「수(囚)」 발표.

1962년 「구운몽」, 「열하일기」, 「7월의 아이들」 발표.

1963년 「크리스마스 캐럴 ①」, 「금오신화」 발표. 「회색인」 연재.

1964년 「크리스마스 캐럴 ②」 발표.

1965년 「문학활동은 현실비판이다」 발표.

1966년 「놀부뎐」, 「웃음소리」, 「크리스마스 캐럴 ③」, 「크리스마스
캐럴 ④」, 「국도의 끝」, 「크리스마스 캐럴 ⑤」, 「정오」 발
표. 「서유기」 연재. 동인문학상 받음.

1967년 「총독의 소리①」, 「총독의 소리②」 발표. 『총독의 소리』
출간.

1968년 「공명」, 「총독의 소리③」, 「주석의 소리」 발표.

1969년 「소설가 구보 씨의 일일 ①」, 「온달」, 「옹고집뎐」, 「열반의 배」 발표.

1970년 「소설가 구보 씨의 일일 ②」 발표. 평론집 『문학을 찾아서』 출간.

1971년 「소설가 구보 씨의 일일」 연재 시작. 연재명은 「갈대의 사계」. 『서유기』 출간.

1972년 『소설가 구보 씨의 일일』 출간.

1973년 「태풍」 연재.

1976년 「옛날 옛적에 훠어이 훠이」 발표.

1977년 「봄이 오면 산에 들에」 발표. 한국연극영화예술상 희곡상 받음.

1978년 「둥둥 낙랑둥」, 「달아 달아 밝은 달아」 발표. 중앙문화대상 예술 부문 장려상 받음.

1979년 『최인훈 전집』 완간. 「원시인이 되기 위한 문명한 의식」, 「상황의 원점」 발표. 서울극평가그룹상 받음.

1980년 『왕자와 탈』 출간.

1981년 『하늘과 다리』 출간.

1984년 「달과 소년병」 발표.

1989년 『길에 관한 명상』 출간.

1990년 「첫째야 자장자장, 둘째야 자장자장」 발표. 『꿈의 거울』 출간.

1994년 『화두』 출간. 제6회 이산문학상 받음.

현재 서울예술대학교 문예창작과 명예교수.

오늘의 작가총서 22

웃음소리

1판 1쇄 펴냄 1996년 1월 3일
2판 1쇄 펴냄 2002년 2월 1일
2판 5쇄 펴냄 2004년 7월 10일
3판 1쇄 찍음 2005년 11월 21일
3판 1쇄 펴냄 2005년 11월 25일

지은이 · 최인훈
편집인 · 박상순
발행인 · 박맹호, 박근섭
펴낸곳 · (주) 민음사

출판등록 1966. 5. 19. 제16-490호
서울 강남구 신사동 506번지 강남출판문화센터 5층 (135-887)
대표전화 515-2000 팩시밀리 515-2007

값 10,000원

ⓒ 최인훈, 1996. Printed in Seoul, Korea

ISBN 89-374-2022-8 04810
ISBN 89-374-2000-7 (세트)